ENCORE UNE FOIS

JE REVIENDRAI #2

CORINNE MICHAELS

Encore une fois

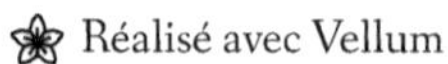 Réalisé avec Vellum

BLURBS

L'autrice à succès du New York Times, Corinne Michaels, dévoile une nouvelle histoire d'amour.

Je suis devenue assez douée pour limiter les dégâts.

D'abord, le mari. Mon divorce est la meilleure décision que j'ai prise. Mais entre mon rôle de maman solo et la recherche d'un vrai boulot, j'ai du mal à reprendre mon souffle. Alors quand on m'offre un poste dans un blog de célébrité, je me lance, bien décidée à réussir.

Ou plutôt, jusqu'à ce que j'obtienne mon premier projet et que je rencontre Noah Frazier pour la première fois... Pratiquement nu, ruisselant d'eau. Mon cœur s'emballe et mon cerveau oublie comment composer des phrases complètes. Ses abdos saillants, son sourire irrésistible et ses yeux d'un vert limpide sont trop parfaits pour être vrais. Que vais-je faire? Boire un verre de trop et m'humilier dans la foulée, bien sûr.

J'ai bien l'intention d'oublier cette nuit et la honte cuisante que j'ai ressentie, mais Noah ne me laisse pas faire. Au contraire, il s'arrange pour me faire écrire un article sur lui et s'assurer que nous passions les prochaines semaines ensemble. Les maladresses s'enchaînent, les baisers aussi et avant de pouvoir m'en empêcher, je réalise que je suis en train de tomber amoureuse de lui.

Et lorsqu'un un événement impensable se produit, puis-je seulement lui en vouloir de limiter les dégâts?

Je donnerais tout pour le revoir encore une fois...

CHAPITRE UN

KRISTIN

— Vas-y, alors, casse-toi ! je hurle en direction de mon mari pendant qu'il me répète une fois de plus que je suis nulle.

Cette fois, la coupe est pleine. Pendant toutes ces années, je suis restée à ses côtés, mais là je n'en peux plus. Personne ne devrait se sentir aussi vide et délaissée.

— Je ne partirai pas de cette maison, Kristin. Si tu veux en finir avec moi, fais tes valises et sors de chez moi !

Je regarde cet homme que j'aime depuis mes vingt-deux ans. Le père de mes enfants. La personne aux côtés de laquelle je pensais vieillir. Celui qui me fait face n'en est plus que le mirage. Aujourd'hui, ce n'est plus qu'un homme que j'ai aimé, auparavant.

L'homme dont je suis tombée amoureuse ne m'aurait jamais mise à la porte ainsi. Il aurait tout fait pour recoller les morceaux.

— Cette maison est aussi à moi, Scott, je suis ta femme !

Il secoue la tête et ricane.

— C'est moi qui la paie. Comment vas-tu continuer à vivre dans le luxe sans travailler ?

Le luxe ? Je ne me rappelle plus de la dernière fois où je me suis offert quoi que ce soit. Souvent, j'y renonce pour ne pas déclencher un long monologue sur ma stupidité.

— Je vais trouver un travail et faire face à mes responsabilités. Ce n'est pas la raison pour laquelle je te quitte.

Il se frotte l'arête du nez.

— Donc là, tu vas travailler, mais en revanche, tu t'en es bien passée pendant dix ans.

— C'est toi qui voulais que je reste à la maison pour Aubrey et Finn ! C'est toi qui m'as demandé de démissionner, je refuse que tu t'en serves contre moi ! je lance en tapant la table de la main.

Chez nous, c'est comme dans *Un jour sans fin*. Toujours la même dispute, encore et encore, sans jamais tomber d'accord. J'ai un master en communication, et pourtant, communiquer est la seule chose que nous ne parvenons pas à faire.

Scott a exigé que j'arrête de travailler en tant que reporter quand je suis tombée enceinte de Finn. J'étais toujours en déplacement pour couvrir des exclus et il pensait que cela ne me laisserait pas le temps de me consacrer à mon rôle de maman.

Au début, j'étais heureuse. J'ai toujours voulu être le genre de mère qui sert des cookies tout chauds et qui envoie ses enfants à l'école avec un bisou sur la joue et un bon goûter dans le cartable. C'est comme ça que ma mère s'occupait de moi, et j'en garde des souvenirs si joyeux. Je pense qu'elle ne venait pas du même monde que moi, parce qu'aujourd'hui, je m'estime heureuse si mes enfants portent des habits assortis et si j'ai pensé à payer la cantine.

Ma vie n'a rien à voir avec celle dont je rêvais. Au lieu de sortir des pâtisseries du four, je gesticule comme une folle pour garder la maison propre et éviter que Scott ne se mette en colère. Je passe une heure à la salle de sport pour devancer ses critiques sur la façon dont je me laisse aller. Je m'acharne tellement à essayer de ressembler à une mère parfaite et à en être une, que je me noie.

Et Scott maintient fermement ma tête sous l'eau pour ne pas me laisser respirer à la surface.

Il s'agrippe au rebord de la table et me regarde fixement.

— C'est toujours moi le méchant avec toi. C'est moi qui t'ai forcée à démissionner, c'est moi qui t'ai forcée à avoir des enfants, c'est moi qui t'ai forcée à être cette femme pitoyable. C'est moi qui t'ai rendue froide et amère, pas vrai ? Tout est de ma faute. Alors, barre-toi !

Des larmes jaillissent de mes yeux alors qu'il piétine mon cœur.

— Alors je suis vraiment superflue dans ta vie ?

Le regard de Scott devient enragé.

— C'est toi qui veux partir, Kristin. Tu es plantée là, raide comme la justice, et tu me demandes, à moi, de partir. Putain, je veux une femme qui m'apprécie. C'est quand la dernière fois où tu as vraiment eu envie de moi ? Où tu m'as donné ce dont j'avais besoin ?

Et voilà, une fois de plus, nous passons à la deuxième partie de la dispute.

— C'est dur d'avoir envie de quelqu'un qui te fait te sentir comme une merde.

— Et comment je m'y prends pour le faire, Kris, en te disant la vérité sur tes problèmes ?

Mes problèmes, toujours mes problèmes, même quand il s'agit des siens. C'est moi la cause de tous ses problèmes. Scott n'est responsable de rien de ce qui cloche dans notre vie. C'est toujours la faute de quelqu'un d'autre. Je suis tellement fatiguée d'être la raison de tout ce qui va mal, de me sentir si petite.

— Mais oui, Scott, c'est ça.

Pas la peine de se battre, j'ai essayé tant de fois. Rien de ce que je peux dire ne le touchera.

Les enfants sont chez mes parents, nous avions prévu de passer le week-end à deux pour nous retrouver. Ma mère sait à quel point notre couple va mal, et je voulais tenter le coup une fois encore. Je pensais que si nous profitions de moments ensemble, juste tous les deux, nous trouverions un moyen de surmonter cette crise.

Encore une fois, quelle naïveté de ma part !

— J'en ai marre de devoir toujours tout régler dans notre mariage, se plaint Scott en arpentant la pièce. Tu rabâches que tu veux me rendre heureux, mais tu ne fais rien de bien. C'est épuisant de toujours se répéter.

Oui, carrément épuisant.

Je commence à glisser vers un état où il ne peut pas m'affecter. Il y a une certaine limite à ce que je peux endurer avant d'être complètement fracassée.

— Arrête, je le supplie.

— Quand vas-tu enfin apprendre, Kristin ? Si tu faisais un peu d'efforts, je ne serais pas si déçu.

Je ne fais rien de bien. Rien du tout. Je ne m'habille pas comme il le voudrait, je n'éduque pas les enfants comme l'a fait sa mère, je n'ai plus l'apparence que j'avais quand il est tombé amoureux de moi ; et Dieu lui en est témoin : je ne lui fais jamais plaisir.

— J'imagine que je n'apprendrai jamais, je réplique pour l'apaiser.

— J'imagine, rétorque-t-il en croisant les bras sur sa poitrine, en me fixant.

Mon mari était quelqu'un de bien avant. Il me chouchoutait et me disait que j'étais la plus belle femme qu'il ait jamais touchée. Notre couple était si harmonieux. Deux années après notre mariage, tout a changé. Je n'étais plus parfaite à ses yeux. J'étais devenue compliquée et je quémandais son affection. Sa réaction en a entraîné une autre, puis une autre, comme une boule de neige qui grossit en dévalant la pente. Je pensais pouvoir le rendre heureux, alors j'ai fait encore plus d'efforts, et je suis tombée encore plus bas.

Il voulait un bébé. Si je pouvais lui faire un enfant, tout irait mieux entre nous. J'y croyais vraiment. Mais tous les mois, mes règles revenaient, et il me rappelait que je ne pouvais même pas lui donner d'enfant.

Le jour où j'ai appris que j'étais enceinte de Finn, tout a changé. J'ai retrouvé l'homme que j'aimais. Mais après la naissance d'Aubrey, je suis redevenue une pauvre fille à ses yeux.

La boule de neige avait fini sa course dans le talus et m'avait écrasée, me condamnant à l'inertie.

— Rien ne change, poursuit-il en râlant, j'arrête tout.

Moi aussi. Je suis fatiguée d'être fatiguée. J'en ai marre de me faire charcuter le cœur pour rien. Il ne m'aimera jamais. Je n'ai plus rien à lui donner.

— Comment en sommes-nous arrivés là ?

Ma voix se brise sous la vague de souffrance qui m'engloutit.

— Comment notre vie est-elle devenue ce qu'elle est aujourd'-hui ? Je t'aimais tellement que j'en avais mal au ventre, et mainte-nant ? J'ai juste mal. Je n'en peux plus. Je ne peux plus passer toutes ces soirées à nous déchirer. C'est trop dur.

— Si tu essayais seulement de faire plus...

— Si j'essayais plus ? Tu te moques de moi ? Je ne fais que ça ! Je ne fais qu'obéir à tes exigences, mais ça n'est jamais assez.

Mon Dieu. Comment peut-il rejeter la faute sur moi ? Je ne

peux pas être si nulle que ça. J'essaie vraiment. Je trime, je trime, et rien ne change.

Scott se passe la main sur le visage.

— Tu y arrivais avant.

— Oui, je riposte en laissant couler une larme, j'arrivais à faire beaucoup de choses avant, et toi aussi.

Mon cœur se serre, et tout en moi n'est que douleur. Je regarde Scott, et je fouille mon âme à la recherche d'une seule raison pour continuer à me battre. Juste une toute petite étincelle, le plus faible espoir de trouver une issue heureuse à notre relation, qui me donnerait l'impulsion de réunir mes forces pour me battre.

Ses yeux retrouvent les miens, et je comprends qu'il ne reste plus rien à sauver.

Je n'ai plus d'espoir, et je m'écroule. Un sanglot reste coincé dans ma gorge alors que je ressens la perte au plus profond de moi.

Il se rapproche rapidement de moi et m'enlace. Je laisse libre cours à mes larmes, je me raccroche à lui parce que je me sens si seule.

— Ne pleure pas bébé, je déteste quand tu pleures. Ce n'est pas ce que je veux pour nous, Kris.

Peut-être que je me trompe. Peut-être qu'il s'inquiète aussi.

— Je ne veux plus qu'on se dispute.

Scott pose ses mains sur mon visage et me regarde avec douceur.

— Alors, fais des efforts.

Voilà ce qu'il me fait. Il me casse en mille morceaux, puis il devient gentil pour que je pense que tout est dans ma tête. Je suis devenue cinglée à cause de lui.

Ce n'est pas moi qu'il veut, c'est une version d'une femme que je ne suis pas. Je suis fatiguée d'essayer de rentrer dans ce moule, c'est impossible. La vérité, c'est qu'il ne m'aime plus, et je refuse de vivre comme ça.

Je m'écarte de lui, j'ai besoin d'espace, sinon je vais retomber dans les mêmes pièges.

C'est terrible de voir que deux personnes qui autrefois auraient tout sacrifié l'une pour l'autre se retrouvent aujourd'hui si éloignées qu'elles ne se comprennent même plus. Notre relation se résume à une série de batailles, et je les ai toutes perdues.

— Ce n'est pas juste, lui dis-je en reniflant, la façon dont tu me traites, les choses que tu dis sur moi. Ce n'est pas juste Scott.

Il ferme les yeux et une larme coule le long de ma joue. Nous savons tous les deux que c'est la fin, mais je ne sais pas comment l'amorcer.

La colère, c'est un sentiment facile à comprendre. Mon rêve vire au cauchemar, et ça me détruit.

— Je ne vais pas m'excuser parce que je dis la vérité. Tu devrais prendre tes affaires et partir.

Je ne veux pas perdre mon mari, mais je ne veux plus être cette femme.

Je fais un pas en arrière, essuie mon visage et acquiesce.

— J'espérais...

Je ne sais pas vraiment ce que j'espérais. Qu'il m'aime assez, peut-être, mais ça n'a jamais été le cas.

Ses yeux marrons me transpercent.

— J'en ai marre d'être triste et que tu me négliges.

La douleur et la colère refont surface. Mais quel connard ! Il pense que *je* le néglige ?

Incroyable. J'érige une muraille tout autour de mon cœur pour me protéger de tout ce qu'il dira ensuite.

— OK. Je suis désolée que tu te sentes négligé. Que fait-on maintenant ? je le questionne, détachée.

— Je veux divorcer.

Trois mots.

Trois mots suffisent pour détruire ma petite existence en apparence parfaite.

— Et on dira quoi aux enfants ? je lui demande d'une voix serrée.

Scott est peut-être un mauvais mari, mais il a toujours été un père génial.

C'est ce qui me fait le plus de mal dans tout ça. Nous allons bouleverser la vie de nos enfants, et je ne peux pas le supporter.

C'est grâce à nos deux petits anges que nous sommes restés ensemble si longtemps. Pourtant, Finn et Aubrey ne méritent pas l'atmosphère plombée de leur foyer. Les disputes constantes, les colères, leur père endormi sur le canapé, nuit après nuit. Ce n'est ni sain ni juste pour eux.

Je m'inquiète surtout pour Aubrey. Elle adore son père, et ça va l'anéantir. Toutes les petites filles ont un amour spécial pour leur papa, et je suis si triste qu'elle découvre ainsi qu'elle peut le perdre, d'une certaine manière.

Scott se masse la nuque et laisse retomber sa tête.

— Je ne sais pas.

Lorsqu'il la relève, je vois une larme perler au coin de sa paupière. J'entrevois légèrement l'homme que j'ai connu toutes ces années auparavant. Je sais qu'il est quelque part, enfoui, et je voudrais tellement qu'il resurgisse. Je m'avance vers lui, je ressens tant d'émotions contradictoires. Je voudrais le sauver, je voudrais l'aimer, et je voudrais partir.

Puis je me souviens que c'est terminé. Il m'a dit des choses qu'il ne pourra jamais effacer. Pendant toutes ces années de disputes, nous n'avons jamais prononcé le mot « divorce ». Je pensais que si l'un de nous s'y risquait, je m'effondrerais. Dans la scène qui se jouait dans ma tête, je pleurais, le suppliais de m'aimer. Il me rassurait, et nous trouvions un moyen de nous en sortir. Je n'avais pas anticipé que, même au cœur de toute cette tristesse, je ressentirais un tel soulagement. Je suis restée dans cet enfer si longtemps. Je vais pouvoir recommencer à vivre.

— Très bien, je commence en inspirant profondément. La première chose à faire est de décider qui part et qui reste. Puis nous devons nous préparer à l'annoncer aux enfants.

Nous nous rasseyons, et pour la première fois ce soir-là, nous nous comportons comme des adultes. Pas de cris ni de larmes. Nous travaillons ensemble pour composer une liste de choses qui devront être accomplies, et décider de comment se les répartir. Nous n'avons pas de gros emprunts à rembourser, grâce à l'héritage que m'a laissé mon grand-père, donc ce point-là est rapidement réglé. Nous tombons d'accord sur le fait que nous devons parler aux enfants ensemble en essayant de rester polis l'un envers l'autre. Et enfin, nous n'avons plus que deux choses à gérer, et j'espère que nous allons tous les deux rester raisonnables.

La maison et les enfants.

Il va devoir me passer sur le corps s'il veut récupérer les enfants. Je ne les lui laisserai jamais.

— Nous avons gardé ces points pour la fin, mais nous devons nous décider, lance Scott les mains serrées.

— La maison, dis-je en posant mon stylo sur la table.

Je suis prête à faire un compromis sur ce point-là, si j'y suis obligée. Je peux vivre avec mes parents ou demander à Heather, ma meilleure amie, d'emménager chez elle, car sa maison est vide. J'ai le choix de savoir où je vais vivre, mais je ne peux pas vivre sans mes bébés.

— Je voudrais garder la maison. Tu ne peux pas rembourser l'emprunt, et je ne peux pas payer un loyer en plus de la banque, réclame Scott.

— Et les enfants ?

Je change le sujet parce que c'est ce qui m'importe le plus.

Il soupire.

— Je ne te ferai jamais ça.

— Tu ne feras pas quoi ?

Je prie silencieusement pour qu'il me réponde qu'il n'essaiera pas de récupérer la garde des enfants. Ils sont tout ce j'ai.

Il passe ses doigts dans ses cheveux.

— Bien sûr que je voudrais vivre avec eux, mais je ne peux pas. Je voyage trop et nous savons tous les deux que Finn ne pourra pas se séparer de toi. Cependant, je veux les voir pendant le week-end et les autres occasions. Moi aussi, je les aime.

— Merci, je réponds avec reconnaissance.

Nous nous mettons d'accord sur le fait qu'il restera dans la maison, mais que nous partagerons les meubles pour préserver le confort des enfants. Je ne sais pas comment nous allons nous arranger dans la pratique, mais au moins nous sommes tombés d'accord.

Je me glisse dans mon lit et la fraîcheur des draps me fait frissonner. Je passe ma main là où mon mari devrait être allongé, mais sa place est vide. Scott ne dormira plus à mes côtés. Je réalise enfin l'énormité de ce qui vient de se passer.

C'est terminé. Mon mari et moi allons divorcer.

Je serre l'oreiller contre mon visage et j'essaie d'étouffer le son de mes sanglots incontrôlables. Je ne savais pas qu'on pouvait avoir si mal. J'agonise. Je l'aime, mais tout est fini. Nous avons échoué, j'ai tout raté. Je n'arrive plus à respirer et mon oreiller est trempé de larmes.

— Kristin ?

Sa voix grave résonne dans la pièce.

— S'il te plaît, laisse-moi.

Je l'implore de partir car je ne veux pas qu'il me voie comme ça.

Scott m'ignore, s'approche et s'accroupit près de moi. Il fait sombre dans la chambre, mais je vois quand même la douleur dans ses yeux.

— Ne pleure pas, bébé.

Je m'écroule. Je pleure encore plus fort qu'avant et il m'attire vers lui. Il me berce contre sa poitrine et je lutte pour reprendre mes esprits. Impossible d'arrêter de pleurer. Je pleure pour toutes ces années passées ensemble, les années perdues, et les années que nous ne connaîtrons jamais. S'il me disait qu'il voulait essayer encore, je resterais. Je sais que c'est bête, mais c'est un tel échec de l'abandonner.

Après quelques minutes, je commence à me détendre. J'ai encore mal, mais mes sanglots se sont arrêtés. Scott me caresse le dos et je renifle.

— Ça va aller.

Il prend mon visage dans ses mains.

— Tu es sûre ?

— Je suis juste triste.

— Moi aussi je vais mal, Kris.

C'est le pire, nous nous aimons encore, mais nous sommes cassés, et nous n'arrivons pas à nous réparer.

— Je sais.

Son front touche le mien et nous restons là, immobiles. Scott me caresse la joue de son pouce et il me relève doucement le visage.

— Je t'ai aimée, Kristin, m'avoue-t-il de sa voix rauque. Tu étais la plus belle femme du monde.

Les battements de mon cœur s'accélèrent alors que l'atmosphère entre nous change subtilement.

— Scott, je lui chuchote.

Je ne sais pas si je veux qu'il s'arrête ou qu'il continue. Comment ne plus aimer quelqu'un ? Comment repousser le seul homme que j'aie aimé ?

Il reste mon mari.

L'ambiance dans la chambre est chargée d'électricité et nous sentons mutuellement le souffle de l'autre. Scott glisse sa main dans mon cou et la dirige vers ma poitrine. Mon corps réagit lorsqu'il effleure mon sein.

— Dis-moi d'arrêter, et je le ferai, murmure-t-il contre mes lèvres. Rien qu' une fois encore, Kris, j'en ai besoin, j'ai besoin de te sentir.

Mes sentiments ne sont pas clairs, et je suis à vif. Je ne peux pas prononcer ces mots, même si je le voulais. J'ai été si seule, j'ai besoin d'être aimée pour une fois.

Nos lèvres s'effleurent, et Scott se penche en avant. Il m'allonge et je sens son poids sur moi. Sa bouche se colle à la mienne et je l'embrasse comme si rien ne s'était passé aujourd'hui. Il gémit dans ma bouche et je m'agrippe à lui. Je veux qu'il me ramène à la vie.

Ça fait si longtemps. Je ne me souviens même plus de la dernière fois où nous avons fait l'amour. Pendant combien de nuits j'ai espéré si ardemment qu'il vienne me rejoindre, qu'il m'aime, mais il ne l'a pas fait.

Mes mains s'accrochent dans ses cheveux bruns, et je presse mes lèvres contre les siennes. Je me force à imaginer que nous sommes toujours profondément amoureux et que notre vie est parfaite.

Mais nous ne sommes pas parfaits.

Ce mythe va se terminer en tragédie si je maintiens l'illusion.

Trois mots résonnent dans ma tête, et je me souviens pourquoi je pleurais.

Je ne peux pas continuer à me faire du mal.

Le faire une fois de plus ne changera rien à ce qu'il va se passer. Il ne m'aime plus.

Je le déçois.

Je ne suis pas à la hauteur.

Je suis une calamité.

— Je ne peux pas, dis-je en repoussant ses épaules. Scott, je ne peux pas.

Il roule sur le côté et sur son dos, et couvre son visage de ses mains.

— Tu ne peux pas ?

— Si tout est fini entre nous, nous devons agir en conséquence. Tu ne peux pas demander le divorce et vouloir me faire l'amour en même temps. C'est déroutant.

Je m'assieds et réarrange mes vêtements.

Scott se relève et sort de la chambre. Il marque une pause et se retourne vers moi.

— Tant pis, tu n'es pas un si bon coup que ça de toute façon.

Il referme la porte derrière lui, et je me recroqueville, les genoux serrés contre ma poitrine, et je me laisse aller à sangloter aussi silencieusement que possible.

CHAPITRE DEUX

KRISTIN

~Six mois plus tard~

— Finn, va poser ce carton dans ta nouvelle chambre, je lui demande alors que je le vois affalé sur le canapé avec ses écouteurs sur la tête.

— Je regarde une vidéo, me répond-il brusquement.

— Je m'en fiche, tu dois nous aider, je rétorque pendant qu'Heather, Danielle et Nicole transportent des cartons dans la maison.

Heather pose le sien sur le sol et caresse la tête de Finn.

— Hé, tu pourrais aider Eli à porter la table ?

Il regarde sa « tante » et lui sourit.

— Tout de suite.

Un jour, je me souviendrai pourquoi je voulais faire des enfants. J'adresse un sourire à ma meilleure amie qui se tient dans son ancienne maison. Tous les jours, je remercie le ciel de m'être cassé la cheville en cinquième, et d'avoir rencontré Heather grâce à ça. Elle me sauve la vie en me laissant vivre chez elle avec mes enfants, gratuitement.

— Merci beaucoup Finn! J'en ai assez de ton comportement ! je lui crie alors qu'il s'éloigne.

Finn me lance un regard acéré et croise les bras.

— Ce n'est pas moi qui ai voulu déménager.

— Laisse-le faire, ma biche, me rassure Heather en me serrant la main, nous sommes là pour t'aider.

Je ferme les yeux et je compte jusqu'à cinq. Je sais que les enfants ont souffert, mais Finn est devenu insupportable. Aubrey n'est pas facile non plus, mais elle ne passe pas ses nerfs sur moi ; elle pleure, et ça, je peux le gérer.

— C'est plus dur que je ne le pensais.

— J'en suis sûre, mais ils vont s'adapter, me répond-elle avec un sourire bienveillant.

Si quelqu'un sait s'adapter, c'est bien Heather. Elle a enchaîné épreuve après épreuve, et elle est toujours debout.

Nous entrons dans la chambre et nous commençons à déballer des vêtements.

— Est-ce que Scott a été aussi agréable que d'habitude au téléphone ?

Elle a remarqué. Je suppose qu'elle doit son sens de l'observation hors norme à sa longue carrière de flic.

Mon mari, ou plutôt, mon futur ex-mari, fait de ma vie un enfer depuis un mois. Il est revenu sur toutes les choses sur lesquelles nous nous étions mis d'accord. J'espérais que la séparation se passe bien et que nous pourrions divorcer à l'amiable. Quelle naïve je fais !

Avec Scott, rien n'est facile, et si on ajoute de l'argent dans l'équation, alors ça devient carrément impossible.

Il me fait toutes les menaces possibles et imaginables pour éviter d'avoir à payer quoi que ce soit.

— Maintenant, il veut demander une garde partagée pour se soustraire à la pension alimentaire. Il dit qu'il a déjà bien assez mis la main au portefeuille et que si j'insiste, il demandera la garde exclusive des enfants.

— Quel connard ! grommelle-t-elle en rangeant des chemises dans la commode.

— Oh que oui !

— Alors il te menace ?

Je soupire et m'empare d'un cintre.

— Ce ne sont pas vraiment des menaces, il essaie juste de me compliquer la vie. Je viens de recevoir les papiers du divorce et ils sont complètement délirants. Rien de ce que nous avions prévu ensemble n'apparaît dedans. En fait, il voudrait juste que je sorte de sa vie sans un sou, et qu'en plus, je lui verse quelque chose.

S'il pense que je vais le laisser faire, il se fourre le doigt dans l'œil. J'ai avalé toutes ses couleuvres, et j'ai essayé de rester polie. Mais s'il veut la guerre, il l'aura.

— J'aimerais vraiment trouver une raison pour lui tirer dessus, en toute légalité.

J'éclate de rire, moi aussi, j'en cherche une.

— Il n'en vaut pas la peine.

Elle s'appuie contre la commode.

— Non, tu as raison. Mais toi, tu en vaux la peine.

Moi ? J'ai l'impression que je ne vaux rien dernièrement. Je viens de décrocher un travail, grâce à Heather. J'ai un toit en dessus de la tête, grâce à Heather. Le peu de meubles que j'ai, c'est Nicole qui les a trouvés, car elle est décoratrice d'intérieur. Elle a assez de culot pour récupérer des trucs dans les maisons qu'elle décore. Et ma nounou, c'est Danielle.

Vraiment, seule, je ne sais pas ce que je vaux.

Mes amies, elles, valent leur pesant d'or. Mais moi, je ne suis que la rouille à éliminer.

— Je ne me sens pas...

— Quelqu'un ! À l'aide ! hurle Nicole, la voix déformée par l'effort.

— Merde ! nous exclamons-nous de concert avant de nous précipiter en bas.

Nic n'est pas exactement la plus gracieuse de nous toutes, et elle ne fait certainement pas dans le travail manuel.

Lorsque nous arrivons dans le salon, je m'empresse de la décharger du carton du haut qui cache son visage en me retenant de rire.

— Putain de merde, il fait encore plus chaud que dans le cul de Satan ici ! râle Nicole en rattrapant maladroitement l'autre carton. Pourquoi est-ce qu'on vit à Tampa ?

— Tu sais quelle température il fait dans le cul de Satan, toi ? s'enquiert Heather.

Nicole pose le carton, lui adresse un doigt d'honneur et s'affale dans une chaise.

— Fais-moi de l'air, réclame-t-elle.

— Mais bien sûr ! je lui réponds en riant.

Danielle sort de la cuisine avec un verre d'eau glacée.

— J'ai rangé les placards.

Je souris en contemplant mes copines qui ne me laisseront jamais tomber. C'est grâce à elles que je suis encore là aujourd'hui. Le jour suivant notre décision de divorcer, je l'ai annoncé à Danielle par SMS, et elles sont arrivées à la maison toutes les trois. Elles m'ont consolée quand j'ai pleuré, m'ont fait rire et m'ont forcée à boire du vin, jusqu'à ce que je m'évanouisse.

Aujourd'hui, elles sont là, trempées de sueur, à m'aider à déménager.

— Je suis sûre que Kris va tout réorganiser derrière toi. Le rangement ce n'est pas ton fort, se moque Nicole.

Danielle lui assène une tape derrière la tête.

— Ferme-la, toi tu restes assise à rien faire.

Nous y revoilà.

Je lance un regard entendu à Heather. L'une de nous deux doit intervenir avant que ça ne dégénère.

Je passe un bras autour des épaules de Danielle.

— Je suis sûre que c'est parfait.

— Maman, mon ancienne chambre me manque, elle était violette, pleurniche Aubrey.

— Je suis sûre que tante Heather nous laissera repeindre celle-ci de la couleur que tu voudras, je la console en prenant ses mains dans les miennes.

Je n'ai même pas besoin d'interroger Heather du regard pour avoir sa permission, je l'ai déjà, depuis le jour où elle a décidé de me prêter la maison. Elle m'a dit que je pouvais en faire ce que je voulais pour m'y sentir chez moi. Je crois qu'elle était contente d'avoir une excuse pour ne pas avoir à la vendre. Elle vit avec son petit ami Eli, un chanteur-acteur ultra célèbre, depuis deux ans. Sa demeure sur Harbour Island est d'un luxe qui frise le ridicule, mais Heather tient beaucoup à sa maison. En tout cas, je ne me plains pas ; si elle n'était pas là, j'aurais dû retourner vivre chez mes parents.

Leur histoire est incroyable. Qui aurait pu croire qu'une soirée entre filles passée au concert du boys band de leur jeunesse, Four Blocks Down, puisse être à l'origine d'un amour comme le leur ? Certainement pas moi.

— Je te parie qu'Eli sera d'accord pour t'aider, il adore la peinture, la réconforte Heather d'un air complice.

— Eli sera d'accord pour faire quoi ?

Une voix grave remplit la pièce, mais je ne vois pas son visage caché par tous les cartons qu'il porte.

Aubrey lance un cri perçant quand elle l'entend et court se réfugier dans sa chambre.

La vue de cette superstar qui passe sa journée à déménager la meilleure amie de sa compagne me fait rire. Parfois, j'ai l'impression que c'est l'univers qui me fait une mauvaise blague.

Heather se dirige vers lui et le soulage de quelques cartons.

— Bébé, ça aide de voir où on met les pieds, le houspille-t-elle.

Il nous regarde avec un petit sourire narquois : les unes assises et les autres plantées là à rien faire.

— Je vois le genre... les hommes font tout le boulot, et vous les filles, vous supervisez ?

C'est à peu près ça.

— Tu as fini par comprendre, mon pote, approuve Nicole en rejetant la tête en arrière les yeux fermés.

— Et vous êtes amies avec elle pour quelle raison, déjà ? demande-t-il à la ronde.

— Nous ne sommes plus très sûres, je réponds en haussant les épaules. On essaie de s'en débarrasser depuis un moment, mais avec elle, c'est comme la varicelle, si on gratte un bouton, on en a un autre qui pousse d'encore plus désagréable. Nous avons fini par arrêter de nous gratter.

Notre amitié à toutes les quatre est très improbable, mais néanmoins réelle. Notre relation est unique : nous sommes toutes proches les unes des autres mais c'est une proximité différente pour chacune d'entre nous. C'est Heather que j'appelle quand j'ai besoin de pleurer. C'est celle qui a le plus d'empathie parmi les trois. Quand j'ai besoin d'un conseil de maman ou de couple, je me tourne vers Danielle. Et c'est Nicole qui me fait oublier tous les mauvais moments. Elle est dingue.

Je me suis toujours considérée plus proche de Danni, mais quand je lui ai annoncé ma séparation, elle s'est mise en retrait. D'abord, j'ai pensé que c'était parce que nous nous confiions souvent sur les difficultés de nos mariages, et que dorénavant elle était la seule à rester mariée. Mais elle m'a proposé de garder mes enfants pendant les heures de travail, alors peut-être que je me fais des idées.

— Fais gaffe, Eli, le menace Nicole. Tu ne fais pas encore officiellement partie de la meute, on peut toujours voter pour que tu quittes l'aventure.

Eli lui sourit, attire contre lui Heather qui lui tourne le dos, et lui passe les bras autour de la taille. Je ressens une pointe de jalousie devant la tendresse qu'il lui manifeste.

— Qu'en penses-tu, bébé ?

Heather lève les yeux au ciel et regarde par-dessus son épaule.

— Je crois bien que tu vas rester encore un peu dans le coin. Mais rien n'est sûr.

— Tu peux repousser ta décision encore de quelques semaines ?

— Si tu veux, rétorque-t-elle en haussant des épaules.

Il éclate de rire et l'embrasse. Je me détourne, je préférerais que cela ne me fasse pas si mal.

Scott me regardait comme ça avant. Nous étions taquins, amoureux et mon cœur battait à tout rompre en sa présence. Il était mon chevalier en armure, et j'étais sa princesse en détresse. Mais le conte de fées est terminé. Ils ne vécurent pas heureux, finalement.

Nous finissons de tout décharger, et même si je me moque de Nicole, je dois lui accorder qu'elle fait de son mieux pour arranger mon intérieur. Je comprends maintenant pourquoi c'est l'une des décoratrices les plus demandées de Tampa. Grâce à elle, la maison devient douillette.

En quelques heures, les pièces de vie principales sont terminées. Nicole dirige les gars qui portent le mobilier et leur montre où le poser. Elle réussit à marier harmonieusement mes vieux meubles et ceux qu'elle a ramenés.

Scott ne m'a accordé que les meubles des chambres. Il a dit qu'il préférait se débarrasser des choses susceptibles de lui rappeler ce que nous avions vécu. Je ne comprends pas ce qu'il voulait dire exactement, mais au moins, je n'ai pas eu à les racheter.

— Je suis crevée.

Je me laisse tomber sur le canapé.

Les autres sont partis, je suis seule avec Nicole.

— Moi aussi.

Je pose ma main sur sa jambe, et j'attends qu'elle se tourne vers moi.

— Merci, je n'aurais jamais réussi à faire tout ça sans toi.

Nicole recouvre ma main de la sienne.

— C'est tout naturel pour nous.

C'est la vérité. Chaque fois que l'une d'entre nous subit une dure épreuve, nous nous rallions toutes à ses côtés pour l'aider.

— Ce serait bien qu'on ait plus besoin de le faire.

— Si vous étiez restées célibataires comme moi, nous n'aurions aucun souci.

Je ne peux pas m'empêcher de rire. Elle ne ressemble à personne d'autre. Elle vit selon ses propres règles, et c'est quelque chose que j'ai toujours admiré. Peu importe ce que les autres peuvent penser à son sujet, elle est libre comme l'air. Moi, c'est tout le contraire.

On attendait de moi que je me marie avant d'avoir vingt-cinq ans, alors c'est ce que j'ai fait. Ma mère croyait dur comme fer que les trois premières années du mariage servent à construire une fondation solide pour le couple, alors nous avons attendu avant de fonder une famille. Et ensuite, c'est le rôle d'une mère de rester au foyer et d'élever ses enfants, alors c'est ce que j'ai fait aussi.

Mais on ne m'a pas expliqué ce que je devais faire lorsque cette fondation allait se fissurer et tomber en morceaux.

— J'aimais être mariée. Je me souviens au début, j'étais impatiente qu'il rentre à la maison, et il me manquait toute la journée.

Elle se tourne vers moi et place sa tête dans ses mains.

— Tu as subi des années d'abus, Kris. Je me suis tue parce que je ne pensais pas que tu puisses entendre ce que je voulais te dire, mais j'avais du mal à te voir dans cet état. Dans notre groupe, c'est toi et Heather qui êtes les plus généreuses. Vous avez un cœur énorme, pourtant vous laissez les mecs le piétiner.

— Scott n'a rien à voir avec Matt, je proteste pour la forme.

Matt s'est comporté comme un connard avec Heather. Ils étaient mariés depuis à peine un an, avant qu'il ne la quitte. Scott et moi sommes restés ensemble pendant presque dix-sept ans si on compte les années avant le mariage.

— Il n'a pas toujours été si mauvais, c'est pour ça que c'est difficile.

Elle soupire.

— Non, mais il n'a pas été fabuleux non plus. Tu dois reconnaître qu'il t'a infligé des blessures émotionnelles.

— Arrête ça.

Je ne veux pas en parler ni reconnaître à quel point j'ai été stupide de le laisser faire.

— Je ne te juge pas, me console Nicole en me prenant par la main. Pas une seule seconde. Je comprends ce que tu as vécu, c'était ton mari. Mais c'était si dur de te voir te faner.

Une larme glisse sur ma joue et Nicole m'attire dans ses bras.

— J'aurais préféré que cela se termine autrement. Nous espérions toutes qu'il finisse par se sortir les doigts du cul et qu'il commence à te traiter comme il faut.

— Moi aussi.

Je me détends un peu, je sais qu'elle ne me juge pas, tout comme je ne jugerais jamais mes amies, quels que soient les choix qu'elles fassent.

— Tu vas t'en sortir, me promet-elle.

Elle a raison, il faut que je m'en sorte. Je n'ai pas le choix, j'ai deux enfants qui ont besoin de moi. Être mère, c'est tout faire pour préserver le bonheur de ses enfants, même si on n'en a pas envie. Je préférerais largement rester au lit, à m'empiffrer de cochonneries et laisser libre cours à mes émotions, mais c'est impossible. Et puis, je ne sais pas ce qui me rend le plus triste : de ne plus vivre à ses côtés ou le fait que je me sois accrochée aveuglément à un espoir stérile.

— C'est grâce à vous si je m'en sors. C'est un gros con, et je suis prête à passer à autre chose.

— C'est ça, bravo ! me lance Nicole en me claquant la cuisse. Ouste le gros con !

Elle repose la tête sur le dossier du canapé et baille à s'en décrocher la mâchoire.

— Tu as l'air crevée, tu veux passer la nuit ici ?

— Tu sais, me répond-elle en saisissant son verre de vin, je sais ce que vous pensez de mes pratiques sexuelles, mais quand je fais des plans à trois, je les fais avec des mecs, pas avec des nanas. Tu es pas mal... mais il me faudra beaucoup plus de vin que ça !

J'éclate de rire et lui tape le bras.

— N'importe quoi !

— J'ai réussi à te faire rire !

— Carrément.

Nicole se blottit dans le plaid du canapé et nous rions ensemble comme au bon vieux temps. Elle me parle de ses nouveaux contrats. Elle évoque aussi son dernier amant en date. Je ne sais pas comment elle fait, mais tant mieux pour elle. Elle est heureuse même si sa vie sentimentale est sens dessus dessous. Et en écoutant sa voix, je pars à la dérive et oublie que je dors dans cette maison, seule, pour la première fois.

CHAPITRE TROIS

KRISTIN

— Dépêchez-vous !

Je me tiens sur le pas de la porte en criant à pleins poumons.

— Je ne trouve plus mes chaussures, me hurle Aubrey de l'intérieur.

Je soupire. C'est mon premier jour à mon nouveau travail, et je vais arriver en retard. Finn finit par sortir, coiffé de ses écouteurs et muni de son portable. Il fait comme si je n'existais pas, mais cela m'importe peu aujourd'hui. Il monte dans la voiture, c'est tout ce qui compte.

Je regarde ma montre et je tape du pied en m'impatientant.

— Aubrey ! Allez ma puce ! Mets ce que tu trouves, tant pis si elles sont dépareillées.

Elle arrive en courant et ses cheveux blonds sont déjà en train de s'échapper de sa queue de cheval, mais je n'ai pas le temps de la recoiffer.

— Désolée maman.

— Ça va, ma chérie, mais maman ne doit pas arriver en retard, on y va, OK ?

Je la pousse devant, et je ferme la porte avant de partir.

Une fois que tout le monde est en place et que les ceintures de sécurité sont bouclées, nous allons chez la baby-sitter, mieux connue sous le nom de Tatie Danni. Je n'ai pas les moyens d'en engager une vraie, car mon salaire de départ chez Celebaholics n'est pas fameux, mais pas catastrophique non plus, grâce à Eli qui les a appelés pour me négocier une petite augmentation.

Je ne suis pas très à l'aise de savoir que je vais suivre Eli et ses amis, mais... C'est un travail.

Un travail pour lequel je ne suis pas douée. Cela fait bien longtemps que je ne regarde plus la télévision pour adultes, et je n'ai jamais vu un seul épisode de *A Thin Blue Line*. Eli, la star de la série, trouve que c'est à mourir de rire. Je n'ai jamais suivi le parcours d'une célébrité de ma vie, je n'en avais pas le loisir. Je ne sais même pas qui fait la couverture des magazines en ce moment... Je me demande si Josh Hartnett est toujours en vogue. Il était si canon.

Pendant que mes amies, comme Nicole, étaient plongées dans les potins des magazines people, moi, j'assistais aux réunions des parents d'élèves de l'école, du club de lecture et j'évoluais dans la sphère professionnelle de Scott en remplissant mon rôle d'épouse modèle. J'ai passé les deux derniers mois à éplucher les offres d'emplois, sans en obtenir un seul. Je ne peux pas me permettre de faire la difficile. Si j'avais le choix, je ferais autre chose, mais les heures de travail sont adaptées à la vie d'une maman solo. Je peux télétravailler au moins trois jours par semaine, et ainsi continuer à m'occuper de mes enfants comme j'en ai envie.

Mon avocate est ravie de cette situation, elle dit que nous sommes couvertes dans l'éventualité où Scott change d'avis et décide soudain de demander la garde. Je serai présente à la maison avec eux, j'aurai des revenus et une flexibilité qui seront très appréciés par le juge. Grâce à ce travail, Scott n'aura aucun argument valable pour me prendre mes enfants. Je dois réussir.

En outre, mon avocate m'a prévenue que si je souhaite conserver la garde, je dois prouver que j'ai des revenus stables.

— On va chez papa ce week-end ? m'interroge Finn alors que je me dirige vers la maison de Danni.

— Oui, je lui réponds en lui lançant un regard dans le rétroviseur.

Il secoue la tête et remet ses écouteurs en place. Il est évident que cette nouvelle vie ne lui convient pas. Je ne sais plus comment le rassurer, car, à vrai dire, rien de ce que je peux lui raconter ne semble faire une différence.

Aubrey me sourit gentiment et regarde par la fenêtre. Ils grandissent si vite. Finn a dix ans et Aubrey vient juste d'en avoir six. Ils étaient tous les deux beaucoup trop jeunes pour voir leur univers bouleversé de la sorte. Ils s'en sortent bien pourtant. Ce dernier mois dans la maison a été éprouvant, maintenant que nous avons un nouveau chez nous, nous allons retrouver un rythme de croisière.

Nous arrivons chez Danielle pile à l'heure, et elle nous attend déjà.

— Salut, je lui lance dès qu'elle ouvre la porte.

Elle me regarde de haut en bas et éclate de rire. J'imagine dans quel état je dois me trouver. Je tiens mes clés entre mes dents, le sac rempli des jouets d'Aubrey est à moitié ouvert et déborde, et mon chemisier dépasse de ma jupe. L'incarnation du bordélisme

— Kris, passe-moi le sac.

Je le lui tends et j'essaie de me justifier.

— Pas facile, ce matin.

— Tu recommences à travailler après de longues années, tu vas y arriver.

À cet instant, je n'ai pas du tout l'impression de pouvoir arriver à faire quoi que ce soit.

J'embrasse mes deux enfants, Finn essaie de m'échapper, mais j'arrive quand même à lui toucher les épaules, puis je me rhabille correctement.

— Est-ce que c'est la tenue d'une divorcée de quarante ans qui vit une vie de chiottes, ou celle d'une reporter aguerrie qui va tout déchirer ?

Danielle fait mine de réfléchir un instant.

— Je dirais la deuxième option.

— Tant mieux. Je dois y aller. Merci pour ce que tu fais. Vraiment. Je t'aime.

Je l'embrasse sur la joue avant de partir.

— Moi aussi je t'aime, me lance-t-elle alors que je me précipite vers ma voiture.

J'ai vingt minutes pour me rendre au bureau. Je me suis donné quinze minutes supplémentaires, car je déteste être en retard. C'est ma bête noire, c'est pour ça qu'à chaque rendez-vous, nous mentons à Heather et lui demandons de venir une demi-heure avant l'heure convenue.

Le trajet se passe plutôt bien, mais la circulation est moins fluide que trente minutes auparavant. Je reste quand même en avance, grâce à mon planning prudent. Je me gare, vérifie que mon maquillage est encore frais et discret. J'ai coiffé mes cheveux en queue de cheval, et, miracle, mes deux boucles d'oreilles sont toujours bien en place.

Peu importe la nervosité que je ressens, je vais devoir assurer.

Jc reçois un SMS.

Heather : Tu vas tout déchirer aujourd'hui !

Moi : Remercie encore Eli de ma part.

Heather : Il est content d'avoir pu t'aider, et au moins ça nous rassure de savoir que tu ne vas pas inventer des sornettes comme dire que je suis enceinte et que c'est pour ça qu'il est forcé de rester avec moi.

Oh, mon Dieu. J'espère que je n'aurai jamais à écrire sur la vie d'Eli. Mais il est célèbre, donc je me fais peu d'illusions à ce sujet.

Fait chier.

Moi : Je commence déjà à regretter.

Heather : Surtout pas. Tu vas être géniale.

Moi : Je travaillais dans la politique avant. Je suis incapable d'écrire une rubrique people.

Ma tête retombe contre le dossier et je ferme les yeux. Je ne vais pas y arriver et je vais me faire virer en deux secondes.

Le téléphone sonne et je n'ai pas besoin de le regarder pour savoir que c'est Heather qui appelle.

— Pas de grands discours d'encouragement, je la préviens avant qu'elle ait pu dire un mot.

— Bon, arrête d'être aussi négative ! D'habitude, tu es si optimiste que je te jure qu'on peut voir des arcs-en-ciel rayonner de ton cul, alors reprends-toi. Positive !

Je m'accroche au volant.

— Ça, c'était il y a trois mois, avant que mon mari ne m'envoie les papiers du divorce.

— Bienvenue au club, ma grande.

— Je n'ai jamais demandé à y adhérer, je rétorque avec une pointe d'agressivité.

— Je sais que tu vois tout en noir en ce moment, mais fais-moi confiance, tu finiras par remercier le ciel de t'avoir envoyé ce divorce. Tu vas rencontrer un homme qui t'aimera et te soutiendra en toutes circonstances, et la vie sera plus légère. Tu dois juste tenir bon encore un peu.

Heather a tant d'espoir dans la voix que j'en reste abasourdie.

Son divorce n'a pas été facile, je sais, mais moi, j'ai deux enfants, une maison, des années de vie commune, une pension alimentaire, des dettes et tout le reste. Depuis que j'ai déménagé, il fait de son mieux pour être amical, car ce sont nos avocats qui gèrent tout ce qui est moche dans notre séparation.

J'ai l'impression que Scott cherche de nouveaux moyens pour me compliquer la vie depuis qu'il a appris le montant de la pension alimentaire qu'il devrait me verser.

— Je n'en suis pas encore là.

— Aujourd'hui, c'est le début de ta nouvelle vie, Kristin. Quand tu passeras cette porte, tu pourras être la personne que tu voudras. Sois audacieuse.

— Je ne sais pas ce que je ferais sans toi, je lui avoue, certaine qu'elle a raison.

Je suis loin d'être audacieuse, mais je peux faire semblant.

Heather éclate de rire.

— Tu serais perdue. Allez, maintenant, tu fonces et tu leur montres de quoi tu es faite.

Je descends de la voiture et je me dirige vers un petit immeuble.

— Bonjour, je souris à la réceptionniste. Kristin McGee, j'ai rendez-vous avec Erica.

J'ai les nerfs à vif, mais je fais de mon mieux pour ne rien laisser voir. Erica et moi avons longuement discuté au téléphone, mais nous ne nous sommes jamais rencontrées. La recommandation d'Eli a suffi pour qu'elle m'engage.

Elle hoche la tête en consultant son ordinateur.

— En effet, tu es la nouvelle. Je m'appelle Pam.

Nous échangeons quelques banalités pendant qu'elle me conduit jusqu'à un bureau dans le coin du fond. J'y dépose mes affaires, puis nous nous dirigeons vers ce qui doit être un espace de travail, mais je n'ai jamais rien vu de tel. Il y a deux séparations en guise de murs, des posters collés au hasard, des papiers étalés de partout et les chaises sont couvertes de vêtements.

Mais où ai-je donc atterri ?

— Tu dois être Kristin !

Un petit bout de femme qui ne doit pas avoir plus de vingt ans apparait comme par magie.

— Ravie de te rencontrer.

— Moi aussi.

Je lui serre la main avec un sourire forcé.

— Désolée pour le désordre, s'excuse-t-elle d'un air penaud. Nous avons emménagé dans ces locaux la semaine dernière, et la transition a été rude.

Je secoue la tête, compatissante.

— Je viens aussi de déménager, je comprends.

Erica relève ses cheveux en un chignon mal fait, et je m'aperçois que j'ai trop soigné ma tenue. Elle est pieds nus, porte un short de sport et un T-shirt portant l'inscription « Y'all Need Jesus ».

Je ne sais pas si le potentiel de ce code vestimentaire me ravit ou me terrorise.

— Assieds-toi, m'invite-t-elle en désignant une chaise.

— Merci.

Je m'installe en déplaçant les habits sur une autre chaise.

— Alors, tu es *vraiment* amie avec Eli Walsh ?

Elle me met mal à l'aise.

— Oui, Heather, sa compagne, est l'une de mes meilleures amies.

Elle s'adosse en souriant.

— C'est mortel, FBD fait partie des histoires les plus appréciées à Tampa. Bien sûr, notre audience est nationale, mais nous avons débuté en blog local et Tampa reste notre base. Eli et Randy sont les enfants prodiges du pays, et nos lecteurs sont intéressés.

Je ne suis pas surprise. J'ai vu de mes yeux la démence de la foule provoquée par leur présence. Ils sont célèbres depuis notre jeunesse et nous leur sommes tous restés fidèles. Eli et Randy ont grandi dans le coin, et les gens d'ici sont d'autant plus enthousiastes à leur sujet. Je ne les critique pas, je faisais pareil avant de rencontrer Eli. Aujourd'hui, je trouve affolant de voir qu'il est obligé de rendre publique une si grosse partie de sa vie.

Et le pire, c'est la façon dont ils traitent Heather. Heureusement qu'elle n'y accorde aucune importance.

— Je veux m'assurer que je n'aurais pas à écrire sur Eli. Je ne veux pas leur infliger ça ni à lui ni à mon amie.

Je le lui ai déjà annoncé pendant notre entretien téléphonique, mais je préfère le répéter.

Erica se penche en avant sur son bureau.

— Bien sûr, je le comprends entièrement. Toutefois, tu as un accès aux autres célébrités de son entourage, c'est pourquoi Eli a suggéré que tu serais bien à ta place ici.

Parfait. Je ne suis pas obligée d'écrire sur lui, mais ses amis sont à ma portée.

Je ne suis pas sûre d'en être capable. Je vais être la copine qui laisse traîner ses oreilles à la recherche d'une histoire.

Pourtant, je pense à ce que mon avocate m'a dit au sujet de Scott et des enfants. Je ne peux pas me montrer au tribunal et leur dire que j'ai démissionné de mon travail le premier jour. Ça ne serait certainement pas bien vu, surtout si Scott décide de demander la garde.

Eli l'a lui-même suggéré, donc ça ne doit pas le déranger.

Je me redresse dans ma chaise. Je n'ai peut-être pas envie de le faire, mais je n'ai pas le choix. Je vais tout donner pour que ça marche.

— Sur quoi veux-tu que je travaille pour commencer ?

— En fait, déclare Erica avec un sourire malicieux, j'ai un tuyau que je voudrais que tu approfondisses.

Et c'est parti.

CHAPITRE QUATRE

KRISTIN

Je suis attablée dans ma salle à manger, et je me mordille la lèvre en essayant de réfléchir à un angle d'approche. Je sais que si je le demande à Heather, elle ne me dira pas non, mais je commence vraiment à avoir l'impression d'être une mauvaise amie.

Elle a déjà tellement fait pour moi, je ne peux plus lui demander de service. Je dois me montrer créative.

Je repense à mes premiers pas de reporter, à l'époque où je ne connaissais personne. Il était crucial de faire preuve d'ingéniosité. Erica m'a donné un dossier d'informations sur Noah Frazier. Il est posé devant moi sur la table. Il arrive à Tampa vendredi pour rendre visite à Eli, ce qui veut dire que je dois avoir une histoire à publier sur le blog lundi matin.

Étant donné que je ne sais rien de Noah, je dois commencer par trouver un point de départ.

J'ouvre le dossier et consulte son contenu constitué comme un rapport de police.

Nom : Noah Joseph Frazier
   Date de naissance : 3 novembre 1977 (Scorpion)

Le fait que nous ayons le même anniversaire me fait sourire.

. . .

Adresse : vit en ce moment à New York
Lieu de naissance : Newton, Illinois
A déménagé à Los Angeles à l'âge de dix-sept ans
Couleur des yeux : verts
Cheveux : bruns
Taille : 1m80 (mais je crois qu'il est un peu plus petit en réalité)
Poids : On s'en fout, il est canon

Je ris dans ma barbe ; mais qui écrit ces formulaires sur les célébrités ?

Situation de famille : Bel et bien célibataire.
Corpulence : Sportif, mâchoire carrée. Petit cul d'enfer.

J'ai failli recracher mon café par le nez. C'est écrit noir sur blanc : *Petit cul d'enfer.*

Puis je lis les nombreuses informations qui concernent sa carrière, ses plats préférés et tout ce qu'on voudrait savoir sur lui. Je tourne la page suivante et ce que j'y vois me laisse bouche bée.

Putain de merde.

C'est un canon. C'est plus qu'un canon, c'est un avion de chasse.

Finalement, ce travail n'est pas si terrible.

J'ouvre mon ordinateur portable et je tape son nom dans le navigateur pour trouver des photos. Noah apparaît souvent avec Eli sur le tournage de *A Thin Blue Line*. J'en trouve d'autres qui ont été prises dans des bars. Il porte vraiment bien l'uniforme de policier. Je laisse reposer ma tête contre ma main et je clique sur les photos. Sur la prochaine, il est de dos, les jambes légèrement pliées et il brandit son pistolet... Voilà qui explique le commentaire sur son cul d'enfer.

Je continue à faire défiler les photos de Noah, toutes plus irrésistibles les unes que les autres, en soupirant.

Je clique encore sur quelques images, jusqu'à ce que je tombe sur un cliché pris lors de la remise des Emmy Awards.

Seigneur Dieu tout-puissant.

Il porte un smoking noir qui lui va comme un gant. Il a beau être recouvert de tissu, je peux deviner tous les angles de son corps. Ses épaules larges, sa taille fine et ses bras musclés transparaissent clairement. Ses cheveux sont séparés par une raie sur le côté et coiffés en arrière de façon soignée et sophistiquée. Le photographe l'a surpris en train d'éclater de rire et ses yeux verts sont brillants et plein de vie.

Je pourrais rester devant cette photo toute la journée. Si c'est mon travail de le regarder, je ne démissionnerai jamais.

La sonnerie de mon téléphone me fait sursauter.

Merde, c'est Scott.

— Allo ?

Je referme mon ordinateur avec un léger sentiment de culpabilité. Après tout, j'étais en train de baver sur un autre homme alors que je suis encore légalement mariée.

— Salut !

Mon cœur bat plus vite au son de sa voix. Nous ne nous sommes plus adressés la parole depuis que j'ai déménagé il y a deux semaines, et j'ai mal rien que de l'entendre.

— Je voulais confirmer que les enfants passent bien le week-end avec moi.

— Oui, c'est prévu, je lui réponds en parcourant ma tasse du doigt. Je te les dépose après le travail vendredi.

Il se racle la gorge.

— Je peux venir les chercher.

— Très bien, je te le proposais car je serai à West Chase. D'après notre accord temporaire, je dois soit les déposer, soit les récupérer. Cela me paraissait être un bon compromis. Je dois aller au bureau vendredi, donc les enfants seront chez Danielle. J'ai une tonne de papiers à remplir.

Scott reste muet un instant, et mon estomac se serre.

— Je préférerais que l'on se retrouve quelque part entre nos deux domiciles. Mon avocat a suggéré de trouver un endroit neutre. Pour le bien des enfants... et le nôtre. Comme ça, nous ne risquons pas de nous retrouver au cœur des affaires de l'autre. Je préférerais que tu ne viennes pas chez moi.

Ma main s'immobilise et se crispe sur la tasse. Chez lui ? C'est *sa* maison maintenant. Il avait besoin de le présenter comme ça ? Je sais que les épreuves ne font que commencer, mais personne ne m'a prévenue que le processus allait être si difficile. Notre vie se base dorénavant sur les avocats, l'argent, et la séparation de nos biens. C'est dur de rester polie quand on a un gros con en face de soi.

Je ravale mes larmes. C'est plus facile sur le papier que dans la vraie vie. C'est encore l'homme que j'ai toujours aimé.

— Ce n'est pas pratique pour moi Scott. Je ne pourrais pas m'y rendre dimanche.

Il inspire bruyamment.

— Je ne cherche pas à te faire chier, *Kris*.

Non, c'est juste une seconde nature chez lui.

— Nous avons décidé ensemble que l'un de nous deux les déposerait, et que l'autre reviendrait les chercher. Tu m'as envoyé tes exigences l'autre jour, et c'est ce que j'ai signé.

Moi aussi je peux jouer à ce jeu. Je ne vais pas le laisser me malmener.

Mon avocate m'a appelée mercredi soir pour me dire que nous avions une date pour le jugement, et pour parler des demandes de Scott pendant la séparation. J'en ai accepté certaines, dont celle-ci, mais il se fourre le doigt dans l'œil s'il pense que je vais les amener *et* les ramener pour ses visites, et encore plus s'il pense que je vais me déplacer dans un lieu choisi au hasard. Ce sont ses enfants aussi. Il peut s'organiser aussi s'il veut tout chambouler. C'est moi qui vais devoir continuer à interagir avec lui jusqu'à ce que les enfants aient fini leurs études. C'est moi qui ai dû changer de maison avec Finn et Aubrey parce qu'il voulait garder la nôtre, ce qui d'ailleurs me semble absolument ridicule. Il vit seul et il a besoin de quatre chambres ?

— Mon avocat pense que c'est une bonne option.

Il a préparé sa lettre avec son avocat, et maintenant, il fait comme si rien ne l'arrangeait. Tant pis pour lui. Moi non plus, ça ne m'arrangeait pas de déménager, mais je l'ai fait quand même. Il est temps qu'il grandisse un peu. Je suis déjà sympa de lui proposer de les déposer *chez lui* vendredi parce que je sais qu'il travaille de l'autre côté de la ville.

Je souffle, agacée.

— Tant mieux pour toi et pour ton avocat, mais je n'ai pas signé cet accord. Tu ne peux pas décider de quelque chose et t'attendre à ce que je t'obéisse. J'ai été bien assez gentille avec toi pour l'instant. Je te propose de te les déposer vendredi, et toi, tu peux me les ramener dimanche, à l'heure convenue. Ce qui est exactement ce que tu m'as demandé et exactement ce qui figurait sur le papier de ton avocat que j'ai signé.

Je ne vais pas me rendre dans un endroit à mi-chemin entre les deux, ça ne fait aucun sens.

— Je dois travailler lundi, se plaint-il. Tu vas devoir me rejoindre le matin plutôt que le soir. Je peux t'envoyer Jillian si l'horaire ne convient pas.

J'espère qu'il plaisante. Il a perdu la tête s'il pense que je vais laisser les enfants à son *assistante*. En plus, j'ai toujours détesté cette conne. Elle est désagréable avec moi, et elle lui fait de la lèche.

— Je ne vais pas te rejoindre, ni toi ni ton assistante. Et d'ailleurs, selon l'accord que tu as envoyé, tu les gardes jusqu'à dix-huit heures. J'ai quelque chose de prévu dimanche.

Comme espionner Noah Frazier et écrire mon article, mais je ne lui dis rien de tout ça.

— Quelque chose de prévu ? demande-t-il en riant. Arrête ton char, tu n'as pas de vie. J'ai une réunion importante. Ne sois pas si conne, pour une fois.

S'il veut voir une conne, il va être servi.

— Désolée que ton planning soit compliqué.

Ma voix est chargée de sarcasme. Je ne suis pas désolée du tout.

— Toutefois, ce n'est pas du tout mon problème. Je les déposerai vendredi soir, à la maison, et je t'attendrai chez moi dimanche après dix-huit heures. C'est un accord que nous avons passé ensemble par *écrit*.

— Quand es-tu devenue si aigrie ? Tu ne peux pas être un peu plus accommodante ?

Quel trou du cul.

— J'adorerais parler de tout ça avec toi, Scott, mais je suis occupée. Si notre accord te pose un problème, je te suggère d'en parler à mon avocate. Je te dépose les enfants vendredi, après le travail, chez toi. Merci d'avoir appelé.

Je raccroche et gémis en laissant tomber ma tête en arrière.

J'ai juste envie de m'écrouler dans mon lit. C'est épuisant d'être un parent solo. Je me lève et je me dirige vers les chambres.

Tout doucement, j'ouvre la porte de celle d'Aubrey et je m'approche de son lit. Elle paraît si petite quand elle dort. Je lui caresse les cheveux, lui dépose un baiser sur le front, et m'assieds un instant sur le bord du lit. La nuit dernière a été dure pour Aubrey. Scott lui manquait et elle a pleuré pendant presque une heure, sans que je ne puisse rien faire pour la calmer. Blottie dans mes bras, elle continuait à sangloter et à me supplier de rentrer à la maison avec papa. Je ne sais pas combien de soirées pareilles je pourrais endurer avant de m'effondrer.

Elle se blottit sur son oreiller et serre les doigts sur la couverture qui l'accompagne depuis sa naissance.

— Fais de beaux rêves, ma douce, je lui chuchote avant de l'embrasser à nouveau.

Je vais dans la chambre de Finn et je ne peux pas m'empêcher de sourire. C'est le dormeur le plus désordonné que je connaisse. Sa tête tombe de son lit, son pied est posé contre le mur et l'autre repose sur son oreiller. Je ne comprendrai jamais comment il se retrouve dans des positions pareilles. Nous avons tout essayé, mais il n'y a rien à faire.

Mon petit bébé me glisse entre les doigts. Nous avons toujours été proches, mais ces derniers temps, il me déteste. Je ne sais pas s'il pense que c'est moi qui ai décidé de déménager, ou s'il présuppose autre chose. J'attrape ses jambes et je le remets dans une position normale.

— Maman ?

Il se frotte les yeux et je caresse ses cheveux.

— Rendors-toi, chéri.

Finn s'assied et me prend dans ses bras.

— Pardon d'être désagréable avec toi.

— Ne t'excuse pas, je lui murmure en l'attirant vers moi. Je sais que tu fais de ton mieux pour gérer tes émotions.

Il se soustrait à mon étreinte et je vois ses beaux yeux marrons, si semblables à ceux de Scott, se remplir de larmes.

— Pourquoi est-ce que papa ne nous aime plus ?

Je prends son visage dans mes mains.

— Il t'aime très fort, et il t'aimera toujours.

— Si c'était vrai, il ne nous aurait pas forcés à partir.

Oh, Finn, si seulement c'était si facile. Je ne trouve pas les mots pour lui expliquer, mais c'est un garçon intelligent. Il a toujours su d'instinct quand on lui mentait. Je secoue la tête, et je compose soigneusement ma réponse dans ma tête avant d'ouvrir la bouche.

— Il arrive qu'une maman et un papa n'arrivent plus à vivre ensemble.

Une larme coule sur sa petite joue rebondie et me brise le cœur.

— Parfois, on a beau essayer de son mieux, les choses ne marchent plus du tout. Cela n'a rien à voir avec l'amour, mon chéri. J'aime ton papa très fort et je sais qu'il m'aime aussi. C'est juste que... Il vaut mieux pour tout le monde que l'on vive chacun de notre côté.

C'est la vérité. C'est une partie de la vérité. C'est tout ce que je peux révéler à mon petit garçon de dix ans. Je ne dirai jamais de mal de son père devant lui. Quoi qu'il arrive, je protégerai tous les sentiments qu'ils pourront avoir à son égard. Il est leur père, l'homme que j'ai admiré pendant si longtemps, et je veux qu'ils continuent à l'aimer.

— Comme ça, tu seras moins triste tout le temps, remarque Finn en s'essuyant le nez avec sa manche.

Les garçons...

— Que veux-tu dire ?

Il se rallonge sur son oreiller et je le borde.

— Tu avais si peur, le soir. Papa te disputait tout le temps et après tu pleurais.

Finn baille.

Mon cœur se serre et je porte la main à ma gorge. Je croyais que nous étions discrets et que les enfants n'avaient rien remarqué. Scott et moi ne nous disputions jamais devant eux, et je faisais de mon mieux pour masquer ma douleur. On dirait que j'ai tout raté là aussi.

— Je t'aime, Finn, je lui caresse la joue mais il s'est déjà rendormi.

Encore une nuit à pleurer, toute seule dans mon grand lit.

Erica m'a appelée ce matin pour me prévenir que « l'arche est amarrée à Tampa ». J'imagine qu'elle me fait savoir de façon absolument pas subtile que Noah est ici. Mais avec cette fille, qui sait ?

Elle est définitivement folle.

Pour de vrai.

Elle est incontrôlable. Erica pense que le gouvernement fait des expériences sur les humains et que nous sommes dans une version de *Hunger Games*. Je ne sais pas de quel district elle vient, mais j'espère que c'en est un différent du mien. Sinon on n'a aucune chance de survivre.

Elle vit encore chez ses parents et ne paie aucune facture, parce qu'elle travaille pour trouver son principe de vie. Je ne sais même pas ce que cela veut dire. Son principe ? Est-ce qu'elle ne devrait pas être à la recherche de son *but* dans la vie ?

Si seulement c'était mon imagination.

J'envoie un SMS à Heather en priant pour que mon plan à la noix fonctionne.

Moi : Salut ! Tu fais quelque chose ?

Heather : Je suis au boulot, mais j'ai fini dans une heure. Ça va ?

Elle ne va jamais tomber dans le panneau, mais mon aptitude à baratiner est proche de zéro étant donné ma situation personnelle.

Moi : Je me disais qu'on aurait pu sortir tous ensemble ce soir… J'aurais bien besoin de me changer les idées. Je dépose les enfants chez Scott dans un moment.

Heather : Oh bien sûr ! Le copain d'Eli vient d'arriver, mais passe à la maison si tu veux ! On s'installera à côté de la piscine, on boira un verre et on fera une soirée pyjama. Surtout après avoir passé du temps en compagnie du Trouduc.

Moi : Oui, Trouduc va certainement me plomber le moral. Ça me ferait du bien de te voir.

Je me déteste. Je suis la pire copine qui soit.

La culpabilité me ronge. J'ai utilisé mon amie.

J'arpente le salon, téléphone à la main. Non, je ne serai pas cette personne. Heather ne mérite pas que je me comporte ainsi avec elle.

Moi : Bon, j'ai menti. Enfin pas tout à fait, mais mon intention n'était pas honnête. Je dois rendre un papier lundi, ou je vais me faire virer par ma godiche de patronne. Elle m'a demandé d'écrire sur Noah. Excuse-moi ! Mais tu peux m'envoyer chier maintenant. T'inquiète, je me déteste assez pour nous deux.

Mon téléphone sonne et va atterrir par terre. Pourquoi est-ce qu'elle appelle à chaque fois au lieu de textoter ? Je le ramasse rapidement et décroche.

— Allô ? je réponds nerveusement.

— T'es vraiment lente des fois ! Très très lente à la détente ! Si tu as besoin de rencontrer Noah, je te l'aurais servi sur un plateau. Idiote.

Heather éclate de rire, et j'entends son partenaire, Brody, avec elle.

— Il suffisait de demander.

Elle ne comprend pas à quel point ça me gêne de faire ça.

— Je ne veux pas te demander ! Je suis supposée être une journaliste, ou je ne sais quoi. Mon travail, c'est de publier des détails croustillants sur les amis d'Eli, bordel !

Heather soupire.

— Eli en est conscient, et il t'a obtenu ce travail parce qu'il sait que tu es une belle personne, Kris.

Je n'ai pas l'impression d'être une belle personne. J'ai l'impression d'être une profiteuse.

— Je lui dois tellement. Tu dois lui donner beaucoup de sexe pour le remercier, je plaisante.

— Oh, ce sera fait. Des tonnes et des tonnes de sexe, avec la peau qui transpire. Le genre de sexe qu'on ne trouve que dans les romans.

Brody grommelle si fort que je l'entends dans le téléphone, puis il fait mine de vomir.

— Parfait, mais surtout ne me raconte rien. Je vais devoir me passer de sexe pendant un moment. Ça fait déjà onze mois. La dernière chose que je veux, c'est entendre tes exploits sexuels avec le gars qui a fait la couverture de *Men's Health* le mois dernier. Est-ce qu'il a au moins un tout petit défaut ?

— Tu parles. J'attends avec impatience qu'il grossisse un peu. Et lorsqu'il aura une bouée, j'enfoncerai mon doigt dedans tous les jours.

Je ris en imaginant Heather en train de taquiner Eli. Ce n'est vraiment pas juste. Toutefois, il travaille dur. Je n'ai jamais vu quelqu'un d'aussi discipliné en ce qui concerne la nourriture. Pendant qu'on prend l'apéro avec des chips et des sauces, lui s'en tient à son œuf dur et son poulet vapeur.

Dans ces conditions, je choisis les bourrelets et le guacamole.

— Merci de ne pas me détester, je reprends en rongeant mon ongle du pouce.

Heather soupire longuement.

— Tu vas devoir t'habituer à cette situation, Kristin. Viens à la maison à vingt heures ce soir, et on passe la soirée ensemble. OK ?

— OK. Merde, qu'est-ce que je vais mettre ?

Les seules célébrités que je connaisse sont les membres de Four Blocks Down. La première fois que je les ai rencontrés, j'ai cru que je ne m'en remettrai jamais. Aujourd'hui, Shaun, PJ, Eli et Randy font partie de notre groupe. Donc ça va aller.

Toujours est-il que mon cœur s'est emballé quand Shaun m'a baisé la main, et je me suis presque évanouie.

Aujourd'hui, la rencontre est professionnelle, je ne sais pas bien quelle attitude adopter dans ce cas-là. Est-ce que je me fais belle ?

— Noah est très gentil, Kris. On va boire un verre au bord de la piscine, sois toi-même.

— Je...

La radio s'anime et nous coupe.

— Des coups de feu, je dois y aller, bisous.

Heather a raccroché avant que j'aie pu dire un mot.

Je déteste quand elle travaille. Quand elle est devenue policière, j'avais les nerfs en pelote. J'exigeais qu'elle m'envoie un SMS tous les soirs, une fois rentrée chez elle. Je ne pouvais pas dormir avant de l'avoir reçu. Je sais que c'est bizarre, mais j'avais si peur qu'il lui arrive quelque chose.

Finalement, elle en a eu marre et elle m'a demandé soit de prendre un calmant, soit d'aller consulter.

Mais, de temps à autre, je me souviens à quel point elle met sa vie en danger dans son travail.

Au lieu de péter un plomb, sur la sécurité d'Heather ou sur ma rencontre avec Noah, j'attrape mes affaires et je sors du bureau.

Je vais rencontrer Scott pour la première fois depuis mon déménagement. La nausée et la terreur m'envahissent. Notre dernière conversation au téléphone s'est mal passée, et j'ai reçu un SMS ce matin qui me donnait rendez-vous à la maison. On va bientôt découvrir si ça voulait dire chez lui, ou dans un endroit à mi-chemin choisi au hasard dans Tampa.

CHAPITRE CINQ

KRISTIN

— Maman ! s'écrie Aubrey en courant vers moi tout sourire, tu m'as manqué aujourd'hui !

— Toi aussi tu m'as manqué !

Je prends ma petite fille dans mes bras et je la berce doucement.

C'est l'un des gros avantages de mon travail, je passe encore énormément de temps avec mes enfants. Durant cette semaine, j'ai pu passer deux journées chez moi en télétravail, ce que je pourrai faire encore plus souvent quand j'aurais compris les rouages de Celebaholics. Mon boulot est ce qu'il est, mais les horaires sont fabuleux.

Je regarde ma petite fille en souriant.

— Tu as passé une bonne journée avec Tatie Danni ?

Elle hoche la tête et chuchote au creux de mon oreille.

— Elle nous a donné de la glace.

— Ah bon ? je lui réponds, faussement choquée.

— Elle nous a demandé de ne pas te le dire.

Je ris doucement.

— Alors, on ne va pas lui avouer que tu viens de le faire.

— Est-ce que tu as parlé à maman de notre petit secret ? demande Danielle en faisant mine d'être en colère.

Aubrey met ses mains derrière son dos et hausse des épaules.

— Ça se pourrait.

Danni souffle longuement et croise les bras.

— Aubrey Nicole McGee, tu vas m'attirer des ennuis.

— On lui donne une autre chance ? je suggère à Aubrey.

— D'accord !

Danielle éclate de rire et la prend dans ses bras, avant de l'embrasser sur les deux joues pour la faire glousser de plaisir. Danielle est la marraine d'Aubrey, elles s'entendent parfaitement pour jouer des tours à leur entourage.

Finn sort de la maison avec son sac à dos et son téléphone, je crois qu'il se l'est fait greffer dans la main sans me le dire.

— Wesh, m'man !

— Wesh, je le mimique. Wesh gros ?

Voilà qui retient son attention.

— T'es vraiment pas cool.

— Oh, je suis très cool, je suis la mère la plus cool que tu connaisses. Je suis si cool, que tu voudrais être mon pote.

Finn secoue la tête et rigole. Mon cœur s'allège un petit peu. Il a été si triste ces derniers temps, ça fait du bien de revoir le petit garçon joyeux qu'il était avant.

— Tatie Heather est cool... Toi, pas trop, ajoute-t-il, espiègle.

Je ne peux pas me mesurer à Heather, elle est en couple avec une star de la TV. Le temps où mes enfants pensaient que j'étais la meilleure est révolu.

— Va poser tes fesses dans la bagnole avant que ta ringarde de mère se mette à danser et à chanter avec Tatie Danni.

Je le provoque en haussant les sourcils. Finn sait que ce n'est pas une menace en l'air. Lui mettre la honte ne me dérange en aucun cas.

Il pique un sprint jusqu'à la voiture, et sa vue me réchauffe le cœur. Mes enfants vont rencontrer des difficultés à cause de cette séparation, mais un peu de bonne humeur fera du bien à tout le monde.

J'attache la ceinture de sécurité d'Aubrey et je rejoins Danielle devant le véhicule.

— Tu tiens le coup ?

— Je survis.

Elle me prend par le bras et me sourit tristement.

— Tu sais que je t'aime ? Et que nous sommes toutes si fières de toi ?

J'ai tellement de chance d'avoir mes copines à mes côtés. Je n'aurais jamais tenu si longtemps sans elles. Je sais qu'elles partagent toutes ce sentiment de chance, et cela rend notre relation encore plus spéciale. Je ferai n'importe quoi pour elles.

— Fières ?

— Bien sûr. Tu l'as quitté, et Dieu sait qu'il méritait que tu le quittes depuis bien longtemps. Je suis fière de toi, parce que tu fais ce que tu dois faire. Mais il appelle souvent Peter, et ça me fait bizarre de me retrouver au milieu de tout ça...

Scott n'a pour ainsi dire qu'un seul ami, Peter. Je n'ai jamais imaginé que Danielle puisse entendre un autre son de cloche que le mien. Voilà pourquoi elle se comportait de façon étrange.

— Je suis désolée.

Elle secoue la tête rapidement.

— Non, ne t'excuse pas, ce n'est pas ta faute. C'était idiot et Peter est au courant de tout maintenant. Surtout, ne t'inquiète pas pour ça.

— Je voudrais pouvoir y arriver.

Je souris, jette un œil dans la voiture et baisse la voix.

— Tu-sais-qui me fait galérer pour ce week-end, et j'attends...

Danielle se masse la nuque et soupire.

— Il va te faire galérer, parce qu'il pense qu'il en a le droit. Il t'a piétinée pendant si longtemps qu'il ne sait pas comment gérer cette nouvelle Kristin, déchaînée et téméraire. Ne le laisse plus jamais te traiter comme un paillasson, ni lui ni qui que ce soit d'autre.

— Plus jamais.

Ma voix vibre d'une ferme conviction. Il va essayer, mais c'est fini pour moi. Je viens de passer mon premier test, et au lieu de m'effacer, j'ai tenu bon. Ce moment passé à la maison à attendre que les enfants rentrent de l'école a été plutôt révélateur. Je l'ai vu avec un nouveau regard, et toutes mes illusions à son sujet se sont envolées. C'est un très gros connard, et ça ne va pas en s'améliorant.

— Parfait. On se voit lundi ? me demande-t-elle.

— À la première heure.

Je la prends dans mes bras et je promets de l'appeler en cas de besoin.

C'est le moment tant redouté.

Les enfants me racontent leur journée, et Aubrey se transforme en moulin à paroles. Le trajet jusqu'à ma maison, ou plutôt mon ancienne maison, n'est pas long. Juste quelques kilomètres. Mais je conduis extrêmement lentement. Je veux retarder ce moment autant que possible. Mon ventre se serre à l'idée de retourner dans cette maison que j'ai tant aimée.

Je me gare dans l'allée et je fais de mon mieux pour cacher ma nervosité. Je veux que mes enfants ne voient que ma solidité.

Scott ouvre la porte rouge et descend vers nous. Il porte son costume noir que j'ai repassé le mois dernier, la chemise bleue que j'ai achetée pour lui et son sourire semble sincère. J'ai presque l'impression qu'il est content de me voir.

Mais dès que je descends de la voiture, son sourire laisse la place à une moue déçue. Je comprends qu'il est toujours le même idiot pitoyable. C'est moi qui ai changé, et je me fiche de savoir s'il est heureux ou pas.

Je le rejoins et m'efforce de rester polie.

— Salut.

— Salut.

Nous restons muets.

Nous nous tenons devant la maison où nous avons vécu ensemble pendant toutes ces années, mais nous ne pouvons pas nous regarder dans les yeux.

— Les enfants sont prêts ? me demande-t-il.

Très bien.

— Oui, ils sont...

— Papa ! hurle Aubrey quand elle le voit, interrompant cet échange horriblement inconfortable.

— Papa, papa !

— Ma princesse ! répond Scott en se précipitant vers la portière arrière.

En un clin d'œil, elle se retrouve dans ses bras.

Elle le serre et l'embrasse sur la joue.

— Papa, tu m'as tellement manqué ! Tellement !

Je vais chercher leurs affaires dans le coffre.

— Et toi tu m'as aussi manqué ! Tu as grandi ! Finn, comment ça va mon grand ?

Finn l'ignore et remet ses écouteurs en place sur ses oreilles.

— Je ne veux plus jamais te laisser, papa !

Aubrey rit et passe à nouveau ses bras autour de son cou.

Mon cœur se brise en mille minuscules morceaux. Impossible de ravaler mes larmes cette fois-ci. Je me retourne pour essuyer discrètement mes joues avant que quelqu'un ne remarque que je pleure. Quelle situation pourrie !

J'inspire profondément et je me redresse. Encore à moi d'être la plus intelligente. Je dépose les sacs sur le trottoir à côté de Finn.

— Allez chéri, c'est le moment de voir ton papa.

— Je préfère rester avec toi.

Il lance un regard impitoyable à son père et se tourne vers moi pour me supplier.

— S'il te plaît, maman.

Mon Dieu, aidez-moi à traverser cette épreuve.

Je lui caresse la joue, et rassemble toutes mes forces.

— Il faut que tu passes du temps avec ton père. Tu lui as probablement beaucoup manqué. Et je suis sûre qu'il n'a pas réussi à avancer dans *Overwatch*.

Mon regard croise celui de Scott, et j'y lis de la reconnaissance pour la première fois.

Scott s'éclaircit la gorge pour attirer l'attention de Finn.

— J'ai essayé, mais je suis incapable de capturer mon objectif sans mon allié.

La tension quitte le visage de Finn, et il détache sa ceinture de sécurité.

— Si tu y tiens... ce n'est même pas difficile à faire.

— Les enfants, allez vous installer à l'intérieur pendant que je discute avec maman. Je vous ai acheté de nouveaux meubles pour vos chambres.

Scott désigne la maison de la main, mais avant que les enfants n'aient pu faire un pas, je les arrête.

— Faites-moi un câlin.

Mes bébés passent leurs bras autour de mon cou et je les serre fort. Ça va être le plus dur, les laisser un week-end sur deux. Ce ne sera jamais un moment que j'attendrai avec impatience. Je les aime tellement, je veux les avoir tous les jours près de moi.

— Au revoir, maman.

— Au revoir, mes chéris.

Ils rentrent dans la maison en courant, et je me retrouve seule avec Scott. On va voir s'il arrive à articuler quelques mots cette fois-ci.

Je me balance sur mes talons, et je glisse mes mains dans mes poches.

— Alors ?

— Alors, où veux-tu que l'on se rejoigne dimanche ?

Il ne peut pas sérieusement me poser cette question. Pas après notre altercation au téléphone. Comment peut-il s'imaginer que je vais me déplacer pour venir les chercher ? Non, impossible.

— Pardon ?

Ma voix est posée et calme.

— Je me disais que l'on pouvait se retrouver au McDonald entre nos deux domiciles ? reprend Scott en se faisant craquer les os du cou.

Non, il ne plaisante pas.

— Pour la dernière fois, Scott, je ne te rejoins nulle part. Tu ramènes Finn et Aubrey chez moi, à l'horaire indiqué sur l'accord établi par nos avocats.

Son regard se durcit, et il grogne sourdement.

Très bien, mets-toi en colère. Je m'en contrefous. Cette situation me dépasse, surtout qu'il s'agit de *sa* demande à la base.

— Je ne comprends pas pourquoi tu ne peux pas me rejoindre ! beugle-t-il. Bordel, mais tu ne changeras donc jamais !

Je ne vais pas rester là à le laisser me crier dessus. C'est pour ça que je me suis installée dans la maison de ma meilleure amie pour commencer.

— Tu as demandé à garder la maison, tu as gardé la maison, même si ça signifiait plus de désagrément pour les enfants, tu t'en foutais. J'ai déménagé toutes mes affaires sans aucune aide de ta part. Tu ne voulais plus de femme, tu n'en as plus.

J'ouvre la portière de ma voiture le plus sèchement possible, je m'assieds et j'insère la clef dans le contact, la poitrine gonflée par la colère. L'ancienne Kristin l'aurait rejoint, parce qu'elle voulait lui faire plaisir.

La nouvelle Kristin n'en a plus rien à faire qu'il soit satisfait ou pas.

Scott me regarde faire ma marche arrière, incrédule. Fini de vivre ma vie pour faire plaisir aux autres. Il est temps que je pense un peu à moi pour changer.

Je rentre chez moi pour trouver une tenue à porter ce soir.

Quarante minutes plus tard, j'ai sorti les vêtements de tous les cartons que je n'avais pas encore déballés, et je porte un bikini noir tout simple sous mon petit combishort à fleurs. Je relève les cheveux bruns en un chignon flou, et je m'arrête là.

Il n'y a pas moyen que je reste tard ce soir. Je veux rentrer chez moi et m'apitoyer sur mon propre sort. Mais une fois de plus, je dois faire quelque chose que je n'ai pas envie de faire : travailler.

Si j'arrive à me convaincre que cette soirée pourra être moyennement agréable, je vais m'en sortir.

Heather : Où es-tu ?

Perchée sur le rebord de mon lit, à essayer de me motiver sans y arriver.

Moi : *Je décolle de chez moi tout de suite.*

Ou dès que j'aurai trouvé la force de me lever.

Heather : OK, j'ai hâte que tu sois là ! Je prépare des margaritas. Olé !

Du coup, ça risque d'être drôle. Heather ne tient pas l'alcool et elle est hilarante quand elle a trop bu. Elle finit toujours par faire un truc inoubliable comme... finir dans les draps d'une star du rock n' roll. Je finis par me lever et partir.

Vingt minutes plus tard, j'arrive devant chez Heather et Eli.

Je peux y arriver. Je peux entrer dans cette maison, faire ce que j'ai à faire, et rentrer chez moi pour m'empiffrer de sucreries et regarder des films qui vont seulement me rendre encore plus triste.

Je tape à la porte et Heather m'ouvre avec un grand sourire.

— Kristin !

Elle passe ses bras autour de mon cou et m'attire maladroitement.

— Ça alors, tu as déjà commencé à boire ? je lui demande en riant et en essayant de rétablir notre équilibre.

Elle éclate de rire en me lâchant.

— Je n'ai bu qu'un seul verre, mais Noah les corse drôlement.

Si elle se trouve dans cet état après un seul cocktail, nous allons avoir un problème.

— Ralentis, ma belle.

Heather lève les yeux au ciel et me pousse à l'intérieur de la maison.

— Et toi, bois un coup. Tu dois oublier tous tes soucis, et mes amis Jim, Jack et Johnny sont là pour toi. Ou alors, on peut s'acoquiner avec José ici présent.

Mon visage trahit ma surprise alors qu'elle me fourre un verre dans les mains.

— Qui êtes-vous, et qu'avez-vous fait de ma meilleure amie ?

Elle regarde par terre, et quand elle relève les yeux, je vois une larme.

— Aujourd'hui, ça fait deux ans... qu'elle est partie.

Elle n'a pas besoin d'expliquer, je l'attire vers moi et la prends dans mes bras.

— Oh, Heather, je suis désolée.

J'ai du mal à croire que sa sœur est morte depuis deux ans seulement. J'ai l'impression que ça remonte à bien plus longtemps. Je ne peux rien dire qui soulage sa douleur, mais je voudrais pouvoir trouver les mots. Stephanie était bien plus qu'une sœur pour Heather, elle était comme sa fille.

— Tout va bien, me rassure-t-elle en sortant de mon étreinte.

— Une journée de merde pour tout le monde, j'ajoute dans un haussement d'épaules.

— Scott ?

— Ouais.

Mais, il n'y a rien d'autre à ajouter pour changer les choses, alors je relève à nouveau les épaules.

— Les ex-maris, tu vois ce que je veux dire.

— Je vois très bien, chère amie.

Heather éclate de rire et reprend une gorgée.

— Et maintenant, lève le coude, je vais te conduire dans le jardin. Eli et Noah se baignent, torse nu.

Peut-être qu'un peu d'alcool va m'aider à me détendre. Je suis son conseil et engloutis mon verre avec un frisson alors que je sens l'alcool envahir mes veines.

— Putain de merde !

Elle ne plaisantait pas, ces cocktails sont très forts, je n'arrive même pas à sentir le citron. C'est de la téquila plus ou moins pure. Je reprends une gorgée et je regarde par la fenêtre. La partie arrière de la maison offre le meilleur panorama. Le soleil se couche, et le ciel vire rose et jaune, mais mes yeux enregistrent autre chose.

Au bord de la piscine se tient l'homme le plus magnifique que j'ai jamais vu.

La photo de Noah Frazier ne lui rend pas du tout justice. Il est plus grand que j'imaginais. Ses épaules sont larges et sa peau est bronzée. Ses cheveux sont mouillés et paraissent presque noirs avec de petites gouttes d'eau sur les pointes qui tombent sur son corps parfait. Je regarde les traces mouillées sur sa poitrine, et plus bas, glissant sur les reliefs de ses abdos.

Je perds l'équilibre et je m'accroche au plan de travail.

— Oh mon Dieu, je bégaie. Je ne vais jamais pouvoir lui adresser la parole.

Je n'ai aucune chance de m'en sortir sans me couvrir de ridicule.

— Il le faut ! m'encourage Heather en me prenant par la main. Il s'attend à voir une amie reporter qui vient pour un entretien.

Mon estomac se tord. Non, elle n'a pas osé.

— Tu le lui as dit ? je monte dans les aigus.

Elle rigole et finit son verre.

— Bien sûr que nous lui avons dit. Fais-moi confiance, il vaut mieux qu'il le sache. Nous lui avons expliqué que tu étais ma meilleure amie, et que tu voulais juste discuter un moment. Eli m'a dit que ça ne le dérangeait absolument pas.

Seigneur. Je vais la tuer.

J'attrape mon verre et je le termine en une gorgée. Ma gorge me brûle et je tousse alors que la chaleur familière de l'alcool circule dans mon corps.

— Doucement, me sermonne-t-elle en me tapant dans le dos.

— Ça va être la honte, je couine.

Heather éclate de rire, et nous verse un nouveau verre.

— Oui, oui, sûrement, mais on va bien s'amuser.

Peut-être que je peux m'éclipser par la porte de derrière et personne n'en saura jamais rien. Rien ne m'oblige à en passer par là. Ma patronne n'est qu'une enfant, je suis sûre que je peux trouver une excuse plausible. Les célébrités ne sont pas fiables, c'est bien connu.

Beurk.

J'ai besoin de ce travail.

Avant que j'aie pu me décider, la porte vitrée coulissante s'ouvre et Noah entre dans la pièce.

Ses yeux croisent les miens, et le sol se dérobe sous mes pieds. Tout ce qui me passe par la tête, c'est que je voudrais grimper sur lui comme sur un arbre et secouer ses noix de coco. Je le trouvais sexy sur sa photo, encore plus sexy au bord de la piscine et là, dans la même pièce que moi, les mots me manquent.

— Salut, me lance Noah de sa voix rauque. Tu dois être Kristin.

Au lieu de lui répondre, je reste là, bouche bée. Des petits sons qui pourraient être des mots sortent de ma gorge, mais ils ne sont pas cohérents.

Je voudrais que la terre s'ouvre et m'engloutisse.

— Noah, je te présente ma meilleure amie, Kristin. Je t'en avais parlé.

Heather m'envoie un coup de coude dans les côtes.

— Oui. Moi. Salut. Kristin. Toi. Bonjour.

Quelle dextérité. Quelqu'un devrait filmer cette scène, je suis sûre que ce doit être très amusant.

— C'est ça, lâche Noah dans un sourire éblouissant. Il paraît que tu es journaliste ?

OK, Kristin, tu dois composer une phrase, sujet verbe complément.

J'empoigne le verre qu'Heather vient de se servir et j'espère qu'il va me porter chance.

— Oui, pour un petit blog. Mais oui, c'est ce que je suis. Une journaliste. Pour un blog. J'écris.

Une empotée de première.

Les yeux verts de Noah pétillent d'amusement. Il s'approche un peu plus et place sa main sur la mienne.

— Eli m'a raconté. Je suis content d'être venu.

En parlant de venir, je crois bien que je viens de *venir* dans le sens de jouir. Au moins ça nous arrive à tous.

— Moi aussi.

Un sourire se dessine sur son visage et ses yeux détaillent mon corps.

— On se retrouve dehors.

Il me lance un clin d'œil et disparaît.

C'est officiel, mes ovaires viennent de fondre.

Je me retourne vers Heather qui pique un fou rire.

— Oh, c'était inoubliable. Vous vous êtes toutes foutues de moi parce que j'étais impressionnée par la célébrité d'Eli quand je l'ai rencontré. Si seulement tu avais pu voir ta tête !

Heather continue à se moquer de moi.

— Oui. Moi. Hum. Blog. Euh...

— Oh tais-toi, je l'interromps en riant

Que je puis-je faire d'autre ?

Je la pousse de la hanche et je fais le tour du bar pour prendre un autre verre.

— Maintenant, sers-moi un shot, sinon je bois directement à la bouteille.

Je ne vois qu'une seule façon de survivre à cette soirée.

Avec de l'alcool.

Beaucoup d'alcool.

CHAPITRE SIX

NOAH

Je côtoie des gens séduisants depuis longtemps, mais Eli a oublié de me dire que les filles de Tampa sont particulièrement sexy. Putain, cette fille est magnifique.

Ses yeux bleu intense sont envoûtants, ses cheveux foncés évoquent une délicieuse cascade de chocolat et ses lèvres rebondies me font un effet de dingue.

— Tu as rencontré Kristin ? s'enquiert Eli alors que je reviens avec les deux bières que j'ai prises dans le bar de la piscine.

— Tu aurais pu me prévenir qu'elle était si bandante, je réponds en riant avant de m'asseoir.

— Toutes les copines d'Heather sont bandantes, lâche-t-il avec un petit sourire en coin.

— Je note. Elle est sympa ?

J'espère qu'Eli va lire entre les lignes. Si je prévois de passer un peu de temps dans le coin, j'aimerais bien avoir un peu de compagnie.

Eli me regarde attentivement et soupire.

— Ne te fais pas d'idées, Noah. Elle traverse une épreuve difficile, et je ne suis même pas sûr que tu aies une chance avec elle. En plus, Heather te couperait les couilles et les exposerait dans un bocal si tu t'amusais avec elle. Elle vient de mettre un terme à un mariage à la con. J'éviterais Kristin à ta place.

— OK.

Je regarde dans sa direction, et je surprends un sourire à travers la vitre. Son visage entier s'éclaire et elle balance la tête en arrière avant d'éclater de rire sans réserve.

Eli s'éclaircit la gorge.

— Ne fais rien de stupide, Noah.

Le regard que je lui lance le fait rire.

— Peut-être qu'elle a envie d'une aventure sans lendemain.

— Écoute ma mise en garde, reprend Eli avec le plus grand sérieux. Ce n'est pas une fille à ajouter à ton tableau de chasse. Elle a deux enfants, un mari teigneux qui va lui compliquer la vie pendant le divorce, et si tu lui fais du mal, je te casserai la gueule avant qu'Heather ne te fasse la même chose.

J'ai bien entendu sa menace, mais je ne sais pas si je vais pouvoir garder mes distances. Au lieu de lui parler de mes réserves, je bois une gorgée de bière et je garde les yeux dans le vague. La dernière fois que j'ai ressenti cet attrait pour une fille, c'était au lycée. J'ai aimé Tanya de tout mon cœur et de toute mon âme. Si elle était encore en vie, nous serions mariés aujourd'hui. Je le sais sans l'ombre d'un doute. Elle est partie trop tôt, et sans elle, je suis incapable de passer à autre chose.

— On va boire des shots ! s'exclame Heather en sortant de la maison accompagnée de Kristin.

— Oh fait chier, se plaint Eli. Bébé, tu sais que tu ne tiens pas l'alcool.

Heather s'esclaffe et se love sur ses genoux.

— On en a déjà bu quatre avec Kristin !

Kristin est assise sur une chaise longue et sirote sa margarita.

— Heather, tu es une petite nature.

— Peut-être, mais Eli aime quand je bois trop, riposte-t-elle de façon suggestive en le caressant du doigt, en partant des lèvres jusqu'à la poitrine.

Il éclate de rire et me regarde.

— Ça va être une soirée intéressante.

Je suis tourné vers Kristin, et tombe d'accord avec lui.

— On dirait que tu as raison.

Les filles continuent à enchaîner les shots pendant une heure, mais Eli décide ensuite d'arrêter les frais et leur confisque la bouteille. Maintenant, elles dansent mollement. Kristin tente quelques mouvements évocateurs avec Heather, mais elles gloussent et perdent l'équilibre.

— Je devrais mettre un terme à tout ça, mais je n'y arrive pas, murmure Eli avant de boire sa bière.

— Si tu arrêtes le spectacle, je te noie, je le menace.

— C'est ma future fiancée que tu dévores des yeux.

— Non, je rétorque, happé par la petite brune. Non, je ne la vois même pas.

Heather se déplace derrière Kristin, et je peux enfin admirer son corps entièrement, elle pose ses mains sur ses hanches et se balance d'avant en arrière.

Kristin mord sa lèvre inférieure et se baisse en se déhanchant lentement, tout en me regardant droit dans les yeux.

Je n'ai pas de mots.

Chaque muscle de mon corps se tend vers elle. Je veux empoigner ses hanches, je veux ses mains sur moi. Les propos d'Eli résonnent dans ma tête, et je reste exactement là où je dois être, à quelques mètres, les yeux rivés sur elle.

Je vais devoir prendre une douche froide.

Elles dansent encore quelques instants, en riant et en trébuchant, et Eli et moi secouons la tête, incrédules. Les filles sont décidément différentes. Les mecs ne feront jamais un truc pareil. Mais si les filles s'y mettent, et bien, ça fait un sacré effet. Kristin lève les yeux vers moi et me sourit timidement.

Elle est incroyablement belle.

Heather passe ses bras autour du cou de son amie et elles se balancent en rythme. Elles se chuchotent quelques mots, et éclatent de rire.

— Tu veux en faire profiter le groupe ? demande Eli.

— Non, c'est des trucs de fille, réplique Heather.

Kristin lui tire la langue et la fait pirouetter.

— Et oui, les filles papotent, les contributions des pénis ne sont pas permises.

Eli ricane.

— Je garde ma contribution pour plus tard.

— J'ai sommeil, gémit Heather en posant sa tête sur l'épaule de Kristin. J'ai besoin de m'allonger.

Eli se relève en bougonnant.

— Allez bébé, on va se coucher.

— Mais, je ne suis pas fatiguée, se lamente Kristin en faisant la moue.

— Je la surveille, je propose sans arrière-pensée.

Eli souffle.

— Souviens-toi de ce que je t'ai dit.

— Tu me connais, je ne suis pas *comme ça.*

Je ne suis pas un fumier. Je ne profiterais jamais d'une fille ivre. Mais surtout, je ne trahirais jamais notre amitié. C'est dur de se faire des amis parmi les acteurs, et je ne sacrifierais pas ce qu'Eli et moi avons construit.

Il acquiesce, passe le bras autour d'Heather et la conduit à l'intérieur.

— Tu veux danser ? me propose Kristin avec hésitation.

Bien sûr que oui, mais ce n'est pas une bonne idée.

— Tu ne veux pas t'asseoir ? je lui suggère.

Elle souffle exagérément, ce qui m'arrache un sourire. Elle est trop mignonne.

— Comme tu voudras. Rabat-joie.

— Tu viens de me traiter de rabat-joie ?

— Ouais. Chaque fois qu'on fait la fête, un rabat-joie vient tout gâcher.

Je ne me suis jamais fait traiter de rabat-joie. Je me déplace vers le canapé, pour me rapprocher d'elle.

— Tu sais, je ne suis pas sûr qu'on puisse parler de fête quand il n'y a que deux personnes présentes.

Kristin pose ses deux mains sur ses hanches et me tire la langue.

— Rabat-joie.

J'espère vraiment qu'elle se souviendra de tout ça demain matin.

— Comment je peux arrêter d'être si ennuyeux alors ?

Elle se tapote les lèvres et regarde autour d'elle, puis perd l'équilibre tout d'un coup. Je la rattrape dans mes bras et ses mains atterrissent sur mon torse nu. Ses yeux bleus se posent sur moi et trahissent son désir. Je suis content de voir que je ne suis pas le seul à ressentir ça. Ma queue réagit, et j'essaie de me concentrer sur autre chose que sur la douceur de sa peau. Nous restons tous deux immobiles, je la tiens, et elle me laisse faire.

Kristin me caresse l'épaule du doigt.

— Tu es joli, peine-t-elle à articuler. J'aimerais bien être jolie comme toi.

— Tu es belle à couper le souffle, je rétorque.

Peut-être qu'il vaut mieux qu'elle ne se souvienne de rien.

Peut-être que ça vaut mieux, parce que je ne devrais pas être en train de la tenir près de moi. Je devrais la relâcher, mais mes bras restent serrés sur elle.

Ses doigts effleurent doucement ma poitrine, et je m'efforce de ne pas bander, mais son parfum fleuri m'enlève tous mes moyens.

— Kristin...

Je prononce son prénom d'une voix rauque.

Elle presse son bassin contre le mien et sent mon érection. Ses yeux s'écarquillent.

— Je, je...

Elle recule d'un pas.

— Nous devrions, hum, passer à l'action...

À mon tour d'être choqué.

— Passer à l'action ?

Je ne sais pas ce qu'elle veut dire par là. Même si elle pense ce que je pense, il n'y a pas moyen que je la touche ce soir. Lorsqu'on passera à l'action, je veux qu'elle se souvienne de chaque détail.

— Oui, l'interview, précise-t-elle.

— Maintenant ?

— Je suis une professionnelle, me lance Kristin

Elle commence à marcher en se retenant aux chaises.

— Une professionnelle pure et dure, reprend-elle avec sérieux.

— Tu ne préfères pas attendre d'avoir dessoûlé un peu ?

Elle pirouette et éclate de rire.

— Je ne suis pas soûle, c'est toi qui as trop bu.

— Il me semble que tu es décalquée, ma belle.

— Pourquoi est-ce que tu as deux nez ?

Kristin penche la tête sur le côté et ferme un œil.

Ça faisait bien longtemps que je ne m'étais pas amusé comme ça. Je la laisse dans son délire. Lorsqu'elle recommence à marcher, je la suis en me demandant ce qu'elle pense faire en arpentant le jardin de cette façon.

— Ça fait partie de l'interview ?

— Quelle interview ? m'interroge Kristin en s'arrêtant de marcher. Ah oui, c'est vrai, assieds-toi.

Je me laisse faire. Je me pose sur une chaise, et j'espère qu'elle fera pareil.

— Première question, quel sera ton prochain rôle ?

Je hausse les épaules.

— Je ne sais pas encore, je suis en train d'y réfléchir.

Nous avons fini le tournage de la dernière saison de *A Thin Blue Line* il y a six mois, depuis je consacre beaucoup de temps à ne rien faire. J'ai passé quelques castings, mais je n'ai pas encore décidé de recommencer à travailler.

Mon agent préférerait que je réfléchisse moins, mais pour l'instant, je suis célibataire, riche et je veux profiter un peu de la vie.

Kristin souffle.

— Es-tu chaud ?

— Je me plais à le croire oui, je réponds dans un sourire.

Ses yeux s'élargissent et ses joues s'enflamment.

— Non, ce n'est pas ce que je voulais de demander. Je voulais savoir si tu avais chaud, tu sais, la température... J'ai *si chaud*.

— Je suis d'accord avec toi.

J'ai chaud, elle a chaud... Je rêve d'avoir chaud et de transpirer avec elle, mais pour l'instant, je dois me contenter de ses sous-entendus imbibés d'alcool.

Elle est toujours debout et recule d'un pas.

— Est-ce que tu me dragues ?

— Ça se pourrait.

— Tu ne dois pas me draguer.

Je le sais bien, mais c'est trop drôle de la voir s'offusquer.

— OK, j'arrête.

— Très bien, parce que t'es vraiment canon, et j'ai très envie de t'embrasser, mais ça serait mal, pas vrai ? Je ne devrais pas avoir envie de t'embrasser. Tu as trop bu, j'ai trop bu, il faut qu'on fasse attention. Je suis une fille qui fait attention. Je suis une fille sage, qui obéit aux règles.

Elle continue sur sa lancée, comme si je n'étais pas là.

— Et puis, il faut que j'écrive un article sur toi, sur ton corps, alors ce serait vraiment, vraiment, vraiment malvenu de t'embrasser. Toutefois, tes lèvres sont appétissantes, j'ai envie de lécher tes lèvres.

Je m'agrippe aux accoudoirs et je me lève. Kristin recule encore d'un pas.

— Attention, je la préviens alors qu'elle s'approche de la piscine. Viens plutôt t'asseoir ici.

— Mon mari, ou plutôt mon futur ex-mari, soupire-t-elle en secouant la tête, m'a dit que j'embrassais mal de toute façon. Bon, je ne faisais pas grand-chose de bien selon lui. J'étais super bonne au lit quand j'étais étudiante. J'ai couché avec un mec qui m'a dit que j'étais son meilleur coup.

— Kristin, je l'alerte, alors qu'elle recule encore tout en divaguant sur un sujet que je préférerais ignorer, vu que je viens tout juste de reprendre le contrôle de ma queue.

Elle lève les yeux au ciel et lance ses mains en l'air.

— Comment peut-on être le meilleur coup de quelqu'un et devenir nulle ensuite ? C'est à cause lui, non ?

— Tu vas tomber à l'eau, je répète en essayant d'être plus direct cette fois-ci.

— C'est sûrement parce que je suis un excellent...

Ses yeux s'accrochent aux miens, et je la vois se renverser en arrière en poussant un cri perçant.

Merde ! Je me précipite alors qu'elle remonte à la surface.

— Zut, zut, zut !

— Donne-moi ta main ! je lui lance en souriant alors qu'elle râle.

— Je suis toute mouillée, remarque-t-elle.

— C'est ce qui arrive quand on tombe à l'eau.

Je lui tends les deux mains et elle nage jusqu'au bord pour les saisir.

— Et mes vêtements aussi ! Je vais me faire virer.

Kristin place ses doigts dans la paume de ma main, et je commence à la tirer. Pourtant, elle retombe en arrière, et je perds mes appuis, ce qui a pour résultat de me faire plonger la tête première dans la piscine avec elle. Je remonte à la surface rapidement, et je la vois en plein fou rire.

— Tu es tombé aussi !

— C'est ta faute, je rétorque en l'éclaboussant.

Elle saute dans mes bras et mon cœur s'emballe.

— Désolée.

— Ça en valait la peine.

Elle passe ses bras autour de mon cou et ses jambes autour de ma taille. Je suis absolument incapable de l'en empêcher cette fois-ci. Je me fiche que ce soit bien ou mal, ou de briser mon amitié. Je la veux. Je veux l'embrasser.

Kristin plante ses yeux dans les miens et sa respiration s'accélère. Mes mains sont dans son dos, et tout à coup, elle ferme les yeux. Mon besoin de me rapprocher davantage d'elle et de l'embrasser s'intensifie, mais je ne fais rien. Je lui laisse le contrôle. Si c'est elle qui m'embrasse, ce ne sera pas ma faute, pas vrai ?

Mais bien sûr, on va te croire... Ce n'est pas comme si j'étais celui qui est sobre et qui doit se montrer raisonnable.

Ses lèvres s'approchent encore un peu, encore un peu, et tout d'un coup, sa tête retombe sur mon épaule.

OK, je ne m'attendais pas à ça.

— Kristin ? je lui parle doucement, mais elle ne répond pas.

Je peux honnêtement dire que ça ne m'était jamais arrivé.

Ses jambes se desserrent et elle émet un ronflement au creux de mon oreille.

— OK, je continue en la prenant dans mes bras. Tu t'es endormie dans la piscine.

Je remets ses cheveux en place et elle soupire alors que je remonte ses jambes dans mes bras et que je la serre contre ma poitrine. Nous arrivons aux marches et elle s'alourdit en même temps que nous sortons de l'eau. Ses bras et sa tête pendent sur le côté, mais je sais qu'elle respire, car son ronflement s'intensifie.

Je vais jusqu'à la chaise, et je la dépose dessus.

Et maintenant ?

La maison d'Eli est immense, et j'ai peur de la faire tomber si je la porte dans les escaliers. Je n'ai plus vingt ans, je suis plus proche de la quarantaine.

Mais je ne peux pas la laisser là, trempée et proche du coma.

Heureusement, il fait sacrément chaud à Tampa, et je n'ai pas à m'inquiéter qu'elle meure de froid. Je ne suis pas sûr de l'étiquette à suivre dans cette situation, mais je ne veux pas la laisser dormir dans ses vêtements mouillés.

Toutefois, je ne crois pas qu'il soit correct de la déshabiller non plus.

Je suis un acteur, et je suis doué. Je peux jouer un rôle. Voilà. Je suis son meilleur ami gay et je me fiche de ce que je vais découvrir sous ses habits. Elle ne m'attire pas le moins du monde. Voilà mon rôle.

Je suis un putain d'idiot.

Je fais glisser sa bretelle, et j'essaie de ne pas penser à la douceur de sa peau. Je m'efforce d'ignorer son gémissement quand je m'occupe de l'autre côté. Bordel, je ne l'entends même pas modifier sa respiration quand j'effleure la base de son sein pour lui retirer cet étrange vêtement qu'elle porte.

Mes yeux ne quittent pas le mur en face de moi alors que je le fais glisser sur ses longues jambes musclées, et je prie pour qu'elle porte un truc en dessous. Si elle est nue, je suis cuit.

Je ramène mes yeux sur elle, et, Dieu merci, elle porte un bikini.

— Noah, gémit-elle.

— Je t'enlève juste tes vêtements mouillés. Tout va bien.

— OK, tu es si sexy, répond-elle en se retournant, juste au moment où son combishort tombe de ses pieds.

Kristin recommence à ronfler et replie ses jambes sous elle. J'attrape deux serviettes de bain sur la table pour la border. Ses petits doigts dépassent du rebord quand elle la tire sous son menton.

Je lui caresse les cheveux et ses yeux s'entrouvrent.

— Je vais rester là un moment avec toi, je la rassure, mais je ne sais même pas si elle m'entend.

— J'adore camper.

Je souris, et je caresse sa joue avec mon pouce.

— Oui, tu as raison, c'est chouette le camping.

Je vais à l'intérieur pour me changer et récupérer quelques couvertures. Je ne sais pas s'il fait froid la nuit ici, mais je préfère prévenir que guérir. Lorsque je la rejoins dehors, je la couvre, et je m'installe dans la chaise à côté d'elle.

Je vais peut-être rester à Tampa un peu plus longtemps que prévu.

CHAPITRE SEPT

KRISTIN

Qui a allumé la lumière ? Je me retourne en espérant atténuer cette effroyable luminosité qui transperce mes paupières et pousse un cri perçant en tombant par terre.

Aïe !

— Tu t'es fait mal ? me demande-t-on d'une voix rauque et profonde.

J'ouvre les yeux brusquement, et les referme.

Merde, mais qu'est-ce que je fous ici ?

Je rouvre un œil et regarde autour de moi. Pourquoi suis-je dehors ? Je localise la source de la voix et sursaute. Noah a les yeux rivés sur moi avec un énorme sourire. Il a repoussé ses cheveux sur le côté et il est assis sur la chaise voisine de la mienne, avec un genou relevé, tasse de café à la main.

Comment est-ce possible que cet homme soit *si* parfait dès le matin ?

Le matin ? Une minute, c'est le matin, et hier soir j'étais...

Oh Seigneur Dieu tout-puissant, pourvu que je n'aie rien fait de stupide. Les shots de téquila me reviennent en mémoire. J'ai dansé. Mais, est-ce que j'ai... nagé ?

Un autre souvenir remonte à la surface, ou un rêve ? Ses yeux. J'étais si proche de lui, j'avais envie de me perdre dans ses yeux. J'imaginais la sensation de ses lèvres sur les miennes et je me demandais s'il pensait que j'étais différente. J'avais le sentiment d'être vraiment vivante pour la première fois depuis si longtemps. Je peux presque sentir à nouveau la pression de ses doigts sur la peau de mon dos. Impossible que tout ceci soit vraiment arrivé.

Noah éclaircit sa gorge et je le regarde.

— Comment tu te sens ?

— Oh, je ne suis pas sûre de trouver les mots pour te l'expliquer, je lui réponds en prenant ma tête dans mes mains.

Il attrape une seconde tasse de café sur la table et me l'offre.

— Tiens, tu vas en avoir besoin.

Je tends le bras vers lui et la couverture glisse à terre, et je me retrouve dénudée. Mais où sont passés mes vêtements ? Je vais de mauvaise surprise en mauvaise surprise. Je vérifie d'une main tremblante que je porte encore mon maillot de bain et je lâche un soupir de soulagement. Je ne suis pas entièrement nue.

Il faut que je mène l'enquête sur ce qu'il s'est passé ici hier soir.

— Je suis sûre que je portais mon combishort hier soir, tu sais où il est passé ? je l'interroge en acceptant le café.

Noah sourit, et mon cœur s'emballe.

— Je te l'ai enlevée.

Je recrache mon café sur la chaise.

— Tu as quoi ? je hurle.

Il éclate de rire pendant que j'essuie le liquide de mon menton, pose ma tasse par terre et m'enroule dans la couverture. Je ne crois pas qu'il soit possible de se sentir plus embarrassée que moi à ce moment précis.

— Tu étais ivre, me précise-t-il en déplaçant ses jambes pour me faire face. Ivre morte même.

— Alors tu m'as déshabillée ? Tu as cru que tu en avais le droit ?

Je suis en colère. Je comprends bien que M. Hollywood soit habitué à avoir tout ce qu'il veut, mais il n'avait pas le droit de me déshabiller. Point barre. Je n'avais clairement pas toute ma tête.

— Mais pour qui tu te prends ?

Noah se masse le front alors que j'attends sa réponse.

— Tu es tombée dans la piscine Kristin. Tu étais évanouie et ronflais quand je t'ai sortie de l'eau.

— Non, je m'exclame, le souffle coupé. J'ai fait quoi ?

La piscine, le baiser fantasmé, ce n'était pas un rêve. C'était vrai.

— Je me suis dit qu'il valait mieux que tu ne passes pas la nuit dans tes habits mouillés.

Cette révélation me fait l'effet d'un électrochoc. J'étais complètement ivre et il a été obligé de s'occuper de moi. Je fais passer la couverture sur ma tête et je me demande si je peux disparaître là-dessous.

— Je suis désolée, je gémis, toujours cachée.

J'entends le rire de Noah se rapprocher de moi. Je sens ses doigts effleurer mon bras alors qu'il retire la couverture pour me voir.

— Ça ne m'a pas dérangé.

— Ah bon ?

Rien de ce qu'il pourra dire ne me fera revenir sur le fait que j'ai agi n'importe comment. Je suis sur la terrasse en maillot de bain avec une gueule de bois d'enfer. Tous les signaux d'une soirée horriblement gênante clignotent en rouge. Une soirée que je devais consacrer au travail et à mon interview avec Noah.

Je suis une idiote.

Ses yeux verts s'adoucissent et il pose une main sur moi.

— Non, vraiment pas, me rassure-t-il.

Les battements de mon cœur s'accélèrent alors que son regard reste rivé au mien. Que m'arrive-t-il ? Il est impossible que les sentiments que Noah réveille en moi soient réels. Je suis encore mariée. Je viens de quitter mon mari, et pourtant, à cet instant je ne pense qu'à ce que j'ai ressenti quand Noah m'a effleurée. Je me dis qu'il me suffit de me pencher un peu pour l'embrasser. Est-ce que ce serait agréable ?

Je suis encore soûle, je ne vois pas d'autre explication.

Noah se déplace légèrement, et le moment se termine.

— Merci de m'avoir évité la noyade, je lance avec un rire forcé.

La voix de Noah prend un tour espiègle.

— J'ai apprécié le camping, également.

Pardon ? Je ne fais pas de camping. Mais de quoi parle-t-il ?

— Oh mon Dieu !

Je ferme les yeux et j'essaie d'élaborer une stratégie pour me sortir de là avec ma dignité intacte sans avoir à changer d'identité. Non, cela paraît impossible.

— Je vais ramper dans un trou et y rester pour toujours, je murmure.

— J'ai surtout apprécié ton interview, poursuit Noah, mais je trouve que tu n'as pas posé les questions importantes.

C'est pour ça que je ne bois jamais. Je peux seulement imaginer à quel point je me suis ridiculisée hier soir. Je sais déjà que je me suis accrochée à lui comme une moule à son rocher. Donc je n'en suis plus à une ineptie près.

— Je t'en supplie, arrête.

Je prends ma tête entre mes deux mains et j'espère qu'elle va finir par exploser pour soulager la pression.

Il pose sa main dans mon dos et me masse doucement.

— Kristin ?

— Quoi ? je lui demande sans me relever.

— Regarde-moi, m'enjoint-il.

Je relève la tête et il s'approche de moi.

— Je sais que tu regrettes forcément ce qu'il s'est passé hier soir, mais sache que, de mon côté, je ne regrette rien. Et puis, ça veut dire que nous allons devoir passer la journée ensemble pour que tu puisses avoir ce qu'il te faut pour ton article. Quelle ironie, maintenant c'est moi qui ai tous les détails croustillants sur toi.

Noah se relève et masque le soleil un instant, puis je le regarde se diriger vers l'intérieur. Je ne sais plus quoi penser. Des images rebondissent sans ordre précis dans ma tête, et ma migraine redouble.

Réfléchir me fait mal.

Je ne boirai plus jamais de ma vie.

Je ne parlerai plus jamais à Heather de ma vie.

Je m'allonge sur la chaise et éclate de rire. Voilà ma vie. Je suis celle qui a un travail à accomplir, n'y arrive pas car le type à interviewer est bien trop beau pour qu'elle lui adresse la parole, et finit par se bourrer la gueule. Et pourquoi faire les choses à moitié ? Non, je vais tout donner, et boire tellement d'alcool que je vais tomber dans une piscine et m'évanouir devant la personne que je devais interviewer.

L'angle de mon article vient de changer du tout au tout.

La seule chose que mon cerveau embrumé a notée, c'est qu'il ne me regardait pas comme une idiote irresponsable quand je me suis réveillée. Quelles que soient les bêtises que j'ai pu faire hier soir. Au contraire, il me contemplait avec tendresse. Noah ne s'est pas moqué de moi et il ne m'a pas rabaissée, comme je m'y préparais. Toutes les autres fois où j'ai commis une erreur, ça m'est toujours revenu en plein dans la figure.

Mais ça ne change pas le fait que je me suis ridiculisée.

La porte coulisse, et je m'attends à voir arriver Noah avec sa peau bronzée et ses cheveux parfaits, mais c'est Heather. Elle a l'air de souffrir autant que moi. Des traces noires maculent son visage, ses cheveux sont relevés en un chignon mal fait, et elle porte ses lunettes de soleil.

— Comment tu te sens ? je lui demande avant de me redresser en position assise en buvant mon café.

— Bof ! On a beaucoup bu ? me demande-t-elle en se laissant tomber dans la chaise de Noah avant de se tourner sur le côté.

— Beaucoup plus que de raison.

Heather fait glisser ses lunettes sur la pointe de son nez et m'examine.

— Mais qu'est-ce qu'il t'est arrivé ? Tu es nue ?

Je réajuste la couverture.

— Non, mais selon Noah, c'était une soirée intéressante.

— Tu as pu faire ton interview ?

Je lui jette un regard acéré.

— Non, j'étais tellement soûle que je suis tombée dans la piscine... tout habillée. Je crois que j'ai essayé de l'embrasser, mais je ne suis pas sûre, c'est peut-être un rêve. Je me souviens d'avoir lancé l'interview et d'avoir parlé de... je m'interromps pour prendre ma tête dans mes mains.

Je n'ai pas pu. Non, je n'ai pas pu parler de ça.

— Parlé de quoi ? m'encourage-t-elle avec une note d'amusement dans la voix.

— Mes compétences au lit, je marmonne difficilement.

Heather éclate de rire. Elle se tient le ventre et ne peut plus s'arrêter.

— C'est pas vrai, oh mon Dieu, Kris, je t'aime, mais des fois, tu fais vraiment des trucs insensés.

— Je serais restée professionnelle si ma meilleure amie ne m'avait pas bourré la gueule.

Puis je me remémore la façon dont j'étais trop timide pour poser les yeux sur lui dans la cuisine. Je me bavais quasiment dessus en éructant des réponses monosyllabiques. C'est pour ça que j'ai commencé à boire ces putains de shots. Je me suis dit que si j'arrivais à contrôler ma nervosité, je pourrais m'en sortir. Grosse erreur de jugement.

— Je ne t'ai pas mis un entonnoir dans la bouche, tu t'es débrouillée toute seule, me rétorque-t-elle en remettant ses lunettes de soleil.

— Merci de me le rappeler, je grommelle, je peux encore sauver le coup.

Elle ricane et me prend mon café.

— Comment ?

— Je n'ai pas encore trouvé la solution.

Il y a un bon côté. J'en sais un peu plus sur lui. Noah est très gentil. Étant donné qu'il ne m'a pas laissée mouillée et dans le froid toute la nuit, je pourrais même ajouter qu'il aime prendre soin des autres. Je peux utiliser cette qualité. Si c'était un trou du cul, il m'aurait laissée me débrouiller seule. La mémoire me revient doucement par à-coups. Son sourire, son rire, la taille énorme et la dureté de sa... Je laisse échapper un cri.

— Quoi ? me demande Heather en se redressant et en regardant tout autour d'elle.

— Tout va bien, je viens juste de me souvenir d'un truc, je réponds rapidement.

— Dis-moi que tu n'as rien fait avec lui, m'admoneste-t-elle.

Je secoue la tête.

— Rien du tout.

— Je ne te dis pas ça parce que ce serait mal, précise Heather, Noah est un type bien et tu sais ce que je pense de Scott. Et puis les petites aventures après une longue relation sont les meilleures.

J'acquiesce d'un grognement et je lui reprends mon café.

— Oui, je sais ce que vous pensez toutes de mon gros con de mari.

Je n'en ai jamais parlé avec mes amies, mais c'était dur de savoir ce qu'elles pensaient de lui. Elles avaient raison sur de nombreux points, je le sais, mais j'avais horreur de ça. Quand je l'emmenais avec moi, en sachant qu'il n'était pas vraiment le bienvenu, j'espérais qu'elles ne le montreraient pas, et c'était beaucoup de stress parfois.

Lorsque les personnes que l'on aime détestent celui qu'on a choisi, c'est comme si l'on était déchiré en deux.

Scott se plaignait constamment de mes amies et essayait de me séparer du groupe.

Dieu merci, il n'y est jamais parvenu.

— Tu sais que je l'aurais supporté pour le restant de mes jours, s'il t'avait rendue heureuse, me confie Heather en me prenant par la main.

— Je sais.

— Aucun homme ne pourra jamais nous séparer.

Je lui souris tendrement.

— Quatre nénettes ?

— Unies pour toujours contre les quéquettes, termine Heather.

Plus jeunes, nous plaisantions sur le fait que nous ne nous laisserions jamais séparer par un homme. Cette petite blague est restée d'actualité beaucoup plus longtemps que nous ne l'imaginions. Nous sommes amies depuis vingt ans, et toujours aussi unies qu'au lycée.

J'éclate de rire, et j'ai l'impression qu'une enclume vient de s'écraser sur mon crâne.

— Je vais rentrer chez moi, je déclare d'une voix faible et me massant les tempes.

J'ai besoin de dormir.

Et de boire dix litres d'eau pour me débarrasser de cette gueule de bois.

— Tu vas t'inscrire au marathon plus tard ?

Ma tête tombe sur le côté et je me retourne vers elle sans savoir de quoi elle parle.

— Je ne vais pas courir un marathon aujourd'hui, je ne vais même pas bouger de mon canapé.

— Kris, pas aujourd'hui, me lance-t-elle d'une voix plaintive. C'est dans quelques semaines, et tu m'as promis qu'on le ferait ensemble. Qu'on le ferait en mémoire de Stephanie.

— Est-ce qu'on ne peut pas faire des siestes plutôt ?

Je prie pour qu'elle accepte ma suggestion, nettement supérieure à la sienne.

— Je pense que Stephanie aurait préféré, j'insiste.

En fait, c'est ce que j'ai prévu de faire aujourd'hui, étant donné que c'est la première fois que je n'ai pas mes enfants.

Heather lève les yeux au ciel.

— Je te promets de ne pas appeler Nicole, si tu acceptes. Tu dois bien te douter que si je lui raconte comment tu es tombée dans la piscine et endormie sur une chaise longue, elle va avoir des munitions contre toi pendant au moins un an.

Elle n'osera pas.

— Tu n'oseras pas.

— Tu n'oseras pas me laisser tomber pour le marathon.

J'acquiesce d'un hochement de tête, et je le regrette déjà. Je dois partir d'ici, sinon elle va me convaincre de faire d'autres trucs.

— Tu étais ma préférée, mais maintenant, j'hésite.

Elle éclate de rire.

— Je vais survivre à cet affront.

— Mais je vais te le rappeler plus souvent.

— J'ai hâte, réplique-t-elle en se relevant.

Je lui jette la serviette humide au passage et elle pouffe de rire.

— Je te déteste, je lui lance, la voix remplie de sarcasme.

— Moi aussi, je t'aime, salue Noah de ma part.

Je gémis intérieurement en pénétrant dans la maison. Si Dieu existe, il me laissera partir d'ici sans tomber sur Noah. Mes pieds rencontrent la fraîcheur du carrelage, et je me rends soudain compte que je suis presque nue. Mais pas moyen de faire demi-tour pour mon foutu combishort. Nous sommes en Floride et le maillot de bain devrait constituer une tenue de journée acceptable.

La voie est libre et je me dirige vers la porte d'entrée. Je saisis la poignée et je vais l'actionner quand tous mes espoirs de partir en douce s'évanouissent.

— Tu prends la poudre d'escampette ?

Je m'immobilise au son de la voix rauque de Noah.

Merde. Pas de chance.

Je cogne ma tête contre la porte et ferme les yeux.

— Tu m'as prise en flag.

Son rire grave résonne dans l'entrée.

— Je voulais qu'on se mette d'accord pour notre rendez-vous.

Euh, pardon ?

— Notre rendez-vous ?

— Tu m'en dois un, s'explique Noah en descendant les escaliers.

Je penche ma tête sur le côté et pose ma main sur ma hanche.

— Moi ? Je te suis redevable ?

— Je suis tombé la tête la première dans la piscine pour toi.

Il me gratifie d'un petit sourire narquois, et je ne peux m'empêcher de rire.

— C'est vrai.

— Je crois que ça me donne le droit à au moins un dîner.

Je vois les épaules de Noah monter et descendre. Il se tient si proche de moi que je dois pencher la tête en arrière pour le regarder.

J'observe ses yeux, la façon dont le vert végétal tourbillonne pour prendre une couleur d'écume marine au centre de la pupille. Noah s'approche davantage, et me presse contre la fraîcheur du bois de la porte. Je désespère de pouvoir le toucher à nouveau, de sentir sa peau, mais je n'en fais rien.

— Alors ? insiste-t-il en se penchant en avant.

Nous sommes collés l'un contre l'autre.

Je pense que ce dîner est une mauvaise idée.

J'ouvre la bouche pour lui répondre.

— Tu me dois une interview.

Non, mon cerveau n'avait pas préparé cette réponse.

— Ça veut dire oui ?

Il n'y a que deux options possibles, mais je suis trop stupide pour en choisir une.

— OK, un dîner, mais pour le travail.

J'insiste sur la deuxième partie, en espérant que cela préserve les dernières bribes de dignité qu'il me reste.

La poitrine de Noah effleure doucement la mienne, et lorsqu'il recule enfin, j'ai froid.

— Je passe te prendre à vingt heures ?

— Pour le travail, je précise.

— Bien sûr, mon ange, pour le travail.

Je crois que je viens de tomber amoureuse de mon job.

CHAPITRE HUIT

— Oui, maman, je sais.

J'essaie de ne pas laisser entendre ma frustration. Ça fait dix minutes qu'elle me rabâche à quel point il est dur de faire marcher son mariage, pendant que je remets un peu d'ordre chez moi.

— Alors tu devrais savoir que c'est dix fois plus dur de divorcer, me sermonne-t-elle.

Je sais bien que le mariage de mes parents est imbattable, mais c'est parce que mon père est une créature rare. Il aime tellement ma mère que c'est douloureux de se trouver en leur compagnie. J'ai essayé de faire semblant d'avoir une pâle copie de ce qu'ils avaient, mais ce n'était qu'une illusion.

— Tu sais ce qui est vraiment dur ? Vivre avec un homme qui me rabaisse constamment. Aimer quelqu'un qui ne m'aime pas. Et surtout, c'est de savoir que je ne réussirai jamais à faire marcher un mariage, parce que je ne suis pas à la hauteur.

J'inspire une grande bouffée d'air et je ravale mes larmes.

— Oh, Kris.

— J'ai besoin que tu sois de mon côté, maman.

— Je le suis, je l'ai toujours été. J'ai juste peur de te voir prendre une décision que tu pourrais regretter, me répond-elle d'une voix qui se brise.

Mes parents m'ont soutenue à chaque étape de ma vie. Si la vie avait été juste avec eux, ils auraient eu une tribu de vingt gamins.

Mais je suis restée enfant unique. Ma mère avait tant d'amour à partager. Elle a frôlé la mort en accouchant, et papa a refusé de recommencer, même si elle l'a supplié pendant des années. Je sais qu'elle veut ce qu'il y a de mieux pour moi, mais maintenant que j'ai pris du recul par rapport à ma relation avec Scott, je comprends à quel point elle était néfaste.

— Je ne vais pas le regretter. Ça fait longtemps que ça nous pendait au nez, et pour tout te dire… j'aurais dû partir plus tôt, j'avoue dans un soupir en m'asseyant sur mon lit.

Maman reste muette un instant et s'éclaircit la voix.

— J'aurais dû t'aider plus.

— Qu'est-ce que tu veux dire ?

— Je lui trouvais sans cesse des excuses pour les choses qu'il disait, confesse-t-elle. Je partageais mon inquiétude avec ton père, mais je finissais toujours par l'écarter en rationalisant.

— J'ai fait pareil, j'admets.

Pendant toutes ces années, je cherchais toujours une bonne raison pour justifier son comportement et pour continuer à le laisser faire. Puis, j'ai fini par penser que c'était normal, et que je ne valais pas grand-chose.

Ce n'est qu'il y a environ un an que j'ai compris à quel point la situation était déplorable, à cause d'une remarque de Nicole. Elle m'a demandé ce que je ressentirais si Aubrey était mariée avec un homme comme Scott.

Pour la première fois, j'ai examiné notre relation d'un point de vue extérieur.

Et je n'ai pas du tout aimé ce que j'ai vu.

— Je m'excuse, Kris, reprend ma mère.

— C'est Scott qui doit s'excuser, pas toi.

Nous parlons un peu plus longtemps de mon travail et de mon premier week-end sans les enfants. Ils me manquent terriblement. Je ne suis pas habituée à voir ma maison vide et silencieuse. Je m'attends à tout moment à entendre le rire d'Aubrey ou Finn râler devant ses jeux vidéos.

— Je veux que tu saches que je t'admire, conclut-elle après que je lui ai dit que j'avais besoin de me préparer pour ce soir.

— Pourquoi ?

— Parce que tu prends ta vie en main. Tu aurais pu choisir la facilité et rester avec lui. Mais tu t'efforces de faire ce qu'il y a de mieux pour toi et tes enfants, et je suis fière de toi.

Elle ne saura jamais à quel point ses mots me touchent.

C'est la chose la plus difficile que j'ai jamais faite. À certains moments, je ne sais pas si je vais m'en tirer vivante, mais pour l'instant, je suis encore là.

— Merci, maman, je t'aime.

— Moi aussi, je t'aime.

Mes recherches dans ma garde-robe se révélant infructueuses, je déballe deux autres cartons de vêtements, et je finis par opter pour une robe à bretelles turquoise. Je ne l'avais plus portée depuis des siècles, mais elle me va encore parfaitement. Mes cheveux sont lissés et tombent jusqu'au milieu de mon dos. Je les ai enduits d'huile de Marula pour les dompter, sans les alourdir.

Si on compare mon apparence actuelle avec celle de ce matin quand je suis partie de chez Heather, on peut parler d'amélioration.

Je m'empare de mon téléphone pour appeler Aubrey, et je remarque que j'ai reçu un SMS.

Heather : J'ai donné ton adresse à Noah, il m'a dit que vous aviez rendez-vous ce soir, mais il ne savait pas où passer te prendre.

Moi : Oh !

Heather : Un rendez-vous ? Tu penses que tu es prête ?

Moi : Ce n'est pas ce que tu crois, c'est pour le travail.

Elle ne tombera jamais dans le panneau.

Heather : Je ne te juge pas. Je m'inquiète, c'est tout. Promets-moi seulement de ne pas boire comme un trou juste pour être capable d'aligner plus de deux mots.

· · ·

J'ai besoin de trouver de nouvelles copines.

Moi : Je t'ai déjà dit que je détestais ?

Heather : Oui, oui, je m'assurais juste que c'était encore le cas. Sois bien sage, imagine que tu es moi.

Moi : Es-tu en train de suggérer que je devrais coucher avec lui ?

Heather : Non ! Je crois que je ne suis plus la référence en matière de décisions raisonnables.

Moi : Nicole. C'est la faute de Nicole.

Je repose mon téléphone en souriant. Maintenant que je sais qu'il vient ici, mon cœur s'emballe légèrement.

Il est riche, canon et vit probablement dans une somptueuse demeure, alors que je suis hébergée gratuitement par ma meilleure amie.

Mais d'un autre côté, je ne vois pas pourquoi je m'inquiète. Notre rendez-vous n'a rien de romantique. Je ne ressens absolument rien pour lui. C'est juste un acteur, et je dois écrire un article sur lui, point barre. Aucune raison de s'en faire.

Pas la peine de se prendre la tête.

Oh et puis zut ! Je n'arrive même pas à me mentir à moi-même. Des flashes de la nuit dernière me reviennent, et je ne sais pas comment je vais réussir à le regarder sans rougir.

Agitée d'une certaine fébrilité, je parcours chaque pièce de la maison. Je dispose quelques photos sur un guéridon, et réarrange les bibelots. Je finis par aller m'asseoir sur le canapé en l'attendant.

Trois longues secondes s'écoulent, et je me relève, incapable de rester immobile plus longtemps. Je me dirige à nouveau vers le meuble pour changer la décoration, et la sonnerie retentit.

OK, ce n'est pas un rendez-vous romantique, c'est professionnel.

Je réévalue encore mes objectifs à la baisse. Si j'arrive à garder le contrôle de ma vessie, je classerai cette soirée dans les réussites. Je ne peux pas faire pire.

J'inspire profondément à deux reprises et j'ouvre la porte pour tomber nez à nez avec Noah, appuyé contre le montant. Il porte une chemise verte qui fait ressortir davantage ses yeux émeraude. Ses cheveux bruns sont coiffés en arrière. J'en oublie de respirer.

Il m'adresse un sourire éblouissant, et je perds tout contrôle.

— Salut.

Sa voix résonne dans mes oreilles.

Je reste là, pendant que mes jambes tremblent sous moi. Je penche ma tête sur le côté avant de lui répondre.

— Salut.

— Je t'ai amené un petit quelque chose, m'annonce-t-il en me tendant un énorme bouquet d'arums.

— Elles sont superbes.

J'ai envie de te faire l'amour doucement, tendrement, sauvagement.

J'ai besoin de voir un psy.

J'admire les fleurs et leur belle teinte de rose et de blanc, heureuse d'avoir trouvé quelque chose pour me distraire.

— Tu es mille fois plus jolie que ces fleurs, me répond-il, me forçant ainsi à ramener mon attention vers lui.

Le rouge me monte aux joues et je me sens défaillir. Je n'ai jamais ressenti une chose pareille. Je me hisse sur mes orteils en laissant échapper un soupir, avant de me laisser retomber sur mes pieds. Comme une adolescente face à ses premiers émois.

J'aimerais pouvoir me gifler. Violemment. Au lieu de ça, je me redresse et j'essaie de me reprendre.

— Merci encore. Je vais les mettre dans un vase, entre.

— Super.

Noah pénètre dans la maison, et je me dirige vers la cuisine. Je me souviens trop tard que c'est Danielle qui a tout rangé dans cette pièce, et je n'ai donc pas la moindre idée de l'endroit où peuvent se trouver mes vases.

Je m'empare du premier récipient que je trouve, ma version revue et visitée en plastique du vase et j'y dépose les fleurs.

— C'est donc ici qu'Heather vivait avant ? me demande-t-il du salon.

— C'est ça, j'ai passé tellement de soirées dans cette maison, que je m'y sentais déjà chez moi de toute façon.

Je lui réponds en examinant le contenu des placards, en espérant trouver mieux que le gobelet rose *Barbie* d'Aubrey. Je fouille les lieux de fond en comble, mais sans succès.

Je referme mon placard avec fébrilité et je me coince le doigt.

— Merde !

— Tout va bien par ici ?

Non, je suis officiellement folle à lier.

— Oui, super ! je lâche en levant les yeux au ciel.

Voilà un avant-goût amer de la soirée à venir.

Je ne veux plus le faire attendre ni me ridiculiser davantage. Je prends le gobelet en plastique et le dispose au milieu de la table.

Quelle classe ! Ma mère ferait une crise cardiaque si elle voyait ça.

— Désolée !

Je me tourne vers lui et le surprends en train de m'observer.

— Tu es prêt ?

Peut-être que je peux réussir à détourner son attention ? Je me déplace subtilement pour lui cacher le vase et m'appuie contre la table.

— On est pressés ? Je pensais avoir le temps de discuter un moment pour faire plus ample connaissance, s'enquiert Noah de sa voix suave.

Ce serait plus facile s'il avait une voix de fausset. Ou le moindre défaut. Je ne crois pas que j'en demande trop. Je dois juste trouver une stratégie pour garder un semblant de dignité ce soir.

Il s'approche de moi, pendant que je le contemple. Je cherche une faille, il doit bien y en avoir une. J'examine son visage mais n'y vois rien d'autre que ses beaux yeux verts et son sourire aguicheur. Je laisse glisser mon regard vers le bas, tout en sachant que je cours vers le désastre, mais je suis incapable de m'en empêcher. Ses épaules sont larges et taillées en *V*. Je me souviens de la façon dont mes jambes s'enroulaient si parfaitement autour de sa taille. Si seulement je pouvais oublier la sensation de ses bras musclés sous mes doigts.

— Kristin ?

Sa voix me fait revenir à la réalité.

— Oh, hum... Oui, en fait non, il faut qu'on... voilà, qu'on y aille.

Oh parfait, Kristin, quelle habileté !

Noah rit sous cape.

— Tu as entendu ce que je t'ai dit ?

Merde.

— Désolée, j'ai des restes de gueule de bois.

Ou des restes de mon adolescence qui m'empêchent de me comporter en adulte.

Il repousse une mèche de mes cheveux et la glisse derrière mon oreille.

— Eh bien, tu es magnifique.

Mes doigts s'accrochent au rebord de la table lorsque j'entends ce compliment.

— Merci, je réponds en baissant les yeux pour essayer de cacher le rouge qui me monte aux joues.

Cela faisait une éternité que je ne m'étais pas sentie aussi nerveuse avec un homme.

Je ne sais pas si c'est parce que je me suis libérée de l'emprise de Scott, mais cette sensation est étrange et déstabilisante. Je ne devrais pas réagir ainsi face à lui. Je dois rédiger un papier sur lui et, en tant que journaliste – un qualificatif que je persiste à m'appliquer, même si mon job consiste en réalité à écrire pour un blog sur des célébrités – alors je me dois d'être professionnelle. Noah fait ressortir mon côté midinette.

Il caresse ma joue du doigt et me relève le menton. L'intensité de son regard soulève une nuée de papillons dans mon ventre. Est-ce qu'un autre homme m'a déjà regardée ainsi ? Je ne crois pas. J'y lis tant de désir que je pourrais m'y noyer.

Je m'y suis déjà noyée. En réalité, je suis toujours en train de patauger.

— Noah, je lance en secouant la tête, je... j'ai envie de faire pipi.

Il recule d'un pas, et je voudrais que le sol se dérobe sous mes pieds pour me faire disparaître.

— Je voulais dire, j'ai envie d'aller... finir un truc.

Il éclate de rire, et je m'adresse deux gifles imaginaires.

— Pas de problème, je peux attendre pendant que tu vas finir ton truc.

— Est-ce qu'on pourrait juste y aller ? J'ai l'impression que je ne vais pas réussir à éviter les maladresses ce soir. Pourtant j'ai vraiment besoin de cette interview, et j'aimerais passer à l'acte avant que tu ne prennes tes jambes à ton cou.

Noah esquisse un sourire malicieux et me regarde dans les yeux.

— Ah oui, tu veux passer à l'acte ?

Je soupire bruyamment en levant les yeux au ciel.

— Achève-moi tout de suite.

— Je te fais marcher, se moque-t-il en me poussant le bras.

— Je crois que je le mérite, j'ai tellement bu que tu as dû t'occuper de moi toute la soirée.

Noah acquiesce gravement.

— C'est vrai.

Je le tape doucement sur la poitrine dans un éclat de rire.

— Tu n'es pas censé acquiescer.

— C'est toi qui l'as dit en premier, se défend-il.

— J'abandonne.

Noah passe un bras autour de mes épaules et m'attire vers lui.

— Je plaisante. C'était un honneur pour moi de veiller à ce que tu ne te noies pas dans la piscine.

Nos yeux se croisent et un courant électrique nous traverse. Ce n'est pas pareil qu'hier, c'est encore plus intense. Je ne savais pas que c'était possible. Mon cœur s'emballe en même temps que ses mains se raidissent. Mes yeux restent plongés dans les siens.

Le téléphone sonne et il laisse doucement glisser ses bras le long des miens.

— Je dois répondre, dis-je d'une voix rauque.

— Bien sûr.

Je lis le numéro de Scott sur le téléphone. L'ambiance retombe instantanément.

— Allo ?

Je veille à tourner le dos à Noah.

— Maman !

— Salut, ma puce !

Le son de la voix d'Aubrey me fait sourire automatiquement.

Je me retourne vers l'acteur sexy et célèbre qui se trouve dans mon salon et je pose la main sur le combiné.

— C'est ma fille, je n'en ai que pour une seconde.

Noah répond d'un hochement de tête.

— Je te manque ? me demande-t-elle.

— Bien sûr que tu me manques. Tu t'amuses bien avec papa ?

Aubrey soupire longuement, et j'imagine son petit visage.

— Pas trop.

— Pas trop ?

— Papa travaille et Finn est méchant avec moi.

— Ma pauvre puce, tu peux peut-être demander à papa de faire quelque chose de chouette avec toi ? je lui suggère.

Scott ne s'est jamais occupé seul des enfants. J'étais toujours dans les parages pour tout gérer et pour les distraire.

Elle garde le silence un moment.

— J'imagine, oui.

— Quelque chose ne va pas, ma puce ?

Je déteste entendre cette tristesse dans sa voix. Aubrey est pétillante et joyeuse d'habitude. Elle arrive toujours à remonter le moral des autres grâce à sa bonne humeur. Elle est généreuse et son sourire est contagieux.

— Non, tu me manques. Papa ne me borde pas comme toi, et il ne fait pas la cuisine.

Je fais de mon mieux pour lui expliquer que lui et moi sommes différents, tout en la réconfortant. C'est une facette du divorce que j'aurais préféré éviter. Je ne souhaite qu'une seule chose, c'est préserver le bonheur de mes enfants. Ils ne méritent pas tout ça, mais c'est inévitable. Ça ne m'empêche pas de détester cette situation.

— On se voit demain, je lui rappelle.

— Je vais te serrer fort ! proclame-t-elle d'une délicieuse petite voix.

— Et moi, je vais te serrer encore plus fort !

Nous finissons par raccrocher et je laisse échapper un long soupir.

— Tout va bien ? s'enquiert Noah.

— Oui, des trucs de maman, je réponds en souriant.

— Je n'ai aucune idée de ce que tu veux dire par là, mais j'ai l'impression que ta fille t'aime très fort.

Je continue de sourire et je me dirige vers le guéridon pour admirer leur photo.

— Voilà mes bébés.

Noah s'empare du cadre et je reste près de lui.

— Ici, c'est Finn, il a dix ans et là c'est Aubrey, elle a fêté ses six ans il y a un mois. C'est la première fois qu'ils sont seuls avec leur père. Je sais que ça peut paraître dingue, mais c'est le cas. Ils ont toujours été soit avec moi, soit avec mes parents.

Les yeux de Noah s'emplissent d'une tristesse qui reflète l'émotion contenue dans ma voix. Jusqu'ici, je n'ai jamais vraiment laissé mes pensées aller dans cette direction. Je ne sais pas ce qu'ils vont manger, ce qu'ils vont faire, à quoi ils vont penser ou rêver. Les soirs où nous voulions sortir en amoureux, mes parents venaient à la maison. Scott n'a jamais voulu prendre de vacances sans eux. Il n'ont jamais passé plus d'une nuit chez mes parents, et je venais les chercher le matin avant qu'ils ne se réveillent. J'ai toujours été là le matin pour eux. Et maintenant, ils vont être loin de moi un week-end sur deux.

Sa main effleure ma joue, et je m'aperçois que je pleure.

— Ce n'est pas dingue de vouloir que tes enfants soient près de toi, Kristin.

— Je suis désolée, je suis la journaliste la moins professionnelle du monde.

J'essuie mes larmes, et je repose la photo à sa place.

— Pas du tout, me rassure-t-il en souriant.

Je ne suis pas dupe.

— Menteur.

— Juste un tout petit peu.

J'éclate de rire en secouant la tête.

— OK, on va se faire cette interview, sans alcool et sans larmes. Ça marche ?

Noah me tend la main.

— Ça marche.

CHAPITRE NEUF

NOAH

— Alors, vous avez de bons restos par ici ? je lui demande en montant dans la voiture.

Je voulais poser la question à Eli, mais je n'ai pas pu l'interrompre pendant qu'il me faisait la morale sur cette sortie et m'expliquait pourquoi je devais l'annuler. Et puis Heather a mis son grain de sel. Je les ai tous les deux rassurés sur le fait qu'il s'agissait bien d'un dîner d'affaires, ce qui est en partie vrai.

Heather m'a regardé avec méfiance et m'a répliqué qu'elle le savait déjà. Kristin a besoin de cette interview, et il est clair que nous ne l'avons pas faite hier soir. En outre, sa date de rendu approche.

Je me montre gentil, c'est tout. Rien à voir avec le fait que je sens toujours l'odeur de ses cheveux sur moi, la douceur de sa peau contre la mienne, et que son rire résonne encore dans ma tête.

Kristin glisse une mèche brune derrière son oreille et penche son visage sur le côté.

— Ce n'est pas New York, mais nous pourrions aller à Whisky Joe's. L'ambiance y est détendue et puisque la saison est terminée, tu devrais y passer relativement inaperçu.

Rien ne me fait plus envie qu'une soirée intime avec Kristin, mais je dois faire attention à mon attitude, car nous sommes censés nous rencontrer en professionnels.

— Ça me semble parfait.

— Je n'y suis pas allée depuis longtemps. J'adore leurs plats et c'est carrément sur la plage.

Elle est si enthousiaste, que je voudrais déjà y être. La perspective d'un dîner et d'une balade sur la plage au clair de lune avec elle m'enchante. Je ne comprends toujours pas pourquoi elle me fait cet effet.

— Pourquoi cela fait-il si longtemps ?

Elle me répond avec un sourire triste.

— C'est la vie.

Je la comprends plus qu'elle ne le pense. J'ai arrêté de faire des choses que j'adorais parce que je n'arrivais pas à les caser dans mes journées, qui se résumaient à apprendre les scénarii, voyager et obéir à mon coach sportif. Ces derniers mois, j'ai découvert à quel point j'aimais prendre le temps de faire les choses qui m'intéressent.

— C'est sûr qu'on ne fait pas toujours ce dont on a envie dans la vie.

— Chienne de vie.

J'éclate de rire.

— Ça arrive.

Elle laisse échapper un lourd soupir, et je sens le poids du monde sur ses épaules. Ma mère faisait la même chose quand j'étais gosse.

— Parle-moi de tes enfants.

Le moral de Kristin remonte instantanément et elle va jusqu'à sourire.

— Finn est compliqué, mais nous nous ressemblons tellement. Je te jure, parfois, ça me fait presque peur.

— Ça te fait peur ? De mon point de vue, ça devrait te faire plaisir, tu es quelqu'un de bien.

— Ah oui ! réagit Kristin, je suis quelqu'un de super quand je bois tellement que je m'évanouis. C'est mon but dans la vie !

Je voudrais la prendre par la main pour l'apaiser, parce que sous ses éclats de rire, j'entends sa douleur. Je n'en fais rien. Je ne dois pas dépasser les limites avec elle.

— On a tous besoin de lâcher prise à un moment donné.

— Clairement, je dois trouver un équilibre dans le lâcher-prise.

Je secoue la tête.

— Ce n'est pas parce que tu as perdu le contrôle une soirée que ça fait de toi une personne irresponsable. Et Finn ? Quelles sont ses occupations préférées ?

Elle hausse les épaules et se tourne légèrement vers moi.

— Finn est très mécanique. J'aime l'observer en train de démonter des objets et les remonter. Il prend la vie au premier degré, il a besoin d'un cadre. Aubrey, elle, est plus libre. Elle va me créer des problèmes quand elle sera plus grande.

Je l'écoute attentivement, et je m'aperçois que ma vie est dépourvue de tout ce dont elle me parle. L'argent, la célébrité et les belles choses ne me suffisent pas. Il fut un temps où j'aspirais à une vie comme la sienne. Des enfants, une famille, voilà ce qui me faisait rêver. Mais ce rêve s'est vite évaporé. Si seulement les choses s'étaient passées autrement cette nuit-là.

Mon cœur se met à battre si fort dans ma poitrine que je serais prêt à jurer qu'il me laissera une marque. Cela faisait si longtemps que je m'interdisais de penser à elle.

De penser à tous nos projets, et à tout ce que nous avons perdu.

— Noah ?

Kristin me touche le bras et je reviens à moi.

— Tout va bien ? s'inquiète-t-elle.

— Excuse-moi, je lui réponds rapidement. Tu me parlais d'Aubrey ?

Je crois bien que c'est le bon nom.

La main de Kristin retombe, et je me sens vide. Putain. Mais comment fait-elle ? Ce n'est pas juste parce qu'elle est canon. J'ai déjà passé du temps avec des filles superbes sans ressentir la même chose. Si je pouvais définir cette sensation, je pourrais la gérer.

— Nous ne sommes pas obligés de parler de mes enfants, reprend-elle.

— Ça me fait plaisir, mais si tu préfères évoquer autre chose...

— Je ne veux pas t'ennuyer.

Le truc, c'est que je ne peux plus avoir ce type de conversation normale dans ma vie. Quand je m'entretiens avec quelqu'un, soit je dois répondre à des tonnes de questions ou alors on essaye de me soutirer quelque chose.

— J'ai l'impression qu'on ne va parler que de moi pendant ce rencard.

— Rendez-vous. Professionnel.

Kristin me jette un regard sévère.

— Bien sûr, notre rendez-vous professionnel, je lui réponds d'une voix condescendante. Parle-moi plutôt d'Heather et de tes amies. Les histoires d'Eli sont plutôt... intéressantes.

Kristin éclate de rire.

— Oh, j'imagine, mes copines sont carrément intéressantes.

Elle me raconte comment elles se sont rencontrées au lycée et comment leur amitié a survécu aux années. Je trouve incroyable qu'elles aient réussi à rester proches de cette façon. Mon meilleur ami du lycée ne m'appelle que quand il a besoin d'argent.

—Mais c'est de Heather que tu es la plus proche ? je l'interroge, car les rouages de leur amitié me laissent perplexe.

Elle réfléchit un instant en se rongeant l'ongle du pouce.

— Je ne sais pas comment répondre à ta question. Nous sommes toutes proches, chacune à notre manière. Heather et Nicole sont très liées, et je me suis tournée naturellement vers Danielle. Mais depuis ma séparation, c'est bizarre...

— Pourquoi ?

Mais pourquoi est-ce que je m'en soucie autant ?

— Danielle et son mari avaient des problèmes depuis un moment. Si j'extrapolais, je me dirais qu'elle a eu peur quand elle a vu que Scott et moi ne trouvions pas d'autre issue que la séparation. Et puis son mari et le mien, ou plutôt mon futur ex, sont amis. Alors, ça a eu des répercussions sur notre propre amitié.

Scott. Même son nom est stupide. C'est évidemment un gros con, s'il l'a laissée lui échapper, ou s'il lui a fait autre chose que des compliments. Je ne devrais pas m'en mêler, mais j'ai tellement envie de savoir.

— Que s'est-il passé pour que vous vous sépariez ?

Les yeux de Kristin se remplissent de tristesse, et je me déteste, parce que c'est ma faute.

Heather l'a baptisé le Trou du cul dans ses conversations. Ou juste Trouduc. Donc j'imagine bien la bête, mais j'en voudrais une confirmation.

— Ce dîner professionnel prend une tournure étrange...

Je lui souris.

— Je me pose juste la question. Tu es le meilleur coup d'un gars à la fac, alors comment ton mari peut-il te quitter ? Le sexe, c'est la base dans une relation. Je me dis que soit tu as menti, soit ton mari est un idiot.

Kristin se passe la main sur le visage.

— Cela n'a rien à voir. Et tu sais, ça m'irait très bien si tu oubliais tout ce que je t'ai raconté lors de notre première rencontre.

— Je doute que ça arrive.

Cette soirée restera à jamais gravée dans ma mémoire.

Elle se tortille dans son siège.

— Je me suis toujours demandé pourquoi personne n'avait inventé une pilule magique qui aurait le pouvoir d'effacer de ta mémoire les choses que tu voudrais oublier. Ou qui te permettrait de manger tout ce que tu veux sans prendre de poids. Tous ces gens intelligents sur la planète, comment n'y sont-ils pas encore parvenus ?

J'éclate de rire.

— Je n'en ai aucune idée.

— Ce sont de vrais enjeux du quotidien... Oh !

Tout d'un coup, elle s'enflamme.

— J'adore cette chanson.

Kristin monte le volume de la radio et fredonne doucement. Pendant un instant, elle oublie que je suis là et chante à tue-tête. Je m'arrête à un feu rouge et je ne peux détacher les yeux de son visage. Elle a l'air libre, heureuse et perdue dans la musique. Elle chante de plus en plus fort et balance la tête.

Heather m'a rabâché plusieurs fois que Kristin était brisée, mais je n'ai encore rien vu de tout ça. Tout ce que je vois, c'est une femme qui fait battre mon cœur plus fort. Je la regarde s'abandonner à la musique, et j'espère que le feu ne passera jamais au vert. Je pourrais la contempler toute la nuit. Le couplet est terminé, et le refrain commence. Elle revient à elle, ouvre les yeux et plaque sa main sur sa bouche.

— Tu as une très belle voix, je la complimente en espérant qu'elle continue à chanter.

Elle ricane, et se tourne en ridicule.

— Quelle ringarde. Je ne sais pas chanter.

— Tu es adorable.

Je choisis d'être honnête parce que je ne sais même pas si elle va m'écouter.

Le feu passe finalement au vert, et je ne peux pas lire sa réaction sur son visage, mais le son qu'elle émet me fait sourire. J'aime savoir que je peux la déstabiliser.

— Je ne sais pas pourquoi je continue à me ridiculiser quand tu es là. C'est comme si j'oubliais comment me comporter normalement.

Je me gare dans le parking du restaurant, si on peut appeler ça comme ça, et je pose une main sur sa jambe.

— Ça me fait plaisir que tu te sentes assez à l'aise avec moi pour te mettre à chanter. Peu de gens s'en sentent capables. La plupart du temps, ils adaptent leur comportement et le font correspondre à ce qu'ils s'imaginent que j'ai envie de voir.

Les yeux bleus de Kristin se plongent dans les miens.

— Je ne suis pas comme ça d'habitude, confesse-t-elle, je suis la plus coincée des quatre.

— Ne te force jamais à être quelqu'un d'autre que celle que tu es, Kristin. Rien n'est plus sexy qu'une femme qui a confiance en elle. Crois-moi.

Elle s'éclaircit la gorge et je vois sa carapace se refermer autour d'elle.

— Tu as faim ?

Je vais la laisser gagner cette bataille. La guerre n'est pas finie.

— Affamé.

CHAPITRE DIX

KRISTIN

Le dîner n'a rien à voir avec le trajet, au cours duquel je me suis crue à une audition pour *The Voice*. Heureusement, il n'en parle pas, et nous choisissons des sujets de conversation plus professionnels. Noah est passé en mode acteur, et je me suis glissée dans le rôle de la journaliste. C'est comme si on avait appuyé sur un bouton dès que j'ai posé mon carnet sur la table. Ça me convient parfaitement.

— Et qu'en est-il de tes histoires d'amour ? je lui demande, poursuivant avec ma liste de questions.

Il reste silencieux assez longtemps pour me faire lever les yeux de mon cahier.

— Noah ?

Il essuie le ketchup de son menton et s'appuie sur le dossier de sa chaise.

— Je ne m'attendais pas à celle-là.

— Oh, fais-je étonnée, je pensais que c'était l'une des questions que l'on te posait le plus souvent.

Noah est l'un des célibataires les plus en vue d'Hollywood. Il est séduisant, intelligent, sexy, riche... Et ai-je mentionné qu'il était sexy ?

Je suis surprise que ce ne soit pas la question que les autres journalistes lui posent en premier. Je ne la pose que maintenant, parce que je suis un peu parano par rapport à mes maladresses du début de la soirée. J'ai préféré garder les détails croustillants pour la fin. Cela me permet de m'enfuir en taxi si je me couvre à nouveau de ridicule.

— Ça l'est, me confirme-t-il, mais je n'étais pas sûr que nous allions l'aborder ensemble. Je ne veux pas te mentir, mais en même temps, je ne sais pas si je peux te répondre.

— Donc, ça signifie qu'il y a quelqu'un ? je lâche en essayant de masquer ma déception, sans y parvenir.

Une infime partie de moi espérait qu'il n'y ait pas d'autre femme. La majeure partie de moi essayait de la faire taire. Je n'ai aucun droit sur lui. Bordel, je suis toujours mariée. Et pourtant...

Noah fait glisser sa main vers moi sur la table et la pose assez près de la mienne pour que je puisse le toucher.

— Ça signifie que je ne peux pas t'en parler, Kristin.

Mon cœur bat un peu plus vite quand il prononce mon prénom.

— Mais tu vas le faire quand même ? je riposte avec un sourire.

— Je vais te dire une chose officiellement, mais seulement si tu acceptes de passer en off ensuite.

J'acquiesce d'un hochement de tête.

— J'ai besoin que tu me promettes que notre conversation sera confidentielle lorsque je claquerai des doigts.

— OK, ce que tu me diras sera confidentiel dès que tu auras claqué des doigts.

Je vais avoir une exclusivité pour ma première interview. Ma patronne, qui a l'âge d'être ma fille, va être contente.

— J'éprouve des sentiments pour quelqu'un, confesse Noah avec un sourire.

— Tu peux m'en dire plus ? j'insiste.

— Non.

Il claque des doigts, et reste silencieux.

Bon, ça craint. Il me fallait plus de détails pour un article inté-ressant.

— OK, nous passons en off.

J'éteins mon magnétophone et je pose mon stylo. Je suis dégoû-tée, il va me faire une révélation, et je ne pourrai pas m'en servir.

— Elle est en face de moi.

Noah ramène sa main vers lui, prend sa bière et sourit avant de boire une gorgée.

Ma bouche s'ouvre toute seule, mais rien ne sort. Moi ? Il est fou. Je suis l'amie maladroite de la fiancée de son meilleur ami. Celle qui a trop bu et qui s'est évanouie. Celle qui l'a fait tomber dans une piscine et dont il a dû s'occuper toute la nuit. Je suis la folle qui manque tellement de professionnalisme qu'il a dû sortir dîner avec elle, car elle a raté sa première opportunité.

Il se moque de moi. Ça doit être une sorte de bizutage de célébrité.

On fait marcher la nouvelle journaliste.

Oui, je ne vois pas d'autre explication, car je ne suis qu'une pauvre femme au foyer qui n'a même pas réussi à garder son mari.

— C'est Heather qui t'a donné l'idée de cette blague ? Ou Eli ? Je lui ai dit qu'il était vieux l'autre jour, est-ce qu'il essaie de se venger ?

— Non.

Je retombe en arrière, et je fais un effort pour respirer.

— Tu ne me connais même pas. Tu sais juste que je ne sais pas me tenir.

Noah remonte ses manches et pose ses bras sur la table.

— Je sais que même si Eli et Heather ont essayé de m'en dissuader, j'étais impatient de ce rencard avec toi.

— Rendez-vous. Professionnel.

Il a peut-être un problème de mémoire et ne sait pas qui je suis.

— Bonnet blanc, blanc bonnet.

Doux Jésus. Maintenant les SMS d'Heather prennent un autre sens. Elle savait qu'il était intéressé. La raison de cet intérêt me laisse perplexe, cependant.

— Noah, tu ne me connais pas. Crois-moi, je suis la dernière personne à laquelle tu devrais penser. Je traverse ce qui s'annonce comme un horrible divorce. Je suis une maman solo qui, clairement, ne tient pas l'alcool et mon travail consiste à écrire des salades sur ta vie. Oh, et je chante faux.

J'imagine qu'il vaut mieux être franche dans ces conditions.

Je suis un très mauvais choix pour lui.

Noah se fend d'un petit sourire narquois et passe ses doigts dans ses cheveux bruns et épais.

— Ah oui, présenté comme ça...

Je laisse échapper un éclat de rire et je fixe mes mains.

— Toutes ces actrices qui font la queue pour t'avoir, et toi, tu t'attardes sur moi et tous mes problèmes. C'est fou, je ne te comprends pas.

— Kristin.

Il marque une pause en attendant que je relève les yeux vers lui.

— Nous avons tous des problèmes, reprend-il. Si tu penses que qui que soit à Hollywood n'en a pas, tu te fourres le doigt dans l'œil. Je n'ai pas eu de petite copine depuis près de quinze ans. Je ne te demande pas de l'être. Heather a déjà menacé de me castrer si j'essayais de te le proposer.

Mon amie de toujours.

— Toutefois, je ne veux pas te mentir. Je suis attiré par toi, mais si nous sommes amenés à n'être rien d'autre que des amis, ça me va.

Je suis submergée par le flot de ses paroles, mais je ne sais pas vraiment comment réagir. Bien sûr que je suis attirée par lui, toute femme normalement constituée le serait. Il est beau comme un dieu.

Cet homme est une drogue à laquelle j'aimerais volontiers être accro.

Mais au lieu de lui avouer tout ça, je me penche vers lui en imitant sa posture.

— On ne peut pas être amis. Mon travail consiste à révéler ta vie au grand public.

Il hausse les épaules.

— Ça veut dire que tu vas rester dans le coin, et que ça me donne du temps pour te séduire.

OK, voilà un nouveau problème auquel je n'avais pas pensé.

— Tu as encore plus besoin d'une thérapie que moi.

Il se penche vers moi.

— Peut-être que tu as raison, ou peut-être que tu vas t'apercevoir que je suis juste un type normal.

J'éclate de rire.

— Exactement, parce que tous les types normaux font la couverture de *People* ou de *GQ* ?

— Dans mon monde, oui.

— Sauf que je ne fais pas partie de ton monde. Le mien se compose de factures, d'enfants, d'un ex-mari qui m'emmerde, et d'une patronne qui pense qu'écrire un article en le ponctuant d'émoticônes lui donne du caractère.

Il sourit en secouant la tête.

— Elle a l'air fascinante.

— Ne m'en parle pas, je lui réponds en soupirant. Elle a prévu une salle de méditation pour nous aider à nous recentrer quand nous sommes stressés. L'autre jour, elle m'a proposé de purifier mon aura, qui selon elle, serait polluée. Aucune idée de ce que cela veut dire.

Noah tend sa main au-dessus de la table et touche mon poignet.

— Je ne te demande pas...

— Kristin, c'est bien toi ?

L'assistante de Scott, Jillian, a surgi de nulle part. Ses yeux voyagent de moi à Noah et je retire rapidement ma main.

— Salut, Jill, ça fait un bail.

Je me lève pour la saluer.

— Je te présente Noah Frazier. J'écris un article sur lui pour mon nouveau travail. Noah, je te présente Jillian Cruger, l'assistante de mon mari, pardon, de mon ex-mari.

Elle rougit et glousse bêtement.

— Bien sûr. Heureuse de vous rencontrer, je suis une grande fan.

Noah lui serre la main et lui lance un sourire que je n'avais jamais vu. Il est forcé et paraît presque faux.

— Merci. Ravi de vous rencontrer.

Elle se retourne vers moi.

— Je suis désolée pour ton divorce. Scott me l'a annoncé il y a quelques mois. Ça m'a vraiment attristée. J'ai voulu t'appeler, mais j'ai eu peur que ce soit maladroit.

— Oui, maladroit, c'est le bon mot.

On peut dire que c'est maladroit quand une femme se retrouve face à face avec l'épouse de l'homme qu'elle veut mettre dans son lit depuis toujours.

Scott m'a peut-être traitée comme de la merde, mais il vénère Jillian comme si c'était le messie. Il me répétait sans cesse à quel point elle savait anticiper ses besoins et garder sa vie en ordre, contrairement à moi qui ne faisais que des erreurs. Pour lui, elle n'a aucun défaut. Elle ne me fera jamais croire qu'elle est triste. Au contraire, maintenant, elle peut afficher son désir de coucher avec lui, si ce n'est pas déjà fait.

— Je voulais dire, avec notre vécu.

— Oui, ça n'a pas été facile, mais nous allons mieux, les enfants et moi. Nous sommes heureux.

Jillian hoche la tête.

— Contente de l'entendre. Il tient bien le coup. Je m'occupe de tout, et je veille à ce que ses week-ends avec ses enfants soient libérés. Je le garde à l'œil.

Oh, ça j'en suis sûre.

— Merci, les enfants seront ravis de savoir que la secrétaire de leur père les a inclus dans son planning, je rétorque avant de me tourner vers Noah. J'adorerais prendre davantage de tes nouvelles, mais je dois poursuivre mon entretien.

— Bien sûr, désolée d'avoir abusé de ton temps. Mes amis et moi allons dans un autre bar… me répond-elle avant d'adresser un sourire faussement pudique à Noah. Je dois y aller, mais j'espère te revoir bientôt.

— Moi aussi, je réplique avec un sourire forcé. Ravie de t'avoir vue.

Menteuse.

— Oh, je suis sûre que nous allons nous revoir très vite, conclut-elle en me prenant à nouveau dans ses bras avec hypocrisie.

Je la suis du regard alors qu'elle regagne sa table et nous pointe du doigt en riant. Ses amis jouent des coudes pour mieux nous apercevoir.

— Comment fais-tu pour supporter ça ? j'interroge Noah en me retournant vers eux, les observant par-dessus mon épaule.

— Les gens qui me regardent ?

— C'est intrusif.

Noah se masse la nuque.

— Ça fait partie de ton interview ?

Oh zut, l'interview…

— Non, je ne pourrais jamais…

— Je vais te dire une chose, puis on reprendra l'interview.

Noah tend la main comme s'il voulait me toucher, puis se ravise et prend son verre à la place.

— Tous ces regards font partie de ma vie. Je les ai acceptés quand j'ai décidé de devenir acteur. Je vis avec, parce que si personne ne me regarde, alors je n'ai plus de carrière. Mais, et c'est le plus important, tu es mille fois plus belle qu'elle, confesse-t-il en pointant du menton la table de Jillian.

Il s'empare de mon magnétophone et le rallume.

— Je.. Je... je bégaie sans trouver les mots, tu...

Noah se remet en mode professionnel. Je vois la différence dans ses yeux. Mais, moi je ne sais plus où j'en suis. Il a pu déchiffrer mes émotions et mes pensées à ce moment précis, et il m'a réconfortée. Mais qui est ce mec ? Personne n'est aussi parfait que ça.

Il doit avoir une petite queue.

Mais si mes souvenirs alcoolisés sont exacts, je sais déjà que ce n'est pas le cas.

N'empêche qu'il doit bien compenser quelque chose, non ?

— Tu es sûre que tu veux aller te promener ? répète Noah.

— Oui, cela fait si longtemps que je ne suis pas venue ici.

J'ai besoin d'air frais. Nous avons fini de manger et mes pensées se tournent sans cesse vers le moment où il m'a avoué que je l'attirais. Je retire mes chaussures et les prends dans une main alors que nous nous dirigeons vers l'océan.

— J'ai remarqué que la plupart des gens qui vivent près de la plage n'y vont quasiment jamais, devise-t-il.

— L'explication tient en un seul mot : touristes.

Il hoche la tête.

— Je vois, mais alors, pourquoi vivre ici ?

Mon rire trahit ma tristesse et mon incertitude.

— Je ne sais pas. Je veux avoir le choix d'aller à la plage si les circonstances font qu'il n'y a personne.

Et puis, ma vie entière est ici. Mais il a raison, je pourrais venir plus souvent avec les enfants. Finn adore l'océan, et Aubrey était si petite la dernière fois que nous y avons passé la journée. Ils vivent au bord de la mer, mais ils n'en profitent pas.

— Comme maintenant ? propose-t-il.

— Exactement.

Le soleil se couche, le ciel se pare de magnifiques nuances orangées, et notre petite plage est déserte. Noah et moi suivons le bord des vagues et laissons l'eau recouvrir nos pieds. Il me parle un peu d'une audition que son agent le pousse à passer.

Je l'écoute, moins intéressée par son anecdote que par les petits bouts de lui qu'il révèle au fur et à mesure. Nos bras se balancent au rythme de nos pas, et la main de Noah effleure le dos de la mienne. Chaque fois que nos peaux se touchent, je sens un courant électrique me traverser. La troisième fois que ça se produit, je me dis que ça ne peut plus être un hasard.

Comme pour prouver que j'ai raison, sa main saisit la mienne. J'inspire laborieusement, mais je ne la retire pas. Je regarde nos doigts entrelacés et j'essaie de calmer les battements de mon cœur.

Noah marque une halte et me force à m'arrêter aussi.

— Danse avec moi, m'invite-t-il.

— Pardon ?

Il se rapproche d'un pas et m'attire un peu plus près de lui. Sa voix grave me trouble.

— J'ai toujours rêvé de danser sur une plage au crépuscule. Me feras-tu l'honneur ?

Je dois lui répondre non.

— Oui.

Ou pas.

Noah n'hésite pas une seconde. Ses bras s'enroulent autour de moi comme s'ils étaient faits uniquement pour ça. Mes mains sont posées sur sa poitrine. Nous nous balançons au rythme des vagues, et mon cœur s'emballe. Ma nervosité atteint de nouveaux sommets, mais je reste près de lui.

Je me blottis un peu plus contre son corps.

Nous continuons notre danse pendant que le soleil achève sa course dans un ciel chatoyant de plus en plus sombre. Les mains de Noah s'écartent dans mon dos et je plonge mes yeux dans les siens. J'ai tant de choses à lui dire, mais j'ai peur de parler tout haut.

Sa main se pose sur ma joue et il repousse une mèche de mes cheveux.

— Je ne comprends pas ce que tu me fais.

Sa voix résonne dans le silence.

L'intensité du moment me met mal à l'aise et j'essaie de rompre le charme. Je fais un pas en arrière en riant.

— C'est parce que je t'ai dit que j'étais un bon coup à la fac, c'est tout. Je te promets que ça va finir par passer.

Noah rigole, m'attire à lui et me relâche.

— Nous verrons bien. Aucun homme qui se respecte ne laisserait passer sa chance de vérifier si c'est vrai.

Il me taquine alors que nous repartons vers la voiture.

— J'en connais pourtant un, je murmure tout bas pour qu'il n'entende pas.

CHAPITRE ONZE

NOAH

Je suis vraiment incapable de garder mes distances avec elle.

Eli et Kristin vont me massacrer, mais je mourrai heureux. Tout ce qu'elle fait me fascine. Elle ne sait pas à quel point elle est belle. Et quand elle rit, ses yeux bleus s'illuminent d'une façon qui me donne envie de tomber à genoux. Je n'ai toujours pas compris pourquoi elle réveille ce type de sentiments en moi, et pourtant, je suis bien là, à faire les mauvais choix.

À lui dire les choses que je m'étais promis de taire.

À lui faire des choses que j'avais promis à mes amis de ne pas faire.

Elle sourit sans réserve, elle chante comme si personne ne l'écoutait, et elle a dansé avec moi sans hésiter. Tout ça fait que je me retrouve bel et bien dans la merde. Je ne pourrais plus m'extirper de cette situation, même si j'en avais envie.

Nous restons silencieux pendant le trajet du retour. Kristin semble perdue dans ses pensées, et je ne veux pas m'imposer. Je me repasse toutes les inepties que j'ai proférées, et j'espère qu'elle ne m'a pas pris pour un dingue.

— Ça va ? je l'interroge alors que je me gare devant chez elle.

— Oui, désolée, j'assemble l'article dans ma tête, me répond-elle en souriant.

— J'espère que ce que je t'ai donné te suffira.

— Oui, largement, ça va faire un bon article.

Je hoche la tête et sors de la voiture. Cela a beau ne pas être un rendez-vous galant, ma mère me botterait le train jusqu'à la lune si j'omettais de tenir la porte à une dame et de la traiter avec respect. Je contourne la voiture en me rappelant de garder mes distances.

J'inspire profondément et ouvre la portière pour l'aider à descendre. Elle manque de trébucher et finit dans mes bras. Je la serre contre moi quelques secondes de plus que nécessaire. Kristin lève les yeux vers moi, et je ne peux pas m'empêcher de remarquer qu'ils débordent de désir. Je peux sentir son pouls s'accélérer, mais je reste impassible.

— Noah.

Elle prononce mon nom en soupirant.

— Dis-moi que tu ne ressens rien, lui dis-je pour lui laisser une échappatoire.

Je la laisserai si elle me répond.

— Dis-moi d'arrêter de venir te voir et que je ne t'attire pas, je continue.

— Je ne peux pas.

Ma main remonte dans son dos et mon corps épouse le sien.

— J'ai envie de t'embrasser.

Elle secoue la tête, mais ses doigts remontent le long de ma poitrine et caressent ma nuque.

— Il ne faut pas.

— Non, il ne faut pas, je poursuis. Mais si tu ne m'arrêtes pas, je vais le faire.

Elle enroule ses doigts dans mes cheveux, à la base de mon cou. Ma retenue commence à faillir.

— Trois, je commence, faisant le décompte. Deux.

Kristin s'approche d'un centimètre de plus de ma bouche, et mes défenses tombent.

Nos lèvres se touchent et je la plaque contre la voiture, pour l'empêcher de s'enfuir. Je l'embrasse comme si ce baiser était le dernier. Mes mains remontent dans son cou. Elle soupire, et j'en profite pour glisser ma langue dans sa bouche. Kristin me rend chaque seconde de mon baiser. Elle me désire autant que je la désire.

Chaque fois que ma langue caresse la sienne, son gémissement décuple mon envie d'elle. Je suis content de m'être retenu de l'embrasser hier soir. Elle ne pourra pas rejeter la faute sur l'alcool. Mes mains parcourent son corps de haut en bas, se délectant de chaque courbe.

Ses doigts retrouvent leur chemin jusqu'à ma poitrine, son corps se tend et elle me repousse.

— C'était...

Elle a du mal à reprendre sa respiration et à parler en même temps.

— Fantastique, je finis à sa place.

— Oui, ça l'était, mais ça n'aurait jamais dû arriver. Putain, mais j'ai perdu la tête ou quoi ?

Je prends son visage dans mes mains.

— Tout va bien, tu as la tête sur les épaules.

Les yeux de Kristin s'emplissent de regret.

— Oh mon Dieu, je suis désolée, je n'aurais jamais dû t'embrasser.

— Tu n'as rien fait. C'est à moi de m'excuser.

Tout est de ma faute. C'est moi qui ai entrepris ce baiser, tout en sachant pertinemment qu'elle traversait de dures épreuves.

Kristin baisse la tête.

— Non, ne t'excuse pas. J'avais envie que tu m'embrasses. J'avais envie de t'embrasser, et d'aller plus loin, mais je ne peux pas...

Je passe mon doigt sous son menton et lui fais relever les yeux vers moi.

— Pourquoi ?

Je connais toutes ses raisons, mais je veux qu'elle me les rappelle, pour que je ne me laisse plus tenter.

— J'écris un article sur toi et ta vie amoureuse.

Elle est sérieuse ? Elle croit que ça change quoi que soit pour moi ? Elle peut bien écrire tout ce qu'elle veut. C'est ce que font les journalistes, de toute façon. Si c'est ça qui la retient, elle va se retrouver avec une toute nouvelle bataille sur les bras. Une bataille dont je serai le vainqueur.

— Ce n'est pas important.

— Je ne peux pas faire ça.

Kristin se faufile pour m'échapper, en se dirigeant vers sa maison.

Je me précipite vers elle, car notre soirée ne peut pas se terminer ainsi.

— Je suis désolé, je tente en l'attrapant par le bras. Je ne voulais pas te pousser dans tes retranchements.

Elle soupire longuement.

— Tu n'as rien fait de mal. Je n'avais rien ressenti de tel depuis bien longtemps. Ça me trouble, ça me passionne, et puis ça me fait aussi très peur. La vérité, c'est que toi et moi, ça ne peut pas marcher.

Kristin pose sa main sur ma poitrine.

— Je ne suis pas prête pour ça, et crois-moi, tu ne veux pas tremper ne serait-ce qu'un orteil dans mes problèmes, poursuit-elle.

Si seulement elle comprenait que pour elle, je plongerais la tête la première.

Je relâche son bras en comprenant que je dois prendre du recul. La voix d'Heather résonne dans ma tête. Je sais à quel point son ex est un connard, et tout le mal qu'il lui a fait.

— On peut rester amis ? je demande, uniquement parce que c'est la seule issue qui me garantisse de la revoir.

— Vraiment ? me demande-t-elle d'une voix surprise qui me fait craquer. Tu veux rester amis ? Je me pose des questions sur ta santé mentale.

— Tu n'as pas envie qu'on soit amis ? Je croyais avoir dépassé ce cap quand je t'ai sauvée de la noyade.

— Tu n'oublieras jamais ce détail pas vrai ? marmonne-t-elle en levant les yeux au ciel.

— Jamais. En plus, ça me garantit que tu n'écriras pas de mensonges à mon sujet. Je pourrais te faire du chantage.

— C'est bon à savoir, rétorque-t-elle en me tapant sur le bras. Mais j'imagine que si je raconte comment tu as dévêtu une fille ivre et inconsciente, ta réputation en prendrait un sacré coup.

Je me penche vers elle pour m'emplir les narines des notes d'agrumes de son parfum.

— Ce n'est pas ma version des faits.

— Disons, M. Frazier, que nous allons garder nos atouts dans nos manches, d'accord ?

Je me recule en souriant.

— D'accord. J'ai hâte de lire ton article.

Elle me sourit.

— Merci pour le scoop, et pour la soirée. Je suis déso...

— Stop, je l'interromps en levant la main. C'est moi qui devrais m'excuser. On peut tout reprendre à zéro ?

— Oui, ce serait bien, opine-t-elle.

Je fouille dans ma poche et en tire deux chewing-gums. Je lui en propose un.

— Je n'ai pas de pilule magique, mais j'ai du chewing-gum qui fait oublier.

Son sourire s'élargit en acceptant mon offrande.

— Du chewing-gum magique ?

— Il a le pouvoir d'effacer le passé pour reprendre à zéro.

Impossible de faire plus fleur bleue, mais j'ai l'impression que je viens de marquer un point.

— Essayons, dit-elle en déballant le bonbon avant de le mettre dans sa bouche.

Je l'imite.

— Alors ça marche ?

Je suis un acteur, c'est le moment de briller.

Je me présente en lui tendant la main :

— Noah Frazier, je suis un ami d'Eli.

— Ravie de te rencontrer Noah, me répond-elle en la serrant. Kristin Mc Gee, Heather m'a beaucoup parlé de toi. J'espérais pouvoir m'entretenir avec toi pour un article que je dois écrire.

— On peut organiser une interview dans les prochains jours ?

— Oui, ce serait bien, poursuit-elle en mordant sa lèvre inférieure.

— Bonne nuit, Mme McGee, je la salue en plaçant ma main sur la sienne.

Elle retire sa main, et me touche le bras.

— Bonne nuit, Noah, j'ai passé un excellent moment.

— J'ai hâte de recommencer, je lui lance en lui adressant un clin d'œil avant de me retourner vers ma voiture.

Mon prof de théâtre m'a toujours conseillé de laisser mon public sur sa faim. Et c'est exactement ce que je compte faire avec elle.

CHAPITRE DOUZE

KRISTIN

Je m'appuie contre le mur, encore déboussolée par ce qu'il vient de se passer.

Noah vient de m'embrasser.

Et je lui ai rendu son baiser.

J'en ai encore les jambes qui tremblent.

Un baiser qui n'aurait jamais dû arriver. Je ne sais pas ce qu'il m'a pris, mais je n'ai pas pu me contrôler. J'avais besoin de l'embrasser plus que de me protéger. Je le connais à peine, mais j'ai l'impression que nous sommes amis depuis toujours.

Il y a ce truc... Ce truc à la con qui va tout gâcher si je ne fais pas attention.

Je ne me laisserai pas faire cette erreur. Je ne peux pas me permettre de laisser entrer toute une nouvelle série de problèmes dans ma vie déjà chaotique. Mon Dieu, suis-je complètement idiote ? Je suis en train de divorcer, j'élève mes enfants seule et c'est mon travail d'écrire sur lui.

Une fois que je me suis assurée, après ce baiser inédit, que mes jambes seraient plus stables que celles d'un bébé girafe marchant pour la première fois, je vais droit dans la cuisine me servir un verre de vin bien mérité. Je dois rendre ma copie lundi matin, et comme je suis bien trop excitée pour dormir, j'enfile une tenue plus confortable et allume mon ordinateur portable.

Une page blanche s'affiche dans Word et j'appuie sur le bouton

Play de mon magnétophone. Mes doigts survolent le clavier et je commence un premier jet.

Mon titre me fait rire intérieurement, car je sais qu'il va comprendre la blague que je lui adresse.

La vérité toute nue sur Noah Frazier par Kristin McGee

Noah Frazier, qui partage la vedette dans la série *A Thin Blue Line*, et dont les derniers épisodes seront diffusés à la fin du mois d'avril, est sans aucun doute un grand favori du petit écran. Son charmant personnage, l'officier Writt au cœur brisé, est devenu de plus en plus apprécié au fil des saisons. Celebaholic a eu l'opportunité exclusive de s'entretenir avec lui, et nous avons compris les raisons de son succès. Il est drôle, gentil, et super sexy. Mais ce qui fait vraiment la différence chez M. Frazier, c'est son attitude terre-à-terre.

Au cours de cet entretien, nous avons découvert ses aspirations pour le futur, et surtout, nous lui avons demandé qui faisait battre son cœur. C'est LA question qui brûle toutes les lèvres des femmes mariées ou célibataires qui le suivent.

Attablés dans un restaurant local de Tampa, Noah nous a consacré quelques heures et nous a donné des réponses à ces questions qui nous tenaient tant à cœur.

Je mets la cassette en route, et je commence à transcrire.

Celebaholic : Je te remercie d'avoir bien voulu me rencontrer. Je suis une immense fan, c'est un honneur pour moi de conduire cette interview.

Noah Frazier : Merci de m'avoir invité, je suis heureux d'être là.

Celebaholic : Est-ce que tu profites bien de ton congé sabbatique ?

Noah Frazier : Oui, je passe du temps avec ma famille et mes amis, en attendant de trouver un rôle qui me convienne.

Celebaholic : Tu as des pistes pour de futurs projets ?

Noah Frazier : J'ai lu deux scénarii qui m'ont passionné. On verra sur quoi ça va aboutir. Pour l'instant, je suis content de rester en Floride.

Noah s'exprime d'une voix profonde, et sachant de quoi il parle, je comprends le sous-entendu. Je rédige des réponses qui concernent sa carrière, ce qu'il a vécu lors de sa nomination aux Emmys, et son objectif ultime, devenir producteur.

Puis j'en arrive à ce qui intéresse vraiment les lecteurs : les détails croustillants.

Celebaholic : Tu es venu rendre visite à Eli Walsh, c'est bien ça ?

Noah Frazier : En effet. Eli et moi sommes devenus amis lors du tournage de *A Thin Blue Line*.

Celebaholic : Je parie que vous ne ratez pas une occasion de vous amuser ?

Noah Frazier : Seulement s'il y a de la tequila dans les parages. Généralement, nous sommes plutôt du genre calme, mais parfois, les bêtises nous tombent dans les bras comme par magie.

Je ne peux pas me retenir de sourire. Je revois clairement son visage à ce moment de l'entretien, et ses yeux pétillants de malice.

Celebaholic : Je n'ose même pas imaginer. D'ailleurs, partout dans le monde, les femmes ont porté le deuil quand Eli s'est casé. Et toi, est-ce que tu as quelqu'un dans ta vie ?

Noah Frazier : J'éprouve des sentiments pour quelqu'un.

Celebaholic : Tu peux m'en dire plus ?

Noah Frazier : Non, elle se reconnaîtra.

Celebaholic : Elle doit être flattée.

Noah Frazier : J'espère qu'elle sera plus que flattée, j'espère qu'elle sera intéressée.

. . .

Les battements de mon cœur s'accélèrent, et ma bouche devient cotonneuse. C'est moi, la fille dont il parle. C'est moi que Noah Frazier courtise. Je sais ce que l'on ressent quand on est dans ses bras, au contact de son corps. Je sens encore ses lèvres sur les miennes et le goût mentholé de sa langue. Je n'ai aucune idée de ce que je suis censée faire de tout ça, excepté me tenir à l'écart. Noah ne sait pas à quel point mon cœur est ravagé, et s'il finit par l'apprendre, il prendra ses jambes à son cou.

Je m'appuie sur le dossier de ma chaise, rabats l'écran de mon ordinateur, et finis mon verre de vin. Je sais déjà que je ne terminerai pas mon article ce soir. Tout l'espace disponible dans ma tête est occupé par Noah. Cela faisait bien longtemps qu'on ne m'avait plus regardée comme il le fait. Comme si je valais quelque chose. Cet homme, qui peut avoir toutes les filles qu'il veut, pense que j'ai quelque chose de spécial.

Non, je n'y crois pas.

Il a probablement juste envie de tirer un coup vite fait. Je ne suis pas le genre de fille qui se contente de ça. J'ai besoin de plus. J'ai toujours été comme ça. Je n'ai pas nécessairement envie d'être sage, mais je le suis trop pour aller plus loin.

Je me rends dans la salle de bain pour me démaquiller et me préparer à dormir.

— Mais qu'est-ce qui m'a pris ?

Je parle tout haut à l'adresse de mon reflet dans le miroir.

— Kristin, tu es limitée, frustrante, et tu ne fais rien comme il faut. Tu n'as pas réussi à satisfaire Scott. Tu ne vaux rien, il te l'avait bien dit.

Les mots de Scott se bousculent dans ma tête et des larmes jaillissent de mes yeux.

Tu t'es laissée aller, tu étais pourtant si jolie. Non pas ce soir, ça me fatigue trop de te faire aller jusqu'au bout.

Jamais un homme comme Noah ne restera avec moi. Je serais la reine des idiotes de m'imaginer le contraire.

———

J'ai passé une très mauvaise nuit. La pire depuis que j'ai quitté Scott. Je me suis endormie en pleurant, bercée par quinze années d'humiliation.

Le doute s'installe de façon irrationnelle : peu lui importe que la petite voix dans ma tête soit le produit d'années de vie commune avec un homme malheureux. Je peux me répéter que Scott s'est nourri de ses propres insécurités pour me rabaisser et se sentir grandi, mais au bout du compte, je ne suis pas toujours assez forte pour m'en convaincre.

C'est ce qu'il s'est passé hier soir.

Aujourd'hui dans la lumière du soleil matinal, je sais que j'ai été folle de laisser à Scott ce genre de pouvoir sur moi. Ses mots ne sont que du bruit que je vais noyer dans toute ma positivité. Il est plus facile d'être négatif, mais pour moi, cet enfer est terminé.

J'ai quelques heures devant moi avant qu'il ne vienne déposer les enfants, et je commence un ménage énergétique pour lui montrer à quel point il se trompe à mon sujet. Je suis une bonne mère, ma maison est soignée et je suis jolie.

On tape à la porte, et je m'interromps, surprise.

— Kristin, tu es là ?

C'est la voix de Danielle qui traverse la porte.

— Salut, je lui lance avec un grand sourire après avoir ouvert la porte.

Elle lève sa main munie d'un café, et j'ai envie de l'embrasser.

— Tu es la meilleure amie dont on puisse rêver.

Danielle éclate de rire et entre dans la maison.

— J'adore la façon dont tu as décoré, ma biche. Tu t'es vraiment approprié les lieux.

— Tu crois ?

— J'en suis sûre, opine-t-elle.

— Merci, j'ai fait de mon mieux.

Je l'invite à s'asseoir sur le canapé avec moi.

Les yeux de Danielle sont perdus dans son café, puis elle les relève vers moi.

— Tout va bien ? je l'interroge.

— Scott a parlé à Peter, et j'ai beaucoup hésité à venir te voir, parce que Peter m'a demandé de me taire, mais bordel, tu es ma meilleure amie. Je me fiche de leur relation, c'est toi et moi, unies contre le monde entier, pas vrai ?

Mon ventre se serre ; sa révélation doit être importante si Danielle se pointe à dix heures un dimanche matin. Peter a dû également penser que ça valait la peine de lui en parler.

— Tu me fais un peu peur, lui dis-je en riant, mais ma voix sonne faux.

— Scott a appelé Peter pour lui dire qu'il avait la preuve que tu l'avais trompé.

Ok, maintenant je ris pour de bon.

— Quoi ? Une liaison ?

Je secoue la tête avec incrédulité.

— Où aurais-je trouvé le temps d'avoir une liaison ? J'étais trop occupée à être une mauvaise épouse.

— Je crois qu'hier soir… commence-t-elle en fermant les yeux.

— Oh pour l'amour du ciel ! je m'écrie en me levant. Je travaillais. C'était une interview. Je fais un article sur Noah en ce moment, et nous nous sommes rencontrés au restaurant. Incroyable ! Comment peut-on comparer un dîner à une liaison ?

Je continue sur ma lancée, car il se montre complètement ridicule.

Danni lève les mains.

— Je ne suis que la messagère. Je sais juste qu'il est assez stupide pour essayer d'utiliser cette prétendue info.

Mon Dieu, il est devenu dingue. Et tout à coup, je comprends. La seule personne qui aurait pu lui en parler, c'est Jillian.

— Récapitulons, son assistante tombe sur moi au restaurant, et moins de vingt-quatre heures plus tard, un dimanche en plus, elle appelle son boss pour lui répéter. C'est une employée très dévouée.

Je crache le dernier mot.

— Je voulais que tu sois préparée, Kristin. Il ne veut plus de toi, mais il ne veut pas que tu refasses ta vie non plus. Je m'inquiète pour toi. J'ai peur qu'il te fasse du mal s'il suspecte quelque chose. Peter et moi nous sommes disputés ce matin quand il m'a tout raconté. Je me suis énervée parce que Scott n'a plus aucun droit de regard sur ta vie. C'est lui qui a demandé le divorce.

Je prends sa main dans la mienne et je la serre. Si elle savait combien j'ai de la chance d'être son amie. Sa relation avec Peter est compliquée, et pourtant ils ont fini par trouver un moyen de la sauver. Ce n'est pas juste qu'ils se disputent à cause de moi.

— Oh non, je t'en prie, ne laisse pas mon divorce mettre en danger ton mariage.

Elle me sourit tristement.

— Tout va bien, il comprend maintenant que je lui ai expliqué ce qui était vraiment en train de se passer. Nous pensons tous les deux que Scott se sert de lui. Il appelle pour soutirer des informations à Peter. Mais Peter ne sait rien, et il vient de s'en rendre compte. Il a accusé Peter d'être sous l'emprise de tous les mensonges que tu nous racontes pour nous faire croire que tu es la victime.

— Mais quel pervers narcissique ! je gémis. Quels mensonges, Danni ? C'est lui qui m'a probablement trompée à de multiples reprises. Je m'en fiche, il veut qu'on se batte ? Je l'attends de pied ferme.

Fut un temps où Scott arrivait à me faire penser que c'était moi, la tordue. Quand je doutais d'une facette de son comportement, il insinuait que j'étais parano. Je ne sais pas comment il fait, mais il sait comment retourner toutes les situations pour attribuer la faute à l'autre, comment transformer un mensonge en vérité. Je ne m'en suis jamais aperçue, il a fallu que je le quitte pour comprendre ce qu'il faisait.

Danielle expire bruyamment par le nez, ce qui signifie que la suite ne va pas être une partie de plaisir non plus.

— Tu sais, Peter a refusé de le représenter, mais il m'a chargée de te prévenir que si Scott prétend que tu as été infidèle pendant votre mariage, cela pourrait avoir des conséquences sur la garde des enfants, ta prestation compensatoire et la pension alimentaire.

Je ne vais pas jouer à ça avec lui.

— Je ne l'ai jamais trompé.

— Je sais.

— S'il fait ce type d'accusation, je jure que…

Je ne finis pas ma phrase, car je ne sais pas ce que je ferais. Mon avocate est douée, mais je ne sais pas si elle peut se mesurer à l'équipe que Scott aura eu les moyens de s'offrir.

S'il le fait, je vais perdre lamentablement. Peter travaille pour une grosse firme spécialisée dans la défense pénale, mais il a travaillé dans le domaine des droits de la famille au début de sa carrière. Il a représenté pas mal d'athlètes qui s'étaient retrouvés dans des situations épineuses. S'il s'inquiète, alors ça m'inquiète.

— Ne le laisse pas voir ton jeu, Kristin. Ne le laisse pas voir que tu te doutes de quelque chose. C'est ce qu'il cherche à faire.

— Je veux juste en finir tout en restant honnête ! Je voudrais déjà être divorcée ! Je veux recommencer à vivre sans entendre sa voix dans ma tête.

Danielle me prend par la main.

— Nous allons entrer dans son petit jeu, mais nous allons être plus intelligentes.

— Comment ? Je ne sais pas penser comme ça.

Elle hausse les sourcils.

— Heureusement que tu as trois copines qui te protègent. Tu ne seras pas seule contre lui. L'une d'entre nous sera toujours présente à chacune de tes interactions avec lui. Il n'aura pas de dossier si tout ce qu'il avance peut être réfuté.

— C'est complètement dingue.

Elle secoue la tête.

— Non ma biche, c'est la guerre.

CHAPITRE TREIZE

KRISTIN

Une fois calmée, je recommence le ménage de la maison. Danni est assise dans la cuisine, et me regarde récurer le plan de travail avec tant d'énergie que je risque d'y faire un trou.

— Kris, m'interpelle-t-elle en riant, je pense que c'est propre !

Je m'interromps en soupirant. J'ai tellement de choses sur le cœur. Chaque fois qu'il m'est arrivé quelque chose, j'ai toujours couru chez Danielle en premier pour le lui confier. Je partage tout avec elle, et je brûle de lui raconter ma soirée d'hier. Mais j'hésite à lui en parler, et ça me fait du mal.

Ce n'est pas parce qu'elle risque de ne pas approuver. C'est parce que si tout ça se termine au tribunal, je ne sais pas si j'aurais eu raison de lui dire.

Elle s'approche de moi et place sa main sur mon épaule.

— Tout va bien.

Je la regarde, j'ouvre la bouche et je la referme.

— Tu as cet air...

— Quel air ?

Je fais celle qui ne comprend pas.

— Tu as l'air du chat qui a mangé le poisson rouge. Raconte !

Je laisse tomber l'éponge dans l'évier et je me retourne vers elle.

— Je ne sais pas si c'est une bonne idée.

— Pourquoi ?

— Le parjure, pour ou contre ? je la teste.

Danielle lève les mains en l'air et les laisse retomber lourdement sur ses jambes.

— Oh, seigneur Dieu !

— Je te pose une question de façon hypothétique.

— De façon hypothétique ?

Si nous restons dans l'abstrait, je peux peut-être lui en parler.

— Oui, de façon hypothétique, qu'arriverait-il si quelqu'un embrassait quelqu'un ?

Les yeux de Danielle s'élargissent.

— Ce quelqu'un poserait-il la question car ce quelqu'un s'inquiète que cela pourrait poser problème pour le divorce de quelqu'un ?

Je hausse les épaules.

— Ça se pourrait. Peut-être. Ce quelqu'un pourrait simplement poser la question parce qu'elle est curieuse et se demande si cela constituerait une relation extra-conjugale aux yeux de la loi.

Son sourire s'élargit, et elle penche la tête sur le côté.

— Selon les dires de Peter, seule une relation sexuelle constitue un adultère.

J'opine. Sur ce point, tout va bien. Je suis relativement soulagée que ce remarquable baiser ne puisse pas être utilisé contre moi. Mais à bien y réfléchir, Scott est encore plus stupide que je ne le pensais. Je n'ai rien fait de mal.

— C'est bon à savoir. Et si elle était... sortie dîner... avec un client ?

— Un dîner n'est pas une liaison. Est-ce que ton amie a participé à ce dîner récemment ? interroge Danielle.

— Oui, récemment.

— Et est-ce qu'elle est tombée sur une connaissance ? continue-t-elle avec un sourire.

— Ça se pourrait.

Elle en reste bouche bée.

— Est-ce que ton amie me fait marcher ? Ton *amie*, n'a rien fait de mal selon ce que tu me racontes.

— Mon amie te remercie pour tes conseils.

Danielle éclate de rire.

— Tout le plaisir est pour moi. Ton amie devrait aussi savoir que l'adultère n'est considéré comme tel que pendant le mariage, et que lorsque la personne incriminée a utilisé des ressources financières communes pour mener à bien sa liaison. D'après ce que j'ai compris.

— Bon, mon amie n'a rien à se reprocher, je lâche en me mordant la lèvre. Elle n'a pas de relations sexuelles, avec qui que ce soit.

Danielle semble prête à exploser, tellement elle cherche à en savoir plus.

— Je t'en supplie, dis-moi que ton amie a embrassé Noah Frazier, et que c'est de ça que l'on parle !

Et voilà, elle a fini par lâcher le morceau.

— Oui, c'est ça !

— Doux Jésus ! Mais comment ? Comment est-ce que ce genre de trucs arrive d'abord à Heather et puis à to...ton amie ? Il y avait une option « Trouver un petit ami célèbre » au lycée que j'ai ratée ? Est-ce qu'Heather est au courant ? Oh, mon Dieu, c'était comment ? Ça devait être incroyable ! Il a une bouche à tomber par terre !

Je l'attire vers la table et je lui raconte tout dans les moindres détails. Elle sait évidemment que je parlais de moi, et j'en ai presque la tête qui tourne quand je lui raconte tout ce qu'il s'est passé avant ce délicieux baiser. Elle repose sa tête dans sa main, quand j'en arrive au moment où on a dansé sur la plage. Elle rit quand je lui parle de notre soirée chez Heather et de mes vocalises dans sa voiture.

Quand j'évoque ce baiser avec elle, j'ai l'impression de flotter. Sérieusement, les hommes normaux n'embrassent pas comme ça. Ou alors j'ai un gros retard à rattraper dans le domaine.

— Tu sais ce que je viens de réaliser ? me demande Danielle.

— Quoi donc ?

— Mon amie est de retour.

Je passe ma main dans mes cheveux.

— Je ne vois pas de quoi tu veux parler.

Ou je ne veux pas admettre ce qu'elle cherche à me faire comprendre.

Danielle se penche en avant et pose sa main sur ma jambe.

— Toutes ces années, tu as peu à peu perdu tes couleurs pour ne devenir qu'une pâle copie de la fille que je connaissais. Je ne m'en suis rendu compte qu'aujourd'hui. Quand t'es-tu amusée pour la dernière fois ? Quand as-tu chanté dans une voiture ? Ou bu un verre de trop ? Ou dansé ? Quand t'es-tu autorisée à choisir ce qui te faisait vraiment plaisir, et à le faire ?

Je ferme les yeux et laisse retomber ma tête.

— Je ne veux pas penser à ça.

— Je comprends, je veux juste que tu l'entendes. Peut-être que tu ne le vois pas encore, mais moi je le vois. Pendant ces dix dernières minutes, tout s'est éclairé en toi, tu es revenue à la vie. Ma meilleure amie est de retour.

Je retiens mes larmes.

— Je n'étais pas partie.

— Scott t'a emmenée loin d'ici.

— Non... je commence à la contredire.

— Écoute-moi. De nous quatre, c'était toi la plus joyeuse. Nicole était la plus déjantée, Heather, la plus digne de confiance. Et moi, la plus cynique. Toi, tu étais lumineuse, la capitaine des pom-pom girls, tu faisais partie du comité du bal du lycée... Et tout le reste que j'ai oublié. Ça n'a aucune importance. Tu équilibrais notre groupe. Mais il t'a enfermée dans une boîte, Kris. Il t'a réduite en miettes, pour que tu ressembles à ce qu'il voulait. Je m'en veux de l'avoir laissé faire.

Je regarde Danni, celle de nous quatre qui ne pleure jamais, mais dont les yeux se remplissent de larmes à présent.

— Danni, je souffle.

— Non, m'interrompt-elle en s'essuyant les joues. Je n'ai rien dit, je te croyais heureuse, mais tu ne l'étais pas. Nicole insistait pour que l'on intervienne, mais je l'empêchais d'agir.

— Tu n'aurais pas réussi à me convaincre de le quitter, je la rassure. Je l'aimais, je n'étais pas encore prête à partir.

Elle opine. Ça me désole qu'elle se croie responsable d'une fraction de ce qui m'arrive. La réalité c'est que je serais restée, jusqu'au moment où je me serais sentie prête. Si elles avaient essayé de m'ouvrir les yeux, elles auraient juste réussi à me mettre en colère, et la première chose que j'aurais faite, ça aurait été de le défendre. Je pensais vraiment que tout était de ma faute, que je ne faisais jamais rien de bien.

— J'aurais pu essayer, rétorque Danielle en fuyant mon regard.

— Merci pour tout ce que tu as fait.

— Merci pour tout ce que tu es.

Je l'attire dans mes bras et je lui caresse le dos.

— Qui aurait cru que ton cœur de pierre était capable de larmes ? je plaisante.

Elle répond dans un éclat de rire :

— Je nierai vigoureusement si tu en parles à qui que ce soit.

— Voilà la Danielle que je connais.

— Tu seras heureuse à nouveau, Kris, je te le promets. Ne laisse pas Scott te voler ta vie. Si Noah te plaît, alors fonce. Si tu as besoin de t'éclater, vas-y. Quoi que tu fasses, je serai toujours là pour toi.

Je ne pourrais jamais remercier assez le ciel de m'avoir envoyé mes amies.

— C'est trop tôt pour avoir d'autres relations.

— Selon qui ? réplique-t-elle agacée.

— Je ne suis même pas encore divorcée.

Danielle lève les yeux au ciel.

— On s'en fout ! Chacun se reconstruit à son rythme. Si tu l'apprécies, pourquoi ne pas passer plus de temps avec lui ?

— Tu te souviens pourquoi tu es venue ce matin ? je lui rappelle.

— Est-ce que ton amie a baisé avec quelqu'un d'autre que son mari alors qu'elle vivait encore avec lui ?

Nous recommençons le truc de l'amie.

— Non. Jamais. Elle est restée fidèle jusqu'au bout.

— Bon alors, je vais demander confirmation, mais je pense que tout va bien pour ton amie. Il n'y a qu'une chose qui m'inquiète, c'est qu'elle doit avoir des problèmes de santé mentale si elle passe sa chance avec ce canon, reprend-elle en pointant du doigt la photo sur le dossier de Noah.

La sonnerie retentit dans l'entrée et nous nous levons toutes les deux. Je suis excitée de voir mes enfants, mais je sais qui est avec eux. Lui.

Je regarde Danni qui m'encourage d'un hochement de tête. C'est parti.

Dès que j'ouvre la porte, je suis éblouie par le sourire d'Aubrey et j'oublie tous mes soucis. C'est mon phare dans la tempête.

— Maman !

Elle ouvre grand ses bras et je la soulève.

— Tu m'as tant manqué ! je lui avoue en enfouissant mon

visage dans ses cheveux pour sentir son odeur. On dirait que tu as encore grandi ! Tu as pris des vitamines ?

— Non, me répond-elle en gloussant, je suis pareille.

— Finn, je continue en me baissant à son niveau.

Il passe un bras autour de mon cou.

— Salut, mon grand, lui dis-je doucement.

— Salut, me répond-il ennuyé. Je peux aller dans ma chambre ?

— Bien sûr, lui dis-je en lui volant un baiser sur le haut de son crâne.

Je me fiche qu'il pense qu'il est trop cool pour embrasser sa mère.

Aubrey m'étreint encore plus étroitement et je la serre contre moi. Je ne me suis pas laissé le loisir de penser à eux et à combien ils m'ont manqué ce week-end. Mon cœur se remplit d'amour quand ils sont près de moi.

Je regarde par-dessus sa tête, et je vois Scott dans l'encadrement de la porte.

— Salut, je lui lance en reposant Aubrey.

— Bonjour. C'est ça, répond-il en reniflant.

Je me retiens de lever les yeux au ciel. Il pense qu'il a quelque chose contre moi, et n'a aucune idée que je le sais.

— Ma puce, dis-je en me baissant vers Aubrey, et si tu allais défaire ta valise et ranger tes affaires dans ta chambre ?

— D'accord maman.

Elle se retourne vers son père et se précipite dans ses bras.

— Au revoir papa.

— Au revoir, mon bébé, on se revoit très vite, OK ?

Elle baisse la tête et opine.

— Je t'aime.

— Je t'aime, lui dit-il en embrassant ses cheveux.

Au moins, c'est encore un père aimant. Je reste plantée là, la main sur le cœur en la voyant détaler dans la maison, nous laissant seuls.

— Tu as passé un bon week-end avec eux ? je commence, car je souhaite garder le contrôle de la conversation.

— Excellent. J'ai entendu dire que tu avais également passé un bon week-end.

— Ah oui ?

Je ne lâche rien. Il voulait un divorce, maintenant il peut

commencer à en mesurer les implications. Ce que je fais de ma vie n'a plus rien à voir avec lui.

— On se voit dans deux semaines ? je reprends en plaçant ma main sur la poignée.

Il ne comprend pas où je veux en venir.

— Depuis combien de temps vois-tu un autre homme derrière mon dos ? m'accuse Scott en croisant ses bras sur sa poitrine.

Je laisse échapper un éclat de rire.

— Je ne vois pas de quoi tu veux parler. Cependant, il y a seulement deux jours, tu voulais que l'on se donne les enfants dans un lieu neutre pour éviter de – Je lève les doigts en l'air pour placer la dernière partie de ma phrase entre guillemets – se mêler de nos affaires respectives.

Il me regarde, en colère.

— Ha ! Donc tu admets que tu baises avec un autre homme ? Depuis combien de temps ? C'est pour ça que tu m'as refusé tant de fois ?

J'entends quelqu'un se racler la gorge derrière moi.

— Oh, salut Scott, intervient doucement Danielle, comment vas-tu ?

Scott pose les yeux sur moi puis sur Danielle.

— Danielle, je ne savais pas que tu étais là.

Je redirige mon attention vers lui.

— Scott s'imagine que je lui ai été infidèle.

— Infidèle, répète-t-elle choquée, n'importe quoi.

— Je sais, j'acquiesce en le fixant du regard. Surtout si on sait que c'est lui qui a reçu plusieurs SMS douteux, a été absent plusieurs week-ends et a acheté des cadeaux coûteux à son assistante avec notre carte de crédit.

Impossible de rater la prise de conscience sur son visage. Et ouais mon pote, je ne suis pas aveugle.

— Dis-moi, Kris, c'était comment ta soirée avec Noah Frazier ? marmonne-t-il en se massant la nuque.

— Tu veux parler de ma réunion professionnelle pour un article que j'écris ?

J'espère qu'il se sent aussi bête qu'il l'est.

— J'adorerais continuer à papoter, je poursuis, mais j'ai de la compagnie, et je voudrais accueillir les enfants. Merci de les avoir déposés.

Je m'avance en poussant la porte. Il va devoir bouger, ou je lui ferme la porte au nez. À lui de voir.

— Tu peux passer les prendre chez Danielle mercredi pour ton dîner hebdomadaire. Au revoir.

Il recule, bouche bée.

— Tu…

— À bientôt, je le coupe quand la porte est sur le point de se refermer.

Une vague de satisfaction m'envahit. Je ne suis plus la pauvre petite femme au foyer qu'il voulait faire de moi. Je suis seule, je recommence ma vie, et plus jamais je ne laisserai sa voix entrer dans ma tête.

Danielle est là, les doigts sur ses lèvres.

— Waouh, lâche-t-elle dans un souffle.

— Je me suis plantée ?

— Non, c'était sensationnel.

Je me laisse tomber dans une chaise, fière, mais vidée de toute mon énergie. Je lui ai tenu tête. Je ne me suis pas écroulée, et je n'ai pas essayé de me justifier face à ses accusations. Peut-être que Danielle a raison, la vraie Kristin est de retour. Elle s'est laissée écraser, mais aujourd'hui elle refuse de continuer à encaisser.

Attention les yeux.

CHAPITRE QUATORZE

KRISTIN

Je reste debout devant le bureau d'Erica pendant qu'elle lit mon article. J'ai les nerfs à vif en attendant de savoir ce qu'elle en pense. Cette tâche est si différente de ce que j'avais l'habitude de faire. Je ne vais plus sur les lieux de l'action pour improviser. Non seulement il faut condenser tout ce qui est important en moins de mille mots, mais en plus, il faut être assez accrocheur, car les lecteurs n'ont qu'à cliquer pour visiter une autre page. Les reportages télévisés sont à l'opposé de cet univers.

— Mmmmh, lâche-t-elle en reposant la feuille.

— C'est un bon mmmmh ?

Erica place ses deux mains en l'air et les agite un moment.

— Quelque chose a changé chez toi. Tes couleurs sont différentes. Très roses.

Nous y revoilà. Cette fille devrait suivre un traitement médical et arrêter de prendre des acides.

— Ma tenue est bleue.

— Je l'ai bien vue, Kristin, mais ton aura est en train de s'ajuster à ta nouvelle vie.

Ah. Mon aura, bien sûr. Quelle idiote je fais. Erica contourne son bureau et s'approche beaucoup trop près de moi.

— J'aime ton article. Il est drôle. Tu as réussi à obtenir plus d'infos que je ne le pensais. Noah ne se lâche généralement pas autant dans les interviews. Tout est nickel, il a dû t'apprécier...

— M'apprécier ? je l'interromps.

Elle se déplace dans un coin occupé par des tapis de yoga enroulés.

— Oui, il m'a appelée ce matin.

J'écarquille les yeux tout en gardant le silence. Je n'ai pas la moindre idée de la raison pour laquelle il aurait appelé ma patronne, mais je peux penser à plusieurs comportements inappropriés qui constitueraient un bon prétexte. Et s'il avait cafté à propos du baiser et de la chute dans la piscine ? J'aurais dû me douter que ça ne marcherait jamais, même s'il m'a plus ou moins promis de recommencer à zéro.

Fait chier.

— Détends-toi Kristin, m'encourage Erica en rigolant. Prends un matelas et viens près de moi.

Vu que je risque de me faire virer, j'obéis et j'empoigne un tapis avant de m'installer à ses côtés. Elle est assise en tailleur et ses mains reposent sur ses genoux.

— Il est crucial que tu trouves ton centre.

— C'est ça, mon centre.

Je suis au centre de l'enfer en ce moment.

— Il a dit qu'il aimerait faire un autre article avec toi, m'annonce-t-elle les yeux fermés. Un exposé plus approfondi avec une ligne narrative plus poussée.

Je n'ai pas de mots. J'espérais qu'après le premier article, il retournerait à New York. Je pourrais ensuite faire comme si ce merveilleux week-end n'était qu'une hallucination. Mais là, il veut que j'écrive un article encore plus long ? Dites-moi que je rêve !

Je n'ai pas un très bon contrôle sur moi-même. Nous avons dîné ensemble une fois, et on sait comment ça s'est terminé : par une session roulage de patins. Un exposé approfondi qui nécessite de passer encore plus de temps ensemble n'est pas de très bon augure.

Toutefois, faire l'amour avec Noah ne serait pas non plus la pire des choses qui puisse m'arriver non plus.

Je me gifle mentalement. Mais bien sûr, coucher avec l'homme que je suis censée interviewer serait complètement inexcusable, sans parler que ce serait d'un professionnalisme douteux.

Mais, ce serait aussi une façon très authentique de découvrir ce que les femmes désirent.

OK, je vais devoir soit acheter un sex toy, soit aller consulter.

— Je suis sûre que tu vas trouver quelqu'un de plus qualifié que moi, je tente pour me dégager.

Elle commence à fredonner doucement, avant de faire des bruits encore plus bizarres. Ensuite, elle expire longuement et se tourne vers moi.

— Il t'a demandée, c'est une bonne chose pour toi, me précise-t-elle en me touchant la jambe. Noah c'est le trésor au pied de l'arc-en-ciel. Tu sais combien il est avare d'interviews ?

— Très bien. Mais alors pourquoi est-ce qu'il change soudainement d'avis avec moi ?

— On s'en fiche de savoir pourquoi.

— Mais c'est insensé, pourquoi maintenant ? Pourquoi moi ? Pourquoi ne pas demander à quelqu'un de plus renommé de le faire si c'est la première fois ? Cette approche est irrationnelle, et son publiciste ne sera jamais d'accord.

Erica hausse les épaules.

— Je ne sais pas pourquoi, mais il t'apprécie et il pense que tu as les qualités nécessaires pour faire ce job. Je ne vais pas te mentir, je suis enchantée, car ce genre de chose n'arrive qu'une fois dans une carrière.

Tout d'un coup, je comprends. Il pense qu'il va réussir à me mettre dans son lit. Si je bosse sur ce gros projet qui pourrait m'ouvrir d'autres opportunités professionnelles que de rester sur ce blog, il pense que je vais coucher avec lui pour le remercier.

— Je ne peux pas, je lui confesse, peu encline à me mettre dans une position de faiblesse.

Erica soulève ses sourcils.

— Tu n'as pas le choix.

— Erica, tu dois avouer que c'est quand même un peu bizarre.

— Ils yoyotent de la touffe à Hollywood. Ils ne sont pas comme toi et moi. Nos vies sont normales, les leurs sont différentes, m'explique-t-elle sérieusement.

Elle pense qu'elle est normale ? J'essaie de me retenir de rire sans y parvenir. Je laisse échapper un gloussement avant de me couvrir précipitamment la bouche.

— Désolée, l'image est drôle.

C'est la personne la plus étrange que j'aie rencontrée. Les gens ne méditent pas dans leur bureau. Elle pense que les femmes aussi peuvent se laisser pousser les poils pour le mois de

Movembre[1]. Si on la considère comme normale, le monde est foutu.

— Oui, c'est vrai, l'expression est drôle, pouffe-t-elle.

Mon Dieu, aidez-nous.

— Bon, alors tu lui demanderas de travailler avec Pam ou avec toi ? je poursuis en espérant qu'elle lâche l'affaire.

— Jamais de la vie. Tu es officiellement affectée à ce dossier. Tu devras rendre ton article dans un mois. Je veux un travail vraiment approfondi. Un truc qui dépeigne.

— Décoiffe, je corrige.

— Pardon ? Je n'ai rien à décoiffer puisque je ne me coiffe jamais, ça fait trop mal aux cheveux.

Je secoue la tête en fermant les yeux. Rien à y faire.

— Cette idée ne me plaît pas. Je ne sais même pas quoi écrire.

Elle balaie mon objection d'un haussement d'épaules.

— Bienvenue dans le monde du potin. Tu prends ce qu'il te donne, et tu brodes.

Je gémis intérieurement. Elle ne va pas changer d'avis.

— Tu peux m'indiquer quel angle d'approche tu souhaites que j'adopte ?

Erica se relève et se baisse jusqu'à poser ses mains sur le sol.

— Fais confiance à ton instinct. Je dois te laisser, j'ai un avion à prendre pour New York.

— New York ?

Elle soulève un bras et une jambe et les étire vers le plafond.

— Oui, je participe à une manifestation avec une amie.

Je ne suis pas au courant de l'actualité. Mes journées sont remplies par mon travail et mes soirées consistent à finir les devoirs et gérer les crises d'Aubrey. Une petite voix dans ma tête me dit que je vais regretter d'avoir demandé des détails, mais je suis de nature curieuse.

— Vous manifestez pour quelle raison ?

Elle se relève en souriant.

— C'est une bataille légitime et importante pour ma génération.

La façon dont elle parle m'indique clairement que je suis trop vieille pour comprendre.

— Ah oui ?

— Nous manifestons contre le projet de faire payer mensuellement une application de réseau social que nous utilisons.

Je reste coi. Littéralement.

— C'est incompréhensible, continue-t-elle indignée. Pourquoi pensent-ils qu'ils peuvent nous vendre quelque chose qui ne leur coûte rien ? C'est insensé. J'ai l'impression que c'est une autre preuve que tout ceci fait partie d'une grande expérience, tu vois ?

Non, je ne vois pas du tout.

Ce qu'elle décrit, c'est le monde des affaires. Mais je me tais. Je sais déjà qu'elle ne sera pas d'accord avec moi.

— S'ils veulent que leur appli soit payante, pourquoi pas, mais il faut qu'ils l'annoncent dès le départ afin qu'on y devienne accros en connaissance de cause. Mais de le faire ensuite... C'est mal.

J'acquiesce sans dire un mot, parce que je ne sais pas ce qui sortirait de ma bouche si je l'ouvrais. Je pourrais bien la traiter de folle.

Elle jette un œil sur la pendule.

— Je reviens dans quelques jours. Je veux voir tes notes la semaine prochaine. Noah a prévenu qu'il attendait ton appel.

— OK, je cède, déçue.

Je ne veux pas passer du temps avec Noah. Je sais ce qu'il cherche à faire. Et bien, il n'est pas au bout de ses peines. Je suis une pro pour éviter le sexe, Scott en sait quelque chose. Je suis sûre que j'ai des toiles d'araignées qui sont là depuis des années.

J'arpente le salon en me motivant mentalement pour appeler Heather et lui demander le numéro de Noah. Bien sûr, il ne l'a pas donné à Erica. Au lieu de ça, je dois téléphoner à ma meilleure amie, comme si nous étions encore au lycée.

Fait chier.

— Salut ! répond Heather après une sonnerie.

— Salut !

— Comment vas-tu ?

Oh j'appelle juste parce que le pote de ton petit ami joue à un jeu dangereux avec moi. Je crois.

— Pas grand-chose, et toi ?

— J'attends qu'Eli revienne du supermarché, m'informe-t-elle.

J'entends des plats et des casseroles en fond sonore.

— Est-ce que Noah est avec lui ? Je dois lui parler, et je me demandais s'il était chez toi.

Une longue pause s'installe, et je vérifie que la communication n'a pas été interrompue.

— Heather ?

Elle s'éclaircit la voix.

— Oui, je suis là, désolée. J'ai cru t'entendre m'interroger au sujet de Noah, et comme il m'a aussi parlé de toi aujourd'hui... J'essaie juste de comprendre. Vas-y ma chère enfant, confesse tes péchés.

Ce n'est rien du tout comparé à ce qu'elle a fait le premier soir avec Eli. Je n'ai pas couché avec lui avant de prendre mes jambes à mon cou, et de prétendre que rien ne s'était passé. Pas du tout. Je l'ai embrassé en dépit du bon sens, et maintenant je nie ressentir la moindre chose pour lui.

Rien à voir.

— Ne m'en parle pas. Il a appelé ma patronne pour lui demander un plus gros article. Et comme j'ai fait du bon boulot pour le premier, elle m'a refilé le dossier.

Elle rigole si fort que je dois éloigner le téléphone de mon oreille.

— Ces mecs... lâche-t-elle en essayant de reprendre sa respiration. Je te jure ils sont cinglés et ne comprennent pas le sens du mot non. Tu es fichue Kris, s'il a flashé sur toi, tu ne t'en sortiras pas indemne.

Je ne sais pas si elle a raison. Je n'ai pas été très claire avec lui sur le fait que je ne voulais pas de relation. J'ai tout de même mis ma langue dans sa bouche, ce qui a pu le mettre sur la mauvaise piste. Mais passons. Je n'ai pas besoin de partager tous les détails.

— Il n'a pas flashé, c'est pour le travail.

— Ah oui, répond-elle, joueuse. Alors tu ne l'as pas du tout embrassé ?

Merde, elle est au courant.

— Désolée, je prononce en faisant un bruit de friture, la connexion est mauvaise.

Heather sera la dernière à me juger, mais au plus j'en parle, au plus je dois me justifier.

— Si le blog ne marche pas pour toi, ne te reconvertit pas dans le cinéma, tu es trop nulle.

Je m'affale sur mon canapé en soupirant.

— Tu me détestes si je te dis que je ne veux pas en parler ?

Elle marque une pause.

— Jamais de la vie. Je comprends.

J'ouvre la bouche pour lui répondre, mais quelqu'un tape à la porte.

— Je te rappelle, je lui lance en me levant.

Nous raccrochons, et je vais ouvrir, ce doit être un livreur ou le facteur.

Au lieu de ça, Noah Frazier se tient dans l'encadrement de la porte et me sourit, dans toute sa gloire.

―――――――――――――――

1. N.d.T : Aussi appelé *Movember*. Le nom vient de la contraction de « *mo* », abréviation de moustache en anglais australien, et de « *November* » (novembre). Chaque année au mois de novembre, les hommes du monde entier sont invités à se laisser pousser la moustache dans le but de sensibiliser l'opinion publique et de lever des fonds pour la recherche dans les maladies masculines telles que le cancer de la prostate.

CHAPITRE QUINZE

KRISTIN

— Tiens donc, mon nouveau dossier, j'arrive à articuler sans me baver dessus.

Noah s'arrange toujours pour avoir l'air encore plus sexy chaque fois que nous nous voyons. Il reste canon en toute circonstance. Aujourd'hui, il porte un T-shirt bleu marine si ajusté que l'on peut voir les lignes de ses muscles, un short kaki et une barbe de trois jours qui me donne envie de me jeter dans la première piscine venue pour qu'il me déshabille à nouveau. Seulement cette fois-ci, je serai sobre et je profiterai de chaque seconde.

Il faut que je me détende.

Ses mains s'accrochent de chaque côté de la porte et il se penche en avant.

— Tu ne me proposes pas d'entrer ?

— Je le pourrais, mais je m'amuserais moins.

— Je pense qu'on pourrait bien s'amuser tous les deux, contre-t-il en souriant.

Oh, sans aucun doute.

— Je vais faire semblant de penser que tu parles du nouvel article que je dois écrire à ton sujet.

Je peux aussi jouer à ce jeu.

— Tous les moments passés à nous amuser ensemble seront publiés en ligne, je poursuis.

Il redresse son dos et retire ses lunettes de soleil pour me lancer un regard de braise. Au diable lui et son magnétisme. Sa voix est grave, sensuelle avec une pointe d'humour.

— Je me suis dit que je ne t'avais pas donné mon numéro l'autre soir, et que ce serait sympa de ma part de passer pour qu'on organise notre planning des prochaines semaines.

— Quelle prévenance, je riposte, la voix lourde de sarcasme. Je me retrouve sur un dossier dont je ne veux pas, et tu as réussi à faire en sorte que nous passions du temps ensemble pendant les semaines à venir.

Noah s'approche d'un pas, mais je reste plantée là malgré toute l'électricité qui circule entre nous. Au plus il s'approche, au plus le tremblement de mes jambes s'intensifie. Des milliers de papillons s'envolent dans mon ventre et j'ai la gorge sèche. Son parfum musqué au bois de santal m'enivre et me rappelle ce que j'ai ressenti blottie dans ses bras.

Reprends-toi, Kristin, tu ne peux pas te comporter ainsi.

— Ça te pose un problème de passer du temps avec moi ? demande-t-il.

— Non, pourquoi ? je lâche en battant en retraite de quelques centimètres pour retrouver un peu de contenance.

Mais Noah me suit, ce qui me rend la tâche impossible.

— Pourquoi essaies-tu de t'éloigner ?

Je serre mes poings et m'efforce de ne plus bouger.

— Je ne m'éloigne pas.

Il arbore un sourire satisfait.

— Moi non plus.

C'est exactement ce que je souhaitais éviter. Heather avait raison, je suis foutue. Je n'ai aucune idée de ce que Noah a en tête, ou s'il cherche uniquement à me mettre dans son lit, mais je ne peux pas nier l'attraction entre nous. Ses yeux détaillent mon visage, puis glissent vers ma poitrine. Ma respiration est saccadée. Il faudrait qu'il soit aveugle pour ne pas voir à quel point il m'excite et me terrifie.

— Bon, je fais d'une voix enrouée avant de m'éclaircir la gorge. Alors, il faut qu'on se mette au boulot.

— Oui, je suis prêt à m'y mettre.

Je me décale sur le côté et j'essaie d'inspirer profondément. Pour y arriver, je vais devoir garder une certaine distance entre nous. Quand il se tient loin, j'arrive à peu près à me contrôler. Bien sûr, l'idéal serait qu'il se couvre la tête d'un sac en papier pour qu'il soit moins séduisant, mais comme ce n'est pas possible, je vais me contenter de garder mes distances pour ne pas faire de bêtise.

Comme me pencher vers lui et poser mes lèvres sur les siennes.

J'inventorie mentalement toutes les règles qui vont être nécessaires à la réussite de ce projet. Noah est élégant, sexy et il embrasse comme un dieu. Il a une façon de me toucher, de m'enlacer et d'occuper toute ma tête qui va certainement faire dérailler le train de mes bonnes intentions. Je ne peux pas me permettre de revenir sur la sensation de ses doigts s'enfonçant dans la chair de mon dos ou sur la douceur de ses lèvres contre les miennes.

Tous mes sens sont enflammés.

Bien joué Kris, tu as réussi à penser à la seule chose à laquelle tu ne voulais pas penser.

La liste, oui, je dois dresser une liste de règles.

— Nous allons devoir obéir à des règles de base, je le préviens en levant la main pour qu'il cesse d'envahir mon espace personnel.

Il éclate de rire.

— Je suis sérieuse, si tu veux que je bosse sur cet article, je bluffe comme si j'en avais le choix, tu vas devoir accepter mes conditions.

Il se rapproche.

— Je t'écoute.

— On ne joue pas à ça, je l'informe. N'essaie pas de te rapprocher de moi avec tes sourires canons et de me séduire comme ça.

Noah marque une pause et me regarde d'un air interrogateur.

— Tu me trouves canon ?

— Oui, enfin non, bref tu comprends ce que j'essaie de te dire, bordel ! Tu flirtes avec moi ! Je te demande de ne pas le faire.

Il sait exactement de quoi je parle.

— OK, on ne flirte pas, accepte-t-il en se redressant.

Très bien, j'espère.

— Règle numéro deux : pas de rendez-vous galants. Tu n'as pas le droit de me séduire en pensant que nous allons finir par coucher ensemble. Nous n'aurons aucune relation de ce genre.

Noah me regarde avec un sourire qui allume un brasier dans ma culotte.

— Je constate que tu penses à faire l'amour avec moi.

— Pas du tout, je lui mens.

Il fait un pas vers moi.

— Alors, pourquoi s'inquiéter de sortir avec moi ?

— Parce que nous ne sortons pas ensemble. Mon travail consiste à écrire sur ta vie.

— Et tu viens déjà de révéler à tout le monde que j'avais des sentiments pour quelqu'un.

Je savais que cet article serait une erreur. Il m'a donné cette information, car il savait que je devais la publier tout en sachant que je me garderais bien d'en dire plus. Il s'approche davantage et mon cœur se met à battre plus fort.

— Rien à voir, et là tu recommences à flirter !

Il sourit tout en continuant à pénétrer dans mon espace vital. Le salaud, avec son petit sourire en coin, il dissipe complètement mes pensées.

— Ils vont vouloir savoir qui est l'heureuse élue, observe-t-il en penchant la tête sur le côté.

— Raison de plus pour ne pas avoir de rendez-vous à l'extérieur, je revendique. Alors tu acceptes mes conditions ?

Je fais un pas de plus en arrière et me retrouve coincée contre le canapé. Je suis prise au piège et il poursuit sa traque.

— Non, refuse-t-il d'une voix grave.

— Non ?

— Non, nous allons dîner ensemble, car nous devons manger pour survivre. Nous allons nous montrer en public, car je ne vais pas me cacher pendant un mois, et aussi parce que tu vas être incapable de ne pas me toucher si nous sommes constamment seuls, explique-t-il d'une voix malicieuse.

Merde, il a peut-être raison. Ça va être compliqué de ne pas le... *Attends une minute.*

— De ne pas te toucher ?

Il hausse les épaules.

— C'est toi qui as essayé de m'embrasser le premier soir et qui m'as raconté à quel point tu étais un bon coup. Et d'ailleurs, je veux bien tester cette théorie si ça peut te rendre service.

J'en reste bouche bée. C'est lui qui a essayé de m'embrasser. Et merde, il *m'a* embrassée. C'est lui qui a commencé tout ça. Et puis, le premier soir, j'étais ivre morte. Donc rien de ce que j'ai fait ne peut être retenu contre moi. D'ailleurs, je n'en garde aucun souvenir. Et l'autre soir, je lui ai *rendu* son baiser, ce n'est pas moi qui l'ai initié.

— Ta mémoire s'est effacée on dirait, mon pote.

— Mon pote ?

— Tu sais... mec, mon pote, frangin, poto...

Pourquoi dois-je tout lui expliquer ?

Puis, il éclate de rire.

En voyant cet échange, un témoin neutre penserait que je n'ai jamais communiqué avec un homme auparavant. À ce jour, je me demande encore si je suis capable de parler à d'autres humains.

— Tu peux me donner le surnom que tu veux, si tu m'embrasses à nouveau, me propose Noah.

— T'embrasser ? je riposte. Jamais.

— Dans ce cas, le seul qualificatif que je t'autorise à employer, c'est *l'homme-pour-qui-j'ai-des-sentiments-sans-vouloir-l'admettre*.

Il nage en plein délire.

— Ou alors *l'acteur-mégalomane-qui-se-croit-sexy*.

— Tu as déjà avoué que tu me trouvais sexy.

— T'es pas mal, je confirme avec nonchalance.

Quand il s'approche de moi, il s'en tient à la règle numéro un et me laisse plus d'espace que je ne le pensais. Et c'est tant mieux, car plus il est proche, plus mon envie de l'embrasser s'intensifie.

— Ta bouche dit une chose, mais ton corps me raconte le contraire, me lance-t-il les yeux rivés sur mes seins.

Bien sûr, mes mamelons pointent sous mon T-shirt, tels deux sommets de montagne.

— J'ai froid.

— Je te laisse mentir tranquille.

— Quelle gentillesse, je rétorque en croisant les bras sur ma poitrine.

Je hais mes seins.

Noah recule de quelques pas, et je lève les yeux vers le plafond en priant pour une intervention divine. Je vais supporter trois semaines de cette torture, puis il partira. Il ne vit pas ici, il vit à New York. La dernière chose dont j'ai besoin dans ma vie, c'est d'un homme qui va et vient à sa guise.

Je dois penser à mes deux enfants, et la semaine prochaine aura lieu l'audience pour le divorce. Noah Frazier se trouve tout en bas de ma liste de priorités.

— J'ai lu ton article, m'annonce-t-il en se tournant vers moi.

Je suis surprise qu'il l'ait lu, et je ne suis pas sûre de vouloir entendre ce qu'il en a pensé. Son visage ne laisse rien paraître.

— Et ?

Je ne peux pas m'empêcher de le presser.

— Le titre est drôle, commente-t-il en souriant.

Mission accomplie. Eli m'a expliqué un jour que les acteurs ne lisent pas la presse people, car c'est mieux de faire semblant de ne pas savoir ce que les autres racontent sur eux. J'ai lu certains commentaires sur Noah en ligne. C'est horripilant de constater que certaines personnes pensent qu'elles ont le droit de juger sa vie. Qu'est-ce que ça peut leur faire si Noah mange dans un fast-food une fois de temps en temps ? Pourquoi Noah devrait-il accepter qu'on lui dise que ses talents d'acteur laissent à désirer comparé à un autre comédien ? L'accès aux célébrités est un luxe auquel je n'ai pas eu droit en grandissant, mais j'aime croire que si les gens les traitaient de la même manière que s'ils se trouvaient en face d'eux, le monde s'en porterait mieux.

— Je ne savais pas que tu lisais les articles qui parlent de toi ? je lui lance en me dirigeant vers le canapé.

Je suis sûre qu'il est solide, mais il n'est pas invincible. Les mots peuvent blesser, je le sais mieux que personne. Scott ne m'a jamais maltraitée physiquement, mais il a planté en moi la graine du doute, celle d'une fleur aux épines acérées. Chaque pointe a déchiré ma chair et fait couler un flot de souffrance en me montrant que les mots sont parfois empreints d'une vérité douloureuse. Et une fois que les blessures sont refermées, il reste une cicatrice qui empêche d'oublier. Je ferais tout ce qui est en mon pouvoir pour ne plus vivre ce supplice à nouveau et je comprends entièrement pourquoi Noah se protège en ignorant ces articles.

Il hausse les épaules.

— Je ne les lis pas, mais cette fois-ci je n'avais pas peur de tomber sur un ramassis d'inepties. Et puis, je voulais savoir si j'allais avoir besoin de te discréditer avec les infos que j'ai sur toi.

J'ai mal à la tête à force de soutenir cette conversation. Lui et ses infos. Personne ne se soucie de ce que je fais le samedi soir. Et puis, il oublie que je ne peux peut-être pas publier les détails qu'il m'a confiés en *off*, mais que je n'hésiterai pas à m'en servir pour lui pourrir la vie.

Au lieu de poursuivre dans cette veine, je reviens au début de notre conversation.

— Donc, au sujet des règles ?

— Oui, à ce sujet, m'interrompt-il, je pense qu'elles sont stupides, et je ne suis pas intéressé. On va devoir travailler à ma façon.

Sérieusement ? Il n'est pas le seul à décider. C'est moi qui dirige la rédaction de cet article, donc je dois mettre en place un environnement organisé. Et puis je me fiche de savoir s'il est intéressé ou non.

— Pas de règles, pas d'article.

— Je sais que tu bluffes encore, me nargue-t-il en plaçant son menton dans sa main. Quand j'ai appelé ta patronne, elle avait l'air très enthousiaste au sujet de ce papier. Je crois bien que tu n'as pas vraiment le choix.

J'ai envie de lui coller une beigne pour effacer son sourire narquois.

— Et pourquoi Noah ?

Je ne sais pas comment il va se justifier sur ce coup-là.

— Je n'en sais rien. J'avais envie d'aider une amie. Tu sais, la sécurité de l'emploi est inexistante dans notre industrie.

Et il croit que je vais gober ça.

Noah arpente le salon comme si la pièce lui appartenait.

Je l'observe et je lui pose la dernière question qui m'obsède.

— Pourquoi as-tu pris cette décision ? Tu n'as jamais fait de grosses interviews dans la presse. Pourquoi te décides-tu tout à coup à le faire ?

— À cause de toi.

J'ouvre la bouche.

— Pardon ?

— À cause de toi, répète Noah.

Je scrute son visage à la recherche d'une trace de plaisanterie, mais je ne vois rien. Il est sérieux. Pendant un bref moment, je me surprends à rêver qu'il est sincère, et qu'il le fait bien pour moi, mais je déchante vite. Il n'y a aucune raison que tout cela ait un rapport avec moi. Nous ne sommes rien, lui et moi.

Il ne reste pas Tampa plusieurs semaines supplémentaires juste pour moi, si ?

Et si c'était le cas, qu'est-ce que ça signifie ?

— Mais pourquoi dis-tu ça ? je l'interroge en portant la main à ma gorge.

Il pousse la table basse et se poste devant moi.

— Je suis honnête. Je ne vois aucune raison de tourner autour du pot. Si tu me poses une question, hors interview officielle, tu n'auras jamais à douter du sens de mes mots, Kristin. Je suis ici pour toi.

Je reste ainsi à le fixer ; je suis dépitée qu'un tel chaos règne dans mon cœur et dans ma vie. Si j'avais vécu à une autre époque, à un autre endroit, je serais dingue de lui. En quelques jours, j'ai ressenti plus de choses pour Noah que pour qui que ce soit d'autre pendant des années. Quand il est près de moi, j'oublie toutes les règles auxquelles je suis censée obéir. Je suis juste moi.

Mais tomber dans ses bras serait une erreur. Une erreur que je ne vais pas faire.

Je suis abîmée intérieurement. J'ai tant de blessures et de fractures qui n'ont pas encore cicatrisé. Je ne peux me permettre de retomber amoureuse.

— Je sais que tu le crois, mais tu ne sais pas qui je suis vraiment.

Noah lève la main et effleure ma joue.

— Je sais que ton rire fait battre mon cœur plus fort. Quand tu penses que personne ne regarde, et que tu souris, ça déclenche quelque chose en moi que je ne peux pas contrôler. La façon dont ton visage s'éclaire quand tu parles de Finn et d'Aubrey. Je sais ce que je ressens quand je te tiens dans mes bras, que je touche tes lèvres. Putain, ce serait mentir que de dire que je n'ai pas envie de recommencer. Je pense à toi plus que de raison. Je sais que tu te crois faible, mais quand je te regarde, je vois une femme forte, belle et intelligente qui mérite un homme qui l'adore. Mais par-dessus tout, Kristin, je sais que je devrais partir d'ici et nous pourrions tous les deux reprendre nos vies là où nous les avons laissées. Ce serait plus facile que d'essayer de commencer quelque chose. Mais je suis là. Je crois que tu vaux la peine de compliquer les choses.

Ma respiration est saccadée et je frissonne des pieds à la tête.

— Je... Je ne... je bégaie.

Tous les mots que j'essaie de dire restent coincés dans ma gorge parce que je ne peux pas aller au bout d'une pensée.

— Je suis... Tu es...

Tout s'entrechoque dans ma tête.

Ses yeux verts sont grands ouverts et expressifs. Le ton de sa voix est espiègle, mais son regard ne l'est pas. J'y lis du désir, de l'espoir et de l'émerveillement. J'en reste sidérée.

Quelles étaient mes bonnes raisons déjà ? Je ne m'en souviens d'aucune.

Noah s'approche doucement de moi, et mon cœur s'emballe si fort que j'ai peur de tourner de l'œil. Je ne pense plus à rien, ma poitrine est serrée et je ne sais pas comment répondre. Je le veux, je sais que je ne devrais pas, mais je le veux.

L'audience de mon divorce se déroulera dans une semaine, ma vie est sens dessus dessous, et c'est trop tôt. Je ne devrais pas avoir de sentiments pour cet homme. Je ne devrais pas avoir envie de ses mains sur mon corps.

Je devrais le repousser, je devrais m'éloigner de lui parce que je ne sais pas si je supporterais que mon cœur se brise à nouveau. L'homme que j'aimais m'a fait du mal, qui sait ce que celui-ci me fera ?

Noah garde les yeux rivés sur moi, comme s'il lisait la bataille qui est en train de se livrer dans mon cerveau.

Puis ses lèvres esquissent un sourire, son dos se redresse et le moment se dissipe.

— Je dois filer pour une réunion. Je reviens dans quelques jours, et nous verrons à ce moment-là.

Noah se penche vers moi, me plante un baiser sur la joue et soulève mon menton pour me regarder dans les yeux.

— OK ?

— De quoi ? je demande, complètement perdue.

— Trois jours, me lance-t-il en souriant.

— Bien sûr, trois dodos, je serai là.

Trois dodos ? Il y a vraiment un truc qui cloche chez moi.

— Parfait.

Ses lèvres s'approchent des miennes, et je suis paralysée. Il va m'embrasser, et je suis là, plus immobile qu'une statue, toujours incertaine. Je ne sais pas si j'en ai envie, ou si j'envisage encore de faire semblant de résister. Pourtant, au lieu de me toucher, il reste à quelques centimètres de moi et nos respirations se mêlent. Sa voix n'est plus qu'un murmure, mais je l'entends aussi bien que s'il hurlait :

— Je vais conquérir ton cœur, Kristin, prépare-toi.

Puis il se retourne et sort de la maison.

Je m'agrippe au canapé, et j'essaie de calmer ma respiration. Je ne suis pas du tout prête.

CHAPITRE SEIZE

NOAH

— Je veux que tu sois heureux Noah, me répète ma mère durant notre appel vidéo hebdomadaire.

Elle pense que sa mission ultime est de me faire garder les pieds sur terre.

Elle me force à l'appeler à la même heure et le même jour de la semaine, quel que soit l'endroit où je me trouve. En ce moment, je suis assis dans une voiture garée à l'extérieur d'un appart' que je souhaite louer à Tampa. L'agent immobilier est debout près du véhicule, visiblement énervée.

Je n'ai pas d'excuse, je suis un fils à maman, je l'ai toujours été.

— Je suis heureux, je la rassure avec un sourire.

— Tu mens, rétorque-t-elle en se rapprochant du téléphone, comme si ça allait lui permettre de me voir mieux. Je te connais, je ne suis pas dupe.

C'est la seule personne dans le monde entier qui m'aime sans réserve, malgré tous mes défauts. Elle a passé beaucoup de temps à me le rabâcher, mais c'est la vérité. Quand ma vie s'est brisée, elle m'a poussé à continuer. Quand j'ai perdu Tanya, je me suis retrouvé à un carrefour de ma vie, et qui sait où je serais aujourd'hui si j'avais choisi la facilité ? Ma mère ne m'a pas laissé faire.

Je lui dois tout. Si un appel par semaine la rend heureuse, alors je ferai tout pour la satisfaire.

— Pourquoi veux-tu que je sois triste ?

Elle jette un regard sur le côté en soupirant.

— À toi de le découvrir, peut-être qu'il est temps de t'ouvrir un peu plus. De l'eau a coulé sous les ponts, Noah, les choses sont différentes aujourd'hui, tu es différent.

Je ne veux pas parler de ça.

— Je vais dans ce sens, je lui réponds en espérant qu'elle laisse tomber le sujet de Tanya.

— Ah bon, et comment tu t'y prends ?

Quand ma mère voit mon visage, je n'arrive pas à lui mentir. Je suis certain que c'est la raison pour laquelle elle insiste pour que je l'appelle en visio.

— Je fais des trucs maman, j'ai un projet sur le feu, j'ai passé une audition il y a quelques mois. Je n'y pense plus très souvent.

Elle sourit.

— Raconte-moi tout.

Je lui explique tous les détails du film. J'ai eu plusieurs petits rôles au cinéma, mais rien de spectaculaire. Là, ce serait un premier rôle, dans un film dirigé par un réalisateur pour lequel j'ai beaucoup de respect. Ce n'est pas le genre de rôle que je rechercherais normalement, mais puisqu'il s'agit de Paul Skagg, j'ai tenté ma chance. J'espère que je ne vais pas tout gâcher, ce serait l'opportunité rêvée de passer du petit écran au septième art.

— Je pense que c'est la bonne décision, Noah, me confirme ma mère avec un sourire rayonnant empreint de fierté. Parle-moi encore de ta vie, que se passe-t-il de nouveau ? J'ai l'impression qu'il y a quelque chose que tu ne me dis pas.

Elle me fait penser à un requin qui flaire le sang.

— Je n'ai pas grand-chose à te raconter, c'est tout neuf.

— Tu as rencontré quelqu'un ?

J'oublie tout le temps que ma famille et mes vrais amis ne lisent pas les bêtises qui me concernent sur internet. Ils ne s'occupent pas de toutes ces histoires créées par les médias pour vendre des magazines. S'il m'arrive quelque chose, c'est moi qui le leur annonce.

— Elle te plairait.

Elle me plait.

— Raconte-moi, me presse-t-elle en souriant, comment s'appelle-t-elle ?

J'hésite à lui exposer ma relation, mais ce n'est pas parce que je ne lui fais pas confiance. Rien au monde ne convaincrait ma mère de me trahir. Mais en prononçant le nom de Kristin, je me forcerais à chercher la réponse à une multitude de questions.

— Noah Frazier, pourquoi fais-tu cette tête ? demande ma mère après une pause beaucoup trop longue à son goût.

Je ne suis pas capable de lui mentir, ce qui est plutôt ironique, vu que je suis un acteur.

— Elle s'appelle Kristin, elle élève seule ses deux enfants et elle vit ici, à Tampa.

Elle pince les lèvres. J'en étais sûr.

— Elle élève seule deux enfants ?

— Je sais ce que tu penses, mais ne t'inquiète pas. Je ne leur ferais jamais de mal, ni à elle ni à ses enfants. Je sais ce que ça fait.

Mon père a quitté ma mère quand j'avais quatre ans. Il a vidé le compte joint, pris la voiture et ne s'est jamais retourné. Pourtant, elle a survécu. Ma mère avait deux boulots, mais elle n'a jamais manqué un de mes matchs de foot. Je n'ai jamais su que nous étions pauvres. Et au fur et à mesure que j'ai grandi, elle m'a parlé de plus en plus de son expérience de mère célibataire et des raisons pour lesquelles elle n'a pas voulu refaire sa vie. L'une d'entre elles était que même si mon père n'est jamais revenu, elle le considérait toujours comme son mari. C'était, et c'est toujours, le propos le plus ridicule que j'aie jamais entendu, mais je pense qu'il y a quelque chose d'autre qu'elle ne me dit pas.

Je lis de l'inquiétude dans ses yeux.

— Je ne me préoccupe pas de ça, Noah. C'est juste que ta vie n'est pas... adaptée à une vie de famille. Est-ce que tu es prêt à faire des concessions dans ton quotidien pour être plus stable ? Elle vit en Floride, comment cette relation va-t-elle fonctionner ?

Je serre les dents pour ne pas dire quelque chose que je pourrais regretter.

— Nous sommes amis. Je suis sûr que si nous passons à la vitesse supérieure, nous trouverons une solution. C'est tout frais, et je ne suis même pas certain qu'elle soit d'accord pour un rendez-vous.

Elle éclate de rire.

— Si tu penses qu'elle ne verra pas que tu es quelqu'un de bien, tu es fou. Mais je crois que tu dois te montrer prudent. Pas pour toi, mais pour elle et ses enfants. Une mère ne fait pas n'importe quoi quand le bonheur de ses bébés est en jeu.

Qui sait si nous en arriverons là un jour ? Pour l'instant, Kristin ne veut pas prendre de risques. Je vois bien dans ses yeux qu'elle ressent quelque chose pour moi, mais j'y lis aussi de l'hésitation. Lui prouver que mes intentions sont bonnes ne sera pas chose aisée, mais j'ai appris depuis longtemps que tout ce qui a de la valeur est difficile à obtenir.

Je souris en me remémorant son visage l'autre jour. Sa bouche s'ouvrait et se refermait à mesure que je lui parlais de mes projets la concernant. Et elle n'a encore rien vu, car dès demain je me mets en mode prince charmant.

— Ne t'inquiète pas maman, ça fait longtemps que j'attends une fille comme elle. Je ne prendrai aucun risque.

Ses lèvres se resserrent avec sévérité et elle souffle longuement par le nez.

— Que Dieu lui vienne en aide... et à toi aussi. J'ai hâte de la rencontrer.

— Moi aussi, j'ai hâte de te la présenter.

Cette réunion est interminable, bon sang. Je consulte mon téléphone en espérant y trouver quelque chose de plus intéressant que la conversation sur le film et les plannings qui se déroule en ce moment. Je n'arrive pas à me concentrer. Kristin occupe chacune de mes pensées.

— Donc tu comprends que le tournage va commencer beaucoup plus tôt que prévu ?

Ça fait presque une semaine que je l'ai laissée. J'essaie d'être nonchalant, je ne lui ai pas demandé son numéro, je ne lui ai pas envoyé d'email et fais mine de garder le contrôle, mais je n'en peux plus : j'ai besoin de la voir.

— Noah ?

Mon agent me lance un coup de coude.

— Hein ?

— Je te demandais si tu étais d'accord avec les changements du planning ?

Je jette un œil sur le document et j'opine ; à présent, j'ai tout de l'abruti qui vient aux réunions mais n'écoute pas un mot.

— Ça me paraît pas mal.

Mon agent se racle la gorge et j'éloigne Kristin de mes pensées. C'est ma carrière qui est en jeu, je ne peux pas continuer les conneries.

La réunion reprend et nous parlons des lieux de tournage. L'actrice qui me donnera la réplique me fixe de l'autre côté de la table. Elle est jolie, mais elle manque de piquant. Son sourire est doux, mais elle fait trop d'efforts. Ses yeux sont bleus, mais ceux de Kristin sont mille fois plus brillants.

Ah putain.

Encore une fois.

Je me retrouve à mon point de départ, en train de penser à elle.

L'écran de mon téléphone s'allume, c'est mon agent immobilier.

— Je dois répondre, je m'excuse en me levant.

— Allo ?

— Allo, M. Frazier, Sommer à l'appareil, se présente-t-elle avec nervosité. Comment allez-vous ?

— Je suis en réunion, mais je voulais vous répondre.

— Oh, reprend-elle rapidement, je vais faire vite. Je voulais vous dire que si vous étiez toujours intéressé par l'appartement, il est à vous. Le propriétaire est motivé, et bien sûr, il a approuvé votre candidature.

C'est la chose la plus folle que j'ai faite pour me rapprocher d'une femme. Je loue un putain d'appart dans une ville dans laquelle je n'avais pas l'intention de m'éterniser, juste pour la voir souvent. J'étais obligé de rester quand j'ai dit à Eli que je ferais le premier article, mais ensuite j'ai commencé à perdre la tête et mis en route le deuxième, pour elle.

Tout ce que j'ai fait depuis a quelque chose à voir avec elle.

Pourtant, je ne regrette rien.

Je pourrais la forcer à écrire sur moi au moins une fois de plus ou louer un autre appartement. Je ferai tout ce qu'il faudra pour qu'elle me donne une chance. Je serais aussi patient et persévérant que possible.

Je suis foutu.

Sommer se racle la gorge.

— Pardon. Donc vous...

Je pense à me rapprocher de Kristin, alors je sais qu'il n'y a pas d'autre réponse :

— Je le prends.

CHAPITRE DIX-SEPT

KRISTIN

— Et c'était quand la dernière fois que tu l'as vu ou eu de ses nouvelles ? me chuchote Nicole dans la salle d'attente du juge.

Six jours et quinze heures.

— Pourquoi tu me poses la question ?

Ma voix est calme, mais teintée de frustration. Mon divorce est sur le point d'être prononcé et elle s'inquiète de savoir quand j'ai vu Noah.

Elle hausse les épaules.

— Je suis curieuse, de quoi d'autre veux-tu qu'on parle ?

Je la regarde comme si elle était devenue folle.

— Je ne sais pas, du fait que mon mariage sera officiellement terminé dans quelques minutes ?

Nicole se penche en avant et jette un regard vers le banc occupé par Scott et ses avocats. Elle grimace et reprend sa place.

— Bon débarras. Maintenant, tu peux penser à cette délicieuse chose qui serait ravie de croquer dans ton abricot. Peut-être même qu'il va butiner ton nectar, propose-t-elle en remuant ses sourcils de façon suggestive.

Même après vingt ans d'amitié, j'oublie encore qu'il ne faut pas la sortir en public. Je ne parviens pas à contrôler le gloussement qu'elle a provoqué.

— Chut !

Elle prend ma main dans la sienne pour m'aider à me calmer.

— Nous allons avoir des problèmes à cause de toi, me prévient-elle.

— C'est toi qui as commencé à parler de butiner mon nectar.

— Tu m'as appelée parce que tu savais que je n'allais pas me lamenter avec toi, se défend-elle, je suis ton amie, celle qui transforme la merde en diamants bruts.

Elle a entièrement raison sur ce point, et sur le fait que je voulais qu'elle soit là aujourd'hui. Nicole est la seule de nous quatre qui est restée célibataire, et je suis la seule qui sait pourquoi. C'est moi qui ai tenu sa main quand elle était au plus bas. À mon tour de la laisser voir cette facette de ma vie.

Aujourd'hui, je vais devoir m'asseoir en face de l'homme auprès duquel je pensais vieillir et mettre un terme à ce rêve. Je voulais que Nicole me rappelle que, même si je suis à terre, je ne suis pas vaincue. Elle me l'a montré elle-même.

— Merci pour tous tes diamants, je lui confie en lui serrant la main.

— De rien.

— Madame la juge convoque Scott McGee et Kristin McGee, s'il vous plaît, annonce le greffier.

— C'est la fin.

Je me lève et garde les yeux sur ma jupe.

— C'est le début, Kris. C'est la fin d'une vie de misère et le début de quelque chose qu'il n'appartient qu'à toi de construire. Je t'aime, je serai là quand tout sera fini.

J'opine et la prends dans mes bras.

Mon avocate place une main sur mon épaule et me fait un signe de la tête. Nous marchons en silence et mon cœur cogne dans ma poitrine alors que nous entrons dans la salle d'audience. Je me tiens d'un côté et Scott de l'autre. Je suis triste d'en être arrivée là. Après toutes ces années passées à essayer de combler le fossé entre nous, c'est un océan qui nous sépare aujourd'hui, et nous nous sommes perdus de vue.

Je ressens clairement un flot d'angoisse parcourir mes veines. Je regarde son visage de profil et je me souviens combien je l'aimais. Tant de souvenirs de notre jeunesse remontent à la surface. Les sourires, les éclats de rire, et les moments de folie qui me semblaient éternels. À quel point ses yeux étaient emplis d'amour alors que, vêtue de ma robe de mariée, je m'avançais vers l'autel, certaine que je l'aimerais jusqu'à ma mort.

Je suis peut-être morte. La fille naïve que j'étais, en tout cas, n'est plus. J'ai changé, et lui aussi.

La juge prend la parole, en revoyant notre dossier, mais je n'arrive pas à me concentrer. Ça a l'air si simple quand tout un mariage se résume à une liste de faits. Nous sommes deux personnes. Biens, droits de visite, prestation compensatoire, chiffres.

Nous étions tellement plus que ça.

Je reviens à moi quand mon avocate me tape sur le bras.

— Madame McGee, êtes-vous au fait des changements dans les conditions de la dissolution de votre mariage ?

Je jette un œil vers mon avocate.

— Non, je réponds, confuse.

Qui a changé les conditions de la dissolution ? Mon avocate ne m'en a pas parlé.

— M. McGee nous a soumis une nouvelle pièce tard hier soir. Il prétend que vous avez eu une relation extra-conjugale au cours de votre mariage et que, du fait de ses conséquences financières, vous n'avez pas droit au versement d'une pension. Il prétend verser au dossier que cette liaison a été financée par ses revenus propres.

Mes poumons se remplissent d'air. Je n'y crois pas. Il est devenu fou.

— C'est complètement faux, j'informe Clarissa, je n'ai jamais été infidèle.

L'avocat de Scott intervient.

— M. McGee vient seulement de l'apprendre, c'est pourquoi nous n'avons pas inclus de preuves dans cette déclaration.

La juge secoue la tête.

— Donc, c'est une accusation que vous avez cru bon verser au dossier juste au cas où ?

Mes yeux s'embuent de larmes alors que je me tourne vers Scott. Il est vraiment bouché à ce point ? Pourquoi cherche-t-il à me faire si mal ? Quand Danielle m'en a parlé, une petite part de moi n'y croyait pas. Il ne pourrait pas jouer ce tour à ses enfants. On dirait que j'ai été bien naïve de croire qu'il se souciait d'autre chose que de lui-même et de son argent.

— Nous manquons essentiellement de temps, nous pourrions le prouver, si nous pouvions enquêter un peu plus longtemps.

Non, il en serait incapable, car c'est faux. Je n'ai jamais rien fait de tel. Je l'aimais, même s'il me rabaissait. Je n'ai jamais cherché de réconfort auprès d'un autre homme alors qu'il me répétait sans cesse que je ne valais rien.

Elle rit dans sa barbe.

— Maître Sheridan, vous êtes en train de me dire que vous avez soumis cette accusation à l'encontre de Mme McGee sans être en possession du moindre reçu, SMS ou témoignage pour appuyer la déclaration de votre client. Vous pensiez peut-être qu'en l'affirmant, votre client serait dispensé de payer sa part. Est-ce bien ça ?

— Si vous pouviez nous accorder un délai, votre honneur...

— Non, le coupe-t-elle abruptement, aucun délai. Si vous aviez un semblant de preuve, vous l'auriez présentée.

Clarissa, mon avocate, me prend la main. Je ferme les yeux et expire par le nez. Scott n'est pas le seul à pouvoir modifier le dossier. Peter a passé un coup de fil à Clarissa pour lui indiquer la marche à suivre.

Nous avons passé toute la semaine à rassembler des informations au cas où il tenterait quoi que ce soit.

— Votre honneur, intervient mon avocate, si cela peut inté-resser Me Sheridan, nous avons suffisamment d'éléments pour prouver la maltraitance émotionnelle subie par Kristin McGee pendant quatorze années de mariage avec Scott McGee.

Ses yeux se connectent aux miens et pendant une seconde, j'y lis de l'empathie.

— Vraiment ?

— Cette déclaration est infondée et ridicule, s'écrie Me Sheridan.

La juge se retourne vers lui.

— Vous voyez, Maître Sheridan, elle n'est pas infondée si elle a des preuves pour corroborer.

Mon avocate lui présente plusieurs lettres rédigées par ma famille et mes amis, des captures d'écran représentant des emails qu'il m'a écrits, et des transcriptions de messages vocaux qui impliquent qu'il avait une liaison avec Jillian alors que nous étions encore mariés.

Je ne voulais pas en arriver là. Je l'ai fait par précaution, mais il m'a forcée à m'en servir. Tout est là, noir sur blanc, toutes ces années de calvaire que j'ai tant essayé de cacher, et tous les mensonges que j'ai racontés à tout le monde pour qu'ils pensent que Scott est un homme décent, tout est entre leurs mains.

Il n'est pas décent.

Mais j'étais trop faible pour le quitter, jusqu'à aujourd'hui.

La juge parcourt le tout, retire ses lunettes et marque une pause.

— Le divorce est une période émotionnelle. Mon travail, c'est de faire abstraction de ces émotions pour être juste. Je le fais depuis longtemps, et le vôtre est le genre de cas que je n'aime pas traiter.

Ses yeux vont de Scott à moi puis refont le chemin inverse.

— Je ne peux pas deviner quels événements ont eu pour résultat que vous vous retrouviez en face de moi, mais je sais que deux personnes vont être impactées par ces choix, sans le savoir pour l'instant. Vos enfants vont rencontrer des difficultés, mais c'est à vous de décider si ces difficultés vont être insurmontables ou pas.

Mon ventre se serre à l'évocation de Finn et Aubrey. Pendant que nous nous habituions à vivre sans Scott, j'ai vu la différence dans leurs yeux. Mon but a toujours été de les protéger, c'est pourquoi que je n'ai jamais mal parlé de leur père devant eux. Mais ça ne lui donne pas le droit de se conduire comme un connard égoïste et de me piétiner.

Elle se racle la gorge.

— Je n'aime pas jouer, Monsieur McGee. Je n'aime pas les menteurs. Et par-dessus tout, je n'aime pas les gens qui rabaissent les autres afin de se sentir plus grands. Si vous pensiez vraiment que votre femme entretenait une liaison, pourquoi avoir attendu jusqu'à aujourd'hui pour le signaler ?

Sans lui laisser le temps de répondre, elle poursuit :

— Je vais vous dire pourquoi. Vous saviez que c'était entièrement faux. Donc, après avoir consulté les preuves existantes et inexistantes, il est de mon ressort de trancher en ce qui concerne la division de vos biens et le bien-être de vos enfants.

Elle se tourne vers moi.

— Madame McGee, avez-vous travaillé pendant votre mariage ?

— Non, votre honneur. Mon mari préférait que je reste à la maison pour m'occuper des enfants, et nous pouvions nous permettre de nous passer de mes revenus.

— Et vous et vos enfants ne vivez plus dans cette maison ? demande-t-elle.

— Non.

— Monsieur McGee, reprend-elle en se tournant vers lui, je pense que votre femme vous est restée fidèle. Je pense également, en me basant sur les informations présentées, que vous l'avez maltraitée émotionnellement. Je vous conseille fortement de vous tourner vers un psychologue, pour votre bien-être et celui de vos enfants. Ceci dit, vous êtes dans l'obligation de verser une prestation compensatoire pour les sept prochaines années, une pension alimentaire et de fournir une assurance médicale pour Mme McGee et pour vos deux enfants.

Scott laisse échapper un bruit faible, et je lâche un soupir de soulagement. Mon travail est chouette, mais la paye n'est pas géniale, et je ne peux pas vivre chez Heather pour toujours. Je vais pouvoir souffler un peu.

La juge finit les papiers, et tout est terminé.

Nous sommes divorcés.

Scott se dirige vers moi, flamboyant de colère.

— Tout est de ta faute. Tout.

Ma première réaction est de battre en retraite, mais je m'en empêche à temps. J'entends les mots de Noah résonner dans ma tête : *Je sais que tu te crois faible, mais quand je te regarde, je vois une femme forte, belle et intelligente qui mérite un homme qui l'adore. Mais par-dessus tout, Kristin, je sais que je devrais partir d'ici et nous pourrions tous les deux reprendre nos vies là où nous les avons laissées. Ce serait plus facile que d'essayer de commencer quelque chose. Mais je suis là. Je crois que tu vaux la peine de compliquer les choses.*

Je me redresse et je plante mes yeux dans les siens.

— Désolée pour toi, mais tu n'es plus mon problème. Et je vais être honnête, je m'en bats les couilles.

Mes jambes flageolent alors que je m'éloigne. Chaque pas qui m'emmène loin de Scott me redonne un peu de force.

Nicole se relève dès qu'elle me voit arriver.

— C'est fait ?

— C'est fait. Je suis célibataire, et tout est fini, je lui réponds en essayant de masquer le tremblement de ma lèvre inférieure.

— Pas ici, m'enjoint-elle en prenant mes deux mains dans les siennes, ne lui donne pas cette satisfaction. Tu souris, OK ?

Je ravale mes larmes et je me force à sourire. Scott passe à côté en me lançant un regard noir, mais je reste impassible. Il ne me verra plus jamais trembler. Il m'a déjà assez vue comme ça.

Le moment est venu de reconstruire ce qu'il a cassé.

— C'est quoi ce bordel ?

J'éclate de rire quand je découvre mes copines dans mon salon en train de projeter des confettis en l'air.

— Joyeux divorce ! lance Heather en m'entourant de ses bras, tu ne vas pas rester seule ce soir, et nous allons fêter ça !

Je ne sais pas si j'ai envie de pleurer ou de rire. Mon cœur est partagé en deux, et chacune des moitiés fait la guerre à l'autre. Je me demande si je suis cassée et si je suis réparable. On ne m'a pas donné le manuel de survie pendant le divorce. Je me déteste de ressentir un tant soit peu de tristesse. Scott n'en mérite pas autant. Toutefois, cela ne change pas le fait que je suis triste.

— Les filles, je ne sais pas, je tente.

Danielle fait la moue.

— Tu te souviens du divorce d'Heather et de Matt ? demande Nicole. Il me semble que c'était toi qui avais organisé une intervention pour veiller à ce qu'elle ne reste pas seule chez elle à manger ses cookies dégueus.

Ça m'énerve quand elles ont raison. Et ça m'énerve encore plus d'avoir fait pour Heather ce qu'elles sont en train de faire aujourd'-hui, et de ne pas en avoir envie.

— Je suis quand même fatiguée.

Heather hausse les épaules.

— Pyjama party !

Franchement, elles n'ont pas de limites. Elles se fichent de savoir si je suis fatiguée ou si j'ai envie de me vautrer chez moi en m'apitoyant sur mon sort. Elles se pointent, sans avoir été invitées. Les enfants sont chez mes parents pour le week-end, et elles semblent bien décidées à rester. Autant en profiter.

Nous nous emparons des bouteilles de vin avant de poser nos fesses sur le canapé. Pendant une heure, nous parlons du mariage d'Heather qui se déroulera dans un peu plus de deux semaines. Elle s'est fiancée il y a quelques jours. Eli est si prévenant avec elle, que je dois me concentrer pour ne pas être jalouse et rester heureuse pour elle. Chaque détail qu'elle partage avec nous sur les choses qu'il fait pour elle me pique légèrement au cœur et laisse place à un peu de tristesse. C'est ma meilleure amie, je l'aime plus que je ne peux le dire, et elle mérite d'être heureuse. Je préférerais juste ne pas être fraîchement célibataire.

— Je n'arrive toujours pas à croire que tu te maries dans moins d'un mois et que tu pars vivre au Canada ! déclare Danielle en secouant la tête.

— Je sais, c'est dingue, mais Eli a obtenu ce rôle dans un film et je veux rester près de lui.

— Moi aussi je voudrais rester près de lui, plaisante Nicole.

J'opine furieusement du bonnet.

— Écoute-nous et ne laisse jamais un homme pareil hors de ton champ de vision.

Danielle lève son verre.

— Ça me rappelle quand j'ai laissé Eddie pour aller à la fac. Grosse erreur. Ça a été le début de la fin.

Nous y revoilà. Dès qu'elle boit un verre, Danielle parle de son ex. Elle jure qu'il était son âme sœur. Celui que Dieu avait mis sur terre pour elle, et qu'il a repris en punition pour ne l'avoir pas traité assez gentiment.

— Oh, pour l'amour du ciel ! s'exclame Nicole en riant. Tu sais qu'il est marié et qu'il a des enfants ! Et toi aussi, d'ailleurs ! Tu étais déjà assez cinglée pour te marier avec lui quand tu avais quinze ans.

— Moi, au moins, à quinze ans, je pouvais me marier avec quelqu'un, rétorque Danielle.

Nicole et Danielle commencent à se chamailler et Heather et moi les regardons en secouant la tête.

Pendant l'heure suivante, nous rigolons en pensant à toutes les idioties que nous avons pu faire ensemble quand nous étions jeunes. Nous ne nous en lassons jamais, je ne sais pas pourquoi.

— Tu crois que Mme Yoder a toujours des cauchemars au sujet de Nicole ? s'interroge Danielle. Cette pauvre femme a pris sa retraite à cause de toi.

— Elle était folle ! Il fallait bien que quelqu'un lui montre qu'elle perdait la tête !

Heather secoue la main et sautille sur place.

— Et quand Nicole s'est fait surprendre en train de coucher avec M. Fink sous l'escalier !

J'éclate de rire et recrache mon vin par le nez.

— Oh, mon Dieu, j'avais oublié cette histoire. J'espère que tu as eu une bonne note en physique, tu l'avais durement gagnée.

— Mais pourquoi est-ce que je suis dans toutes ces histoires ? Ah mais oui, c'est parce que je suis la seule qui fasse des choses qui méritent qu'on s'en souvienne, se justifie Nicole en ramenant ses genoux contre sa poitrine. Contrairement à vous, espèces de bonnets de nuit.

Elle s'est toujours comportée comme une folle, et elle ne voit pas pourquoi elle s'en excuserait.

— Calme-toi, soupire Heather. Nous avons toutes fait des conneries.

— Alors là, d'accord avec toi ! Et j'ai tous les dossiers, parce que quand l'une de vous trois mijote un truc, devinez qui elle appelle ? Moi. Vous m'appelez et vous me confiez *tous* vos secrets.

Nous nous regardons toutes les trois avec incrédulité. Que me cachent-elles ?

Nicole éclate de rire alors que nous nous observons.

— Je vous aime tellement les filles. Passons à la question qui nous brûle toutes les lèvres, reprend-elle en saisissant ma main. Est-ce que Scott paye très cher ?

Elles ont laissé leurs questions de côté assez longtemps. C'est le moment de révéler tout ce qui s'est passé aujourd'hui. Je leur raconte l'audience, et ne perds pas une miette de leurs expressions réjouies. Je ne réalise toujours pas qu'il a essayé de m'accuser d'adultère. Impossible qu'il l'ait fait de bonne foi.

— Je suis bien contente de ne plus avoir à supporter Trouduc, déclare Nicole en plaçant ses pieds sur la table basse. J'aimerais vraiment lui couper les couilles.

— Sérieux, peut-être que lui et Matt vont devenir meilleurs amis, suggère Heather en gloussant.

Je vide mon verre de vin et je m'en sers un autre dans la foulée.

— Je dois encore le voir un week-end sur deux. Je suis sûre qu'il va s'afficher avec Jillian, maintenant que nous sommes divorcés et qu'il peut **me mettre le nez dedans**.

L'alcool aidant, je découvre à quel point je le déteste. C'est un vrai tocard. Je n'arrive pas à croire qu'il ait essayé de gratter sur la pension comme ça. Je lui ai laissé la maison. Je ne lui ai jamais reproché sa liaison avec sa garce de secrétaire. Je ne lui ai jamais rien demandé, et il pense que je peux partir une main devant une main derrière après quatorze années de mariage ? Il se prend pour qui ?

— Ne t'inquiète pas pour elle, ma biche, toi, tu as la langue de Noah Frazier entre les amygdales ! me rassure Nicole en riant avant de claquer ma cuisse.

— Quoi ? s'exclame Heather.

— Nicole ! je piaille. Tu ne pouvais pas la fermer ? Bravo la gardienne de tous nos secrets !

Elle hausse les épaules.

— Et toi, tu l'as bien gardée ouverte pour accueillir sa langue !

Je lève les yeux au ciel et lui jette un coussin alors qu'elle agite sa propre langue de façon suggestive.

— Pardon ? Tu as embrassé Noah ? me lance Heather en essayant de capturer mon attention. Quand ? Où ? Et pourquoi tu n'as rien dit ?

Je pensais sincèrement qu'elle savait.

— Ce n'est pas important.

Danielle masque son rire en toussant.

— Jusqu'à ce qu'il te dise qu'il allait conquérir ton cœur !

— Doux Jésus, les filles, vous êtes nulles ! je me défends, les mains en l'air.

Heather m'observe, mains sur les hanches. Autant lui cracher le morceau. Merci bien, grande bouche numéro un et grande bouche numéro deux.

— Très bien. Oui, j'ai embrassé Noah après notre dîner professionnel. Puis il est venu ici l'autre jour, et il m'a dit qu'il ressentait des choses pour moi. *Toutefois*, je ne l'ai pas revu depuis.

Sa bouche dessine lentement un sourire.

— Alors c'est ton jour de chance. Eli et Noah sont en route pour venir me chercher.

Évidemment.

CHAPITRE DIX-HUIT

KRISTIN

Je me cache dans la cuisine comme la poule mouillée que je suis.

J'ai l'impression que je n'ai pas vu Noah depuis une éternité. Je n'ai pas son numéro de téléphone donc je n'ai pas pu programmer notre prochaine réunion. Et pas question de demander à Heather ou à Eli. Maintenant, je suis à moitié soûle, ce qui n'est pas une bonne chose quand il est dans le coin. Sans parler de mes émotions en dent de scie.

Ça sent le désastre à plein nez.

J'ai entendu une portière claquer dans la rue, et soudainement décidé d'aller chercher de quoi grignoter.

— Kristin ! crie Danielle.

— Quoi ?

— Sors de ta cachette, il n'est pas là !

Elles éclatent toutes de rire et je leur tire la langue en direction du mur.

— Je ne me cache pas, j'ai faim !

Je dois vraiment aller faire les courses, je n'ai plus rien. Je suis à genoux devant mon placard, je fouille tout au fond en espérant y trouver un paquet de chips. Un paquet de Doritos, voilà ce dont j'ai envie !

— Tu cherches quelque chose ?

La voix grave de Noah résonne dans la pièce et me fait sursauter.

Je relève la tête d'un coup et me cogne contre l'étagère en bois.

— Aïe, je gémis en frottant ma bosse.

Franchement, juste une fois je voudrais avoir l'air normale devant lui. Je ne demande pas grand-chose.

— Ça va ? s'enquiert-il en riant.

— Super, juste un autre moment auquel je pourrais repenser en me flagellant plus tard.

Je sors prudemment du placard sans me refaire mal, et je m'assieds sur mes talons.

— Salut, je continue avec un faible sourire.

Ses cheveux sont coupés un peu plus court et sa barbe a encore poussé.

J'aime. J'aime beaucoup même.

Noah me rend mon sourire et s'accroupit pour se mettre à mon niveau.

— Salut.

Je regarde autour de moi dans la cuisine en attendant que l'un de nous deux reprenne la parole.

Le silence s'éternise, au-delà de l'inconfortable.

— Comment ça va ? je lui demande.

— C'est moi qui devrais te poser la question. C'était aujourd'-hui, pas vrai ?

C'est peut-être pour cette raison qu'il ne m'a pas demandé mon numéro de téléphone. Je n'y avais même pas pensé. Il savait que je divorçais cette semaine, il se peut qu'il ait décidé de rester en retrait pour me laisser digérer l'événement.

— Ouais, je suis célibataire, je lâche avec nonchalance. Officiel-lement disponible.

Noah réprime un sourire, mais je vois quand même ses yeux pétiller de malice.

— Une belle journée pour tous les hommes sur la planète.

— Sur la planète ?

Il penche légèrement sa tête sur le côté.

— J'en connais au moins un qui est content.

Je tire une mèche de cheveux par-dessus mon épaule et l'en-roule autour de mon doigt.

— Ah bon ?

Noah place une main sous mon menton pour me faire relever les yeux.

— Oui, et je sais aussi que tu lui as manqué.

C'est mignon.

Il est mignon.

Les choses qu'il m'a dites la semaine dernière m'ont aidée à survivre à cette journée. Je devrais lui dire. Le voir en face de moi fait resurgir toutes les émotions que j'essaie d'enterrer depuis des jours. Les deux moitiés de mon cœur qui tentaient de dresser leurs plans de bataille commencent à choisir un camp.

Je dois trouver un moyen de lui montrer que même si je ne ferai rien aujourd'hui, demain ni même cette année, il n'est pas le seul à ressentir ça. Les erreurs de mon passé ne devraient pas avoir d'incidence sur mon futur.

— Tu lui as manqué à elle aussi. Je crois. Un peu, je lui avoue avec un sourire.

Sa main retombe et elle me manque là où il ne me touche plus. Quand je suis avec Noah, mes problèmes n'existent plus. Je ne me l'explique pas, mais même mes soucis sont plus légers.

Je sais que ça a l'air ridicule, car je ne le connais même pas. Et pourtant, tout en moi me pousse à faire confiance à mon instinct.

Je me sens envahie par l'irrépressible envie de l'embrasser. En un clin d'œil, je me relève et presse mes lèvres contre les siennes. La force de mon attaque fait retomber Noah en arrière, je reste sur lui et poursuis mon baiser. Il me serre contre lui et je me laisse aller à en savourer chaque seconde.

Chaque caresse de sa langue contre la mienne fait battre mon cœur plus vite.

Il nous roule sur le côté et prend le contrôle du baiser. Je ne peux plus bouger, mais ça ne me dérange pas. Mes jambes s'enroulent autour de ses hanches, et nous laissons libre cours à notre désir.

Je n'ai jamais fait l'amour à même le sol de la cuisine, mais j'ai bien envie d'essayer.

— Oh ! Ah bon d'accord !

Nicole a presque crié sous l'effet de la surprise.

Je me rassieds rapidement et réajuste mes vêtements sous son regard amusé.

— Je cherchais juste un truc à me mettre sous la dent.

Ma main vient gifler mon front automatiquement. *Surveille tes paroles, Kristin.*

— On dirait que tu as trouvé, réplique-t-elle en rigolant.

Nicole jette un regard à Noah avant de revenir sur moi.

— On va y aller, on voulait te dire au revoir.

— Bien sûr, nous allons venir.

Nicole éclate de rire.

— On peut lire un sous-entendu dans chacun de tes mots.

Noah se remet sur pied et m'aide à me relever.

— Tu n'existes plus pour moi, je souffle dans l'oreille de Nicole en passant près d'elle.

Une fois tous rassemblés dans le salon, Danielle m'embrasse et rentre chez elle. Nicole la suit de près, mais pas sans nous avoir salués à l'aide d'une formule d'appréciation sexuelle. Il ne reste qu'Heather, Eli, Noah et moi.

— Alors, je tente en me dandinant.

— Nous allons y aller, lance Eli à Heather.

— Oui, opine-t-elle, et toi Noah ?

Je le regarde, je veux qu'il reste. Nous devons parler de ce qu'il vient de se passer. Je viens de me jeter violemment sur lui. Les gens normaux ne font pas ça le jour de leur divorce. Qu'est-ce qui cloche chez moi ?

— Tu crois que...

— J'allais...

Nous avons parlé en même temps. Heather se marre dans son coin.

— Nous allons vous laisser entre vous, les amis. Je crois que vous avez pris du retard sur l'article ?

Je l'aime, à présent c'est ma préférée.

— Oui, c'est ce que j'allais dire, je me justifie en le regardant. Il faudrait que nous en parlions tous les deux pour anticiper notre gestion de ce projet.

— Entendu, acquiesce-t-il.

Eli masque un éclat de rire en toussant.

— Tu as bien fait de prendre ta propre voiture Noah.

J'étais trop stupide de penser que je pourrais lui résister ou qu'il allait nous faciliter la vie en restant à l'écart. Nous savons tous les deux depuis le début qu'il se passe un truc entre nous.

Je ne sais pas ce que c'est.

Je ne sais pas si c'est une erreur.

Mais je sais qu'à ses côtés, je me sens assez forte pour prendre le risque de voir où tout cela va nous mener.

— Je t'appelle demain, me promet Heather en m'attirant contre elle.

— OK.

Ses yeux m'instruisent de rester prudente, mais sa bouche dessine un sourire plein de malice. J'ai l'impression d'avoir quinze ans et d'être sur le point de perdre ma virginité. Mais nous n'allons pas faire l'amour ce soir. Nous allons nous asseoir l'un en face de l'autre, comme des adultes, avec une table en bois entre nous, et discuter.

Voilà ce qu'il va se passer.

Pas de sexe.

Ils sortent et ma nervosité s'intensifie lorsque nous nous retrouvons seuls. Nous échangeons un regard et ma poitrine se serre. J'ai tant de choses à dire, mais je suis incapable de parler.

Je voudrais lui demander de m'expliquer ce qu'il y a entre nous, et pourquoi nous ne parvenons pas à y mettre un terme. Je voudrais qu'il me dise que c'est normal. Je voudrais savoir s'il m'attirerait autant si j'étais encore mariée.

— On peut discuter ? je lui demande finalement.

— Je crois que c'est nécessaire.

J'impose mes conditions.

— On s'installe à table.

Il s'assied sur une chaise, et je passe de l'autre côté de la pièce. Je ne peux pas m'asseoir près de lui. Je vais finir par me jeter sur lui à nouveau et risquer de casser mes meubles.

Je lâche dans un souffle :

— OK, je ne sais pas ce qu'il m'a pris dans la cuisine. Je crois bien que mon cerveau se met en pause quand tu es dans les parages. Je sais que je t'envoie toutes sortes de signaux contradictoires, et je m'en excuse, mais c'est dur d'avoir les idées claires près de toi. Je suis une cérébrale, Noah. Je réfléchis beaucoup. Ce comportement ne me ressemble pas.

Il passe une main dans ses cheveux.

— Moi non plus je ne me reconnais pas dans tout ça. Je n'avais pas été aussi dingue d'une fille depuis bien longtemps.

— Tu es dingue de moi ?

Il se penche en avant avec un sourire sexy.

— Je croyais que tu aurais fini par comprendre. J'ai loué un appart' à Tampa cette semaine.

Je ne sais pas ce que cela signifie. Il devait rester quelque temps de toute façon, donc c'est raisonnable de louer un appartement.

— OK.

Noah frotte son front en secouant la tête.

— Je n'avais pas prévu de rester ici. Je devais passer quelques jours avec Eli, puis rentrer à New York. Au lieu de ça, j'ai signé un bail, je fais des interviews dans la presse et j'essaie de trouver des excuses pour te voir.

— Et c'est dingue ! Ça va trop vite, je ne veux pas souffrir à nouveau.

— Je ne veux pas te faire de mal.

Personne n'a jamais l'intention de faire du mal à l'autre, mais ça arrive quand même. Je ploie déjà sous mon fardeau, je ne peux rien supporter d'autre sans m'écrouler.

— Tu ne le ferais pas intentionnellement, je réplique en jouant avec la bague de mon pouce. Ça faisait bien longtemps que je ne m'étais pas sentie belle aux yeux d'un homme.

Les yeux de Noah se remplissent de colère.

— Kristin, commence-t-il.

Je lève ma main pour l'interrompre.

— Laisse-moi finir s'il te plaît.

J'attends qu'il se détende un peu avant de poursuivre.

— Mon ex-mari m'a maltraitée sans que je m'en aperçoive. Il me rabaissait sans cesse, et m'a convaincue que je ne valais rien. Je suis devenue... triste et seule. Il m'a cassée tant et si bien que les petites miettes d'amour qu'il me jetait de temps à autre me rassasiaient. Un compliment pouvait me faire tenir pendant des mois, car ils étaient si rares. Je ne veux pas redevenir cette femme, plus jamais.

Je termine là-dessus en ravalant mes larmes.

— Je ne devrais pas être attirée par toi, je ne devrais même pas penser à un autre homme parce que j'ai si peur.

Il se penche en avant, les paumes levées vers le plafond. Je voudrais pouvoir placer mes mains dans les siennes, mais je me contente de toucher le bout de ses doigts.

— Tu n'es pas la seule à avoir peur. Crois-moi. La moitié du temps, je ne sais pas ce que je fais. Mais je peux te faire une promesse.

Il s'étire pour que nos mains se touchent.

— Je ne te rabaisserai jamais. Tu ne seras plus jamais seule, Kristin. Je te le promets. Si tu me donnes cette chance, je te traiterai comme tu aurais dû l'être depuis toujours.

— Et quand tu repartiras vivre ta vie ?

Noah hausse les épaules.

— Nous verrons à ce moment-là. En plus, tu vas peut-être sortir encore une fois avec moi et te rendre compte que tu ne peux pas me sentir.

— Très peu probable.

— C'est une possibilité. Tout ce que je te demande c'est de passer du temps avec moi pendant les prochaines semaines pour comprendre ce qu'il se passe. Libre à toi de tomber amoureuse de moi. C'est une possibilité, poursuit-il en souriant. Je te parie que tu vas vouloir me garder.

Voilà le problème. Vouloir le garder, me faire maltraiter.

Je regarde nos mains, et je reviens vers lui.

— Ce n'est pas si simple.

— Rien ne l'est. Mais je ne passerai pas à côté de ma chance avec quelqu'un qui a allumé un brasier dans mon cœur que je n'arrive pas à éteindre. Donne-moi juste une chance.

Mais pourquoi est-il si fantastique ? Il est à l'opposé de Scott. Tout ce qu'il dit est si profond. Ça me terrifie, parce que si je lui donne cette chance et qu'il me quitte, je ne sais pas si je m'en remettrais.

Si je suis si minable aujourd'hui, c'est parce que Scott m'a fait ramper pendant des années.

Mais ce n'est pas juste pour Noah. Il mérite d'être heureux avec quelqu'un qui peut lui donner plus que moi.

— Noah, je soupire en retirant mes mains.

Mon cœur est déjà brisé, autant le pulvériser en mettant un terme à tout ça.

— Je suis la dernière femme qui puisse te rendre heureux.

Il se lève sans dire un mot. Je le suis des yeux alors qu'il contourne la table pour me rejoindre. Mon cœur bat si fort qu'il va exploser.

Mes pensées vont à mille à l'heure. Je veux qu'il me dise que j'ai raison et qu'il s'en va, mais j'espère qu'il ne le fera pas. Je veux quelqu'un qui se batte pour moi, juste une fois.

Quand il arrive près de moi, je ne respire plus. Je veux lui hurler que je ne pensais pas un mot de ce que j'ai dit. Il prend mon visage dans ses mains et caresse ma joue avec son pouce.

— Tu as peut-être raison. Ni toi ni moi n'avons besoin de compliquer davantage nos vies, mais tu es la seule pour moi.

Je crois que je viens de mourir.

Est-ce que quelqu'un a déjà dit quelque chose d'aussi beau ? Et si oui, je m'en fiche, car ma vie vient de basculer.

— Pour moi aussi, tu es le seul.

C'est la première fois que je suis entièrement honnête avec lui.

Je le veux.

Et je veux qu'il me veuille.

Que Dieu me vienne en aide, je veux tout.

Je suis restée paralysée par la peur pendant trop longtemps. Je ne veux pas perdre une seconde de plus. Ce qu'il y a entre Noah et moi ne va peut-être pas durer. Notre attirance va peut-être se consumer comme une étincelle, mais si nous n'essayons pas, nous ne le saurons jamais.

— C'est vrai ? demande-t-il d'une voix surprise.

— J'ai peur, mais oui, c'est vrai. J'ai envie de comprendre ce qu'il y a entre nous.

— Je suis content de te l'entendre dire. J'allais me lancer dans ma campagne de séduction.

Si sa campagne n'avait pas déjà commencé, je me demande ce qu'il avait en réserve.

Et, pour être honnête, je m'en fiche.

— Tais-toi et embrasse-moi, je lui ordonne.

Noah approche sa bouche de la mienne, et je glisse mes mains dans son cou pour le garder près de moi.

CHAPITRE DIX-NEUF

NOAH

Je dois rêver.

Je vais me réveiller à tout moment. Kristin est dans mes bras. Ses doigts sont sur ma peau et m'attirent vers elle alors que nous nous embrassons.

— Noah, murmure-t-elle pendant que mes lèvres glissent de sa bouche vers mon cou.

Je ne m'y attendais pas en venant ici. Je n'étais même pas sûr que ce soit une bonne idée d'accompagner Eli, mais je voulais être certain qu'elle allait bien. Kris réveille le protecteur qui sommeille en moi. Si cet idiot lui avait fait du mal, je l'aurais fracassé.

Je m'étais dit que si elle était malheureuse, je resterais à l'écart quelque temps pour éviter qu'elle se sente sous pression. La dernière chose dont elle a besoin, c'est d'un autre connard qui lui mette la tête à l'envers. On serait restés amis, j'aurais fait l'article que j'ai été idiot de suggérer, et on serait repartis chacun de son côté.

Mais, quand je l'ai vue agenouillée par terre, souriante et heureuse de me voir, j'ai compris que je serais incapable de repartir sans elle.

— J'ai pensé à toi toute la journée, je lui souffle en l'embrassant dans le cou. Quand mon avion a atterri, tout ce que je voulais c'est trouver un moyen de venir te voir.

Elle gémit et sa tête retombe en arrière.

— Si tu savais...

— Si je savais quoi ?

Kristin plante ses yeux bleus dans les miens et je vois la lutte qui est en train de s'y livrer.

— Si tu savais à quel point tu occupes toutes mes pensées.

— Tu n'es pas la seule, mon ange.

— Tant mieux.

Elle sourit et je repose mes lèvres sur les siennes. À mon grand plaisir, elle ouvre la bouche et je replonge. Je peux sentir le goût du vin sur sa langue. Ses doigts glissent dans mon dos mais ne peuvent pas aller bien loin car elle est assise.

Je passe mes mains sous ses cuisses et je la soulève. Elle lâche un petit cri quand je la pose sur la table, dans la position idéale pour l'embrasser. Au lieu de laisser libre cours à mon désir, je fais une pause pour la regarder, émerveillé. Je ne sais pas ce que j'ai fait pour la mériter.

Comment une journaliste ivre a-t-elle réussi à se faufiler dans mon cœur juste en souriant ?

Elle effleure mes joues du bout des doigts.

— Ça me plaît, murmure-t-elle en grattant ma légère barbe.

J'aime quand elle me touche. J'aime tout chez elle.

— Ah oui ?

Elle opine en se mordant la lèvre inférieure, sans oser me regarder.

— Et tu aimes quoi d'autre chez moi ? je l'interroge alors que son pouce suit le contour de ma lèvre.

— Ta façon de m'embrasser.

Je peux le refaire autant de fois qu'elle le voudra. Mais je sais que la plus grosse blessure de Kristin réside dans le fait qu'elle ne pouvait pas s'exprimer. Je ne veux pas que ça recommence. Je veux qu'elle retrouve confiance en elle et qu'elle n'ait plus jamais à s'inquiéter et à cacher des choses.

— Comme ça ? je lui suggère en effleurant ses lèvres des miennes, et en me reculant lorsqu'elle se lance et essaie de prendre le contrôle.

Elle gémit doucement et j'attends sa réponse.

— C'est ça que tu veux, mon ange ?

Elle secoue la tête, mais ça ne va pas suffire pour ce soir. Rien ne se passera tant qu'elle n'aura pas prononcé ces mots à voix haute. Je réprime mon envie de l'allonger sur la table et de lui faire perdre la tête. Je veux qu'elle se sente bien, adorée. Mes muscles me font mal, à force de me retenir, mais c'est Kristin qui doit prendre le contrôle.

— Je n'entends rien, j'insiste.

— Non, lâche-t-elle finalement.

— De quoi as-tu envie ?

Son hésitation est palpable. Elle veut le dire, mais elle ne sait pas comment. Je dois la pousser sans la forcer. Je ne sais pas comment y parvenir, alors je repose ma bouche sur la sienne.

Ses jambes s'enroulent autour de moi et m'attirent contre elle. Ma queue est comprimée dans mon pantalon alors qu'elle enfonce ses talons dans mes fesses. Elle arrête de m'embrasser pour suivre le bord de mon oreille avec sa langue.

— Je préfère ça, chuchote-t-elle d'une voix rauque.

— Putain, je gémis alors qu'elle fait la même chose de l'autre côté.

Ma résolution vacille et je suis à la limite de prendre les rênes. Mais au lieu de tout faire foirer, je dois mettre un terme à cette étreinte.

J'essaie de me dérober, mais elle s'agrippe encore plus fort.

— Kristin, je commence en prenant ses poignets dans mes mains.

Je me recule de quelques pas pour nous permettre de reprendre notre respiration. Putain, mais je suis trop con parfois. Elle a signé son divorce aujourd'hui, et le soir même je viens me frotter contre elle sur la table ?

— Il faut...

— Qu'est-ce que j'ai fait ? demande-t-elle, la voix chargée de douleur.

— Quoi ? je l'interroge en me rapprochant d'elle.

— Tu... Tu... t'es arrêté. Je... ne sais pas ce que j'ai fait. Je suis désolée.

Doux Jésus. Elle pense que j'ai arrêté à cause d'un truc qu'elle aurait mal fait ?

— Tu n'as *rien* fait de mal, Kristin. C'est moi qui me suis comporté comme un connard insensible.

Je porte mes doigts à ses lèvres enflées.

Elle prend ma main dans la sienne et la repose sur ses jambes.

— Comme un connard ?

— Tu as divorcé aujourd'hui, je n'aurais jamais dû te toucher.

Kristin laisse échapper un bruit à mi-chemin entre le reniflement et l'éclat de rire. Je ne sais pas ce que c'est, mais ça me fait fondre.

— Tu penses que tu es un connard ? D'abord, c'est moi qui t'ai attaqué dans ma cuisine. Et même si on ignore ce fait, tu es la toute dernière personne que je qualifierais de connard. Tu veux savoir pourquoi ?

Je veux tout savoir d'elle.

— Pourquoi ?

— Tu m'as aidée sans même être présent. Scott, mon ex, précise-t-elle sans en avoir besoin, il a essayé de me... de faire ce qu'il fait d'habitude, mais grâce à toi, il n'a pas réussi. Les mots que tu as prononcés l'autre jour, ils m'ont touchée plus que tu ne le pensais.

Ses yeux se remplissent de larmes et ma poitrine se serre.

— Ne pleure pas, je l'implore.

Les larmes d'une femme me paralysent de peur. C'est ma kryptonite. Est-ce qu'on doit les réconforter avec un câlin ? Leur dire que tout va bien ? J'ai fait cette erreur avec ma petite amie de l'époque, à qui j'ai dit que tout irait bien, avant que tout explose pour me démontrer à quel point les choses n'allaient pas bien.

Elle s'essuie les joues et renifle.

— Je t'explique juste que tu n'es pas un connard, Noah.

— Tu ne me connais pas encore très bien, je plaisante pour détendre l'atmosphère.

— Idiot, réplique-t-elle en riant.

— Très juste.

Je souris et essuie une larme au coin de son œil.

C'est dans mon ADN de réparer les choses. Je suis un homme, je ne peux pas m'en empêcher. À tout problème, il y a une solution et je la trouve. Les larmes de Kristin déclenchées parce que j'ai arrêté de l'embrasser constituent un problème inédit.

Je ne pense pas que recommencer à l'embrasser soit le bon choix.

Est-ce que j'ai raison ?

— J'ai... apprécié tes baisers.

Peut-être qu'elle en a envie ?

— Kris, je serais ravi de continuer à t'embrasser, je la rassure en caressant ses cheveux bruns. Je pourrais t'embrasser toute la nuit si ça peut te faire arrêter de pleurer.

Elle lève les yeux au ciel en grommelant.

— Génial, maintenant tu vas m'embrasser parce que tu te sens coupable.

Je prends son visage dans mes mains et la force à faire redescendre ses yeux vers moi. Elle a l'air perdue. La femme libre, sexy et confiante que je voulais provoquer a disparu. Je veux qu'elle revienne, et je ferai tout ce qui est en mon pouvoir pour y arriver.

— Je ne désire rien d'autre que tes lèvres sur les miennes. Je veux embrasser chaque centimètre de ta peau, te faire tout oublier, sauf ma présence à tes côtés. Et te faire l'amour jusqu'à ce qu'on s'évanouisse. Pas de culpabilité entre nous. Tu n'as qu'à me le demander et je m'exécute.

CHAPITRE VINGT

KRISTIN

Ça faisait si longtemps que je ne m'étais pas sentie désirée. Une partie de moi-même reste incrédule. Mais quand je regarde ses yeux, je sais que c'est bien réel.

Noah veut tenir ses promesses.

Il ne bouge pas un muscle et attend que je dise quelque chose.

Au lieu de parler, de penser ou de me parler à moi-même, j'examine mes émotions.

Mes mains vont de mes genoux à son ventre. Nos yeux restent connectés alors que mes doigts se fraient un chemin sous son T-shirt. Je prends mon temps, j'explore sa poitrine, je sens ses muscles bouger contre moi et nos haleines se mélanger.

Je glisse ma main plus haut, tirant l'ourlet de son T-shirt au passage. Il ne prononce pas un mot et se contente de lever les bras vers le plafond pour me permettre de soulever le tissu et de le faire passer au-dessus de sa tête avant de le laisser tomber sur le sol.

— Tu es prêt à tenir parole ? je le défie avec plus d'audace dans la voix que dans le cœur.

Je suis prête à vivre.

Je suis prête à ressentir.

Je suis prête à saisir ma chance.

Noah me lance un sourire insolent qui m'envoie un courant électrique dans les veines. Ses mains empoignent mes fesses et il m'attire vers une érection plutôt significative.

— À ton avis ?

À mon avis, je vais sûrement tomber dans les pommes.

— Je ne sais pas comment m'y prendre, je lui avoue.

Pendant des années, le sexe était une corvée pour moi. Une corvée dont, selon Trouduc, je m'acquittais de façon lamentable. J'ai appris à prendre du recul et à en tirer ce que je pouvais. Clairement, l'approche de Noah est différente, mais je suis terrifiée de le décevoir. Je ne suis pas sûre de pouvoir me relever s'il me trouvait médiocre.

— C'est toi qui mènes la danse, m'explique-t-il en m'effleurant la bouche de ses lèvres. Prends ce qui te fait plaisir, mon ange. Je te donnerai tout ce que tu veux, de la façon dont tu le veux.

— Et si ça n'est pas ce dont tu as envie ? je lui chuchote en espérant qu'il n'entende pas.

Noah se recule assez pour pouvoir me regarder dans les yeux.

— C'est *toi* que je veux, Kristin.

Mon cœur bat la chamade. Mais pas moyen que je me dérobe maintenant. Il me donne le courage d'accepter le cadeau qu'il me fait. Je ne me suis jamais sentie autant en sécurité. Je vais faire ce qu'il me dit, et je vais saisir les rênes.

Je repousse légèrement Noah, et je me mets debout. Nos poitrines se touchent et ma main retrouve son chemin vers sa nuque que j'attire vers moi pour coller mes lèvres aux siennes. Je perds toute notion du temps alors que nous nous livrons bataille pour prendre le contrôle. Il me le donne, puis le reprend comme s'il ne pouvait pas lutter.

Juste à l'idée qu'il fasse cet effort pour moi, les battements de mon cœur s'accélèrent.

Noah m'embrasse le cou et sa langue suit ma clavicule pour goûter la saveur de ma peau sur mon épaule.

Je prends ses mains dans les miennes et commence à marcher à reculons. Il m'accompagne vers ma chambre.

Mes nerfs sont à vif et je tremble comme une feuille devant la porte.

— Tu es sûre ? me demande-t-il.

Comment lui répondre ? Est-ce que j'ai envie de lui ? Oui. Je n'ai même pas à y réfléchir, ce n'est plus une envie, c'est un besoin.

— Oui, j'en suis sûre, je confirme.

— On n'est pas obligés.

Noah m'offre une deuxième sortie de secours, ce qui me fait sourire en caressant les poils de sa barbe courte.

À mon tour d'être vulnérable. Ses encouragements m'ont portée jusqu'ici. Le fait qu'il reste prudent avec moi suffit à me rassurer. Noah tient à moi. Il ne cherche pas juste à coucher avec moi, il veut partager mon cœur et mon âme. Me raccommoder ne lui suffit pas, il veut me guérir, effacer toutes les cicatrices.

— Non, nous ne sommes pas obligés, mais j'en ai envie. Le sourire que tu aimes n'existe que grâce à toi. Mon rire qui résonne dans tes oreilles n'existait pas avant toi. Cela faisait si longtemps que je flottais à la dérive, effrayée de m'accrocher à quelque chose parce que rien n'était assez solide. Je ne sais pas si tu es mon point d'ancrage, mais une chose est sûre, c'est que j'ai envie de le découvrir.

Sa bouche s'écrase contre la mienne, son baiser si violent qu'il me plaque contre la porte. Je cherche la poignée et tombe en arrière dans la chambre. Cela ne nous arrête pas, nos lèvres sont en fusion et nous avançons à tâtons vers le lit. Mes jambes rencontrent le matelas, il me soulève dans ses bras et me place au milieu.

— Tu vas aimer ce que je vais te faire, me promet Noah debout devant moi.

Je n'en doute pas.

— Il pourrait avoir raison, je le préviens, je suis peut-être nulle au lit.

— Je n'y crois pas une seconde, rétorque-t-il en souriant. Enlève ta chemise.

Je crois bien qu'il a repris le contrôle. Son corps dégage une telle sexualité bestiale que je suis bien contente de me laisser faire. Je fais ce qu'il me demande, je prends mon temps, me délectant des mouvements nerveux de sa mâchoire alors qu'il attend impatiemment.

— Tu sais, tu pourrais toujours m'aider, je lui lance en baissant les yeux.

Il s'approche doucement de moi et s'installe sur le lit en me chevauchant. Mes mains bougent seules, et vont caresser la peau de sa poitrine. Ses muscles se tendent alors qu'elles remontent plus haut.

Noah m'empoigne les poignets et les soulève au-dessus de ma tête.

— Ne bouge plus les mains, m'instruit-il.

Ma respiration gonfle ma poitrine pendant qu'il saisit le bas de ma chemise et la soulève lentement. Ses doigts effleurent délicatement mes côtes.

— J'ai pensé à ton corps dans ce maillot de bain tous les jours depuis notre rencontre. J'ai imaginé que je touchais tes seins, que je les prenais dans ma bouche, dit-il d'une voix rauque.

Je gémis doucement, et ses mots font vibrer mon corps.

— Tu n'as plus besoin d'imaginer.

Je veux qu'il me touche.

Le tissu passe au-dessus de ma tête. Il glisse ses mains dans mon dos, ses lèvres contre mon oreille.

— Ce n'est pas la seule chose à laquelle j'ai pensé.

Il dégrafe mon soutien-gorge, mais ne le retire pas.

— Baisse les bras pour me montrer à quel point tu es parfaite.

Mes bras retombent sur les côtés et je fais glisser chacune des bretelles sur mes épaules tout en retenant les bonnets contre moi par pudeur. Ses yeux s'assombrissent lorsque je lâche tout. Noah respire plus vite et nos bouches se retrouvent. Il se penche en avant et son corps recouvre le mien, sa poitrine nue contre la mienne.

Chaque baiser intensifie l'intimité entre nous. Les mots, les promesses, les regards, tout cela m'excite, mais à chaque fois qu'il m'embrasse, il m'en reste davantage à découvrir. C'est ce qui me lie à lui, et même si c'est inconscient, c'est pour cela que je suis ici.

— Touche-moi, Noah, je le supplie.

Pas besoin d'insister, la seconde d'après ses mains sont sur mes seins et ses pouces caressent mes mamelons. Mes seins ont toujours été sensibles, mais là, c'est du jamais-vu. Je pourrais avoir un orgasme rien qu'avec ces caresses.

Il baisse la tête et sa langue effleure le bout de mon sein.

— Oh putain, je souffle.

Noah continue puis passe de l'autre côté. Mes yeux se ferment quand il souffle sur ma peau mouillée. Si j'avais su que ce serait aussi bon, je me serais jetée sur lui avant.

Je me contorsionne sous lui et ses mains parcourent mon corps alors que sa bouche continue d'enflammer mes seins.

Ses doigts descendent doucement vers mon short avant d'en parcourir la bordure.

— Tu veux encore que je te touche ? me demande-t-il avec un dernier coup de langue sur le mamelon.

— Ne t'arrête pas, je le supplie.

— Ce n'est pas ce que je t'ai demandé, souffle-t-il contre ma peau.

Que m'a-t-il demandé ? Je n'arrive plus à me concentrer sur autre chose que sur le plaisir qu'il me donne.

— Je ne sais plus...

Il relève la tête et j'ouvre les yeux pour comprendre pourquoi il s'est arrêté.

— Je veux que tu me dises où tu veux que je te touche, mon ange.

Même dans le feu de l'action, Noah veut savoir ce que je veux.

Ce n'est pas évident pour tout le monde, mais pour moi c'est crucial. Il n'est pas en train de prendre son plaisir avant de passer à autre chose. La puissance de ce moment pulvérise toutes les murailles que j'avais érigées autour de moi.

Mes doigts glissent dans ses cheveux et j'espère qu'il lit dans mes yeux la reconnaissance que je ressens dans mon cœur.

— Partout, je veux tout, Noah.

Ses doigts qui étaient restés sur mon ventre se faufilent sous mon short.

— Ici ? m'interroge-t-il.

— Oui.

Il descend plus bas, ses yeux plongés dans les miens.

— Tu veux qu'on arrête ?

Je secoue la tête, puis je me souviens qu'il veut entendre les mots.

— Non.

Ses doigts continuent de glisser le long de mon bas-ventre, jusqu'à mon clitoris. Mes yeux se ferment automatiquement. Ma tête retombe en arrière alors qu'il me fait grimper encore plus haut que je ne pourrais le faire seule. Et lorsqu'il introduit un doigt en moi, un râle de plaisir s'échappe de ma gorge.

— Tu aimes ça, mon ange ?

Ça doit être plutôt évident. Les bruits que je fais sont à mi-chemin entre le miaulement d'un chat et le bêlement d'une brebis. Je m'en moque, c'est trop bon.

— Ne t'arrête pas, je lui ordonne.

Noah fait exactement le contraire. Sa main s'arrête de bouger, et j'ai envie de pleurer.

— Je t'ai dit de continuer. Continue, *s'il te plaît* continue.

Je me relève sur mes coudes et je constate qu'il sourit.

— Oh, je ne m'arrête pas, je ne fais que commencer, me rassure Noah.

Noah passe ses pouces à l'intérieur de mon short et le retire lentement.

— Je veux que tu sois nue. Je veux te voir entièrement, caresser chaque centimètre, et savoir quel goût tu as.

Mon anxiété est à son paroxysme. Je vais être complètement nue. Bien sûr, cela devait arriver, étant donné ce que nous sommes en train de faire. Mais, il est superbe, et moi... je suis quelconque.

Il a l'air de percevoir mon changement d'humeur et me regarde.

— Tu es la plus belle chose que j'aie jamais vue, tu es faite pour moi.

— Noah, je commence avec hésitation alors qu'il écarte mes jambes et se penche en avant.

— Ne te retiens pas de crier mon nom pendant que je te baise avec ma langue.

Ses mots me laissent bouche bée. Puis la sensation de sa bouche sur moi me fait tout oublier. Il ne me grignote pas, non, il me dévore. Il suce, lentement, rapidement, il lèche, il fait glisser sa langue sur mon clitoris.

Il fait des mouvements de va-et-vient, et je m'approche de plus en plus du bord du précipice. Je m'agrippe à ma couette pour essayer de repousser le moment encore un peu, mais lorsqu'il me pénètre avec son doigt, je bascule dans le vide.

— Oh, putain de merde ! Mon Dieu, Noah ! je hurle en me cambrant dans le lit.

Je n'en peux plus.

Qui aurait pu prévoir que le manque de sexe dans ma vie serait la cause de l'orgasme le plus intense que j'aie jamais eu ?

Doux Jésus.

Je ne pourrai jamais m'en remettre. Si Noah part maintenant et que nous ne recommençons plus jamais, je vais devoir trouver un moyen de l'effacer de ma mémoire. Rien ne pourra remplacer les choses qu'il dit, la façon dont il me touche ou les sensations qu'il me procure.

Je ne suis même plus sûre d'avoir des os. Ils se sont peut-être désintégrés. Il remonte le long de mon corps, en m'embrassant au fur et à mesure.

Mes doigts se faufilent dans ses cheveux et glissent dans son dos quand il arrive à mon niveau.

— Tu me fais un effet de fou, Kristin, murmure-t-il au creux de mon oreille. Tu es parfaite, et je te veux tout entière.

Il n'est pas le seul à désirer l'autre. Je pose ma main sur ses fesses et je l'attire vers moi.

— Moi aussi je te veux.

Il me fait rouler sur lui et prend mon visage dans ses mains.

— Aujourd'hui, je veux qu'on ne pense qu'à ça.

Je le regarde dans les yeux et j'essaie de comprendre ce qu'il veut dire.

— Aujourd'hui, nous pouvons penser à ce que nous voulons devenir l'un pour l'autre.

Je vois sur son visage qu'une bataille se livre dans sa tête.

— Aujourd'hui, tu as perdu quelque chose.

Je me demande s'il mentionne mon divorce pour guetter ma réaction ou pour une autre raison, mais je n'y ai même pas pensé une seule fois. Mon esprit tout entier est accaparé par Noah et ce qu'il me donne. Je ne veux surtout pas qu'il finisse par avoir des doutes sur ce qui est en train de se passer ici ce soir.

— Non, dis-je en secouant la tête. J'ai gagné quelque chose. Tu es la seule chose à laquelle je pense. Aujourd'hui, tu es le seul qui ait de l'importance pour moi. Je te veux. J'ai envie de toi.

Il relève la tête et il m'embrasse. Chaque fois que ma langue touche la sienne, mes craintes se dissipent un peu plus, et bientôt, il ne reste que le désir.

Nous interrompons notre baiser et je m'incline en arrière.

— Je crois bien que tu devrais retirer ton pantalon.

— Absolument, acquiesce-t-il en remontant ses mains derrière sa tête. Si c'est ce que tu veux, tu vas devoir me déshabiller toi-même.

OK, pas de problème.

Je glisse sur le côté du lit, et j'en profite pour me délecter du corps de Noah, allongé là. Il a pris son temps, et j'ai l'intention d'en faire de même. À mon tour de rendre cette soirée inoubliable. Je fais sauter le bouton de son jean et je souris quand le bruit de sa braguette remplit mes oreilles.

Il soulève ses hanches pour que je puisse lui retirer ses vêtements avant de les jeter par terre. Noah est encore plus beau que dans mon imagination. Je me souviens d'avoir constaté qu'il était bien membré quand nous étions dans la piscine, mais je n'avais encore rien vu.

— En parlant de perfection, je lance en souriant.

— Je suis tout à toi, répond-il en restant immobile sous mes yeux.

Aussi longtemps que tu voudras de moi.

Ma main remonte le long de sa jambe et je saisis son sexe.

À son tour de faire du bruit.

— Putain, Kristin.

Ses doigts empoignent mes cheveux quand je le prends dans ma bouche.

Noah grogne, gémit et jure pendant que ma tête danse en rythme. Ses mains sont soit dans mes cheveux, soit plaquées sur le lit pendant que je m'applique à lui tailler la meilleure pipe possible. Je le prends aussi profondément que je le peux et ses doigts s'emmêlent dans mes cheveux. Il perd le contrôle et je me délecte de chaque seconde.

— Tu... Stop... Kristin... Putain...

Je suis ravie de ne plus être la seule à ne pas pouvoir aligner trois mots.

Je relève la tête et plonge mon regard dans ses yeux émeraude.

— Tu veux...

M'interdisant de finir, Noah se rassied rapidement et me jette de l'autre côté du lit. Je glousse en tombant sur l'oreiller et nous nous retrouvons nez à nez. Sa respiration est laborieuse et nos bouches se retrouvent.

Mes doigts labourent ses épaules et son membre se frotte contre ma chatte. J'ai besoin de le sentir en moi, tout de suite.

— Noah, maintenant, s'il te plaît, je le supplie.

— S'il te plaît, quoi ? me relance-t-il d'une voix rauque.

— Prends-moi, prends tout.

Il saisit un préservatif dans la poche de son pantalon, l'enfile et plonge ses yeux dans les miens. Noah guette ma réaction pendant qu'il me pénètre lentement. L'extase que je lis sur son visage restera gravée dans ma mémoire.

Nous faisons l'amour, enchaînant les positions, explorant et découvrant l'autre. Je n'ai jamais rien connu de tel. Je n'ai jamais eu quelqu'un d'aussi soucieux de mon bien-être. Entre tout le plaisir que nous partageons et les émotions, je suis vidée.

Si le vin et le chocolat se mariaient et avaient un bébé, ce dernier s'appellerait Noah. L'un comme l'autre sont délicieux et font du bien à mon corps.

Noah s'endort en me serrant dans ses bras. J'inspire profondément le parfum de musc et de sexe qui se dégage de sa peau. Il me couve de sa chaleur, et je pourrais rester là pour toujours. Je tourne la tête pour écouter les battements de son cœur, et je m'endors, le sourire aux lèvres.

CHAPITRE VINGT-ET-UN

KRISTIN

— Il faut que tu partes, je murmure en gloussant contre les lèvres de Noah.

Il est presque quinze heures, et je dois aller chercher les enfants chez mes parents avant dix-sept heures.

— Quand est-ce qu'on se revoit ? me demande-t-il avant de m'embrasser à nouveau.

Il faut qu'on se contrôle avant que j'oublie mes obligations et que l'on recommence à faire l'amour, une fois de plus. C'est vraiment comme faire du vélo : on se remet en selle, et hop, c'est reparti. Lorsque je me suis réveillée, il était dans la cuisine, en train de préparer le petit-déjeuner. Je l'ai remercié sur le carrelage, ce qui est logique, car c'est là où tout a commencé hier soir.

Puis, il a découvert que je n'avais jamais vu un épisode de *A Thin Blue Line*, alors il m'a forcée à en regarder deux, en murmurant ses répliques au creux de mon oreille. Nous avons fini dans une douche très longue avec énormément de... savon. Mais maintenant, je dois penser à mes enfants.

Je repousse sa poitrine, ce qui le fait rire.

Je pose ma main contre sa bouche avant qu'il puisse tenter quoi que ce soit.

— Demain ?

Ses lèvres dessinent un sourire espiègle et il prend ma main dans la sienne.

— Je pensais plutôt à ce soir ?

— Noah ! je l'admoneste en secouant la tête. J'ai mes enfants. Il est trop tôt pour qu'ils me voient avec un autre homme.

Il me serre la main.

— Je pourrais me faufiler ?

— Ils pourraient se réveiller, je riposte.

— Alors tu devras te retenir de faire du bruit.

Sa voix est rauque et sexuelle.

Je voudrais pouvoir continuer à lui faire la morale, maintenant qu'il l'a proposé, je voudrais pouvoir lui dire oui. Au diable sa sensualité !

J'inspire profondément, je prends un peu de recul et j'essaie de trouver une autre façon d'avoir la bouche trop pleine pour parler.

— Je dois rendre mon article dans trois semaines, donc nous allons devoir travailler pour de bon demain. J'ai besoin de rassembler du contenu, et d'une semaine pour en faire quelque chose.

Noah soupire longuement et acquiesce.

— Je vais *essayer* de garder mes mains dans mes poches.

— Tu ne seras pas le seul à faire des efforts, je murmure.

Il éclate de rire.

— Ah, si tu n'étais pas le meilleur coup de ma vie, ça ne serait pas si compliqué.

— Tais-toi !

Je le tape sur le bras.

— Quoi ? demande-t-il en levant les mains. Je suis sérieux.

— N'importe quoi.

Je bois un verre de trop, une fois, devant lui, et je lui fournis assez de détails embarrassants pour toutes les situations.

Noah s'approche de moi, me prend dans ses bras et me dépose un baiser sur le front.

— Je ne plaisante pas, mon ange. Je n'ai jamais connu mieux que la nuit dernière, il n'y a pas photo.

J'examine son visage pour y trouver une trace de mensonge, mais il est sérieux.

Ses mains descendent sur mes fesses et il me serre encore plus étroitement.

— Voilà ce qu'il se passe juste quand je pense à toi et à ce que tu m'as fait.

Je souris quand je sens à quel point il bande.

— Je dois t'informer que tu occupes la première place pour moi, je lui réponds en le regardant dans les yeux.

J'aime qu'il soit si grand. C'est si sexy quand il se dresse au-dessus de moi et me couve de son ombre.

Je me hisse sur la pointe des pieds et j'effleure ses lèvres des miennes.

Noah gémit avant de s'éloigner.

— Il faut qu'on arrête, sinon je vais te balancer sur mon épaule et te porter jusqu'à la chambre.

Est-ce que ce serait vraiment un problème ?

J'ouvre la bouche pour lui répondre, mais il prononce les seuls mots qui pouvaient me retenir.

— Finn et Aubrey ont sûrement besoin de toi.

Il a raison. Ils étaient au courant que leur père et moi devions faire quelque chose hier, mais ils ne savaient pas ce que c'était. Du moins, Aubrey l'ignorait. Finn en avait bien conscience, et je crois qu'il est soulagé maintenant qu'il peut annoncer que nous sommes divorcés plutôt que séparés. Un point à la fin d'un chapitre, qui nous permet d'en recommencer un autre.

— On pourrait se voir lundi ? je lui suggère.

— Mais c'est dans deux jours.

— Demain, je lui propose à nouveau.

— Demain, accepte-t-il avant de m'embrasser rapidement et de se diriger vers la porte.

Je me tiens là, la main et la tête posées sur le montant en bois, ne sachant que penser. Noah Frazier sort de chez moi après la nuit la plus fabuleuse de mon existence et insiste pour me revoir.

Il ouvre la portière de sa voiture et sourit quand il constate que je ne l'ai pas quitté des yeux.

— À demain, mon ange.

— Pour l'article...

— Et pour s'amuser un peu, me lance-t-il avec un sourire narquois avant de s'engouffrer dans son véhicule.

Je vais avoir de gros problèmes.

⁂

— Kristin ! me salue tante Nina alors que j'entre dans la pièce.

Je lâche un cri de joie et me précipite vers elle avant de la prendre dans mes bras.

— Je ne savais pas que tu étais là !

— J'avais prévenu ta mère.

Elle me berce et me serre fort contre elle.

Ma tante est la meilleure personne dans le monde entier. Plus jeune, je pouvais lui parler de toutes ces choses que ma mère n'aurait pas su comprendre. Quand j'ai perdu ma virginité, c'est elle que j'ai appelée. À mes dix-huit ans, c'est elle qui m'a accompagnée quand je suis allée faire mon tatouage. Elle sait tout sur moi. Je ne vois toujours pas comment elle peut être la sœur de ma mère.

— Elle ne m'a rien dit, quand es-tu arrivée ?

— Seulement aujourd'hui. Jackson, Catherine et les filles sont aussi dans le jardin.

— C'est vrai ? Je n'arrive pas à croire que je n'étais pas au courant ! Est-ce qu'oncle Brendan et Reagan sont là aussi ?

Mes cousins ont presque le même âge que moi. Ils ont beaucoup déménagé, mais quand j'avais douze ans, ils étaient assignés à la base MacDill Air Force, et cela nous a beaucoup rapprochés. Et puis ils sont repartis, et nous ne nous sommes revus qu'à certaines occasions, à notre grande déception.

Cela faisait trop longtemps que nous n'avions pas passé de temps ensemble.

— Je suis là ! s'écrie Reagan en sortant de la cuisine avec Aubrey dans ses bras. Regarde ce que j'ai trouvé !

Aubrey se tortille et me tend les bras.

— Maman !

— Salut, ma puce.

Je la serre contre moi, puis je prends Reagan dans mes bras.

— Mamie m'a demandé d'attendre que tu sois là pour me baigner dans la piscine, m'informe-t-elle indignée. Je peux y aller *maintenant* ?

Impossible d'avoir une conversation sérieuse avec elle comme je l'avais prévu, mais je suis contente de pouvoir remettre ça à plus tard.

— Bien sûr, va te changer, j'arrive tout de suite.

Aubrey s'enfuit en criant et Reagan prend ma main dans la sienne.

— Tu es superbe, me dit-elle. Sérieusement, Kris.

— Et toi aussi ! je m'exclame en lui touchant les cheveux, fraîchement coupés au-dessus de l'épaule. Tu en as perdu au moins trente centimètres !

— Il était temps, me répond-elle en haussant les épaules.

— Cette coiffure te va bien.

— Ce n'est pas la coiffure, c'est le divorce.

— Apparemment, c'est un look qui nous va à toutes les deux.

C'est un fait, nous avons toutes les deux mis fin à nos mariages avec des trous du cul.

— Tu pourrais venir dire bonjour !

La voix grave de Jackson résonne dans la pièce.

— Jackson ! je hurle avant de me jeter dans ses bras.

Il me soulève et me fait tournoyer dans les airs.

— Ça faisait bien trop longtemps !

— Personne ne t'a forcé à partir en Californie pour toujours !

Ils ont tous déménagé en Californie quelques années auparavant. Jackson possède une boîte de sécurité dont j'ignore le fonctionnement et il a ouvert une succursale là-bas.

— J'aurais fini là-bas si j'étais resté en service de toute façon.

Nous essayons tous d'oublier son passage chez les SEAL de la marine. Je suis sûre que c'est ce qui a causé mes craintes irrationnelles quand Heather est devenue flic. Pourquoi est-ce qu'ils pensent tous qu'il faut se faire tirer dessus pour avoir une bonne carrière ?

— Où est Cat ?

— Elle surveille les enfants dans la piscine.

Je le regarde comme s'il était devenu fou.

— Et tu restes ici ?

Il éclate de rire et m'attire vers lui.

— C'est toi qui vas me protéger.

Oui, bien sûr. Il va devoir se débrouiller seul.

Nous sortons et je vois que Finn a pris leur aînée, Erin, sous son aile et la fait glisser dans la piscine.

— Salut, mon grand ! je lui lance avec un sourire et un signe de la main.

— Maman, regarde ! Erin m'aime bien !

Son visage est lumineux.

— C'est vrai.

Je n'avais pas vu ce sourire depuis des lustres. Erin et Aubrey ont seulement un an d'écart, pourtant, il serait formellement impossible qu'il joue avec sa sœur de la même façon.

Selon toute probabilité, il la noierait.

— Salut maman. Les enfants se sont bien amusés ?

Je lui dépose un baiser sur la joue.

— Comme toujours, tu sais bien que ton père les gâte trop, répond-elle en tapotant le bras de l'intéressé.

— Salut papa.

— Salut, Kristinette, me répond-il en me prenant dans ses bras, comment va ma fille préférée ?

Je l'adore, j'ai beau être une adulte, il me regarde toujours comme si j'étais la huitième merveille du monde. Mon père anéantirait des dragons pour ma mère et moi. Il nous aime de tout son cœur.

Parfois, je me demande comment j'ai pu penser que la façon dont Scott me traitait était normale. J'ai l'incarnation parfaite de l'amour devant moi, et pourtant, j'étais prête à accepter un fragment de ce que mon père et ma mère partagent.

Mon père me scrute attentivement.

— Tu as l'air terriblement heureuse.

— Ah bon ?

— Tu t'es amusée hier soir ?

Je n'aime pas mentir. Je me sens mal quand je le fais. Et mentir à mon père, c'est pire que tout. J'étais l'ado la plus facile au monde, car j'étais incapable de leur cacher des choses. Les rares fois où j'ai fait le mur, je me suis tout de suite précipitée à l'intérieur pour leur dire ce que j'avais fait. Nicole me détestait au lycée à cause de cette faiblesse. Je nous dénonçais tout le temps.

Mais je suis encore plus incapable de parler de sexe avec mon père.

— Oui, je lui réponds en espérant qu'il lâche l'affaire.

— C'est bien, les filles sont venues chez toi ?

Des réponses courtes. Je vais lui faire des réponses brèves et précises.

— Oui, oui.

Je dois me mordre la langue pour éviter de lui donner plus de détails que nécessaire.

— Je suis content que tu aies eu de la compagnie, poursuit-il en posant sa main sur ma jambe.

Puis il se retourne.

— Brendan ! se met-il à hurler.

Je lâche un long soupir de soulagement, que Reagan remarque tout de suite.

Merde.

Dieu merci, Reagan n'en parle pas de la soirée, et nous passons un agréable moment tous ensemble. Maman et tante Nina éclatent de rire en se rappelant de vieux souvenirs, Catherine et Jackson mettent leurs filles au lit, et Reagan et moi dégustons un verre de vin autour du brasero.

Elle me parle de son travail et je lui parle du mien.

— Attends, alors tu es payée pour suivre des mecs sexy ? me demande-t-elle en riant.

— En théorie.

— Et voilà, je suis une avocate divorcée, je n'ai aucune chance de devenir associée, et toi, ton travail consiste à écrire des ragots sur les célébrités et à passer du temps avec les Four Blocks Down ? Bordel, je me suis fait avoir.

— Tu es folle !

— Pas du tout, sourit Reagan. Ne crois pas que je ne t'ai pas vue rougir quand ton père t'a demandé ce que tu avais fait hier soir. Allez, raconte !

— Jamais de la vie.

Elle tape ses ongles contre son verre.

— Tu as fait l'amour, pas vrai ? me demande-t-elle en chuchotant trop fort.

— Oh mon Dieu, je gémis.

— Tu l'as fait ! Avec qui ?

Je ne pourrais jamais lui dire. Pas moyen. Je ne suis même pas entièrement sûre de ne pas avoir rêvé cette nuit. Mais, les douleurs que je ressens dans mes jambes, et ailleurs, me prouvent que ça s'est réellement passé. Je ne me suis jamais sentie aussi libre. Toutefois, je veux le garder pour moi. Pour l'instant.

— Je ne peux rien te dire.

— Tu sais que c'est mon travail de lire dans les pensées des gens ? me rappelle-t-elle.

— De lire dans les pensées de qui ? intervient Jackson en s'asseyant avec nous.

Ma famille ignore le sens du mot intimité.

— Rien, on ne parle de rien.

Reagan sourit et prend une gorgée de vin.

— On ne parle pas de quoi ? nous interroge Catherine en se posant sur ses genoux.

Génial. Un vétéran des SEAL, une avocate et une publiciste tous unis pour me tirer les vers du nez. J'ai l'impression d'être dans une mauvaise blague. Attention à la chute.

CHAPITRE VINGT-DEUX

NOAH

Je passe chez Eli pour regarder le match de basket, puis je rentre chez moi. Je tourne à droite là où j'aurais dû aller tout droit.

Puis encore à droite.

Et je finis par me retrouver à quelques rues de la maison de Kristin.

Il est minuit et demi. C'est le dernier endroit où je devrais me trouver. Mais c'est le seul endroit où j'ai envie d'être.

C'est pathétique. On dirait un petit chiot éperdu d'amour.

Je me gare devant et je me laisse aller contre le dossier. Il y a un truc qui cloche chez moi. Je ne l'ai laissée que depuis quelques heures, et pourtant je ne peux penser qu'à elle et à ce qu'il s'est passé entre nous.

Hier soir... elle m'a surpris.

Je me suis rendu chez elle avec les meilleures intentions. Je n'imaginais pas que cela se finirait en festival du sexe pendant presque vingt-quatre heures. Et surtout, je n'avais pas prévu qu'elle occupe chacune de mes pensées comme ça. Au lieu d'améliorer la situation, je n'ai fait que l'empirer.

Je ne sais pas comment elle se sent maintenant qu'elle a eu du temps pour y réfléchir. J'adresse une petite prière au ciel pour qu'elle ne pense pas que j'ai tout foiré et qu'elle me déteste. Et je me souviens que nous n'avons toujours pas échangé nos numéros de téléphone.

Je trouve un bout de papier, j'y inscris mon numéro, et je me dirige vers son entrée. Je vais le glisser dans sa boîte aux lettres en espérant qu'elle le trouve.

Lorsque je soulève le clapet, je vois une lumière changer dans son salon et un rideau bouger à la fenêtre.

Bravo, maintenant, je suis un pervers qui l'espionne. Je vais me faire arrêter par la police. Ma publiciste va être enchantée.

La porte s'ouvre et je vois Kristin sortir de la maison armée de ce qui s'avère être un parapluie.

— Noah ? Mais qu'est-ce que tu fais là ?

Je suis venu récupérer mes couilles.

— J'ai oublié de te donner quelque chose, j'allais le déposer dans ta boîte.

— Il est presque une heure du matin, m'indique-t-elle en sortant sur le porche.

Il fait nuit, mais je peux quand même voir à quel point elle est belle. Ses cheveux bruns sont relevés, elle n'est pas maquillée et elle a posé la plus adorable paire de lunettes qui soit sur le bout de son nez. Elle n'a jamais été plus sexy.

— Je voulais te voir.

Kristin se détourne, mais je surprends tout de même un sourire.

— Je n'arrivais pas à dormir, m'explique-t-elle. J'avais envie de te parler, mais il était tard...

— Et tu n'avais pas mon numéro, je finis pour elle.

— Ça aussi.

Je m'avance d'un pas, incapable de rester éloigné d'elle. Ma main caresse sa joue.

— Je suis là maintenant, tu voulais parler de quoi ?

Sa petite main prend la mienne et elle s'avance dans les marches. Nous nous asseyons tous les deux et elle pose sa tête contre mon épaule. J'essaie de comprendre ce qui est en train de se passer entre nous.

— Toi. Nous.

— Alors nous pensions tous les deux à la même chose, je la rassure.

— C'est vrai ?

J'éclate de rire.

— Bien sûr, mon ange. Je n'avais rien prévu de tout ça quand je suis venu à Tampa. Je pensais juste passer un peu de temps avec mon pote. Et puis je t'ai rencontrée.

Kristin resserre un peu ma main.

— J'ai l'impression que tout ça est un rêve. Que je vais me réveiller demain, et que tout sera effacé.

— Regarde-moi, je rétorque d'une voix ferme. C'est réel.

— Cela faisait bien longtemps que je n'avais pas eu cette impression que les choses allaient bien.

Elle me rend humble. Avec cette simple phrase, elle me met à genoux. Je ne mérite pas Kristin. Je ne mérite pas une deuxième chance, mais je vais la prendre quand même.

— Alors nous allons essayer de comprendre ensemble.

Kristin balance sa tête en arrière et soupire.

— Comprendre ce qu'il se passe entre nous ?

— Tu as envie qu'il se passe quoi entre nous ?

J'ai besoin qu'elle me le dise en premier, parce que j'ai peur de l'effrayer. Je ne peux pas décrire l'intensité de mes sentiments pour elle. Et même si je le pouvais, je crois qu'elle n'est pas encore prête à l'entendre.

Je pense trop, c'est ma nature. J'aime planifier les choses, et j'aime quand le plan se déroule comme prévu. C'est comme ça que je suis arrivé là où je suis. Je vois une tâche à accomplir, je m'y attelle.

Kristin, c'est le grain de sable dans l'engrenage. C'est le tir en lucarne qui prend tout le monde par surprise. Le ticket de loterie gagnant. Cette fille, j'en ai rêvé, et je me suis juré de ne pas laisser passer ma chance si je la rencontrais un jour.

— Entre ce que je veux et la réalité, il y a un monde. Tu es célèbre, et moi je suis une... une sorte de journaliste. Mon travail consiste à écrire des choses sur toi. Puis nous avons commencé à coucher ensemble, plein de fois. J'ai dû changer mes draps, ils sentaient la maison close.

Je ris doucement et pousse sa jambe.

— Tu es une habituée des maisons closes ?

— Tais-toi, réplique-t-elle en rigolant. Je suis maladroite, tu es parfait. Je suis divorcée avec deux enfants, tu es un célibataire en vue. Tu es riche, et moi, pas du tout. Je vis ici, et toi tu vis ailleurs.

Il faudrait que je sois vraiment stupide pour croire que tout ceci est autre chose que du sexe, aussi sensationnel soit-il.

Elle a tort sur ce point. Si je voulais du sexe sensationnel, je pourrais en trouver n'importe où. Je ne suis pas bête, je ne lui dis pas, mais c'est la vérité. Il y a des avantages quand on est riche et célèbre, et les femmes faciles en font partie. Mais c'est différent avec Kristin.

— Mon ange, entre nous deux, il y a plus que du sexe.

Je me place de façon à ce qu'elle puisse voir mon visage.

— Tu es plus qu'un coup d'un soir pour moi, je poursuis. Je ne veux pas d'un coup d'un soir. Je me fous que tu sois divorcée, et qu'un connard t'ait maltraitée. Tu as un passé, moi aussi, j'en ai un. Si j'avais imaginé une seule seconde que tu étais intéressée par mon argent, nous n'aurions même pas passé une seule soirée ensemble. Tu dis que tu es maladroite, moi je trouve que c'est ce qui te rend parfaite.

— Et voilà, encore les mots justes, réplique-t-elle en me tapant la cuisse. Tu pourrais essayer d'arrêter d'être si parfait ? Un petit défaut... c'est tout ce que je te demande. Un truc qui m'empêche-rait de craquer pour toi. Un tout petit truc. J'espérais que tu avais une petite queue, mais ça n'a pas marché.

— Désolé de te décevoir, je réponds avant d'éclater de rire.

— Ce n'est pas ce que je voulais dire... bon, j'abandonne. Je dirais que c'est parce que je n'ai pas assez dormi. Tu as un *très* joli pénis.

Je l'attire vers moi et dépose un baiser sur le sommet de son crâne.

— Merci du compliment.

Kristin se blottit contre moi.

— Je n'ai pas trouvé un point sur lequel je pourrais te critiquer. Pas encore.

— Je suis sûr que tu vas bientôt trouver.

C'est ce qui m'inquiète.

Elle soupire.

— Parle-moi de ta famille.

— Mon père nous a quittés quand j'étais gosse. Je n'ai pas honte de dire que je suis un fils à maman. C'est à peu près tout. Et toi ?

Kristin s'écarte légèrement de moi et ramène ses genoux sur sa poitrine.

— J'ai des parents géniaux, ils vivent à Tampa. Ils ont tous les deux grandi ici, et n'ont jamais bougé. Un peu comme moi. Mon père était commercial et ma mère ne travaillait pas. C'était la maman et l'épouse la plus parfaite qui soit. Nous ne sommes pas très nombreux, mais à en juger par le bruit que nous faisons, tu n'en saurais rien.

J'ai toujours voulu avoir plus de famille à proximité. Ma mère est originaire du Kentucky, elle a suivi mon père en Illinois après leur mariage. Elle a laissé toute sa famille derrière elle. Un jour, je lui ai demandé pourquoi nous n'allions pas là-bas. Elle m'a répondu qu'elle devait rester ici, juste au cas où.

C'est la chose que j'aimerais lui donner. Toutes ces années gaspillées, à attendre quelqu'un qui ne reviendra jamais.

Kristin rigole doucement.

— C'est marrant, je n'avais jamais fait le rapprochement. Je crois que j'étais jalouse de ma mère, et je voulais être comme elle. Je me suis mariée jeune, j'ai eu des enfants, j'ai arrêté de travailler. J'ai essayé d'être une super maman, mais j'ai tout raté.

— Tu n'as rien raté, je la corrige. Qu'est-ce que tu penses avoir raté ?

Elle souffle longuement.

— Je ne sais pas. Je n'ai pas réussi à leur apporter de la stabilité ?

— Tu serais restée avec lui pour eux ? Tu penses que la situation aurait été meilleure que de te retrouver célibataire ?

C'est une question risquée. Je ne sais pas si je veux vraiment connaître la réponse, mais en y réfléchissant bien, si, j'ai envie de savoir.

Kristin plante ses yeux dans les miens, et secoue la tête.

— Non, je n'en pouvais plus. J'aurais préféré ne pas leur faire changer de maison et d'école. Je me fiche de ce que tout le monde pense. Un jour, ils me demanderont des comptes. C'est moi qui suis partie.

Je suis soulagé, je n'ai pas du tout envie d'être celui qui deviendra son ex.

— Tu m'as aussi raconté qu'un jour où Aubrey était triste, tu as fait une boum dans le salon. Que quand Finn a eu des difficultés en maths, tu as regardé des vidéos YouTube pendant quatre heures pour pouvoir lui expliquer. Et ce sont juste deux-trois détails que tu as partagés avec moi hier soir. Le quitter a été la meilleure décision que tu aies pu prendre. Ils comprendront qui il est vraiment un jour. Crois-moi.

Je le sais parce que moi aussi j'ai cessé d'idolâtrer mon père. J'ai compris la réalité de son existence assez rapidement. Il nous a quittés. Il est parti en inventant des raisons pour se justifier. Ma mère n'a jamais soufflé un seul mot à ce sujet. J'ai tout compris tout seul.

— Peut-être. Dieu seul sait ce qu'il va leur raconter en attendant.

Elle m'a un peu parlé de son mariage hier soir entre deux étreintes. Et ce que j'ai entendu me donne envie de le tabasser à coups de latte. Quel genre de connard peut traiter une femme de cette façon ? En lui disant qu'elle est grosse, qu'elle fait mal la cuisine, qu'elle est une mauvaise mère et qu'elle se laisse aller. Putain, quand je pense à ce qu'il a perdu.

Un homme ne se comporte pas ainsi.

Un homme se bat pour sa famille.

Un homme traite sa femme avec respect.

Ce sont les lâches qui rabaissent les autres pour se sentir grandis. Je ne suis pas un putain de lâche.

Je me tourne vers elle parce que je veux qu'elle comprenne bien ce que je vais lui dire.

— Tout ce qu'il t'a dit à ton sujet est faux. Tu es une mère qui borde ses enfants le soir avec des mots d'encouragement, qui organise un concert dans son salon pour leur remonter le moral.

Mon pouce glisse sur la paume de sa main.

— Mon ange, tu as tellement de qualités qu'il n'a jamais vues, je reprends.

Sa bouche s'entrouvre et elle pose son front sur le mien.

— Tu représentes bien plus pour moi qu'un coup d'un soir, Noah. Tu es tout, et ça me terrifie. J'en ai assez d'avoir peur.

Elle peut être nerveuse, parce que je ne le suis pas. Ça fait plus de quinze ans que je la cherche partout. Maintenant que je l'ai trouvée, je suis prêt à tout.

— J'ai assez de courage pour nous deux.

Elle relève la tête et ses yeux sont remplis de larmes.

— Mon Dieu, je n'ai jamais eu la moindre chance de te résister, pas vrai ?

Je fais glisser mes mains le long de son dos et je l'attire vers moi pour effleurer ses lèvres avec les miennes.

— Je t'avais prévenue que j'allais conquérir ton cœur.

CHAPITRE VINGT-TROIS

KRISTIN

— Noah, arrête ! je gémis en riant alors qu'il tente de glisser une main sous ma chemise.

— J'adore te toucher, se justifie-t-il.

Et j'aime aussi beaucoup le toucher, mais je dois travailler avant que les enfants ne rentrent à la maison.

— Il nous reste trois heures.

Il se met debout et soulève son T-shirt.

— Mettons-nous au boulot.

— Rassieds-toi, je réponds sans pouvoir m'empêcher de rire. Je voulais dire trois heures de travail avant que tu doives repartir.

— Ça nous laisse largement le temps de faire l'amour et de papoter, mon ange.

Je suis assez d'accord avec lui, mais ma date de rendu approche à grands pas. Pour l'instant, nous avons à peine abordé sa carrière d'acteur. Rien de personnel, rien que je puisse utiliser pour écrire un article fabuleux. Si ça ne marche pas entre Noah et moi, j'aurais encore besoin de mon travail. Donc, j'ai besoin d'un fantastique angle d'approche pour composer un texte qui décoiffe.

— Pas aujourd'hui. Aujourd'hui, je veux en savoir plus sur toi.

Noah se laisse aller sur sa chaise comme un enfant déçu, et j'éclate de rire.

— C'est nul.

— Mais c'était ton idée !

Il fait glisser sa main sur mon épaule et m'arrache un frisson.

— C'était une stratégie pour me rapprocher de toi, me confie-t-il, ses lèvres effleurant mon oreille. Ça a marché.

Si on continue comme ça, je ne vais pas pouvoir écrire une seule ligne. Impossible de résister quand on se touche.

— OK, nouvelles règles.

— Tu recommences avec tes règles ? se moque-t-il.

— Et ouais, on ne se touche pas pendant les interviews. Si je rate ma date de rendu, je vais me faire virer.

Ce n'est pas que je tiens à mon travail, mais j'ai besoin d'argent.

— Si tu veux que j'arrête de te toucher, nous devons sortir d'ici.

Je ne vois pas le rapport entre la maison et réussir à se contrôler.

— Nous étions d'accord...

— Non, tu as parlé des règles, et je les ai refusées, Noah rétorque en se relevant. Viens, on sort.

Sortir ? Non. Nous ne pouvons pas sortir en public. Jamais de la vie. Les gens vont nous prendre en photo et j'ai bien vu comment certaines personnes se transforment lorsqu'une célébrité est dans les parages. C'est comme s'ils perdaient tout contrôle sur eux-mêmes. Ils hurlent, ils sautent... ils deviennent dingues.

Noah a déjà ses clés en main et je suis restée assise à ma place.

— Kris ?

— Je ne suis pas sûre que ce soit une bonne idée, j'explique en posant mes mains sur la table.

— Parce que ?

— Parce que tu es Noah Frazier, je réplique en soulevant les sourcils.

— Et toi, tu es Kristin McGee.

Oh, il pense qu'il est drôle.

— Tu sais bien où je veux en venir.

Noah remet les clés dans sa poche, et s'approche.

— À cet instant, nous sommes les seuls à le savoir. Tes amis, ta famille, ma famille, personne n'est au courant. Ce qu'ils voient, c'est un acteur et une journaliste. Je t'ai dit que nous allions manger, parce qu'en général, les gens mangent. Si quelqu'un se doute de quelque chose, j'étoufferai la rumeur. J'ai une équipe très efficace. Si tu veux rester ici, sache que tu vas finir nue, en dessous de moi.

Je lève les yeux au ciel.

— Tu es ridicule.

— Tu es magnifique.

— Encore une fois : ridicule.

Ses doigts glissent sur la peau de mon cou jusque sur ma gorge.

— À toi de voir, mon ange. Je veux bien rester ici pour te déshabiller, embrasser chaque parcelle de ton corps ou alors nous sortons pour faire face au monde extérieur.

Mon corps entier frissonne quand j'entends ses promesses, parce que, le ciel m'en est témoin, je suis une chatte en chaleur quand il est dans le coin.

— Va pour le monde extérieur.

— Tu ne peux pas me résister, lâche-t-il avec un sourire espiègle.

C'est un fait.

— Tu ne vaux pas mieux que moi. Allons-y, dieu du sexe.

Noah rit dans sa barbe.

— Je vais mériter ce surnom plus tard.

Nous passons la porte d'entrée sans perdre le moindre vêtement, mais la nervosité nous gagne. Je ne sais pas ce que nous partageons, mais il sait bien que je ne suis pas encore prête à mettre un nom dessus. Pour l'instant, nous nous éclatons au lit, nous apprécions la compagnie de l'autre, et pour la première fois depuis quatorze ans, j'ai l'impression d'être libre de choisir.

Bien sûr, je suis seule, mon job est ridicule et je suis une maman solo, mais quand je me suis allégée de la charge monumentale que représentait mon trouduc de mari, j'ai pris la meilleure décision de ma vie. Le quitter a été dur, mais si j'étais restée, il m'aurait détruite.

Et j'aurais raté les meilleurs moments de ma vie avec Noah.

— Ça va ? s'enquiert Noah en se garant dans le parking du restaurant où nous sommes allés pour notre premier rendez-vous.

Je me tourne vers lui, et je décide de lui ouvrir mon cœur.

— Je t'aime bien Noah, et j'aime également ce que nous partageons, je commence, la voix chargée d'inquiétude.

— Moi aussi, répond-il avec un sourire.

— J'ai peur de tomber amoureuse de toi et de le regretter ensuite.

Noah hausse les épaules et souffle par le nez.

— Je ne peux pas te faire de promesses, et toi non plus. Mais tu n'es pas la seule à t'inquiéter à ce sujet. Ce que je peux te dire, c'est que près de toi, je me sens à ma place. Je ne peux te donner aucune garantie, mais en même temps, je préfère prendre ce risque plutôt que de ne rien faire, et le regretter plus tard.

— Tu penses que tu regretterais de ne pas avoir essayé avec moi ? je lui demande le cœur battant.

Dès que je suis avec lui, je découvre une nouvelle facette de lui encore plus merveilleuse. Ça ne le dérange pas de se montrer vulnérable devant moi. C'est tellement rare et précieux chez un homme.

— Je voudrais embrasser tes lèvres, plutôt que de te convaincre avec des mots, mais je sais sans l'ombre d'un doute que je ne n'aurais jamais pu renoncer à toi. Tu es la seule femme dont j'ai parlé à ma mère depuis plus de vingt ans. Je sais que tu as peur, mon ange, mais si on ne prend pas de risque, on passe à côté de sa vie. Un jour, j'aimerais voir que la méfiance a disparu de tes yeux, mais je sais que cela va prendre du temps.

J'ai la bouche sèche et mes yeux se remplissent de larmes.

— Je veux te faire confiance, je te fais plus confiance que tu ne le penses.

Ses lèvres dessinent un léger sourire.

— Alors, fais-moi confiance, je ne te mettrai jamais dans un pétrin dont je ne saurais pas te tirer. Si je pensais que cet endroit était bondé de journalistes, nous serions restés à la maison. Mais regarde, poursuit-il en se penchant pour examiner les lieux à travers le pare-brise, c'est vide. C'est un petit pas en avant, tu veux bien le faire avec moi ?

Je comprends alors que les enjeux sont plus élevés que je ne le croyais. Si je refuse, nous ferons demi-tour, mais si j'accepte, je lui prouve que je veux avancer.

Est-ce que je veux aller plus loin avec Noah ? Oui, mais j'ai peur.

Si je laisse la peur prendre toute la place dans ma tête, je n'aurai jamais la vie que j'ai voulue. La seule notion qui me fait rêver en ce moment, c'est l'espoir. L'espoir d'avoir plus. L'espoir de pouvoir partager un nouvel amour. L'espoir que Noah saura prendre soin de mon cœur.

Alors je lâche le seul mot qui me vienne à l'esprit.

—Oui.

Une expression d'appréciation se peint sur son visage et mon estomac se serre. J'espère qu'un jour, je serai moins heureuse à l'idée de le rendre heureux, sinon ça va mal se terminer.

Nous entrons dans le restaurant, et il est presque désert. C'est la saison morte à Tampa, et l'heure du déjeuner est passée. Nous nous faisons conduire à une table avec vue sur l'océan et je commence à retrouver mon calme. Noah savait. Nous avons fait un pas de plus vers notre avenir.

~ Deux semaines plus tard ~

Noah : Tu es superbe.

Les battements de mon cœur s'accélèrent alors que je le cherche du regard sur le bateau. Nos regards se croisent et ma poitrine se serre. Il n'est pas beau, il est spectaculaire. Son smoking lui va si bien qu'il a l'air d'avoir été taillé sur mesure, d'ailleurs c'est sûrement le cas. Il repose les yeux sur Eli et éclate de rire, puis revient sur moi.

Moi : T'es pas mal non plus. Je voudrais pouvoir être à tes côtés.

J'appuie sur *envoyer* et je me dirige de l'autre côté de la pièce. Nous nous efforçons tous les deux de garder nos distances, et c'est une torture. Aujourd'hui, nous célébrons l'amour d'Heather et d'Eli, pas la nouvelle relation qui s'est installée entre Noah et moi. Lorsqu'ils se sont fiancés, nous avons décidé d'utiliser cette parenthèse pour examiner ce qui grandissait entre nous, et décider si ça allait durer.

Aujourd'hui, je ne suis pas sûre de pouvoir supporter une autre minute loin de lui.

Noah : J'ai bien l'intention d'être tout près de toi ce soir.

Je souris et je glisse mon téléphone dans mon sac. Je ne vais pas réussir à lui envoyer des messages tout en restant de l'autre côté de la pièce. C'est trop dur.

Mes trois meilleures amies s'agitent sur la piste de danse, elles chantent et dansent en cercle. Il y a un million d'années, c'était moi qui portais la robe blanche, rayonnante de bonheur, convaincue que ma vie serait parfaite.

Le morceau suivant est un slow, et je cherche Noah des yeux. Je vois Eli se diriger vers Heather, qui se tient là, les bras grand ouverts. Je m'appuie contre le mur et je souris en voyant ma meilleure amie se blottir dans la sécurité de son nouveau mari. Les paroles de la chanson parlent de dévouement, d'amour et de promesses.

Mon regard croise celui de Noah, et l'intensité du feu qui brûle entre nous aspire tout l'air de la pièce. Chaque particule de mon corps est attirée vers le sien. Nos yeux fusionnent, et c'est comme si toutes les autres personnes présentes disparaissaient, ne laissant plus que nous dans la pièce.

Je fais un pas vers lui, incapable de rester là où je suis, et Federico, l'un des collègues d'Heather se poste devant moi. J'expulse l'air de mes poumons comme si j'avais reçu un coup de poing dans le ventre, et je tente de sourire.

— Salut, Kristin, j'espérais pouvoir tomber sur toi. Tu veux danser ? me demande-t-il.

Noah disparaît de mon champ de vision, et j'essaie de contourner Federico pour le retrouver.

— Ce serait avec plaisir, m...

— Super ! répond-il en souriant. Ravi qu'il reste de la place dans ton carnet de bal.

Merde. Maintenant, je passe pour une pétasse si je finis ma

phrase. Je lance un regard d'excuse à Noah et me dirige vers la piste de danse avec Federico, aussi lentement que possible.

— Tu es magnifique, Kris, me complimente-t-il en passant ses bras dans mon dos.

— Merci.

Federico est gentil, mais il ne m'intéresse absolument pas. Je ne veux danser qu'avec un seul homme, et je peux sentir son regard peser sur moi.

— Je suis désolé pour ton divorce.

— C'était inévitable.

La main de Federico remonte subtilement dans mon dos et la culpabilité m'envahit. Je retrouve Noah, qui me regarde et porte lentement sa bouteille de bière à ses lèvres. Il se balance d'une jambe à l'autre, et rien qu'à sa posture, je peux voir qu'il est en colère.

J'espère qu'il peut lire dans mes yeux que c'est lui que je veux.

— Qu'en penses-tu ?

La voix de Federico me fait revenir à moi.

— Pardon ?

— Je me disais que puisque nous sommes tous les deux divorcés, nous pourrions peut-être dîner ensemble...

— Oh, je l'interromps, surprise. Je suis flattée par ta proposition, mais je suis avec quelqu'un, en quelque sorte.

À la vérité, je suis en quelque sorte en train de tomber amoureuse de quelqu'un. Aujourd'hui, tout me démontre que c'est Noah que mon cœur désire. Mais ma tête ne veut plus jamais supporter la douleur d'une nouvelle rupture avec un homme que je croyais amoureux de moi. Ces deux parties de moi se livrent bataille, même si je sais pertinemment que Noah est à l'opposé de Scott. J'ai surtout peur, parce qu'il y a encore tant de choses que nous ne savons pas.

La chanson la plus longue du monde se termine, et les mains de Federico retombent à ses côtés.

— J'espère qu'il s'occupe bien de toi, me lance-t-il.

J'opine en me mordant la lèvre.

Il s'occupe bien de moi.

Il s'occupe mieux de moi que quiconque auparavant.

Comment mes sentiments peuvent-ils être si intenses, alors que notre relation en est à ses balbutiements ?

J'ai beau me ressasser que c'est une mauvaise idée, j'ai envie de lui. Il n'y a pas que le sexe, qui est d'ailleurs époustouflant, j'ai envie de *sa présence*. Son sourire, ses mots, ses mains et la façon dont une situation tout à fait merdique peut se transformer en situation... pas si merdique, quand il est là.

Je cherche Noah des yeux, mais il a changé de place. Des papillons envahissent mon ventre et je sonde la salle du regard.

— Ne danse plus avec un autre homme.

J'entends sa voix grave murmurer derrière moi.

— Je ne peux pas regarder un autre homme te toucher, te tenir, te prendre dans ses bras, poursuit-il.

J'opine.

— Pareil pour toi.

Je sens sa chaleur dans mon dos se répandre dans mon corps. Un instant plus tard, il n'est plus là.

Je me retourne vivement, et je le vois s'éloigner.

Heureusement, la réception touche à sa fin, et moins d'une heure plus tard, nous sommes revenus sur le dock et nous disons au revoir à nos amis.

— Merci les filles, commence Heather alors que nous nous rassemblons autour d'elle.

— Tu l'as fait pour nous toutes, répond Danielle. Enfin presque toutes.

Nicole lui tire la langue, et nous éclatons de rire.

— Tu pars à Vancouver la semaine prochaine ? je l'interroge en essayant de masquer la tristesse dans ma voix.

Heather fait la moue.

— J'y vais, mais je ne resterai pas pendant tout le tournage, je reviens dans deux mois. Vous allez me manquer les filles.

Nous nous faisons un câlin de groupe, comme nous l'avons toujours fait depuis que nous sommes petites. Elles sont comme des sœurs pour moi, et au cours des deux dernières années, nous sommes devenues encore plus proches.

— Si j'étais mariée avec Eli, je ne reviendrais pas. Je resterais au lit avec lui toute la journée, annonce Nicole sans aucune pudeur.

Danielle la tape sur le bras.

— Tu es si vulgaire.

— Tu m'aimes comme je suis, répond Nicole en posant sa tête sur son épaule avant de l'embrasser sur la joue.

J'échange un sourire avec Heather.

— Tu es prête, bébé ? demande Eli en se postant derrière elle tout en glissant ses bras autour de sa taille.

Elle opine.

— OK, les filles, on se voit dans quelques semaines !

Nous l'embrassons toutes chacune à notre tour, sans oublier Eli. Elle me prend par le poignet avant que je puisse m'éloigner.

— Hé, me dit-elle à voix basse.

— Qu'est-ce qu'il y a qui ne va pas ?

— Rien, j'espère. Est-ce que ça va avec Noah ?

Sa question me prend par surprise.

— Ça va, nous travaillons sur l'article.

Elle penche la tête en souriant.

— Tu vas me mentir, à moi ?

J'aurais dû me douter qu'elle verrait clair dans mon petit jeu, je suis tellement mauvaise pour jouer la comédie. C'était si dur ce soir de garder mes distances avec lui.

— Nous n'avons rien dit aux autres pour l'instant. C'est tout neuf, et je ne voulais pas te l'annoncer le jour de ton mariage.

— Me l'annoncer ? réplique-t-elle en riant. Je l'ai su dès le début. Bordel, je m'en suis doutée à la minute où vous vous êtes rencontrés. Pas facile de cacher une telle attirance.

Je peux quasiment sentir la présence de Noah. Je me retourne et sans surprise, il me regarde tout en discutant avec Eli.

— Je pourrais tomber amoureuse de lui, Heather. Si je me laissais aller, ce serait si facile.

Elle prend ma main dans la sienne.

— Je suis à peu près certaine qu'il est déjà amoureux de toi.

— C'est trop tôt.

— Ce n'est jamais trop tôt quand c'est une bonne chose. Je sais que c'est difficile de prendre un risque après avoir souffert, mais jette-toi à l'eau. Si Nicole ne m'avait pas poussée à tenter ma chance avec Eli, j'aurais tout raté. Ne laisse pas ta peur décider de ta vie. Si ça n'avait pas marché entre Eli et moi, je n'aurais pas regretté une minute du temps que nous avons passé ensemble. La seule chose que tu regretteras, c'est de ne pas avoir écouté ton cœur.

Heather a été assez forte pour accorder sa confiance à Eli. Et ça a fonctionné pour elle. Qui sait, peut-être Noah est-il là pour me donner une seconde chance.

Je serre Heather dans mes bras et je la regarde sans lui lâcher les épaules.

— Je t'aime tellement. Tu me donnes de l'espoir, et j'aurais beau te servir toutes les excuses du monde, je ne crois pas que ça servirait à grand-chose. Nous savons toutes les deux que je suis en train de tomber amoureuse de lui.

Elle me caresse la joue et me sourit d'un air complice.

— Je savais que tu étais baisée.

J'y compte bien ce soir.

— Il connaît bien son affaire à ce niveau-là aussi.

— Kristin !

Elle éclate de rire.

Elle est choquée et je m'en amuse. J'ai été élevée dans la pudeur, et j'ai appris à ne jamais parler de ce qu'il se passe dans la chambre à coucher. Quand mes amies partageaient des détails extrêmement intimes, je restais muette. Lors d'une soirée trop arrosée, elles ont réussi à me faire parler, mais en dehors de cette occasion, je suis une tombe. Et puis, je n'avais rien de spécial à partager quand j'étais avec Scott. Notre vie sexuelle était médiocre, au mieux.

Avant de devenir inexistante.

— J'aime la nouvelle Kristin.

À la vérité, moi aussi je l'aime bien.

— Vous avez fini de bavasser, les filles ? Je voudrais faire l'amour à ma femme, nous interrompt Eli en tapant sa montre.

— Va baiser avec ton mari.

Nous nous disons à nouveau au revoir, et je reste plantée là, alors que Noah me rejoint, l'air déterminé. Au plus il s'approche, au plus les battements de mon cœur s'accélèrent. Ça fait des heures que nous sommes dans la même pièce, sans pouvoir se rapprocher. À présent, rien ne peut nous séparer.

Je ne tiens plus, mes pieds bougent d'eux-mêmes. Je sais ce que je ressens pour lui, je ne veux plus vivre sans lui.

Chaque pas que je fais brise un nouveau maillon de la chaîne qui me retenait, m'empêchait de vivre.

Je ne suis plus emprisonnée dans mon passé.

Mon cœur et ma tête se sont mis d'accord et me hurlent la même chose.

Quelques mètres nous séparent à présent, je marche plus vite et nous nous percutons. Il m'attrape quand je me réfugie dans ses bras. Noah me tient contre lui et je prends son visage dans mes mains avant de coller mes lèvres aux siennes. Au milieu de ce parking, Noah s'est frayé un chemin dans mon cœur. Je l'embrasse par saccades et mes pieds ne touchent plus le sol.

— C'était nul ! je lui confie avant de coller à nouveau mes lèvres aux siennes. C'était nul d'être si près de toi sans pouvoir m'approcher.

Il se penche en avant pour que je puisse l'embrasser plus facilement, ses mains glissent le long de mon dos et passent dans mes cheveux.

— Je ne pensais qu'à te prendre dans mes bras, t'embrasser, t'arracher à l'étreinte de cet homme et annoncer à tout le monde que tu étais à moi, me dit-il avant que sa bouche ne soit accaparée par la mienne.

Noah stimule tous mes sens. Sa barbe naissante est râpeuse sous mes doigts. L'air iodé se mêle à son parfum et me fait tourner la tête. Chaque mouvement de sa langue remplit ma bouche du goût de la bière qu'il buvait tout à l'heure.

Nos lèvres se séparent et sa respiration devient laborieuse.

— Chez toi ou chez moi ?

Je pose ma main sur sa poitrine, je glisse mes doigts sur la patte boutonnée de la chemise de smoking.

— On peut être chez moi dans cinq minutes ou chez toi dans vingt. Que préfères-tu ?

Noah pose ses mains sur mes fesses et m'attire contre son érection.

— À ton avis.

— Chez moi, message reçu.

CHAPITRE VINGT-QUATRE

KRISTIN

— Arrête ça !

J'essaie de repousser sa main alors que ses doigts se frayent un chemin dans ma culotte. Je tente de nous préparer un petit-déjeuner, mais la tâche est rendue compliquée par son nouveau jeu qui consiste à voir combien de fois il arrive à me faire rougir en une matinée.

— Sois raisonnable.

— Ce n'est pas ce que tu me disais hier soir, me chuchote-t-il d'une voix rauque dans l'oreille.

Hier soir, nous n'avons pas du tout été raisonnables. Nous n'avons même pas réussi à aller jusque dans la chambre. Nos envies ont pris le dessus. Nous nous sommes arrêtés au canapé où nous avons fini par nous endormir, moi allongée sur lui jusqu'au petit matin.

Ça m'allait très bien.

Maintenant, nous devons reprendre des forces. Mais c'est dur de penser à manger avec son doigt qui caresse mon mamelon. Ma tête retombe sur son épaule et je gémis.

— Si tu continues, on ne va pas réussir à manger, je le préviens, prise dans le moment.

— Je vais manger quelque chose.

— Noah, je le gronde en repoussant sa main. Va t'asseoir là-bas pendant que je...

La sonnerie retentit, suivie de coups sur la porte.

— Tu attends de la visite ? me demande Noah.

— Non, c'est probablement les enfants du voisinage. Ils n'ont pas encore compris qu'il ne fallait pas sonner chez les gens avant dix heures du matin.

J'éteins la cuisinière et je me dirige dans le salon.

— Kristin !

La voix de Scott retentit alors qu'il tambourine à nouveau la porte.

Mon cœur s'arrête de battre et la crainte me paralyse. Mais qu'est-ce qu'il fout ici ? Je regarde l'horloge, et je constate qu'il est bien trop tôt. Noah est ici. Noah est chez moi, et mon ex-mari cogne à la porte.

— Je dois déposer les enfants, Kristin !

Merde. Je reste bouche bée quand je vois Noah sortir de la cuisine, vêtu uniquement de son boxer en train de grignoter une tartine.

On entend encore la sonnerie.

— Tu vas aller ouvrir ?

Je secoue la tête.

— Mes enfants. Ils sont...

Je regarde mon débardeur et mon short, et j'ai envie d'aller me cacher. Ils ne peuvent pas me voir comme ça. Finn a peut-être dix ans, mais il n'est pas stupide. Il sait que ses parents sont divorcés, et là il va me voir avec un autre homme. Merde.

— Fait chier.

— Tes enfants ? demande Noah.

— Oui, je chuchote en le poussant dans la chambre. Cache-toi dans le placard ou, je ne sais pas, sors par la fenêtre. Quel connard de venir comme ça !

Une fois dans la chambre, j'enfile un pantalon, un soutien-gorge et j'essaie de soigner mon apparence, sans y parvenir.

Noah reste planté là et me regarde.

— Heu, je tente pour lui indiquer qu'il ne porte pas de pantalon. Habille-toi et cache-toi.

— Je ne me cacherai pas, répond-il en souriant.

— Je n'ai pas le temps pour ça, Noah, mes enfants ne sont pas prêts à me voir avec un autre homme, et...

Il marche vers moi et pose ses mains sur mes épaules.

— Ce sont tes enfants, Kristin. Ils font partie de toi. Nous n'avons pas besoin de tout leur dire, mais j'aimerais les rencontrer.

Je ne suis pas prête.

— Noah...

— Non, mon ange. Ils font partie de ta vie, et j'espère sincèrement que tu fais partie de la mienne. Est-ce que c'est idéal ? Non. Mais je ne vais pas me cacher dans un placard, et je ne vais pas sortir par la fenêtre. Tout va bien. Nous sommes amis, et je vais passer pas mal de temps ici pour l'article la semaine prochaine. Donc notre histoire se tient.

Je soupire pendant que mon téléphone se met à vibrer par terre, là où il a dû atterrir hier. Je peux rester ici et poursuivre cette conversation, ou continuer à retarder l'inévitable.

— D'accord. Enfile un pantalon et reste ici jusqu'à ce que Scott soit reparti.

Noah m'embrasse sur le front et relâche son étreinte.

C'est l'heure de faire face.

Je vais dans l'entrée, j'inspire profondément et je plaque un sourire sur mon visage.

— Merci d'avoir bien voulu ouvrir la porte, grommelle Scott en me collant le sac à dos d'Aubrey dans les bras.

Et dire que j'ai aimé cet homme !

— Merci à toi de les déposer... Oh une minute ! Tu as huit heures d'avance !

Scott empoigne le deuxième sac posé dans le porche et le jette dans l'entrée.

— Ils ont exigé de rentrer chez eux, et j'ai des trucs à faire, alors j'ai accepté.

Pourquoi ? Je sais qu'ils ne s'amusent pas tellement là-bas, mais ils aiment leur père. Je ne comprends pas pourquoi ils ont voulu revenir plus tôt.

— Tu aurais dû appeler. Tu es censé les garder jusqu'à une certaine heure, et tu ne peux pas enfreindre notre accord pour la garde juste parce que tu as des trucs à faire.

Les enfants remontent les marches avant qu'il n'ait eu le temps de répondre.

— Maman !

Aubrey m'adresse un sourire.

— Tu t'es amusée au mariage de tante Heather ?

Je la prends dans mes bras, je suis ravie de constater qu'elle est excitée de me voir.

— C'était super ! je lui réponds en l'embrassant sur les joues. Je t'ai manqué ?

— Oui, affirme-t-elle en riant et en me repoussant pour pouvoir parler, tu me manques tout le temps, maman.

— Toi aussi, tu m'as manqué.

Finn entre dans la maison, avec une expression bizarre sur le visage. Je n'arrive pas à voir s'il est en colère ou s'il pleure.

— Finn ?

Il ne dit pas un mot, il se dirige vers le canapé sans même un regard pour moi. Je repose Aubrey et elle se précipite dans sa chambre, sûrement pour s'assurer que je n'ai pas jeté toutes ses peluches que je déteste.

Je reporte mon attention sur Scott qui semble agacé par son fils.

— Que s'est-il passé ?

Scott me fixe avec méchanceté.

— Tu nous as fait poireauter pendant un quart d'heure, putain, voilà ce qui s'est passé !

Je lâche un éclat de rire, incrédule.

— Oui, bon, je doute que ce soit le problème, mais merci quand même de ta sollicitude quand ton fils va mal.

J'ai appris une chose, c'est qu'il n'aime pas les confrontations. Quand je restais silencieuse, il sentait qu'il avait tout le pouvoir. Aujourd'hui, je n'ai plus peur de lui. Il ne peut plus m'atteindre. J'ai officiellement la garde des enfants, j'ai un toit au-dessus de la tête et il doit me verser une pension, sinon il va en prison.

— Je n'ai pas le temps de rester ici à discuter, répond-il en lançant un regard vers sa voiture.

Jillian est assise sur le siège passager.

Il est allé encore plus vite en besogne que je ne le pensais.

— Bien sûr, ne fais pas attendre Jillian...

Finn pousse un grognement.

— Oui, il ne faudrait pas la mettre en colère.

OK, il s'est passé un truc. Je me fiche qu'il ait des projets, les enfants passent d'abord. Ils sont notre priorité.

— Pourquoi tu es en colère, mon grand ? Qu'est-ce qui t'a mis dans cet état ?

— Demande-lui, répond-il en pointant Scott du doigt.

— Ça suffit Finn, aboie Scott. Tu t'es mal comporté pendant deux jours, et j'en ai marre.

— Comme si c'était important pour toi, marmonne-t-il.

Je regarde cet échange le cœur lourd. Finn bataille en ce moment, mais là, c'est autre chose.

— Finn ? je l'interroge.

— Il ne veut pas en parler, intervient Scott les bras croisés sur sa poitrine.

— Scott ! crie Jillian depuis la vitre baissée de la voiture.

— Une minute ! l'expédie-t-il.

Il reporte son attention sur nous.

— Je dois filer.

— Dommage pour toi, mais ça va devoir attendre.

C'est un père, il doit se comporter comme tel.

Chaque fois que Finn revient de chez Scott, je dois essuyer ce genre de comportement. Je passe des heures à le cajoler pour lui faire baisser sa garde et obtenir des phrases de plus d'un mot.

— Écoute, dit Scott en levant la voix, je ne vais pas rester là à obéir à tes ordres. C'en est fini de te supporter...

— Maman ! C'est vraiment... ?

La voix de Finn interrompt les cris de Scott. Je n'ai pas besoin de me retourner pour savoir ce qu'il a vu. L'étonnement dans sa voix me suffit. J'enregistre la réaction de Scott quand il voit ce que j'espère être Noah, entièrement habillé.

— Noah Frazier, se présente-t-il la main tendue en se dirigeant vers Finn.

J'ai les yeux exorbités et je lui hurle mentalement de retourner dans son placard, pas de s'asseoir sur le canapé. Il me lance un sourire narquois pour faire taire les hurlements dans ma tête.

— Tu dois être Finn.

Finn le fixe les yeux grand ouverts et bouche bée.

— Noah Frazier, l'acteur dans *A Thin Blue Line* !

— Oui, c'est bien ça. Ta mère et moi travaillons ensemble sur un article, et j'espérais pouvoir te rencontrer.

Ils papotent un moment et je vois Scott regarder tout ça avec une colère grandissante. Je ne comprends pas ce qui l'énerve, mais de toute façon, c'est son problème. Rien de tout ça ne serait arrivé s'il n'était pas venu.

Il va y avoir du grabuge.

Scott baisse la voix pour que je sois la seule à l'entendre.

— Voilà qui est intéressant.

— Quoi ? Que je travaille un dimanche ?

— Oh, je suis sûr que tu te tues à la tâche pour gagner cet argent.

Maintenant, il me traite de prostituée ? Ça fait plaisir de voir ce qu'il pense de moi après toutes ces années de mariage. Au lieu de lui rendre la pareille, je choisis d'être digne.

— Je ne pourrais pas changer l'opinion que tu te fais de moi.

— Tu encaisses mon chèque tous les mois, et tu te trouves un nouveau petit copain richissime.

— L'argent, toujours l'argent.

Jillian sort de la voiture et il est clair qu'elle n'est pas enchantée d'avoir dû attendre.

— Doux Jésus, Scott ! Nous devons y aller.

— Jillian, ça me fait plaisir de te revoir, je la salue en souriant.

Son regard tombe sur le canapé, toujours occupé par Noah qui se relève.

— Oh, fait-elle en se mettant la main à la gorge.

Noah s'avance vers la porte et Finn reste muet, fusillant Jillian du regard.

— Quelle surprise de se revoir si vite !

— C'était au restaurant, c'est bien ça ? demande Noah, faussement confus.

C'est un bon acteur, mais j'arrive quand même à voir quand il fait semblant.

— C'est bien ça, fait-elle en souriant.

— Noah, se présente-t-il.

Il tend la main à Scott qui refuse de la serrer.

— OK... poursuit-il en riant. Ravi de vous rencontrer tous les deux.

— Je crois que nous allons nous voir régulièrement, répond Jillian.

Elle place sa main sur le bras de Scott, pour s'assurer que je ne rate pas l'énorme diamant qui brille à son doigt.

Je n'ai pas envie de me sentir contrariée, mais ce serait mentir que de prétendre que ça ne me blesse pas, ne serait-ce qu'un peu. Non pas parce que je veux le récupérer, mais parce qu'il s'agit d'*elle*. Ils se sont vraiment bien trouvés.

— Je vois que les félicitations sont de mise, dis-je en indiquant la bague.

Scott se dérobe légèrement.

— J'imagine que c'est ce qui a pu le mettre dans cet état.

Je dis ça comme ça.

Jillian s'indigne.

— Nous n'avons pas de temps pour tout ça. S'il est contrarié, c'est son problème.

Cette salope va se prendre une beigne. Ma main se serre pour former un poing, et je compte dans ma tête en espérant que ça me calme pour ne pas finir menottée avant la fin de la journée.

Finn se lève et jette son sac par terre, produisant un bruit sourd qui me sort de ma colère.

— Je la déteste ! Tout change, et tu t'en fous ! hurle Finn en direction de Scott.

— Mon grand, tente Scott pour le consoler en faisant un pas en avant.

Finn envoie un coup de pied dans son sac, ce qui nous prend tous par surprise.

Je ne l'ai jamais vu comme ça. D'habitude, il reste silencieux et rumine.

— Tu t'en fous ! Tu te maries avec elle et tu vas avoir un bébé ! Et Aubrey et moi, tu ne nous aimes plus à cause d'elle !

— Finn, intervient Scott, mais trop tard, il s'est déjà enfui dans sa chambre.

Ça fait beaucoup d'informations, et j'aimerais prendre le temps de les examiner une à une, mais j'ai la gorge nouée.

— Un bébé ? je leur demande à tous les deux.

— Elle est enceinte de quatre mois.

Le calcul n'est pas très compliqué. Impossible de nier leur relation dorénavant.

— Nous étions encore mariés il y a quatre mois. Finn n'est pas stupide, il n'est pas prêt à te voir te remarier et avoir un enfant. Bien sûr qu'il est en colère.

Scott pose les yeux sur Noah, puis sur moi.

— Oui, tout est ma faute. Rien à voir avec le fait qu'il vient de trouver sa mère avec un autre homme.

Je vais lui arracher le bras et le fouetter avec. Tout ce que Finn sait, c'est que Noah est un ami. C'est ridicule et il le sait. Je n'arrive pas à croire qu'il impose ça à nos enfants.

— Certainement, il se fiche donc que tu te remaries, que tu aies un bébé, et que clairement, quelqu'un lui a dit quelque chose de désagréable à ce sujet.

— Nous gérons notre foyer comme nous l'entendons, intervient Jillian en levant les yeux au ciel. Je vois bien d'où il tient son côté mélodramatique.

Je m'avance d'un pas, mais Noah m'attrape par le bras avant que je fasse un truc stupide. Ma respiration est laborieuse et les battements de mon cœur résonnent dans mes oreilles. Comment peut-il infliger ça à nos enfants ? Il a beau être une horrible personne, il les aime. J'ai toujours su que j'étais sur un siège éjectable, mais je ne pensais pas qu'il en était de même pour eux.

Tous mes espoirs de garder une relation cordiale ont disparu.

— C'est un problème de *famille*. Rien à voir avec toi ou le temps que tu perds ici. Il s'agit de notre *fils*, je crache. Rien n'a plus d'importance que lui. Tu es incroyablement égoïste de ne pas voir à quel point tu peux faire du mal à un enfant de dix ans.

— Moi, je suis égoïste ?

Scott se tourne vers elle.

— Va attendre dans la voiture, Jill.

— Pardon ? s'indigne-t-elle.

— Retourne dans la voiture, lui ordonne-t-il. Kristin a raison.

J'en reste bouche bée. J'ai dû mal entendre.

— Tu te ranges de son côté ? Tu te fous de moi ?

Il pince l'arête de son nez. Je connais bien cette expression. Nous allons découvrir Scott dans toute sa gloire. C'était à ce moment-là que je devais arrêter immédiatement ce que je faisais ou disais, sans quoi je devais l'écouter discourir pendant une heure sur toutes les choses que je ne savais pas faire.

— Tais-toi, lui lance-t-il en dégageant son bras de son emprise. Il ne s'agit ni de toi ni d'elle. Il s'agit de *mon fils*. Retourne dans la voiture.

Elle bouscule son bras et s'éloigne en tapant des pieds comme un gosse de trois ans qui n'a pas eu ce qu'il voulait. Scott passe sa main sur son visage.

— Je vous laisse entre vous, propose Noah.

J'ai envie de pleurer. Comment peut-il encore vouloir être ici ?

Il vient d'être témoin de toute l'absurdité de ma vie. Impossible de rater le fait que ce divorce est chaotique. Notre mariage est fini, mais nos vies sont toujours liées. Je comprendrais tout à fait s'il prenait ses jambes à son cou.

En fait, j'ai bien envie de m'enfuir loin d'ici moi-même.

J'ai tant de choses à lui dire, mais Noah ne m'en laisse pas l'occasion, il me touche le bras et indique la chambre de Finn d'un mouvement de tête.

— Vas-y vite, c'est plus important. J'attendrai.

Il a raison. C'est Finn ma priorité. Il souffre, et je ne vais pas gaspiller mon énergie sur Trouduc et sa pimbêche.

— Merci.

Il est si généreux avec moi. Noah est dix fois mieux que Scott le sera jamais. Au lieu de penser à lui-même, il s'inquiète pour Finn, ce qui n'est pas le cas de la femme qui fera bientôt partie de la vie de mes enfants.

Noah sourit et sort de la maison.

Je reporte mon attention sur l'homme qui m'est devenu étranger.

— Allons essayer de réparer tout ça, je lance en l'accompagnant vers la chambre de Finn.

CHAPITRE VINGT-CINQ

NOAH

L'ex de Kristin est spécial, mais Jillian place la barre encore plus haut.

Kristin est dans la chambre de Finn depuis dix minutes, et je ne sais pas trop quoi faire, mis à part attendre. Je peux les entendre discuter, tous les trois. La voix de Scott est sonore, mais pas assez pour que je puisse savoir ce qu'ils disent.

Quelques minutes plus tard, la porte s'ouvre, et une petite fille avec de grands yeux bleus, comme ceux de sa mère, vient m'observer.

— Tu es qui ? me demande la gamine qui est sûrement Aubrey.

— Je m'appelle Noah, je me présente en souriant et en lui tendant la main. Je suis un ami de ta maman.

Ses tout petits doigts s'enroulent autour des miens et elle sourit.

— Je m'appelle Aubrey Nicole McGee. J'ai six ans. L'année prochaine, j'aurai sept ans, parce sept arrive après six. Et l'année d'après, j'aurais huit ans. Je peux compter jusqu'à cent sans m'arrêter. Je suis petite, mais maman dit que tout ce qui est petit est mignon. Tu sais que j'ai un zoo ?

Je n'ai jamais rien vu d'aussi adorable. C'est le clone de Kristin.

— Ah oui ?

— Oui ! J'ai des lions, des éléphants, des girafes et beaucoup d'autres animaux dans ma chambre. Maman m'a dit que je ne pouvais pas avoir tout un zoo, mais si, je peux. Et après, j'en aurai un deuxième.

— Génial, j'opine en souriant.

Sa voix est douce comme un bonbon et elle zozote légèrement, ce qui la rend encore plus adorable.

— J'aime bien les zoos.

— Moi aussi.

Elle place ses mains dans son dos et les croise.

— Je voulais prendre un goûter, mais maman et papa sont avec Finn. Est-ce que *tu* pourrais me donner un goûter ?

Mmmh, j'hésite. Mais je ne peux pas lui dire qu'elle ne peut pas manger. Ça passerait mal.

— Tu as le droit de prendre un goûter ? je tente pour obtenir plus d'informations.

Aubrey hausse les épaules.

— Oui, mais je dois promettre de finir mon assiette pendant le dîner.

Ça se tient. Et puis, c'est l'heure du petit-déjeuner. Je ne vois pas de problème particulier.

— Est-ce que tu me le promets ?

Ses yeux bleus s'agrandissent et elle acquiesce rapidement.

— Oui, je promets. Je voudrais des cookies.

Est-ce que c'est normal ? Y-a-t-il un règlement spécial en ce qui concerne les enfants et les cookies ? Elle a promis qu'elle finirait son assiette, donc je pense que tout va bien, j'espère. Je la regarde et elle me supplie des yeux.

Merde.

Je décide de foncer et j'espère que j'aurais droit à un joker, si c'est interdit.

— Tu as le droit d'avoir des cookies si tôt le matin ?

— Oui, affirme-t-elle en souriant.

Il y a fort à parier que je vais avoir des problèmes, mais elle penche la tête sur le côté et bat des cils. Impossible de refuser. Je ne crois pas qu'on sache mentir à six ans de toute façon. On apprend plus tard, je pense.

— OK.

Son visage s'éclaire d'une façon qui me donne envie de lui donner des cookies toute la journée. Je trouve le paquet, je verse un verre de lait et nous nous asseyons à table. Je prends le premier cookie, je le trempe et elle m'imite.

Je retiens un éclat de rire quand elle le trempe deux fois et enfonce sa main entière dans le verre. Quand elle la retire, il y a du lait partout sur la table.

OK, c'était une mauvaise idée, je vais avoir des problèmes.

— Encore un ?

Foutu pour foutu, autant faire les choses jusqu'au bout.

— Oui, s'il te plaît.

Elle continue à tremper sa main dans le lait et à manger des cookies. Beaucoup de cookies.

Je jette un œil vers la porte, et j'espère que tout se passe bien pour Kristin avec Finn, et qu'ils ont trouvé un moyen de s'entendre. La douleur dans ses yeux était impossible à ignorer. On aurait dit qu'elle avait reçu un coup de poing dans le ventre. J'ai déjà vu cette expression déçue sur le visage de ma mère à de nombreuses reprises.

Tous les anniversaires, alors qu'elle espérait un coup de fil. Les fêtes de fin d'année qui symbolisaient une année de plus sans nouvelles de lui. Leur anniversaire de mariage qui passait inaperçu. Pendant tout ce temps, il lui a fait du mal sans s'en soucier.

Et puis, il y a Finn. Sa souffrance fait peine à voir, et me rappelle ma propre douleur. J'étais un peu plus jeune que lui la première fois que j'ai pété un plomb. Je hurlais sur ma mère pour lui demander ce qui n'allait pas chez moi.

L'amour a beau être un puissant remède, la colère fait plus de raffut et occulte la raison. Ma mère a fait preuve de calme et de patience pendant plusieurs années pour que je voie enfin que le problème ne venait pas de moi. Il venait de lui.

Aubrey me tire la manche et m'observe attentivement.

— Tu vas te marier avec ma maman ?

Si j'avais eu des cookies ou du lait dans la bouche, je me serais étouffé.

— Qu'est-ce qui te fait dire ça ?

Elle s'empare d'un nouveau cookie.

— Papa va se marier avec Jillian.

La conversation a pris un tour inattendu et risqué. Ce n'est clairement pas à moi de lui parler de quoi que ce soit. Tout ce que j'ai fait c'est lui donner des cookies pour lui faire plaisir et pour qu'elle m'aime bien.

J'essaie de repartir sur un terrain moins miné.

— Tu sais que je suis ami avec Eli ?

— C'est vrai ?

— Oui nous sommes très proches.

— Tu connais aussi tante Heather ?

J'opine.

— C'est la meilleure, me confie Aubrey dans un sourire. Et oncle Eli passe à la télé.

Je souris.

— Je sais, j'étais dans la même série que lui.

Ses yeux s'élargissent et sa bouche reste ouverte.

— Ah bon ?

— Oui.

— Tu connais Charlie ? me demande-t-elle.

— Mmmh...

J'hésite, car je connais beaucoup de Charlie, mais aucun qui puisse faire partie de son cercle.

— Charlie ?

— Dans *Good Luck Charlie*. J'adore cette émission. Maman me laisse regarder si je suis sage. C'est la meilleure dans toute la télé. Tu la connais ?

J'ai beau fouiller ma mémoire, je ne sais pas de quoi elle me parle. Mais je veux quand même faire bonne impression. Où est Kristin ? Elle saurait quoi répondre.

— Je suis sûr que je connais quelqu'un qui la connaît, je tente.

Elle joint ses mains en prière devant elle.

Elle ouvre la bouche pour dire autre chose, mais les voix de Kristin et de Scott l'interrompent. Ils chuchotent, mais je peux entendre que celle de Kristin est brisée. La porte d'entrée s'ouvre et Aubrey saute de sa chaise, s'essuie les mains sur son T-shirt et la bouche d'un revers du bras.

Je ne peux plus cacher qu'elle a mangé des cookies : elle en est littéralement couverte.

Quelques secondes plus tard, la porte de la cuisine s'ouvre.

Les yeux de Kristin se posent sur moi, sur la table et sur sa fille couverte de chocolat.

Grillé.

— Aubrey ! s'exclame-t-elle, les poings sur les hanches.

— Noah m'a donné des cookies !

— Hé, je proteste en lui enfonçant un doigt dans les côtes. Tu avais promis !

Elle m'a eu. Elle a vu tout de suite que j'étais un pigeon et elle m'a embobiné. Elle est douée. Kristin va me le faire regretter. Elle porte une main à son visage et marmonne un truc sur la possibilité de craquer très prochainement.

Elle essaie d'avoir l'air en colère, mais n'y parvient pas. Elle arrive tout juste à réprimer un sourire.

— Tu sais que c'est une bêtise.

Les yeux d'Aubrey sont doux et elle relève sa lèvre inférieure. Cette gamine est une professionnelle. Si elle recommence sa moue, je lui donnerai tout ce qu'elle voudra.

— Pardon maman.

Kristin reste impassible.

— Plus de sucreries pour toi jusqu'à cet après-midi. Et va ranger ton zoo.

— Noah passe à la télé ! annonce Aubrey à sa mère, avec une pointe de satisfaction.

— Je sais. Tu te souviens quand je t'ai parlé de mon article ? lui demande-t-elle en essuyant des miettes de cookies sur son bras et son T-shirt.

— C'est sur lui que je l'écris, poursuit-elle en chuchotant.

Aubrey s'approche de moi et passe ses bras autour de mon cou.

— Merci pour les cookies. Je t'aime bien.

Elle conclut avec un baiser sur ma joue, et je suis cuit.

Cette petite fille vient de voler mon cœur. Elle ressemble plus à sa mère que je ne le pensais de prime abord.

Et ouais. Je lui offrirai tout ce dont elle a envie. Un poney ? Pas de problème. Je lui donnerai la ferme entière. Elle veut rencontrer cette Charlie ? Je la retrouverai, et j'organiserai un rendez-vous. Et il va y avoir un zoo, tant pis pour sa mère, je trouverai un moyen.

Elle me lâche et sort de la pièce.

— Est-ce que Finn va bien ? je demande à Kristin qui s'accoude au comptoir.

— Pas vraiment, c'est déjà assez compliqué d'avoir des parents divorcés, mais là... la coupe est pleine. Un mariage ? Un bébé ? Il nous répète juste qu'il nous déteste.

— Il ne te déteste pas. Il est en colère. Et les garçons disent des bêtises quand ils sont en colère.

Si elle savait toutes les horreurs que j'ai sorties à ma propre mère, elle verrait que c'est normal. J'ai été une petite merde pendant un temps. Je pensais que les règles n'étaient pas faites pour moi, et puis j'ai grandi.

— Je ne sais pas. Je n'y crois pas vraiment, je...

Kristin cache son visage dans ses mains.

Je m'approche d'elle et l'attire contre ma poitrine.

— Ça va aller.

Elle relève la tête, les yeux brillants de larmes.

— Comment ? Comment est-ce que ça pourrait aller ? Nous ne sommes divorcés que depuis quelques semaines, et il se marie déjà avec sa petite copine qu'il a mise en cloque ? Et en plus, il l'a mise en cloque alors que je vivais toujours sous le même toit que lui.

Je fais de mon mieux pour la laisser gérer ses émotions. Elle n'est pas dans une position facile, et je refuse d'être le tocard qui empile ses doutes au-dessus des siens. Ceci dit, je ne me sens pas à l'aise. Elle a le droit d'être en colère, mais je reste un mec.

— Cette situation craint. Mais tu es là pour tes enfants. C'est grâce à ma mère que j'ai survécu aux conneries de mon père. Fais-moi confiance.

Elle repose sa tête sur ma poitrine. Je la tiens contre moi, parce que c'est tout ce que je peux faire. Je ne peux pas l'aider, je peux juste être présent.

— Comment ça se fait que tu ne te sois pas encore enfui d'ici ? marmonne-t-elle dans ma chemise. Je t'avais prévenu que ma vie était chaotique, et là tu es aux premières loges.

Kristin est faite pour moi. Je la prends elle, et tout ce qui va avec.

— Je t'ai dit que je n'allais nulle part.

Une larme roule sur sa joue.

— C'est vrai, acquiesce-t-elle en jouant avec un bouton de ma chemise. Mais je ne te croyais pas. C'était plus facile.

— Et maintenant ?

— Maman ! crie Aubrey.

Nous nous écartons précipitamment chacun d'un côté de la cuisine.

— Oui ma puce ?

La porte s'ouvre brutalement et Aubrey s'engouffre, chargée de ses animaux.

— Le gardien de zoo ne les a pas nourris ! indique-t-elle, la mine sévère et scandalisée.

Kristin éclate de rire.

— Ce n'est pas drôle, la rabroue Aubrey.

— Non, tu as raison, il nous faut un nouveau gardien de zoo.

Aubrey se tourne vers moi, sourire aux lèvres.

— Tu pourrais le faire Noah. Tu leur donnes des cookies et tu leur fais deux bisous avant d'aller dormir.

Que le ciel me vienne en aide. Je regarde Kristin, mais elle reste là, et couvre sa bouche de sa main.

Je m'accroupis devant Aubrey pour lui faire face.

— Je vais consulter mon agent pour savoir si je peux accepter le poste. S'il est d'accord, c'est OK pour moi.

— Yes ! s'écrie-t-elle en courant partout.

Je retourne vers Kristin qui rigole librement.

— Ça fait du bien !

— Hé, je suis son nouveau copain, je lui rappelle.

— Bien sûr, tu lui as donné des cookies.

Oui, mais c'est un succès. J'ai une nouvelle meilleure amie qui pense que je suis très chouette. Bon, elle sait pertinemment bien qu'elle peut me mener par le bout du nez, mais c'est le cas pour quasiment toutes les femmes.

— Peu importe. Tu t'es fait virer et c'est moi le nouveau gardien de zoo.

Kristin secoue la tête.

— Désolée, mais la journée est foutue.

— Pourquoi foutue ? On pourrait faire quelque chose ? Une sortie pour les enfants ? je lui suggère.

Kristin me regarde d'un air interrogateur.

— Tu veux passer la journée avec moi et les enfants ?

— Tu croyais quoi ?

Encore une raison de me faire détester son ex. Une minute elle est courageuse et prête à affronter le monde, et celle d'après elle doute de tout.

— Honnêtement, je ne sais pas.

— Est-ce que je t'ai déjà menti ? je l'interroge en me rapprochant d'un pas.

— Non.

Je prends sa main dans la mienne et je garde en tête que ce connard a essayé de la briser pendant des années.

— OK, alors on les emmène quelque part. Un endroit qui leur plaira.

Un sourire se dessine lentement sur ses lèvres, et ça m'effraie.

— Je connais l'endroit parfait.

CHAPITRE VINGT-SIX

KRISTIN

— Tu peux me donner une minute ? je demande à Noah en désignant Finn de la tête.

Il est resté appuyé contre le mur en faisant la gueule. Je dois y mettre un terme.

— Bien sûr.

— Aubrey ? Tu peux montrer à Noah où trouver un plan ? Il n'est jamais venu ici.

Ses yeux s'allument, elle prend Noah par la main et le tire.

— Viens, je vais te montrer.

Noah n'a pas l'air de se formaliser et quelques mètres plus loin, il la prend dans ses bras alors qu'elle lui pointe l'accueil du doigt. Parmi toutes celles qui emmurent mon cœur, une autre brique tombe en miette. Le voir accompagné de mes enfants revêt une importance particulière à mes yeux. Ils sont mon cœur et mon âme, aussi les efforts qu'il fait me touchent profondément, plus qu'il ne le saura jamais.

Je me retourne vers Finn et soupire. Je ne veux pas le pousser à bout, mais je l'ai mieux élevé que ça. Noah a tenté d'entamer une conversation avec lui plusieurs fois et il s'est fait rembarrer. Je ne tolèrerai pas que mes enfants manquent de respect à qui que ce soit.

Je pousse Finn gentiment et il se tourne légèrement sur le côté.

— Hé, on va entrer, tu viens ?

— Je n'ai pas envie d'être là.

Je réprime ma réaction première qui serait de lui répondre que tant pis pour lui, mais qu'il va quand même falloir qu'il arrête de se comporter comme un petit con. J'entends la voix de ma mère dans ma tête qui me conseille de choisir mes batailles.

— Je sais que tu es en colère, et tu en as le droit. Mais je refuse que tu sois grossier envers mon ami, tu comprends ? je lui demande.

Ses yeux se rétrécissent, méfiants et récalcitrants.

— OK.

— Je suis sérieuse, Finn. Noah et moi sommes amis, et il veut passer du temps avec toi et ta sœur.

Du moins, nous sommes des amis qui ne savent pas trop où ils en sont, et où ils vont. En tout cas, en ce qui me concerne.

— J'ai dit OK, râle Finn en continuant de bouder.

Parfois, il se comporte comme un adulte, et parfois, il est comme ça. Ça me rappelle à quel point il est jeune. Il souffre tellement qu'il ne sait plus comment agir. Au lieu de se livrer, Finn se renferme sur lui-même. Ça me brise le cœur de voir mon petit garçon se débattre dans une situation sur laquelle il n'a aucune prise.

— Bon d'accord. Je croyais te faire plaisir en venant ici, tu adores cet endroit.

— C'est papa qui nous a emmenés ici.

Nous y voilà.

— Tu penses que papa ne serait pas content que tu sois ici ?

Il me fixe, la lèvre tremblante.

— Je ne veux pas d'un nouveau père. Ni d'une nouvelle mère.

Trouduc est la personne la plus égoïste du monde. La raison pour laquelle les enfants sont au courant du mariage est qu'ils les ont entendus se disputer à ce sujet.

Scott a essayé de lui expliquer que cela ne changerait rien pour eux, mais Finn n'est pas stupide.

— Noah a juste envie d'être ton ami.

Je regarde à l'intérieur, et je vois Aubrey le guider vers un autre de ses endroits préférés, la boutique souvenirs.

— Il espérait discuter de sa série avec toi... Comment ça s'appelle déjà ?

Il joue avec le cordon de ses écouteurs.

— Pas la peine de faire semblant.

Cet enfant est trop intelligent pour son bien.

— OK. Tout ce que je veux dire, c'est que tu adores le personnage de Noah, et là, tu as une chance de passer du temps avec lui.

Finn sourit avant de se souvenir qu'il est censé faire la gueule.

— Pourquoi ? Pourquoi est-ce qu'il veut me connaître ?

Je hausse les épaules.

— Peut-être parce que je lui ai dit à quel point tu étais cool ?

Finn a fait de son mieux pour ignorer Noah, mais je l'ai surpris à le regarder avec des yeux écarquillés deux ou trois fois. Il a fait un marathon *A Thin Blue Line* avec Heather, après quoi il est devenu accro.

— Tu peux sourire et essayer ? je lui demande.

— Je suis trop content.

Au moins, je sais que cet enfant est le roi du sarcasme.

Je ne voulais pas en arriver là, mais il ne me laisse pas le choix. Je dois sortir l'artillerie lourde.

Je lui fais un bisou retentissant sur la joue et il se débat.

— Maman !

— Arrête de faire ta tête de mule, et j'arrête de t'embrasser en public, je marchande avec un sourire.

— T'es bizarre.

— Tu penses que je suis bizarre. Moi je pense que je suis la mère la plus cool du monde.

Finn lève les yeux au ciel, et je me rengorge de fierté en le voyant réagir à mon comportement absurde. Nous avons toujours eu ce type d'échanges. C'est notre truc. Je me comporte de façon exagérée et il me rappelle que je suis une ringarde.

— Pas moyen.

— Je suis cool. Je suis amie avec Noah Frazier, et pas toi, je rétorque en lui tirant la langue. Je suis plus cool que toi.

— Tu es cinglée.

— Continue comme ça et je vais te prendre dans mes bras en criant ton nom.

Il lève ses mains en l'air pour se rendre.

— Très bien, allons nous amuser.

Encore une victoire pour maman.

Nous rejoignons Noah qui suit Aubrey les bras chargés de peluches d'animaux marins. Ses yeux suivent ma fille obsessive, trahissant la panique. C'est hilarant. Elle continue à faire le tour des rayons en empilant encore plus de créatures sur Noah, qui la suit à la trace.

— Maman ? Est-ce que Noah est ton petit ami ?

Je n'aime pas lui mentir. Mais je ne sais pas vraiment ce qu'il y a entre nous.

— Non. Pour l'instant, nous ne sommes que des amis qui apprennent à se connaître. Mais je l'aime bien, et je voulais que vous fassiez sa connaissance.

Une version de la vérité, revue et corrigée pour les enfants.

— Alors, tu ne vas pas faire une nouvelle famille aussi ? demande Finn, la voix craintive.

J'ai l'impression d'avoir été percutée par une voiture. Il doit tellement souffrir de cette anxiété.

— Jamais de la vie. Même si Noah et moi décidons de devenir plus que des amis, c'est toi et Aubrey ma famille. *Pour toujours.*

Finn acquiesce.

— OK.

— OK, allons sauver Noah avant qu'Aubrey ne le force à acheter tout l'aquarium, je plaisante.

Nous les rejoignons, et Aubrey rayonne comme si elle avait gagné au loto. On ne voit quasiment plus le visage de Noah sous la pile qu'elle a construite.

— Comment tu t'es fourré dans un guêpier pareil ? je lui demande en me mordant la lèvre pour ne pas rire.

— Maman, regarde tout ce que Noah a dit que je pouvais avoir !

Elle tourbillonne sur elle-même.

Je me tourne vers lui en me demandant ce qu'il a pu lui promettre exactement.

— Si je lui dis non, elle fait une tête comme ça, se justifie-t-il.

— Oui, ça s'appelle avoir six ans et être une fille, je lui explique en retirant les peluches de ses bras pour les replacer en rayon. Elle sait déjà qu'elle est mignonne et comment s'en servir pour arriver à ses fins.

Je me retourne vers ma fille, préparée à endosser le rôle de la méchante.

— Pas de jouets, nous sommes ici pour voir les poissons, pas pour ouvrir un nouvel aquarium à la maison.

— OK, répond-elle abattue.

C'est une chipie. Aubrey sait exactement ce qu'elle fait pour obtenir ce qu'elle veut. Je n'y ai pas cru quand elle a réussi avec mon père. Il a dû arrêter de l'emmener dans les magasins, parce que quand il le faisait, elle revenait invariablement chargée de sacs remplis de babioles qu'elle avait réclamées. Je sais bien que ce n'est pas le cas, mais on jurerait qu'il n'a jamais dû s'occuper d'une fillette. Il dit qu'Aubrey est différente. Mes parents étaient stricts avec moi, mais mes enfants font ce qu'ils veulent.

Noah dirige son attention vers Finn.

— Tu as vu les Harry Potter ?

Je retiens ma respiration en espérant que Finn lui donne une chance. Sa chambre est remplie d'objets dans le thème des livres ou des films. Nous sommes allés au parc Harry Potter de nombreuses fois. Finn a lu tous les livres, vu tous les films et connaît probablement tous les dialogues par cœur.

— Et toi ?

— Bien sûr que oui ! répond Noah en souriant. Qui est ton personnage préféré ?

— Qui est le tien ? riposte-t-il.

Noah s'éclaire.

— Sirius, sans hésiter !

Finn me lance un regard et se retourne vers Noah.

— Moi aussi ! Tu as pleuré quand il est mort ?

Les deux commencent à parler de l'histoire et débattent de ce qu'ils auraient fait s'ils avaient été dans l'histoire. Noah et Finn rigolent chacun leur tour aux idées qui leur viennent.

Aubrey et moi les suivons de près, et pour la première fois depuis des siècles, je me sens complète.

Même avec tous les événements de ce matin, j'ai l'impression que les différentes pièces de ma vie s'imbriquent parfaitement. Mon fils est souriant, même s'il était transi de chagrin il y a seulement quelques heures. Ma fille est heureuse et éprise de Noah. Je vois maintenant à quel point j'ai eu de la chance de l'avoir rencontré.

Nous nous promenons et les gens nous regardent, chuchotent et prennent des photos, mais il fait semblant de ne rien voir. Il nous consacre toute son attention.

— Tu t'amuses bien ? me demande-t-il alors que les enfants courent devant pour aller voir les requins.

Je voudrais pouvoir l'embrasser, mais ce n'est pas le bon moment. Nous sommes en public et les enfants ne sont pas prêts à voir que nous entretenons une relation.

— Je m'éclate, mais notre petite bulle me manque.

Il s'appuie contre une barrière à côté de moi. Nos bras s'effleurent, ce qui constitue notre seul contact physique de la journée.

— Moi aussi, c'était bien quand on était tout seuls.

— Bonjour, M. Frazier, je me demandais si je pouvais prendre une photo avec vous ? lui demande une jeune fille d'une vingtaine d'années, avec la même expression qu'Aubrey quand elle cherche à obtenir quelque chose.

— Je suis désolé, je suis ici avec des amis et j'essaie de garder un profil bas, décline-t-il poliment.

Elle opine mais continue à faire sa moue.

— Oh, OK. Merci quand même.

Quand nous avons dîné il y a quelques semaines, il m'a confié qu'il n'aimait pas dire non à ses fans. Je ne comprends pas pourquoi il vient de le faire.

— Tu aurais pu prendre la photo.

Il se penche vers moi et je peux sentir son souffle sur mon visage.

— Pas quand nous sommes ensemble, mon ange. Quand je suis avec toi, ou avec tes enfants, je suis juste Noah. On ne peut pas prendre de photos de ça, c'est à nous.

Mes yeux s'accrochent aux siens et même dans l'obscurité, je sens que ses mots sont lourds de sens. Noah nous place au-dessus de tout le reste. Il nous accorde son temps, son cœur, son attention. Toutes ces choses importantes. Je veux me souvenir de ce sentiment pour toujours.

— Tu n'as pas idée à quel point j'ai envie de t'embrasser.

Noah sourit.

— Je peux deviner.

— Nous allons devoir rattraper le temps perdu.

— Ah oui ?

Je déplace légèrement un doigt pour frôler sa main.

— Je pensais à ce soir ?

— Noah ! s'écrie Aubrey avec sa main sur le verre. Viens voir, le requin va dévorer Finn !

Il crochète son auriculaire au mien.

— D'accord.

Je bascule ma tête en arrière et me demande ce que j'ai bien pu faire dans cette vie pour le mériter. Cet homme pourrait avoir toutes les femmes qu'il veut, et pourtant, il est avec moi. Je suis sûre que ses journées sont remplies d'invitations, de fêtes, et à n'en pas douter, d'un large éventail de plaisirs en tout genre. Mais il visite l'aquarium avec moi. Divorcée, deux enfants. La vie est belle, et je suis une sacrée veinarde.

CHAPITRE VINGT-SEPT

KRISTIN

— Oh putain, j'adore être dans ta bouche, souffle Noah pendant mon va-et-vient. Vas-y, mon ange, encore plus profond.

Je lui obéis. Je prends son sexe aussi profondément que possible, et il gémit. J'aime la façon dont son visage se plisse quand il essaie de garder un peu de contrôle. Je suis flattée qu'une simple fille comme moi sache faire gonfler la veine de son cou ainsi.

Ses yeux trouvent les miens, et je le pousse jusqu'au fond de ma gorge.

— Je vais te donner un orgasme énorme, me promet-il. Je vais voir combien de fois ton corps jouit pour moi. J'ai envie de te goûter, de te remplir, et de t'aimer jusqu'à ce que tu n'en puisses plus. C'est ce que tu veux aussi ?

Je gémis, je sais que les vibrations vont lui faire perdre la tête.

Noah renverse sa tête en arrière et je fais glisser ma langue le long de son membre en remontant, puis en redescendant. Ma main continue à le caresser et il grogne de plaisir. Puis de l'autre je caresse ses bourses, et il est sur le point de jouir.

— Toi. Putain. Je n'en peux plus. Bordel.

Il n'arrive plus à parler et cela me procure une intense satisfaction.

Je me relève tout en gardant le bout de son gland dans ma bouche pour le caresser de ma langue.

— Tu aimes ça ? je lui demande en recommençant.

— Je veux jouir en toi, il m'informe. Ne me fais pas jouir tout de suite.

— Alors tu ne veux pas que je te fasse ça ? je lui demande en le reprenant dans ma bouche aussi profondément que possible, avant de le ressortir. Ou que penses-tu de ça ? je poursuis en léchant sa queue et ses testicules.

— Kristin, gémit-il en me tirant vers lui.

Je le regarde avec un sourire satisfait.

Il reprend son souffle et colle ses lèvres aux miennes. Nos langues luttent l'une contre l'autre. Je sais qu'il apprécie tout autant que je le pousse dans ses retranchements, que d'avoir le contrôle. Chaque fois que nous nous retrouvons, c'est différent. Noah me laisse être moi-même sans que j'aie à m'en excuser. Si j'ai envie de quelque chose au lit, il faut que je le demande, et lui ne manque jamais de me faire savoir ce qu'il ressent.

Je n'ai jamais à me poser la question de savoir s'il aime un truc ou pas. Il ne se retient pas. Noah m'informe constamment de la façon dont il se sent avec moi, physiquement et émotionnellement.

En ce moment, sa bouche exprime tout ce que j'ai besoin de savoir. Il se sent fougueux et dominant.

Nos lèvres s'écartent, et je suis prête à le recevoir. J'ai besoin de le sentir en moi. Je me baisse pour pouvoir le chevaucher, pour une fois.

— Ne bouge plus, me commande-t-il en agrippant mes hanches et en se retenant de me pénétrer.

Oh, ça va être bon, j'aime quand Noah donne des ordres dans la chambre à coucher. Il me laisse diriger de temps en temps, mais ça ne me dérange pas du tout de le laisser faire.

Mon cœur bat à tout rompre alors qu'il déplace ses mains de l'arrière de mes cuisses vers l'avant. Doucement, ses doigts viennent effleurer mon sexe, mais pas assez franchement pour me satisfaire.

— Noah, je le supplie, touche-moi.

— Je te touche, répond-il, taquin. J'ai joué à ton jeu, maintenant c'est à mon tour de te faire perdre pied.

Je gémis quand son autre main appuie dans mon dos et me pousse à genoux, dans le mauvais sens. Je veux qu'il me baise, pas qu'il m'éloigne de sa queue. J'ouvre la bouche pour me plaindre, alors qu'il commence à caresser mon clitoris.

Doux Jésus. Je ne peux plus penser à autre chose qu'au plaisir intense qui se diffuse le long de mes membres.

— C'est bon, j'halète.

— Tu vas devoir faire moins de bruit, me prévient Noah en écartant encore mes genoux et en se glissant vers le bas du lit.

— Cette fois-ci, pas de cris de plaisir.

Je n'ai jamais eu à m'inquiéter de faire trop de bruit jusqu'à présent. Mais avec lui, je perds tout contrôle sur moi-même. C'est comme si on avait allumé quelque chose en moi. Au plus nous faisons l'amour, au plus je deviens bruyante. Noah prend très à cœur que cela ne s'arrête pas.

Je. Suis. Une. Sacrée. Veinarde.

Je glisse mes doigts dans ses cheveux et je m'y accroche.

— Je ne ferai pas de bruit, ne t'inquiète pas.

Noah prend un air de défi.

— C'est ce que tu dis. Mets-toi là-haut et nous allons voir si tu peux tenir.

Je ne comprends pas ce qu'il me demande. Là-haut ? Je me glisse vers lui, mais il m'arrête.

— Mais non, mon ange. Assieds-toi sur mon visage.

J'étais au bord de l'orgasme, mais alors là, j'en ai la tête qui tourne. Comment en suis-je arrivée là ? L'homme le plus sexy de la terre me demande de m'asseoir sur son visage. Pincez-moi, je rêve !

Il me prend par les hanches pour me positionner comme il le veut.

Le premier coup de langue sur mon clitoris me fait tomber en avant et je m'accroche à la tête de lit pour rester droite. Puis il continue encore et encore. Je me mords la langue si fort que je vois des étoiles. Ou est-ce que c'est dû au fait que dès que je m'approche de l'orgasme, il s'arrête. Il joue au chat et à la souris avec mon orgasme.

— Noah, je gémis, ne t'arrête pas. Putain, continue.

Mes ongles s'enfoncent dans le bois alors qu'il continue à m'affoler. Ses mains glissent sur mon ventre et il pince mon mamelon. Mes muscles se contractent et je tombe comme une poupée de chiffon. Je ne sais pas comment j'arrive à ne pas faire de bruit, mais la tête de lit en bois arbore de belles griffes maintenant.

Noah me retourne sur le dos, écarte mes genoux et me pénètre. Je ferme les yeux alors qu'il m'emplit entièrement.

— Regarde-moi.

Mon Dieu, sa voix est si sensuelle, je n'ai pas d'autre choix que celui d'obéir. Je vois la luxure dans ses yeux verts et j'entends mon cœur battre dans mes oreilles. Nos regards restent soudés alors que Noah commence à bouger lentement. Ses mains glissent le long de mes jambes et nous nous faisons face.

Quelque chose entre nous se modifie. Ce n'est plus que du sexe, il y a autre chose. Je ne sais pas si cela existait déjà avant, mais là c'est devenu une évidence. Ses doigts caressent mon visage et je passe ma main dans sa nuque. Les lèvres de Noah effleurent mon nez, mon front, mes joues, mes paupières et finalement, mes lèvres.

— Tu es si belle, me dit-il en bougeant lentement. Avec toi je ne peux penser à rien d'autre qu'à toi.

— Je te veux tellement, je lui réponds.

— Tu m'as, mon ange, tu m'as.

Il continue à me faire l'amour en me chuchotant à quel point c'est bon et comme il tient à moi.

Je suis bouleversée.

Il est en train de s'approprier chaque partie de moi. Je sais ce que je ressens à présent. Que je le veuille ou non, je suis amoureuse de lui. Il représente tout ce que je cherche chez un homme. Quand je le regarde dans les yeux, je trouve toutes les réponses et je suis rassurée quant à ses propres sentiments. Nous n'avons pas besoin de parler pour nous le dire.

— Je ne peux plus me retenir longtemps, m'informe-t-il.

Je lui relève la tête, et j'attends qu'il me regarde. Quand il le fait, le reste des murs qui nous séparent tombent en miettes.

— Aime-moi, Noah, aime-moi sans te retenir.

Nos fronts se touchent et Noah se laisse basculer de l'autre côté.

Je reste allongée là, me délectant du poids de son corps sur le mien. Mes doigts dessinent des arabesques dans son dos et il m'embrasse dans le cou.

— Nous avons fait pas mal de bruit, me dit-il avec un sourire espiègle.

— J'espère que nous n'avons pas réveillé les enfants...

Nous tournons tous deux la tête vers la porte, mais pas de petits pieds en vue.

— Je crois que c'est bon.

Noah éclate de rire.

Je l'espère, car c'est une conversation que je compte éviter jusqu'à ce qu'ils aient... quarante ans.

Nous faisons un brin de toilette et je vais vérifier que les enfants sont bien endormis. Je suis submergée de soulagement quand je constate qu'ils sont toujours dans la même position qu'il y a une heure. Je retourne dans ma chambre sur la pointe des pieds, telle une adolescente qui risque de se faire prendre par ses parents. Il est toujours dans mon lit, un bras derrière la tête, sourire aux lèvres.

— Alors ? m'interroge-t-il pendant que je m'installe à côté de lui.

Noah me prend dans ses bras et je m'allonge contre sa poitrine.

— Ils dorment à poings fermés.

— Super.

Mes jambes s'entrelacent avec les siennes. J'aime qu'il me laisse m'accrocher à lui comme du lierre grimpant. Plus nous sommes serrés, plus je me sens en sécurité. J'ai tellement de questions sur ce que nous faisons, mais je ne sais jamais quand aborder le sujet.

Ces vérités ne vont pas s'envoler, même si on souhaite ardemment qu'elles disparaissent. Je vis ici, avec mes enfants, ma vie est à Tampa, mais pas celle de Noah. Jusqu'à présent, je me disais que ça n'avait pas d'importance, parce qu'il n'y avait rien de sérieux entre nous.

Mais voilà, on n'en est plus là.

C'est le moment d'avoir une bonne conversation.

— Noah ? je commence en faisant glisser un doigt sur sa poitrine. L'article sera fini la semaine prochaine. Que se passera-t-il ensuite ?

Il se crispe, et je voudrais pouvoir ravaler mes mots. Le savoir, ce n'est pas toujours le pouvoir. Parfois, ça fait mal et c'est dangereux pour le cœur.

— Ensuite, nous devons élaborer un plan.

OK, un plan, ce n'est pas mauvais. À moins qu'il ne s'agisse d'un plan destiné à mettre fin à notre relation. Dans ce cas-là, je préférerais m'adresser à un autre chef de projet.

Je relève la tête.

— Est-ce que ça impliquerait que nous devenions plus que les grands amis que nous sommes aujourd'hui ?

Il repousse mes cheveux en arrière et sourit.

— Je crois que nous sommes plus que des amis, Kris.

— Ça dépend de ta définition du mot ami, je réplique.

— Tu laisses tes autres amis te toucher comme ça ?

Je lève les yeux au ciel, puisqu'il connaît la réponse à cette question.

— Je suis sérieuse.

— Moi aussi, je suis sérieux. Ce que je ressens pour toi est bien plus fort que de l'amitié. Je crois que tu le sais.

Je l'espérais. Je l'espérais vraiment, mais je n'en étais pas sûre.

— Même après aujourd'hui ?

Je ne sais pas comment expliquer la honte que j'ai ressentie pendant le cirque de ce matin. Je suis toujours abasourdie que Noah ait dû assister à ça.

— Pourquoi est-ce que j'aurais changé d'avis aujourd'hui ?

— Parce que tu es un acteur célèbre qui peut avoir toutes les filles qu'il veut, je lui explique. Des filles sans casseroles à leurs trousses. Au lieu de ça, tu me choisis, moi, la fille bourrée qui tombe dans la piscine, affublée d'un ex de l'enfer complètement barge. L'un de mes enfants t'a fait passer un sale quart d'heure cet après-midi, et l'autre est obsédée par toi. Préviens-moi quand je tombe sur la partie qui te donne cette envie irrépressible de rester dans les parages.

Noah se déplace, et me fait rouler pour tomber face à face.

— Tu crois que je n'ai pas un passé ? Tu penses que tu es la seule à avoir des casseroles ?

— Je crois que j'en ai plus que la moyenne.

Il souffle.

— Tu n'es pas la seule à avoir des choses qui te pourrissent la vie, Kristin. C'est peut-être toi qui vas me tourner le dos.

À ces mots, j'ai la bouche sèche. Que s'est-il passé dans sa vie qui me donnerait envie de le quitter ? Quel que soit le problème, s'il pense que ses casseroles sont pires que les miennes, il a sûrement tort.

— Mon passé n'est pas parfait. Je n'ai pas toujours été Noah Frazier, l'acteur. J'ai travaillé très dur pour garder certains secrets à l'abri.

— Quels secrets ?

Je lis soudain de la frayeur dans les yeux de Noah et mon estomac se retourne.

— Je veux...

Il s'interrompt, se redresse et lâche un lourd soupir.

— Tu peux tout me dire, lui dis-je en posant ma main sur son bras.

Il ouvre et referme son poing, comme pour extérioriser la bataille qui se livre en lui.

— J'en ai envie, me dit-il. Je vais t'en parler. Il y a des choses que tu dois savoir.

Il me fait un peu peur, mais en même temps, je veux me montrer rassurante. Et étant donné mes sentiments pour lui, je sais que je ne pourrais plus jamais faire marche arrière. Les relations sont toujours compliquées, je le sais, mais il vaut la peine que je fasse des efforts pour lui.

— OK.

Je me rassieds, enroulée dans le drap.

— Quoi que tu aies à me dire...

Il plante ses yeux dans les miens et redresse le dos.

— Je veux être avec toi. Tu es tout ce qu'il me faut.

— Moi aussi, je veux être avec toi.

Je le gratifie d'un sourire hésitant. Je suis heureuse d'être celle qu'il veut, mais je sais que ce n'est que le début de ce qu'il a à me dire.

— J'espère que ce sera encore le cas quand j'aurai fini mon histoire, soupire Noah avant de commencer. Je m'appelle Joseph Noah Bowman. La plupart des gens ne le savent pas, parce que j'ai changé mon nom officiellement, pour prendre le nom de jeune fille de ma mère, Frazier. Quand j'étais jeune, tout le monde m'appelait Noah, parce que Joseph, c'était le nom de mon père. Je crois que ça brisait le cœur de ma mère chaque fois qu'elle prononçait ce nom.

J'ai mal pour lui quand il me raconte ça. Je sais pas mal de choses de son enfance, et je ne peux même pas m'imaginer ce qu'il a enduré. Ça me fait un peu bizarre d'être tombée amoureuse d'un homme dont je ne connaissais pas le vrai nom, mais je comprends pourquoi il l'a changé.

— Donc tu as toujours été appelé Noah, en quelque sorte ?

— Oui, mais je ne...

Il s'interrompt pour se masser la nuque.

— Ce n'est qu'après... tente-t-il à nouveau.

Je lui caresse la joue en espérant que ça l'encourage un peu. Je ne l'ai jamais vu comme ça. Noah a été le moteur de notre relation depuis que je le connais. Il s'est frayé un chemin dans ma vie et n'a jamais reculé devant rien. Il a toujours fait preuve d'assurance et de confiance en lui. Je n'en reviens pas de le voir si secoué, et je cherche à le rassurer de toutes les façons possibles.

— N'aie pas peur. Je ne vais nulle part.

Je répète les mots qu'il m'a dits pour que je me sente en sécurité.

— Je n'ai jamais ressenti ce que je ressens pour toi auparavant. Je n'en ai jamais parlé à personne. Du moins, je n'en ai pas parlé depuis très, très longtemps.

Son regard se perd dans le vague.

— Je n'en parle jamais, parce que je n'en suis pas fier, reprend-il. J'ai pris des mesures importantes pour que ça n'apparaisse pas dans les médias.

Je ne veux pas qu'il se livre s'il n'en est pas sûr. En ce moment, nous ne sommes plus Noah l'acteur et Kristin, la journaliste. C'est l'homme qui partage mon lit.

— Noah, tu sais que je ne pourrais jamais...

— Je sais. Je garde mon passé dans le passé parce que je ne peux pas le changer. Je veux juste que tu comprennes que c'est quelque chose que j'essaie d'oublier. C'est le genre de truc qui peut ruiner une carrière.

— Hé, je chuchote en l'attirant vers moi. Je ne te trahirai jamais.

— Et je ne te mentirai jamais, je ne te ferai pas mal. J'ai attendu longtemps de trouver quelqu'un avec qui je voulais partager ma vie. J'ai besoin que tu écoutes jusqu'au bout avant de me juger. Tu peux essayer ?

J'opine, en priant le ciel pour que j'y arrive

— Il y a très longtemps, j'ai perdu quelqu'un que j'aimais passionnément. C'était la soirée qui marquait la fin de l'année scolaire et du lycée. J'allais la demander en mariage.

La voix de Noah se brise, et il s'éclaircit la gorge avant de continuer.

— Tanya devait aller à la fac en Oklahoma, et je devais rester en Illinois parce que je ne pouvais pas me payer une université loin de chez moi. Nous rêvions énormément, nous allions vieillir ensemble. Je lui avais promis que je trouverais le moyen de la rejoindre, parce qu'elle était tout pour moi. Mais Tanya était... je ne sais pas.

— Une ado ? je lui suggère.

Il penche la tête sur le côté et sourit tristement.

— C'est ça. Elle avait dix-huit ans, et elle voulait vivre des aventures à la fac. Au fond, je savais qu'elle allait me quitter après son départ. Je le savais, mais je ne pouvais me résoudre à la laisser partir. Je me disais que si nous étions fiancés, ça changerait tout.

Je devine que nous arrivons à la partie de l'histoire qui change la donne. L'anxiété de Noah est palpable. Je pose ma main sur la sienne et la serre.

— J'ai dit à ses deux meilleures amies que j'allais la demander en mariage, et elles ne m'ont pas suggéré que c'était une mauvaise idée. D'ailleurs, l'une d'entre elles m'a même accompagné pour acheter la bague. Elle avait accepté mon rendez-vous au bord de la rivière dans la propriété de ses grands-parents. Nous nous y retrouvions presque tous les soirs. C'était un coin isolé, nous apprécions d'être...

Il se racle la gorge avant de continuer.

— Seuls. Nous avons fait l'amour, et je pensais que tout était parfait. Seigneur, j'étais si nerveux.

Je ne dis rien, je ne suis même pas sûre de respirer encore. Mon cœur bat la chamade et Noah reste perdu dans ses souvenirs.

Il secoue légèrement la tête avant de continuer.

— Je lui ai fait ma demande alors qu'elle était allongée dans mes bras. Je n'ai même pas pensé qu'elle puisse me dire non. Tanya s'est brusquement relevée et a commencé à paniquer. Elle secouait la tête, divaguait à propos de son besoin d'espace et insinuait que j'essayais de la piéger. J'étais planté là à l'écouter me dire que tout était fini entre nous.

Il se passe la main sur le visage.

— Il faut que tu comprennes. Nous étions jeunes, mais nous étions ensemble depuis la quatrième. Je ne savais pas quoi penser. Je l'ai accusée de m'avoir trompé, de m'avoir menti, qu'elle s'était servie de moi, comme le font les adolescents. Elle m'a giflé, et m'a dit d'aller me faire foutre. C'était notre pire dispute. Puis elle s'est éloignée, et j'ai paniqué.

La douleur dans son regard est telle que j'en ai les yeux embués. Il a l'air torturé et je voudrais lui enlever cette souffrance. Son pouce glisse sous mon œil et attrape une larme au vol.

— Ne pleure pas, mon ange.

— Tu as le cœur brisé, je lui explique.

Il me masse le bras, et recommence son récit.

— Je l'ai attrapée par le bras pour la faire revenir vers moi. Je la serrais contre moi, je la suppliais d'arrêter ce qu'elle faisait. Honnêtement, je ne me rappelle plus ce que je lui ai dit parce que j'étais fracassé... dévasté ? Je ne sais pas quel mot employer. Mais cet instant m'a à la fois comblé et détruit. Tanya pleurait à cause de ce que je lui disais. Elle m'a repoussé au moment même où j'ouvrais les bras pour la libérer. Je ne sais plus comment nous avions fini là, mais nous étions juste au bord de l'eau.

— Oh mon Dieu, je m'exclame en posant une main sur ma bouche.

— Elle a perdu l'équilibre et elle est tombée. J'ai fait tout ce que j'ai pu, mais je n'ai pas pu la rattraper.

Noah finit par craquer, et le bruit qui sort de sa bouche est le plus désespéré que j'aie jamais entendu.

— Je tenais sa main et elle a glissé. J'ai failli tomber dans la rivière aussi en essayant de la sauver.

Des larmes inondent ses joues et les miennes.

Je ne connaissais pas cette fille, mais l'agonie dans la voix de Noah résonne au plus profond de moi. Il est évident qu'il en a énormément souffert et que la culpabilité qu'il porte depuis ce jour-là est insupportable. Je me rapproche de lui et je pose ma main sur sa poitrine.

— Je suis désolée.

Il secoue la tête, essuie ses larmes et continue coûte que coûte.

— Quand j'ai réussi à la récupérer, je ne pouvais pas croire qu'elle était partie. J'aurais juré qu'elle était en vie. Je l'ai suppliée, suppliée de tenir, le temps que je puisse aller chercher les secours.

Il soupire.

— Je l'aimais tellement, je voulais faire ma vie avec elle. Je l'ai portée dans mes bras sur presque deux kilomètres. J'ignorais la douleur et la fatigue. Elle avait besoin de moi et Dieu sait que j'avais besoin d'elle.

Les yeux de Noah se plongent dans les miens et il revient au moment présent.

— J'aurais pu mourir si ça avait pu la sauver. Mais ça n'aurait servi à rien.

— C'était un accident. Un horrible accident.

— Si je l'avais laissée partir, rien de tout ça ne serait arrivé.

— Tu ne peux pas te dire que tout est de ta faute. Tu ne voulais pas lui faire de mal, si ?

— Jamais. Je ne pourrai jamais faire de mal à une femme, ni à qui que soit d'ailleurs.

Et je sais que c'est vrai. J'ai passé la majeure partie de ma vie avec un homme qui utilisait ses mots pour me blesser, pour m'infliger de la douleur chaque fois qu'il ouvrait la bouche. Noah est différent.

— Je le sais, et si tu ne ressentais aucun remords, ce serait autre chose, lui dis-je en passant ma main dans sa nuque. Tu as porté cette fille dans tes bras pour la sauver. À dix-huit ans, je ne pense pas que tu l'aurais fait si tu l'avais poussée exprès.

Nos têtes se touchent et nous restons immobiles quelques minutes, juste ensemble.

Toute cette situation est horrible, ses conséquences dévastatrices. J'essaie d'imaginer ce que Noah a traversé. Les gens qui chuchotent sur son passage, qui l'accusent de l'avoir tuée, tout en ayant à supporter d'avoir perdu la personne qu'il aimait.

Il relève la tête et prend mon visage dans ses mains en pressant délicatement ses lèvres contre les miennes. Quand nos regards se croisent, je lis de l'angoisse dans le sien. Je voudrais pouvoir faire quelque chose pour l'enlever, pour l'apaiser. Noah caresse ma joue du bout des doigts, et essuie une larme.

— Ils m'ont interrogé pendant des heures, les détectives et le chef de la police. On m'a laissé dans une pièce froide et on m'a posé les mêmes questions encore et encore. Les intervenants défilaient les uns après les autres. Un détective venait, se montrait sympa, et le prochain était un énervé qui me traitait comme Dieu la merde. J'étais bouleversé, fatigué, fracassé, je ne pouvais rien faire d'autre que de dire la vérité.

Je prends ses mains dans les miennes et j'essaie d'imaginer

Noah, à dix-huit ans, coincé dans une salle d'interrogatoire, accusé de choses horribles plutôt que d'un accident.

— Je ne conçois même pas ce que tu as dû endurer.

— Je suis passé au détecteur de mensonges, et comme je disais la vérité, ils m'ont laissé partir. Mais je devais rester en ville au cas où ils auraient plus de questions. Ils ont interrogé nos familles et nos amis, mais tout le monde savait que j'étais fou amoureux d'elle. Je n'ai jamais été formellement accusé de quoi que ce soit, surtout que le rapport de la morgue écartait la piste criminelle. La police a officiellement conclu à un accident. Mais ma vie est devenue... horrible après sa mort. La famille de Tanya m'a d'abord tenu responsable, ils ont refusé que j'assiste à l'enterrement. Quand je fermais les yeux, je la voyais tomber, je sentais ses doigts toucher les miens et glisser.

— Responsable de quoi ? je lui demande.

— Elle était fille unique, et que ce soit de ma faute ou pas, j'étais présent quand c'est arrivé. J'ai perdu une famille quand j'ai perdu la sienne. Son père était presque le mien, vu que je n'en avais pas. Mais il m'a coupé de sa vie.

Mes lèvres tremblent.

— Je suis tellement désolée.

Je suis une mère, je peux difficilement m'imaginer ce qu'ils ont traversé et ce qu'ils traversent encore. Aubrey et Finn sont tout pour moi. Si je devais les perdre de cette façon, je ne m'en remettrais jamais. On ne peut pas passer à autre chose, parce qu'on n'a plus de cœur. Un parent ne devrait jamais avoir à enterrer son enfant. Ce n'est pas dans l'ordre des choses.

Je ferme les yeux, et j'imagine Noah, jeune, en train de les supplier de le pardonner. Mais tout ce qu'il y a de maternel en moi sait pertinemment que ce pardon ne sera jamais vraiment accordé.

— Je voulais que mes amis me croient, plusieurs l'ont fait, mais d'autres m'ont accusé de l'avoir poussée dans l'eau, plutôt que d'avoir essayé de la sauver. Je voulais mourir et la retrouver.

Quand il prononce cette dernière phrase, ma poitrine se serre. Si les rôles avaient été inversés, je me sentirais comme lui. Les gens se font leur opinion et décident de ce qu'ils tiennent pour la vérité, sans connaître tous les faits. Ça arrive tout le temps, et je trouve ça triste. On entend une version, on y croit aveuglément et on n'écoute plus rien d'autre. Noah devait passer ses journées parmi des personnes qui le prenaient pour un meurtrier, parce qu'ils n'avaient pas pris la peine de connaître toute la vérité. Ça a dû être tellement éprouvant.

— Je suis heureuse que tu ne l'aies pas fait, Noah. Je n'imagine pas un monde sans toi.

Les lèvres de Noah esquissent un léger sourire.

— Je ne veux pas de secrets entre nous. Je voulais t'en parler avant. Je ne l'ai jamais partagé, parce que je n'ai jamais rencontré personne à qui je puisse me confier.

Je le tiens par les poignets, car j'ai besoin de rester connectée à lui.

— Merci de m'avoir fait confiance.

Il me regarde avec tant d'intensité que mon estomac se serre.

— Est-ce que tu me vois sous un jour différent maintenant ? Tu penses que je suis un mauvais gars ?

Comment peut-il seulement penser cela ? Il est l'exact opposé d'un mauvais gars. C'est quelqu'un qui a traversé une épreuve difficile.

— Mon Dieu non ! je le rassure en secouant la tête. Tu as été honnête avec moi. Tu étais juste un gosse. Si tu avais fait quelque chose de mal, tu te serais retrouvé derrière les barreaux, Noah. C'était un horrible accident, et je suis si désolée que tu aies eu à le vivre.

Il reste immobile et sonde mon regard.

— Je t'aime Kristin. Je t'aime. Je sais que c'est trop tôt, mais c'est ce que je ressens. Tu n'as pas à me dire...

— Moi aussi, je t'aime.

Les mots sortent automatiquement, sans que j'aie à y réfléchir. J'ai ouvert la bouche pour dire autre chose, mais je n'ai pas pu me contrôler. Je l'aime.

CHAPITRE VINGT-HUIT

NOAH

Kristin se blottit contre moi. Mes doigts continuent leur course de haut en bas, le long de sa colonne vertébrale. Je reste allongé là, à essayer de trouver une solution qui convienne à notre situation.

Je suis amoureux d'elle.

Elle est amoureuse de moi.

Nous avons toutes sortes d'obstacles sur notre chemin, dont un connard d'ex-mari, mon travail, sa vie ici et tout ce que les médias pourraient inventer au sujet de notre relation.

La seule chose dont je suis sûr, c'est que je veux qu'elle fasse partie de ma vie. Je ne vois pas d'autre choix.

— Hé, me lance-t-elle d'une voix douce et endormie.

— Rendors-toi, mon ange.

Elle dort depuis une heure environ, mais je n'ai fait que fixer le plafond. Mes pensées tournent en rond, et j'examine mes émotions. Je n'ai pas l'habitude de parler de Tanya, mais je savais qu'il était temps d'en parler à Kristin.

— J'ai envie que tu restes un peu plus longtemps, me dit-elle en bâillant.

J'ai envie de beaucoup de choses, mais nous savons tous les deux que je dois être parti au petit matin.

— Ferme les yeux, je l'encourage.

Elle m'écoute, comme si elle n'avait pas vraiment le choix.

Nous sommes tous les deux épuisés. Entre la journée tumultueuse et mon grand déballage, je ne sais pas comment je fais pour rester éveillé. Cela fait plus de vingt ans que j'essaie d'oublier la façon dont son regard s'est accroché au mien, et comment elle a crié mon nom en tombant. Je me souviens de la façon dont je l'ai tenue dans mes bras pendant que je cherchais de l'aide. Je ne trouverai plus jamais le sommeil.

J'ai parlé à ma mère il y a environ deux jours pour savoir si je devais me confier à Kristin ou pas. Elle m'a encouragé à le faire, et surtout à le faire avant que nous allions plus loin dans la relation.

— Noah, souffle Kristin alors que sa main se déplace sur ma poitrine.

Je souris, parce qu'elle rêve de moi. Je me déplace légèrement quand je commence à avoir des fourmis dans le bras, et elle passe sa jambe autour de la mienne. Elle adore rester collée à moi quand elle dort. Son corps entier me touche d'une façon ou d'une autre.

Ses cheveux bruns couvrent son visage, alors je les repousse pour admirer le galbe de son visage. Elle est superbe. Je ne sais pas pourquoi j'ai tant de chance. Trouver Kristin était... inattendu.

Mes doigts effleurent sa peau douce, et je me confie encore plus honnêtement.

— Je ne sais pas comment je vais réussir à partir dans quelques jours. Ça fait des mois que la série est terminée, et je dois recommencer à travailler, mais je repousse encore et encore. Tu m'as fait quelque chose. Tu m'as rendu cette... partie de mon cœur que j'avais jetée. Tu ne sais pas à quel point ce sera difficile de partir.

Je suis au bout du rouleau.

Juste à l'idée de monter dans un avion, j'ai mal au ventre. Elle s'inquiète que je ne veuille pas d'elle alors que je suis ici, que je lui dis tous les jours que je veux rester auprès d'elle. J'ai peur qu'elle ne trouve une excuse pour me quitter.

Je ferme les yeux et je souffle longuement par le nez.

Je vais faire tout ce que je peux pour ne pas la perdre. Il me faut juste un plan.

Je m'aperçois qu'il est l'heure de me lever et de partir, mais je veux la tenir dans mes bras encore quelques minutes. Je la tiendrais dans mes bras pour toujours, si elle me laissait faire.

— Maman !

Un bruit sourd me fait ouvrir les yeux.

— Maman, je n'arrive pas à ouvrir la porte !

La voix d'Aubrey est étouffée.

Merde ! Je me suis endormi et je suis resté toute la nuit.

— Kris.

Je la secoue délicatement et elle se redresse tout de suite en position assise.

— Hein ? Quoi ?

— Aubrey, je chuchote en indiquant la porte.

— Maman ! J'ai faim et Finn ne veut pas me donner le lait. Tu es là ?

Ses petits doigts se faufilent entre le sol et la porte.

Kristin écarquille les yeux et scanne la pièce en panique.

— Merde, souffle-t-elle en se couvrant le visage, merde, merde, merde.

Je regarde le réveil et je me maudis. Il est presque sept heures. Je savais que je ne devais pas m'endormir.

Elle pose sa main sur ma bouche, même si je n'avais aucune intention de parler, et elle s'éclaircit la gorge.

— J'arrive, ma puce, je m'habille.

— Tu dors ? lui demande-t-elle.

— Je suis réveillée maintenant, répond Kristin. Va dans la cuisine, j'arrive tout de suite.

Kris saute du lit et je l'admire. Son soutien-gorge en dentelle transparent me permet de reluquer chaque centimètre carré de ses magnifiques seins, et ce string qu'elle porte est sexy en diable. Je me relève pour me trouver dans une bonne position.

— Noah, qu'est-ce que tu fais ? me chuchote-t-elle en couvrant ses somptueuses fesses avec un pantalon.

— Quoi ? je lui demande d'un air narquois.

— Lève-toi, m'ordonne-t-elle. Tu ne peux pas être ici en ce moment, comment vais-je expliquer ta présence ?

J'adore quand elle est troublée. Elle abaisse sa garde et ne réfléchit plus à ce qu'elle dit.

— Détends-toi, mon ange.

Elle se raidit, me lance un regard acéré, et recommence à fouiller dans ses habits.

— Me détendre ? Bien sûr. Oh, j'ai une idée, commence-t-elle confusément. *Maman a fait une pyjama party coquine, les enfants, ignorez le gros bonhomme qui se faufile dehors.*

Je lâche un éclat de rire, ce qui me vaut un autre regard noir.

— Tu ne devais pas passer la nuit ici.

Je le sais bien, mais je suis là et je n'ai pas tellement le choix.

— Je te jure, tu étais si confortable, et j'avais besoin de ta présence. Je n'ai pas fait exprès de m'endormir.

Elle s'arrête net.

— Ne sois pas tout mignon, j'essaie d'être en colère contre toi. Allez, lève-toi.

— Où veux-tu que j'aille ?

Elle enfile un pull et secoue ses mains.

— Je ne sais pas. Pourquoi est-ce que tu es si sexy que j'en oublie que je suis une adulte ? Tu ne pourrais pas essayer d'être... un peu moins parfait ?

Kristin me jette une chemise au visage.

— Je suis une mère raisonnable, mais il suffit que tu pointes le bout de ton nez pour que je tombe la culotte comme une strip-teaseuse.

— Une sublime strip-teaseuse avec des seins incroyables et...

Kristin me jette un regard d'acier et me menace du doigt.

— Tu vas avoir de gros problèmes.

Elle baisse sa voix pour essayer d'imiter la mienne :

— *Mon ange, je te tiens dans mes bras jusqu'à ce que tu t'endormes.*

Elle secoue la tête.

Je lui souris, même pas désolé, en me levant.

— J'adore te tenir dans mes bras, je confesse en m'approchant. Et ça me plaît quand tu tombes ta culotte.

Je passe mes bras autour de sa taille.

— Et j'aime que tu m'aimes, je termine.

Elle fond un peu et pose ses mains sur ma poitrine, quand de nouveaux coups sur la porte retentissent.

— Maman, je veux mes céréales, s'il te plaît ! pleurniche Aubrey.

— J'y suis presque, ma puce. Prends un animal de ton zoo pour s'asseoir à table avec toi, suggère Kristin.

Elle se retourne vers moi.

— Tu t'habilles, et tu files.

— Kris, où veux-tu que j'aille ? Nous allons gérer cette situation comme des adultes.

Ses yeux se rétrécissent et je comprends trop tard que je n'aurais pas dû dire ça. Je suis clairement en tort. J'aurais dû partir cette nuit. On dirait qu'elle va me passer à tabac.

— Tu vois cette fenêtre ? Tu vas passer par là.

Je ne suis pas un petit gars fluet. Passer par la fenêtre n'a jamais été une option pour moi.

— Je ne... je commence avant de m'interrompre en voyant son visage.

On dirait qu'il va falloir y arriver.

— Allez ! me lance-t-elle en poussant ma poitrine, et après, tu peux sonner à la porte, ou faire ce qu'il te passe par la tête, mais ils ne doivent pas savoir que tu as passé la nuit ici.

Je n'ai toujours pas compris ce qui est en train de se dérouler ici, mais Kristin est en train de me pousser vers la fenêtre.

— Tu veux que je descende par la fenêtre, puis que je fasse le tour de la maison et que je sonne à la porte ? je tente de clarifier.

— Oui.

— Plutôt que d'expliquer aux enfants ?

Elle souffle.

— Tu veux leur expliquer que leur mère s'est envoyée en l'air de façon spectaculaire avec le mec qu'ils ont rencontré hier ?

— Je n'allais pas entrer dans les détails, mais ravi de savoir que c'était spectaculaire.

Kristin passe la main sur son visage.

— Arrête de parler, et commence à escalader.

Les choses dont les hommes sont capables pour une femme. C'est ridicule.

Je relève le panneau de la fenêtre et je me retourne vers elle pour vérifier qu'elle est bien sérieuse. Elle m'adresse un mouvement de main, comme pour chasser une mouche. OK, je crois que je vais devoir le faire.

— Tu me devras une fière chandelle, j'essaie de plaisanter.

— C'est toi qui m'en dois une, réplique-t-elle indignée. Et maintenant file avant que ma fille de six ans n'apprenne à forcer une serrure. Et si tu penses que c'est une blague, tu as tort.

Aubrey ne saura pas faire, mais je suis à peu près sûr que Finn n'y verra aucune difficulté.

Au lieu de repousser plus longtemps l'inévitable, je fais ce qu'elle demande… ou plutôt ce qu'elle exige. Les enfants ont passé une sale journée hier. Elle a raison, nous devons garder notre relation secrète. Et puis, j'aime le lien que j'ai avec eux en ce moment, je voudrais que les choses restent ainsi encore un petit peu.

— J'y vais, mon ange, lui dis-je en l'embrassant tendrement.

Voilà, j'ai trente-huit ans et je sors de la chambre de ma petite copine en passant par la fenêtre pour que l'on ne sache pas que j'y ai passé la nuit. Je vois qu'on n'est jamais trop vieux pour ce genre de situation.

Je pose mes fesses sur le rebord, mes jambes pendent dans le vide. Je suis grand et je sais pertinemment que je vais me racler le dos en descendant. Je me retourne sur le ventre, et je me dis que si j'arrive à poser les pieds sur le sol, ce ne sera pas si terrible. Il y a juste trois mètres. Je jette un œil, et j'essaie de toucher l'herbe avec mes orteils. Mon regard rencontre celui de Kristin devant qui se retient de rire.

— Tu as de la chance que je sois amoureux de toi, je grogne, incertain de ma position par rapport au sol.

Elle s'approche de la fenêtre, prend mon visage dans ses mains et plante un baiser sur mes lèvres.

— Oui, tu as entièrement raison.

Un coup sur la porte nous fait sursauter.

— Vas-y, je lui conseille.

— Ma-*man* !

La voix d'Aubrey retentit et elle tambourine la porte de ses petites mains.

— Tu prends trop de temps !

Je lâche le rebord de la fenêtre alors qu'elle a le dos tourné et je m'appuie contre le mur. J'entends la voix de Kristin.

— Désolée, ma puce, je suis là maintenant.

— Qu'est-ce qui t'a pris si longtemps ? interroge la petite fille indignée.

— Je n'arrivais pas à me débarrasser d'une chemise que j'aime vraiment.

J'entends le sourire dans la voix de Kristin.

— Quoi ? demande Aubrey perplexe. Quelle chemise ?

— Ce n'est rien, ma puce. Allons déjeuner.

— Tu m'as obligée à jeter ma robe préférée, continue Aubrey, je peux la garder moi aussi ?

Le rire de Kristin se répand dans la pièce, et je lutte pour m'empêcher de faire pareil.

Je sursaute quand mon téléphone se met à sonner. Je le règle rapidement en mode silencieux en priant que personne n'ait entendu. Je me déplace prestement autour de la maison et regagne ma voiture sans encombre.

Mon agent réitère son appel immédiatement.

— Quoi de neuf, Sebastian ? je le salue en décrochant.

— Je te veux dans un avion dès aujourd'hui.

— Aujourd'hui ? je lui demande, le regard tourné vers la porte de Kristin.

Il soupire.

— Ils ont besoin de toi pour une première lecture du scénario. Je sais qu'ils avaient parlé de le faire dans quelques semaines, mais ils ont changé le planning.

Mes mains s'agrippent au volant, et le cuir se déplace légèrement.

— Impossible.

— Tu n'as pas le choix.

— Les délais sont trop courts, je lui explique. J'ai des projets sur le feu ici. Je ne peux pas partir maintenant.

Kristin et moi avons à parler de beaucoup de choses. Je ne prendrai pas mon avion aujourd'hui alors que j'ai déballé mon sac hier. Je ne suis pas con, ça ressemblerait à une fuite. Et puis, je ne lui ai pas parlé de ce putain de film. Elle va avoir du mal à accepter six mois de tournage en France, si tôt dans notre relation.

J'entends un bruit résonner dans le téléphone, et je l'imagine en train de fracasser un objet contre un mur. Je ne lui facilite pas la vie.

— J'espère que tu as plus de huit millions de raisons pour justifier ce refus.

C'est son travail de jouer au méchant et de me défendre.

— C'est le troisième projet sur lequel je travaille avec Paul, il sait que je suis sérieux.

Sebastian semble oublier que jusqu'à présent, j'ai été plus

qu'obéissant. J'ai toujours fait ce que l'on me demandait, et je ne me suis jamais rebellé. Mais les choses ont changé.

— Si tu penses être le seul acteur qui peut jouer ce rôle, détrompe-toi. Prends cet avion Noah, ne gâche pas tout.

— Je te rappelle, je lâche avant de raccrocher.

Je regarde la maison de Kristin, et j'essaie de décider de la marche à suivre. Je pense à tout ce qu'il s'est passé hier soir, et je m'aperçois que le timing ne pourrait pas être pire. Mais je sais que je devrais écouter mon agent. J'ai décroché un gros contrat, mais cela implique d'importantes exigences.

Moi : Mon ange, je dois aller à Los Angeles pendant quelques jours. Mon agent vient de m'appeler. J'aurais préféré passer la journée avec toi, mais je n'ai pas le choix. Je ne sais pas exactement quand je reviendrai, mais je te tiens au courant.

Elle répond une minute plus tard.

Kristin : Je comprends.
    Moi : Je t'appelle à mon arrivée.

Je vois le rideau s'ouvrir sur le côté, et son sourire à travers la vitre.

Kristin : OK... Tu vas me manquer.
    Moi : Je t'aime.
    Kristin : Je t'aime.

Elle porte sa main à ses lèvres, y dépose un baiser et le souffle dans ma direction.

Je gémis, je voudrais la rejoindre, la prendre dans mes bras et l'embrasser pour de vrai.

Au lieu de ça, je passe la première et je réprime mon envie d'abandonner ce film.

Je vais devoir trouver un moyen de la convaincre de m'accompagner, sans quoi il se pourrait bien que je laisse tomber la carrière que j'ai construite.

CHAPITRE VINGT-NEUF

KRISTIN

— Ce n'est pas possible d'être si stressée pour un simple article, me sermonne Nicole en s'asseyant à table.

Elle n'a même pas idée. Je travaille sur mon premier jet depuis que Noah est en Californie, et j'en suis à la version numéro six. Elles sont toutes aussi nulles les unes que les autres.

— Vas-y toi, essaie d'écrire un énorme article sur le gars qui couche avec toi, sans parler de la taille de sa queue.

C'est mission impossible. La version numéro deux était pas mal, jusqu'à ce que je commence à expliquer le nombre d'orgasmes que Noah pouvait donner quand il fait bien attention. C'est toujours agréable de se la péter un peu, mais je ne veux pas fournir aux autres femmes une raison supplémentaire de craquer pour lui.

— Ne te retiens pas, dis-moi tout, me lance-t-elle par-dessus sa tasse de café, un sourire mauvais aux lèvres.

— Tu es la dernière personne à qui je vais en parler.

Elle opine sagement.

— C'est probablement une bonne décision.

Nicole est passée me voir, avec une grande nouvelle qu'elle était impatiente de partager. Jamais je n'aurais pu deviner qu'elle avait couché avec un de mes petits copains du lycée, et avec son frère jumeau. La plupart du temps avec Nicole, je ne sais jamais vraiment comment réagir.

Une part de moi pense que c'est cool qu'elle soit si audacieuse. Mais une petite voix me dit qu'elle doit se montrer prudente, car elle risque de se faire du mal. Tous ces mecs se foutent bien de son bien-être, ils pensent juste à coucher avec elle.

— Je peux lire ta dernière version ? me demande-t-elle.

Je n'ai jamais été bizarre pendant la rédaction de mes articles auparavant, mais pour celui-là, je suis très protectrice. Je ne l'ai montré à personne. Il s'agit de Noah. L'homme que j'aime et que je m'apprête à partager avec le monde entier. Enfin, avec les dix mille lecteurs du blog.

— Non, je n'ai pas encore fini.

— Kris, reprend-elle, tu as avancé ?

— Un peu, je réponds en évitant de regarder le papier qui se trouve entre nous deux, et qui ne porte que deux phrases.

Elle suit mon regard et nous lançons la main en même temps en direction de la feuille. Nicole est plus rapide et l'attrape avant moi.

— Kristin ! m'admoneste-t-elle d'une voix aigüe. Tu n'as écrit que vos noms ! Rien d'autre ! Tu dois écrire... des mots, et tout ça !

— Je sais, je réplique en lui arrachant le papier des mains. J'y travaille, mais ma cinglée de copine est passée et s'est mise à me parler de sodomie. Et les choses ont commencé à empirer. Je n'arrive pas à écrire quand tu me parles de sexe anal avec mon ex-petit ami et son frère.

Nicole s'appuie sur le dossier de sa chaise avec un sourire repentant.

— Je t'en supplie, dis-moi que tu as laissé Noah te la mettre dans le cul.

— Si je l'ai toujours refusé pendant quatorze années de mariage, pourquoi penses-tu que je dirais oui à Noah ?

Elle hausse les épaules.

— Parce que Scott aimait probablement ça. Il se comportait habituellement comme s'il avait un truc coincé dans le cul.

— Si seulement tu ne m'avais pas mis cette image dans la tête, juste vingt minutes avant qu'il ne passe déposer les enfants, je réponds en rigolant.

Scott a eu les enfants mercredi soir pour son droit de visite. Je voulais en profiter pour avancer un peu, étant donné que ma date de rendu approche et que Noah est parti à Los Angeles pour une audition. Je ne l'ai pas vu depuis trois jours et il me manque terriblement.

— En parlant de Trouduc, il t'a parlé de Jillian quand il est passé les chercher ?

Danielle a parlé de l'épisode de la semaine dernière à Heather et à Nicole. Elles n'ont pas été particulièrement surprises, mais elles ont toutes été aussi déçues que moi. J'avais toujours espéré qu'elles avaient tort à son sujet. C'était plus facile de me voiler la face que de voir la réalité. Autrement, je n'avais plus d'excuses, et j'aurais eu à prendre une décision.

— Il m'a juste dit qu'elle ne serait pas là pour dîner. Finn était soulagé, et Aubrey n'en avait rien à faire.

Nicole éclate de rire.

— Je le jure, cette fille chie des rayons de soleil et pète des paillettes. C'est la personne la plus joyeuse que je connaisse. Je défoncerai quiconque essaiera de lui enlever cette joie de vivre.

Aubrey se suffit à elle-même comme antidépresseur. Peu de choses l'attristent vraiment, et elle voit toujours le bon côté des choses.

— Ce sera un garçon, lui dis-je.

— Alors, je le tuerai.

— Je n'en doute pas.

Nicole montre le papier du doigt.

— Il faut que tu te remettes au boulot.

Je gémis et pose ma tête sur mon bras.

— Je n'y arrive pas. Rien ne me paraît assez intéressant. Il est tellement plus que je ne peux le décrire avec des mots. Il est doux, aimant, il a un grand cœur et je l'aime.

— Et sa grosse queue est un bonus.

Bien sûr, c'est la seule chose qu'elle a retenue. Mais au fond, elle n'a pas tort.

— C'est bien vrai.

Mon téléphone sonne, c'est sûrement Scott qui m'informe qu'il est en route.

Noah : Ma chambre d'hôtel donne sur l'aquarium, et je pense fort à Aubrey qui aurait besoin d'une autre peluche pour sa collection.

. . .

Je suis heureuse qu'il pense à nous.

Moi : Elle n'a PAS besoin d'une autre peluche. Mais moi, j'ai besoin que tu rentres vite.

Noah : Mon grand projet se déroule comme prévu.

Moi : Ah bon, mais c'est quoi exactement ton grand projet ?

Noah : Tu ne le sauras jamais.

Je commence à rédiger une réponse, mais je sens les yeux de Nicole sur moi.

— Quoi ? je lui demande.

— Rien. C'est juste mignon de te voir toute rêveuse quand il t'envoie des messages. Il vous arrive de sextoter ? Je peux lire ?

— Non, nous ne sextotons pas ! je rétorque en riant et en secouant la tête.

— Pourquoi pas ?

Elle est folle.

— Parce que je n'ai pas dix-sept ans.

— Dommage pour toi. Demande-lui une photo de sa queue alors.

Parfois, il vaut mieux l'ignorer.

Je redirige mon attention vers l'écran de mon téléphone. J'ai tant de choses à lui demander. Depuis notre nuit ensemble, nous n'avons pas eu deux minutes à nous pour en parler. Il a enchaîné les réunions, et les trois heures de décalage horaire n'aident pas à la communication. En réalité, il n'y a qu'une seule chose que j'ai envie de savoir. Nous pouvons gérer le reste quand il sera de retour.

Moi : Tu reviens quand à Tampa ?

Noah : Bientôt, mon ange. Je sais que le timing n'est pas bon, mais je suis obligé de rester ici pour le moment. Crois-moi, je préférerais vraiment être avec toi.

Bientôt, ce n'est pas assez. Je veux qu'il revienne tout de suite. Mais je ne veux pas le culpabiliser alors que, clairement, il faut qu'il travaille.

Moi : Très bien, je te pardonne pour cette fois.
Noah : Juste pour cette fois ?
Moi : Eh bien, tu n'es pas un saint mais tu n'es pas non plus un affreux jojo.

Je ris intérieurement, parce qu'il s'appelle vraiment Joseph.

Noah : Tu es sûre ? Je t'ai dit que je m'appelais vraiment Joseph.
Moi : C'est vrai M. Bowman. Et j'apprécie vraiment que tu m'aies raconté ton passé. Je sais que nous n'avons pas parlé de l'accident depuis l'autre soir, mais je suis contente de l'avoir appris de ta bouche.
Noah : Je te dirai toujours la vérité, et je t'en parlerai toujours en premier. Ce n'était pas facile de me livrer, mais je voulais que tu saches pour Tanya. Je dois y aller. Je t'aime Kristin.
Moi : Moi aussi, je t'aime.

Je repose le téléphone, sans pouvoir m'empêcher de sourire. Jamais je ne me serais crue capable de tomber amoureuse de cette façon. Je ne savais même pas que c'était possible. Aujourd'hui, je ne pourrais plus m'en passer.

— Tu es aussi foutue qu'Heather maintenant.

— Quand tu trouveras un homme qui te fera éprouver ce que je ressens, tu comprendras.

Il existe, il faut juste qu'elle le trouve.

Fidèle à elle-même, elle me répond d'un doigt levé bien haut.

— Pour que je devienne comme vous deux ? Non merci. Heather a demandé un congé sabbatique pour le suivre. Toi, tu es là, rayonnante juste parce que tu as reçu un SMS. Moi, mon programme, c'est double pénétration avec des jumeaux. Alors... qui profite vraiment de la vie ?

Elle fait sa maligne en jouant les célibataires libérées, mais je sais qu'elle était effondrée, il n'y a pas si longtemps. Je prends sa main dans la mienne.

— Je t'aime Nic, tu es la femme la plus courageuse que je connaisse. Peu de personnes pourraient vivre ce que tu as vécu et s'en sortir quand même. Mais il ne faut pas se servir de l'amour comme d'une arme. L'amour, le vrai, celui qui est pur et honnête est une chose précieuse et peut guérir le mal que l'on t'a fait dans le passé. N'abandonne pas.

Le rideau de fer qui lui demande tant d'efforts pour rester tiré semble flotter un instant et je vois une lueur douloureuse dans ses yeux, qui disparaît aussi vite qu'elle est apparue. Elle retire sa main de la mienne et me fuit du regard.

— Je suis très bien comme je suis.

Nicole veut qu'on l'aime. Elle peut dire tout ce qu'elle voudra, nous avons tous ce besoin enfoui au fond de nous. Je suis dégoûtée que la seule fois où elle a pris le risque, ça se soit retourné contre elle.

— Tu es parfaite, quoi qu'il arrive, je la rassure.

Elle opine.

— Bien sûr que oui. Bon, remets-toi au travail sinon tu ne le rendras pas dans les délais.

Je me mords la lèvre en lisant la version finale de mon article une dernière fois. Je dois le rendre à Erica dans la demi-heure, et je veux qu'il soit parfait. Quand je m'aperçois que je ne peux plus le fignoler davantage, j'appuie sur *envoyer* en priant pour qu'il soit bon.

— Tu fais quoi maman ? me demande Aubrey alors que j'envoie l'email à Erica et à ma correctrice.

— C'est mon article sur Noah.

— J'aime bien Noah, me confie-t-elle.

Je l'attire sur mes genoux et je l'embrasse sur la joue.

— Moi aussi.

— Mais il n'a pas nourri les animaux.

— C'est parce qu'il est parti, répond Finn en entrant dans le salon. Dommage que Jillian n'ait pas aussi disparu.

Il la déteste vraiment. Je sais que je ne peux pas encourager ce comportement, mais je le comprends. Ce n'est pas quelque chose qu'elle a fait, mais sa seule présence rend les visites désagréables. Plus Finn la pousse dans ses retranchements, plus la situation se détériore.

— Je sais que tu ne l'apprécies pas, mais ton père va l'épouser.

Finn souffle.

— Je la déteste.

— Mais pourquoi tu la détestes autant ?

Il fixe ses pieds.

— Parce que je ne la connais pas ! Et papa veut juste se marier avec elle ? Il est censé t'aimer !

Oh, mon tout petit ! Je sais bien qu'une infime partie de lui espère encore une grande réconciliation, mais ça n'arrivera jamais.

— Ce n'est pas parce que tu la détestes que papa et moi allons nous remettre ensemble, mon chéri. Ton père sera toujours ton père, mais il l'aime, et elle ne partira pas comme ça.

C'est vrai que nous serions tous ravis de la voir plonger dans une piscine remplie d'acide sulfurique. Dur de faire pire qu'une briseuse de foyer.

Toutefois, je suis sûre que tout est de ma faute.

Je n'ai pas su le rendre heureux. Ni entretenir la maison comme il l'aimait. J'étais nulle au lit et il a probablement une longue liste de choses à me reprocher. Heureusement pour Scott, il avait sa petite assistante sous la main pour lui obéir au doigt et à l'œil et pour s'occuper de sa microbite.

Mais je ne peux pas dire tout ça à voix haute.

— Pourquoi est-ce que papa est amoureux d'elle ? demande Aubrey en tournant sa tête vers moi.

Parce que c'est un idiot qui pense avec son pénis, pas avec son cerveau.

— Il l'est, c'est tout. Parfois, les gens s'aiment sans avoir de raison.

Et Dieu sait que je ne lui trouve aucune qualité.

Aubrey entortille une mèche de mes cheveux autour de ses doigts.

— Elle dit que tu n'es plus la femme de papa.

Il va falloir qu'elle arrête son cirque. J'en ai marre de retrouver mes enfants après un séjour chez lui, et qu'ils me répètent ce qu'elle leur a dit. J'ai bien compris qu'elle n'aimait pas mes enfants, donc il faut qu'elle arrête de leur parler à eux et à moi. Scott va m'entendre. Je n'hésiterai pas à retourner au tribunal pour avoir la garde plénière. Je suis sûre qu'il va apprécier d'avoir à payer encore plus de pension alimentaire.

Je refuse que mes enfants se fassent empoisonner la tête ni qu'ils ne se sentent pas à leur place parce que leur père a décidé de changer de vie. Je le fais avec Noah, mais nous n'essayons pas de les étouffer avec.

Je caresse le visage d'Aubrey.

— Je ne le suis plus. Mais je suis toujours ta maman, et il est toujours ton papa.

— C'est bien, me répond-elle en souriant. Tu es une bonne maman.

— Heureuse de l'entendre, je réplique en la chatouillant.

— Et est-ce que Noah va revenir ? demande Finn.

— Je crois qu'il revient demain, pourquoi ?

Je marche sur des œufs, parce que Finn fait partie de ces enfants qui prennent des propos et les tirent de leur contexte.

Il traverse des épreuves difficiles, et je dois déjouer les pièges.

— Il va y avoir un marathon Harry Potter.

Il se gratte la tête et m'évite du regard.

Le poids dans ma poitrine a disparu et j'essaie de ne pas sourire. Mon fils pense à Noah. Hier soir, nous nous sommes appelés en visio et Finn lui a parlé quelques minutes. C'était mignon de les entendre parler d'Hollywood. Finn est fasciné par tout ce qui a à voir avec le cinéma. Noah est heureux de partager son expérience avec lui.

Je le regardais et j'ai vu le visage de mon fils s'éclairer quand il a su qu'il avait dîné avec son acteur préféré.

J'ai ri en voyant la mine déconfite de Noah quand il a découvert que ce n'était pas lui, son acteur favori.

— Je suis sûr que Noah aura envie de le regarder s'il est de retour. Si c'est OK qu'il vienne le voir ici ?

— Pourquoi est-ce que ça ne serait pas OK ? s'interroge Finn perplexe.

— Je ne sais pas, vous n'avez pas l'air d'apprécier la présence de Jillian. Je ne sais pas ce que vous pensez de Noah.

Aubrey, qui était assise sur mes genoux, saute par terre et commence à tournoyer.

— Il faut que Noah vienne, dit-elle en riant, c'est mon gardien de zoo.

Voilà la chose la plus importante dans la vie de ma fille, son faux zoo, et les animaux qui y vivent.

— Noah n'est pas comme *Jillian*, commente Finn en crachant le dernier mot.

Je suis bien d'accord avec lui.

— Il est gentil, reprend Aubrey avant de tournoyer à nouveau.

Ils ne savent pas à quel point ils me font plaisir. Noah est important pour moi, mais nous y allons doucement avec les enfants. Nous voulons tous les deux qu'ils soient à l'aise avec lui avant d'aller plus loin. C'est un truc que je ne comprends pas au sujet de Scott. Pourquoi est-il si pressé ? Pourquoi est-ce qu'il faut tout de suite se remarier ? S'ils s'aiment tellement, ne pourraient-ils pas attendre, même s'ils vont avoir un bébé ? Nous ne sommes plus dans les années cinquante. On n'est plus obligée de se marier quand on tombe enceinte.

J'aime Noah. Je ne l'aime pas juste aujourd'hui. Je l'aimerai demain et après-demain. C'est pourquoi nous ne nous sentons pas obligés d'aller si vite en besogne. Nous allons à notre rythme.

— Et en plus, je les ai entendus crier parce que papa a dit qu'il voulait attendre, raconte Finn d'un air mauvais.

Je suis digne, mais je ne vais pas laisser passer un bon ragot.

— Ah bon ?

— Ouais, répond Finn en regardant son téléphone, il ne veut pas se marier avec elle. Je les ai entendus se disputer. Un truc à mon sujet, par rapport au fait que ça me dérange.

Voilà qui est intéressant. Scott a fait des efforts avec Finn depuis leur conflit. Ils se parlent plus souvent, et ça me fait plaisir. C'est son fils et je veux qu'ils s'entendent. Je ne suis pas obligée de l'aimer, mais je souhaite que mes enfants pensent que c'est le meilleur de la terre. Tous les enfants ont besoin de l'amour de leurs parents.

— Ça te fait plaisir ? je lui demande.

Finn hausse les épaules. La réponse typique d'un gosse de dix ans. Et que le ciel me vienne en aide si je perturbe sa vidéo d'un homme en train d'hurler sur un ordinateur.

La sonnerie retentit, et interrompt notre conversation, qui apparemment était terminée. Aubrey court vers la porte et je suis juste derrière elle.

— Noah, s'écrie-t-elle en jetant ses bras autour de son cou.

— Salut, ma belle !

Noah hisse Aubrey dans ses bras, et les battements de mon cœur s'accélèrent. Nous n'avons pas respiré le même air depuis sept jours. Sept jours passés à me languir de lui, et le voilà, devant ma porte. Toutefois, nous avons un public et, bien que j'aie envie de l'embrasser à en perdre le souffle, nue de surcroît, je dois me retenir.

— Salut, dis-je en souriant, tout en posant ma tête sur le bord de la porte.

— Noah, devine quoi ? s'exclame Finn en se précipitant vers nous. Il y a Harry Potter toute la journée à la télé !

— T'es sérieux ? s'enthousiasme Noah. Je peux regarder avec toi ?

— T'es bête, bien sûr, c'est pour ça que je t'en parle, rétorque Finn comme si Noah n'avait rien compris.

Je crois bien que je viens de me faire piquer mon petit copain. Par mes enfants. Aubrey empoigne Noah par les joues et le force à la regarder.

Ses yeux s'agrandissent et elle malmène son visage.

— Tu as du travail, Monsieur.

Je glousse dans ma barbe, et Noah essaie de lui répondre avec ses joues toujours immobilisées.

— Ah bon ?

— Oui ! Les animaux ont faim.

— Aubrey, ce sont des peluches, pas des vrais animaux, grommelle Finn.

— OK, les enfants !

Je dois tuer cette chamaillerie potentielle dans l'œuf.

— Et si on laissait Noah entrer dans la maison.

Il repose Aubrey par terre, et elle ramène ses mains sur ses hanches, en le fixant.

— Je vais aller les préparer pour leur repas.

Noah s'accroupit devant elle, et pose un doigt sur son nez en souriant.

— OK, bonne idée. Je ne voudrais pas les affamer.

Je lève les yeux au ciel alors qu'elle s'éloigne en roulant des hanches. Elle flirte déjà à son âge. Après qu'elle a quitté la pièce, il s'approche de moi. Il est encore plus beau que dans mes souvenirs. Ses cheveux sont plus courts, mais sa barbe est plus épaisse, et ça me plaît. Noah bouge son corps en même temps que moi. Mon cœur bat la chamade, et je dois m'agripper à la porte pour me retenir de me jeter contre lui.

— Salut, je souffle.

— Tu lui as déjà dit bonjour, me précise la voix de Finn dans mon dos.

Mince, j'avais oublié qu'il était là.

La bouche de Noah dessine un sourire.

— Exact, confirme-t-il. Peut-être qu'elle perd la mémoire à cause de la vieillesse, pas vrai Finn ?

— Sûrement, s'exclame Finn. L'autre jour, elle a cherché ses clés pendant une heure. Elles étaient dans le frigo.

— Espèce de traître.

Noah rit et frôle ma main du bout de ses doigts.

— On se dira bonjour comme il faut tout à l'heure.

Oh, je l'espère bien.

C'est comme un cadeau. Un cadeau que l'on souhaite ardemment retrouver sous le sapin, le matin de Noël. J'ai envie de le déballer, et de jouer avec lui. Mais je dois attendre.

CHAPITRE TRENTE

NOAH

— Tu as intérêt à avoir une sacrée bonne raison pour m'appeler, je menace en répondant au téléphone à cinq heures du matin.

— Nous avons un problème, me répond mon publiciste en s'éclaircissant la gorge.

Le problème, c'est Tristan qui va l'avoir pour m'avoir réveillé si tôt. Je sais qu'il aime travailler la nuit, mais moi je préfère dormir.

Kristin bouge et ramène les couvertures sur sa tête alors que je me glisse hors du lit. La semaine dernière, je me suis faufilé chez elle quelques fois ou bien nous nous sommes vus quand les enfants étaient chez Scott pour leur dîner. Comme c'est son week-end, elle est finalement restée dormir chez moi, et nous avons baptisé mon appart' comme des fous. Il ne reste plus aucune surface sur laquelle je ne l'ai pas allongée. C'était une putain de bonne soirée.

Je vais avoir besoin de plus de quelques heures de sommeil pour récupérer après cette soirée.

— Et c'est quoi ce problème ?

Je frotte mes yeux en titubant dans la cuisine.

Je vais avoir besoin de café. J'appuie sur le bouton de la cafetière Keurig et je mets à percoler la caféine dont j'ai tant besoin.

— Tu sais, cet article que je t'ai recommandé de ne pas faire ? me demande-t-il d'un air supérieur.

— Celui que ma petite amie a écrit ? je clarifie, bien que je n'aie pas fait d'autre interview depuis.

Il lâche un petit rire.

— Noah, il faut que tu le lises. Je filtre déjà des tonnes de questions, je fais de mon mieux, mais nous devons faire une déclaration.

Parfois, Tristan est ridicule. Je comprends bien que son travail consiste à protéger mon image, mais il faut qu'il arrête d'être si cynique.

— Je suis sûr que ça va aller.

— Je t'envoie le lien, rétorque-t-il.

Il est si mélodramatique. Une fois le café passé, je m'en empare, saisis mon ordinateur portable et m'installe sur le plan de travail. J'essaie de ne pas penser aux fesses de Kristin qui étaient posées juste là pendant que ses jambes étaient passées sur mes épaules, mais cette image mentale est trop délicieuse pour que j'y arrive.

— Noah ?

— Oui, oui, oui, je marmonne.

Le lien charge l'article, et quand le titre s'affiche, j'en ai la tête qui tourne. Tout en haut de l'écran de Celebaholic s'étalent les mots : « Noah Frazier : beau gosse d'Hollywood ou assassin d'une adolescente ? »

Je rejette ma tête en arrière, et je cligne des yeux. J'attends de constater qu'il s'agit d'une illusion d'optique.

Ce doit être une erreur.

Elle n'a pas pu écrire à ce sujet.

Pas après tout ce que nous avons vécu. Elle ne me ferait pas ça. Pas moyen.

Je fais défiler la page, et je lis le nom de Kristin, qui signe l'article, suivi de toute l'histoire que j'essaie d'oublier depuis vingt ans. J'ai l'impression d'avoir reçu une gifle en pleine figure.

Je vois une photo en noir et blanc de Tanya et moi, le soir du bal du lycée, avec tous les détails horribles de sa mort. Puis on lit que j'ai déménagé peu après, que j'ai changé mon nom et que j'ai commencé une nouvelle vie.

Tout ce que je lui ai confié.

Ma poitrine me fait de plus en plus mal, mot après mot. Je suis en train de rêver. C'est un cauchemar, et je vais bientôt me réveiller. La femme que j'aime ne me vendrait pas pour faire les gros titres.

— Noah ?

— La ferme ! j'aboie, alors que je continue à lire.

Quand je vois la mention du sobriquet « affreux jojo », je sais que c'est elle. Je n'ai pas d'autre explication.

— Je... Je...

Je bégaie, les mots n'arrivent pas à sortir.

— Elle... Kristin est ici... Je n'y crois pas.

— J'appelle Catherine pour qu'elle te rejoigne, m'informe Tristan, la voix pleine de pitié.

— Non, je l'interromps. Kristin ne ferait jamais ça. C'est sûrement une blague.

Il soupire.

— Je ne sais pas quoi te dire. C'est un cauchemar pour les relations publiques. Je dois les devancer. J'ai déjà appelé Celebaholic, je vais voir ce que je peux faire. Mais le secret est éventé, Noah.

C'est pour ça que je le paye, mais je ne comprends toujours pas ce qui est en train de se passer. Pas après tout ce que nous avons partagé. Je le saurais si elle jouait à un jeu avec moi. Ça voudrait dire que tout ça ne voulait rien dire.

Je repense à la nuit où je lui ai tout raconté. À la façon dont elle a pleuré pour moi. Il doit y avoir une explication.

— Quoi qu'il en soit, je suis de ton côté. C'est mon travail d'éteindre ce feu.

— Fais ce que tu as à faire, mais je... Je ne sais pas, putain.

Je ne sais pas comment gérer l'intensité du sentiment de trahison qui m'envahit. Comment a-t-elle pu penser une seule seconde qu'elle avait le droit de faire ça ? Comment a-t-elle pu prendre mes confidences les plus intimes, et les mettre en ligne ?

Ma main serre ma tasse, et je commence à trembler. Une énergie nerveuse me parcourt les veines, et je dois comprendre ce qu'il s'est passé. Les parents de Tanya ont reçu une somme d'argent conséquente quand j'ai eu mon premier cachet digne de ce nom. Ils ont fait un don à une bourse d'études en son nom. Mes avocats ont géré la situation discrètement, avec des contrats cadenassés et impossibles à contourner en ce qui concerne ce qu'ils ont le droit de dire sur moi.

Il y a des années qu'ils m'ont pardonné, ils ne me trahiraient pas aujourd'hui. Je ne vois pas pourquoi ils feraient ça, ils savent combien je l'aimais. Sa mère était soulagée quand je lui ai parlé de ma relation avec Kristin. Elle m'a dit qu'il était temps que je passe à autre chose, et que j'arrête de vivre dans le passé.

Dans ma tête, je commence à composer la liste des personnes qui n'ont jamais cru à ma version. Mais pourquoi maintenant ? Après toutes les années qui se sont écoulées. Et comment auraient-ils su au sujet de Kristin ?

Et puis de toute façon, ça n'a aucune importance. L'article est signé par Kristin. C'est son nom qui s'affiche sur l'écran. Je lui ai fait confiance, je l'ai aimée, je lui ai donné mon cœur, et elle l'a piétiné. Et pour quelle raison ? Pourquoi continuer à me voir après avoir obtenu l'information ? Pourquoi est-elle dans mon lit ?

Je dois lui parler avant de perdre complètement la tête.

Chaque pas que je fais dans sa direction accélère les battements de mon cœur. Mes émotions sont incontrôlables et je n'arrive pas à remettre de l'ordre dans mes pensées.

Je place l'ordinateur sur le sol, m'assieds sur le côté du lit en regardant son visage. Je fais de mon mieux pour ignorer la douleur qui monte dans ma poitrine. Ma gorge se serre alors que je tends la main vers elle pour la réveiller. Quand les mots seront dits, on ne pourra plus jamais revenir en arrière. Si je pouvais appuyer sur la touche retour rapide, je le ferais. Je resterais dans la journée d'hier, et je prierais pour qu'aujourd'hui n'arrive jamais.

— Kristin, je serre légèrement son épaule. Kristin, réveille-toi.

Elle se tourne sur le dos, et sourit quand elle voit que je la regarde.

— Salut.

La façon dont elle me regarde me brise le cœur. Ce n'est pas le regard de la fille qui vient de ruiner ma carrière. Elle me regarde comme si j'étais son héros. J'ai besoin qu'elle me donne une bonne raison, pour que je puisse réparer tout ça.

— Kristin, ton article est publié, je commence.

— Oh ? Je croyais que c'était demain. Tu l'as lu ? me demande-t-elle en s'asseyant et en ramenant les draps autour de son corps nu.

— Et toi ?

— Ben, oui, je l'ai écrit, répond-elle évasivement.

— *Tu* l'as écrit ? j'insiste. Personne ne t'a aidée ?

Elle penche la tête sur le côté et éclate de rire.

— Tu es bête. Bien sûr que je l'ai écrit. Je l'ai envoyé par email à ma correctrice il y a une semaine. Nous avons fait quelques modifications depuis. Tu n'as pas aimé ? Je croyais... Je n'étais pas sûre que ce soit le cas, mais j'espérais...

Je ferme les yeux et je souffle par les narines.

— Tu croyais que je serais d'accord ?

— Noah ?

Elle me touche le bras, mais je me dégage.

— Pourquoi est-ce que tu... ? Je ne... ? Tu es en colère ?

— Mais bien sûr que je suis en colère, Kris ! Je n'arrive pas à croire que tu aies pu écrire ça ! Putain, mais comment as-tu pu ?

Kristin recule un peu, et je vois un éclair de douleur dans ses yeux.

— Mais qu'est-ce qui est si mauvais ? C'est la vérité !

Je me relève et je prends ma tête dans mes mains. Elle ne peut pas être si stupide. Je sais qu'elle ne l'est pas. Elle sait combien elle m'a fait du mal. Nous étions dans son lit. Je me suis effondré, putain. J'ai pleuré dans ses bras. Il ne s'est rien passé cette nuit qui a pu lui donner la permission d'écrire à ce sujet.

Je ne peux plus me retenir. Je me retourne vers elle, les mains en l'air.

— Je ne savais pas que je devais te spécifier que mes confidences sur Tanya étaient hors limite pour ton article.

— Tanya ? demande-t-elle en relevant la tête. Mais de quoi tu parles ?

— Arrête de jouer à l'idiote, Kris. Tu viens d'admettre que tu as écrit ce putain d'article.

Elle se lève et enroule le drap autour d'elle.

— Je ne sais pas de quoi tu parles. Je n'ai rien écrit sur Tanya.

Je ne sais pas ce qui est pire. Qu'elle ait admis, ou qu'elle fasse l'idiote tout à coup. Si elle me trahit, elle pourrait au moins être honnête à ce sujet. De toute façon, je suis trop en colère pour lui en dire un mot.

Je ramasse l'ordinateur par terre et je le place sur le lit.

— Arrête de me prendre pour un con et de m'insulter encore plus.

Kristin s'approche de l'ordinateur en secouant la tête. Quand ses yeux rencontrent les miens, ils sont remplis de frayeur.

— Je n'ai pas écrit ça.

— Non, tu as déjà admis l'avoir écrit.

Ses lèvres commencent à trembler.

— Je te le jure. Ce n'est pas ce que j'ai envoyé.

— Ce n'est pas ce que tu as envoyé, ou est-ce que tu pensais avoir plus de temps avant que je le lise ? Je n'y crois pas, putain. Je ne te crois pas !

— Noah...

Elle fait un pas vers moi, mais je m'écarte.

— Noah, s'il te plaît, reprend-elle, je n'ai pas écrit ça. Ce n'est pas mon article, je te jure ! J'ai écrit sur ton travail, ce nouveau rôle que tu vas jouer, celui d'un homme qui se bat pour la femme qu'il aime. J'ai dit que tu étais attentionné, j'ai parlé des associations caritatives que tu soutiens, mais rien sur Tanya ! Je n'aurais jamais pu !

Je place ma main sur le côté de ma tête, j'ai l'impression qu'elle va exploser. Mon Dieu, j'ai la sensation de me déchirer. J'ai envie de la croire, mais c'est écrit noir sur blanc.

— Comment expliques-tu que toutes mes confidences se retrouvent là-dedans ? C'est signé de ton nom, Kristin ! Je n'en ai parlé à personne depuis vingt ans. Je m'ouvre à toi, et deux semaines plus tard, tout est sur internet ? Explique-moi, je martèle en m'approchant d'elle. Explique-moi alors.

Je suis un gars raisonnable. Elle a nié l'avoir fait, donc je veux voir ce qu'elle a envoyé. Parce que pour l'instant, tout l'accable.

— Je peux te montrer mon email ! Tu verras que je ne l'ai pas envoyé, me lance Kristin en s'emparant de l'ordinateur.

Je lui arrache des mains.

À cet instant, je ne fais confiance à rien ni personne. Je ne me fais même pas confiance à moi-même. Je voudrais tellement que ce soit la vérité. Mais je ne peux pas baisser ma garde encore une fois. Je suis faible en face d'elle. Je ne sais pas si elle va essayer de supprimer l'email, ou de couvrir ses traces. Je dois être sûr à cent pour cent.

— Donne-moi ton mot de passe, je vais regarder.

Elle inspire bruyamment et s'assied à côté de moi.

— Tu penses vraiment que je te ferais ça ?

— Je ne sais pas quoi penser, j'admets.

Elle relâche sa tête et renifle.

— Je nous croyais plus forts que ça.

— Montre-moi juste que cet article sur le blog, avec ton nom et les détails sur la mort de Tanya que je t'ai confiés, n'est pas de toi, et je te croirais. C'est la dernière chose dont j'avais envie, Kristin. Tout ce qui m'importe, c'est toi. Et j'essaie de trouver un moyen de comprendre cette situation insensée.

Les yeux bleus de Kristin croisent les miens, et je me hais pour l'angoisse que j'y lis, mais elle doit me donner quelque chose, une bribe à laquelle je peux me raccrocher.

— Très bien, connecte-toi à ma boîte mail, et tu verras. Je ne t'ai pas fait ça, je ne te ferais jamais un truc pareil. Je t'aime Noah.

Sa voix se brise, et mon cœur tombe en pièces.

— Erica est la rédactrice en chef, elle a tous les pouvoirs sur les publications. Donc, peut-être que quelqu'un lui en a parlé et qu'elle a modifié mon article.

Je veux avoir tort. Si cet email n'est pas dans sa boite, je me jetterai à ses pieds, puis je détruirai la personne responsable. Elle me donne son mot de passe, et j'ouvre sa boîte mail. Je vais dans le dossier des envois, en priant le ciel pour que l'email ne s'y trouve pas.

Je parcours la liste et je vois deux emails pour Erica. Dans la section objet du plus récent, je peux lire : URGENT — À utiliser pour article.

J'ouvre l'email, et l'espoir n'est plus permis.

Je regarde Kristin appuyée contre le mur.

— J'imagine que mon histoire valait plus que ce que nous partagions. Ne t'inquiète pas Kristin, je ne te ferai pas tout le mal que tu viens de me faire. Ça devait être mon tour d'être détruit.

CHAPITRE TRENTE-ET-UN

KRISTIN

— Mais, écoute-moi ! je le supplie en serrant son poignet pour l'empêcher de sortir de la chambre. Ce n'est pas moi qui ai fait ça !

Noah arrache son bras de mes mains et m'immobilise d'un regard empli de dégoût.

— Arrête de me mentir, putain ! Je n'arrive même plus à te regarder. Lâche-moi !

La douleur infligée par son rejet est insupportable. Il me déteste. Je le vois dans ses yeux, et mes lèvres tremblent. J'ai besoin de lui.

— Je ne partirai pas !

Je tiens bon, et fouille mon cerveau à la recherche du moindre élément qui pourrait expliquer ce désastre. Je n'ai pas envoyé cet email. Je ne révèlerai jamais son passé à quiconque.

— Il faut qu'on parle. Arrête de me repousser parce que je t'aime.

Il se poste à deux centimètres de mon visage et ferme les yeux un moment avant de les rouvrir en respirant bruyamment.

— Tout est fini. Il n'y a rien d'autre à ajouter. Je veux que tu sortes de chez moi tout de suite.

— Tu dois me croire, Noah. S'il te plaît, tu me *connais*. Tu m'aimes. Nous devons comprendre à deux. Je ne sais pas ce qu'il s'est passé. Mais je te jure devant Dieu que ce n'est pas moi qui ai fait ça. Pourquoi est-ce que je voudrais te faire du mal ? Tu ne vois pas que c'est complètement insensé ?

— Donc, sans aucune autre explication, ce que je t'ai confié éclate soudainement au grand jour ? Tous les détails sur ma vie, tout ce que j'ai déballé se trouve sur la place publique, avec ton nom dessus, et envoyé depuis ta boîte mail. Cependant, tu n'as rien fait ? Tu me crois si stupide ? Tu pensais que je n'en saurais jamais rien ? Ou alors tu as déjà eu ce que tu voulais et tu te fiches des conséquences ?

Ses mots m'atteignent comme des poignards. Je n'ai jamais ressenti une douleur si intense. Il ne me croit pas et je ne sais pas comment faire pour m'innocenter. Tout ce que je sais, c'est que je n'ai pas envoyé cet email. Je n'ai pas écrit cet article. Et je n'ai répété à personne ce qu'il m'a confié.

— Et les autres personnes qui savaient ? Je ne suis pas la seule !

Je me raccroche à des brindilles, mais c'est tout ce que j'ai.

— Tu crois que je n'y ai pas pensé ? Pourquoi est-ce qu'ils prendraient le risque de tout perdre maintenant ? Mon équipe les a gérés quand j'ai débuté ma carrière. Et comment connaîtraient-ils ton nom tout à coup, Kristin ? Comment auraient-ils accès à ton email pour contacter ta patronne ? Explique !

— Je sais de quoi ça à l'air, mais je t'en prie, je le presse. Donne-moi quelques jours pour comprendre ce qu'il se passe.

— Ne te fatigue pas, ce soir, je ne serai plus là.

Mes muscles se crispent, et le sol se dérobe sous mes jambes. Il ne peut pas partir comme ça. La réponse est quelque part, et j'ai besoin de temps pour la découvrir. Je tends la main vers lui, mais il s'écarte et mon cœur éclate en mille morceaux. Cet homme, qui hier soir, ne pouvait pas arrêter de me toucher, ne veut plus que je m'approche de lui.

— Je t'en supplie, donne-moi une minute pour comprendre.

Les yeux vert vif de Noah prennent l'éclat du silex alors qu'il me fixe d'un air implacable.

— J'allais partir, de toute façon.

Sa voix se teinte de fatuité et me prend par surprise.

— Partir ?

— Je vais en France. J'ai un rôle et je devais m'y rendre dans quelques jours. Tu m'as grandement facilité la tâche. Merci.

Mais alors, il m'a menti ? Il m'a laissée tomber amoureuse de lui tout en sachant qu'il ne resterait pas.

— Tu m'as promis que tu resterais ! je m'écrie.

Il lâche un rire amer.

— Et tu m'as promis que j'étais tout pour toi. On dirait que nous sommes tous les deux des menteurs.

— Noah, arrête...

Morceau par morceau, notre relation s'écroule autour de moi.

— Toi, arrête, me jette-t-il, la mâchoire serrée. Ne fais pas comme si j'étais en tort. Parce qu'en ce moment, je me retiens de toutes mes forces de te faire du mal. Je garde tout en moi parce ça me tue de te voir pleurer, voilà ce que c'est que l'amour, Kris. Je te laisse arracher mon cœur de ma putain de poitrine, – il se cogne violemment le plexus – parce que rien qu'à l'idée de te faire du mal, j'ai la nausée. Je t'aime. Je *t'*aime, même si *tu* nous as fait tant de mal. Moi, je n'ai rien fait, mon ange. Tout est de ta faute.

Il secoue la tête et se rue hors de la chambre.

Je suis plantée là, sans rien, hormis le drap qui cache ma nudité jusqu'à mes genoux. Mon cœur bat dans ma poitrine et mes larmes coulent sans retenue.

— Je le jure, je t'aime, je chuchote sans que personne ne m'entende.

Comment a-t-on pu en arriver là ?

Il y a seulement cinq heures, nous faisions l'amour, et maintenant, tout est fini ?

J'entends la porte d'entrée claquer, et je tressaille. Il ne peut pas me quitter. Je ne le laisserai pas. Je retrouve l'usage de mes jambes, et je me précipite dans le salon, mais il n'est plus là.

— Noah !

Je l'appelle, mais il est parti.

Mon cœur déjà malmené a reçu le coup fatal et ne s'en remettra jamais.

Chaque respiration est un effort, mais j'arrive à me rendre dans la chambre, haletante. Le perdre, c'est plus que je ne peux le supporter. S'il revenait, nous pourrions essayer de nous en sortir. Il doit y avoir une explication quelque part, mais il a abandonné. Je claque des dents et le bruit résonne dans la pièce pendant que je m'habille.

Je vois la photo encadrée de notre sortie à l'aquarium de son côté du lit, et je perds le contrôle de moi-même.

Noah a ses lunettes de soleil, et je suis derrière lui, ma tête posée sur son épaule. Aubrey est dans ses bras et Finn saute en premier plan, la bouche ouverte. Comment peut-il s'imaginer que c'est possible ? Les sentiments que j'éprouve sont clairs comme de l'eau de roche dans la photo. Je l'aime, je l'ai laissé rencontrer mes enfants. Pourquoi ferais-je une chose pareille ?

Peut-être qu'il a besoin de temps. Il verra que c'est impossible. Il le faut.

J'essuie mes larmes et j'essaie de les contenir. Mais j'ai trop mal.

Je rassemble mes affaires et je fais tout mon possible pour ne pas m'écrouler. Je me remémore ces dernières journées en détail, et je ne pense à rien d'inhabituel. J'ai envoyé mon email de chez moi, j'ai vérifié qu'Erica l'avait bien reçu, puis Noah m'a rejoint.

J'ai déposé les enfants chez Scott pendant que Noah attendait chez moi. Puis, nous sommes venus ici. Nous avons fait l'amour de la façon la plus intense de ma vie, nous avons mangé, puis nous avons encore fait l'amour. Puis tout a implosé.

L'appartement est froid, toute la chaleur et l'amour que nous avons partagés il y a seulement quelques heures se sont évaporés. Je trouve une note sur le plan de travail, et mes larmes coulent à nouveau.

Je veux que tu sois partie quand je reviendrai. Voilà de l'argent pour un taxi. Je croyais avoir mal quand j'ai perdu Tanya, mais ce n'est rien comparé à ce que tu viens de me faire.

Mon Dieu, je ne peux plus encaisser. Il peut bien garder son argent de merde et mon cœur, parce que tout ça ne vaut plus rien du tout. Je me dirige vers la porte d'entrée, ma main se pose sur le métal froid. Je me retourne et j'essaie de graver cet endroit dans ma mémoire.

— Au revoir, Noah, je murmure d'une voix cassée alors qu'une larme coule sur ma joue.

Je me retrouve dehors, un trou béant à la place du cœur et je parcours quatre pâtés de maisons à pied pour me rendre chez quelqu'un qui me croira.

— Allo ? répond Erica au téléphone d'une voix endormie.

— Il faut que tu retires ce putain d'article de ton blog. Je n'ai rien écrit de tout ça ! je renifle dans le combiné.

— Qu'est-ce que tu veux dire ? demande-t-elle.

Je n'ai pas le temps ni l'énergie de lui expliquer. J'ai besoin de mon amie, et j'ai besoin de réponses.

— Enlève l'article Erica.

— OK, OK.

J'entends du bruit sur la ligne.

— Je l'enlève à l'instant même, mais tu dois m'expliquer pourquoi. Cet article est génial.

Mes larmes coulent à flots alors que je m'approche de ma destination.

— Il ne l'est pas. C'est un tissu de mensonges et ce n'est pas moi qui l'ai envoyé. Je ne sais pas ce qui est en train de se passer, mais retire-le, il a fait assez de dégâts comme ça.

Je raccroche, puis je commence à monter les escaliers. Lorsque j'arrive à la porte, je sonne, et je pleure si fort que je suis proche de l'apoplexie.

Elle ne répond pas, alors je tape du poing sur la porte, en espérant la réveiller.

— Bordel, qu'est-ce que...

Les yeux de Nicole sont écarquillés et je tombe dans ses bras.

— Que s'est-il passé ?

Je commence à sangloter sans retenue en m'agrippant à ma meilleure amie.

— Il est parti, il m'a quittée.

— Qui est parti ? Les enfants vont bien ?

Je secoue la tête pendant qu'elle me frotte le dos.

— Kristin, parle-moi ! C'est quoi ce bordel ?

Nicole me tient par les épaules, le visage marqué par l'inquiétude. Je n'ai pas pleuré de cette façon quand je me suis séparée de Scott. La douleur n'était en rien comparable. Je revois les yeux de Noah quand il a lu cet email que je n'ai ni écrit ni envoyé. J'ai entendu la déception dans sa voix parce qu'il croyait que j'étais fautive. Sa colère quand il m'a dit qu'il partait de toute façon.

Je ressens un nouveau coup dans ma poitrine. Il est le bienvenu, il me rappelle que tout ça est réel, et que je ne vais pas me réveiller dans un instant.

— Noah... Je commence d'une voix tremblante. L'article... Oh Nic, tout va mal. Je ne sais pas comment c'est arrivé, mais tout est fini entre nous. Je suis trop conne d'avoir pensé que ça pourrait marcher.

Ma voix se casse.

Elle nous guide vers le canapé et m'enveloppe d'une couverture. Je me roule en boule et pose ma tête sur ses genoux, comme quand nous étions petites. Nicole me regarde avec un sourire triste et joue avec mes cheveux.

— Des phrases complètes, Kris.

— J'ai l'impression d'être morte à l'intérieur.

— Je veux comprendre, ma biche, mais tu divagues. Que s'est-il passé avec l'article ?

Nicole écoute sans dire un mot, pendant que je lui relate les événements de la matinée. Je passe des larmes à la colère quand je lui raconte comment je l'ai supplié de me croire. Oui, les preuves sont accablantes, mais il aurait dû savoir. Au lieu de ça, il m'a laissée là, avec un billet de vingt et un mot pour me briser encore plus le cœur.

Lorsque j'ai fini de pleurer toutes les larmes de mon corps, je reste là à contempler le plafond, toute engourdie.

Je demeure silencieuse un moment, puis Nicole parle d'une voix douce.

— Si ça avait été toi, tu l'aurais cru ?

— Quoi ?

— Si les rôles avaient été inversés, tu l'aurais cru, même devant toutes ces preuves ?

— Oui, je réponds sans réfléchir.

Je me relève et j'attends qu'elle m'explique sa question.

Elle soupire et son regard se dirige vers le sol.

— Je te dis que tout ça n'a aucun sens. Comment pourrais-tu envoyer à ta patronne un email que tu n'as pas vraiment envoyé avec tout ce qu'il t'a raconté dedans ? Je sais que tu ne ferais jamais ça, mais je te connais depuis mes douze ans. Tu ne fonctionnes pas comme ça. Mais même en te connaissant de cette manière, je suis là à me demander ce qu'il s'est passé. Je ne suis pas une célébrité qui a appris à se méfier de tout le monde ou qui a l'habitude que des gens se servent d'elle. Mais lui, si. Vous n'êtes pas ensemble depuis si longtemps, et...

Je me déplace, je ne veux pas entendre ce qu'elle a à me dire. Mais elle m'attrape par le poignet et me fait me rasseoir sur le canapé.

— Laisse-moi partir.

— Ça ne marche pas comme ça. Je *sais* que tu ne l'as pas fait. Mais tu dois comprendre son point de vue.

— Pourtant, toi tu n'as pas de problème pour me faire confiance, je lui demande.

— Parce que pendant ma vie entière j'ai voulu être comme toi. Je voulais être gentille, honnête, aimante, et peut-être à moitié aussi pure que toi. Il n'y a pas moyen que tu sois capable de détruire quelqu'un ainsi et de continuer à te regarder dans le miroir.

— Oh, Nic, mais tu es toutes ces choses.

Elle m'attire dans ses bras.

— Il ne s'agit pas de moi, mais tu ne fais qu'apporter de l'eau à mon moulin. Je te dis quelque chose à ton sujet, et tu me l'appliques directement.

Je secoue la tête, et j'essaie d'ignorer une nouvelle vague de douleur.

— Je n'y arriverai pas. Je ne peux pas le perdre. Je sais que c'est délirant, mais je l'aime et je veux faire ma vie avec lui. Je pensais que c'était ma seconde chance. Il devait...

Je ne peux pas finir ma phrase. C'est trop. C'était si facile de l'aimer, c'est si insoutenable de le perdre.

— Je suis désolée que tu aies mal. Tu en as déjà bien assez subi dans ta vie. J'espérais que ce soit différent.

Les larmes que je croyais taries coulent à nouveau. Dire que j'ai mal ne suffit pas à décrire ma douleur. Souffrance, agonie, misère, tourment... ces mots sont plus adaptés, mais pas encore assez.

— Ce serait différent si c'était vrai, tu sais ? Si je l'avais fait, je pourrais accepter qu'il me quitte et que tout soit fini entre nous. Je ne sais toujours pas comment cet email a atterri dans ma boîte. Il est là ! Dans mes messages envoyés.

J'empoigne mes cheveux des deux mains.

— Comment ? je poursuis. Comment ai-je pu envoyer une copie que je n'ai pas écrite ?

— Je ne sais pas. Je n'y comprends rien. Mais il est clair que la personne qui l'a fait ne veut pas de ta liaison avec Noah. Est-ce qu'il a des ex un peu cinglées ? Ou une autre personne susceptible de l'avoir fait ? Quelqu'un dans son ancienne vie qui lui voudrait du mal ?

Il y a tellement de détails dans cette histoire qui ne collent pas. Il m'a affirmé ne pas avoir eu de vraies relations, et que sa famille était hors de soupçon. Mais peut-être qu'ils ont changé d'avis ? Noah et moi n'avons pas été photographiés ensemble, donc ils ne pourraient pas être au courant de notre histoire. À moins qu'il soit encore en contact avec eux ?

— Pas que je sache.

— Et Scott, m'interroge-t-elle.

Je soupire en regardant le soleil se lever par la fenêtre.

— J'adorerais pouvoir l'accuser d'être le méchant de l'histoire. Dieu sait qu'il serait parfait dans le rôle, mais comment aurait-il fait ? Il ne sait rien du passé de Noah, et dernièrement nous nous entendons à peu près. Scott a un nouveau bébé en route et une future femme. Pourquoi est-ce qu'il se mêlerait de ma vie ?

— Ouais, et en plus, il n'est pas assez intelligent, acquiesce Nicole avec un sourire suffisant.

— Oui, ça aussi. Je voudrais tellement comprendre, je lui confie à travers mes larmes. J'ai beau retourner l'affaire dans tous les sens, je n'y arrive pas. Je veux le voir, le toucher, entendre sa voix, mais il ne veut plus de moi.

Si j'avais su que c'était tout le temps que je passerais avec lui, j'aurais fait les choses autrement. Avec le recul, je vois que j'ai été naïve. Noah n'allait pas s'éterniser ici, et j'aurais dû le comprendre plus tôt. Nous évoluons dans des mondes différents, nous ne pouvions pas rester ensemble, croire le contraire était irréfléchi.

Mon téléphone sonne et je me précipite pour y répondre. C'est peut-être Noah. Je l'espère de tout mon cœur et de toutes mes tripes.

Toutefois, le nom qui s'affiche me jette dans un nouveau tourbillon d'incompréhension. Pourquoi la femme de mon cousin m'appelle-t-elle ?

— Catherine ? Tout va bien ?

— Il faut qu'on parle, ma biche. Je viens d'avoir un de mes publicistes au téléphone, et j'ai lu l'article.

Je retiens ma respiration.

— L'article ?

Elle s'éclaircit la gorge.

— Noah Frazier est représenté par...

— Toi.

— Oui, c'est ma société qui s'occupe de ses relations publiques. Je suis en route pour le rencontrer, mais il faut que je sache...

— Je ne l'ai pas fait, Cat, je lui assure rapidement.

— OK, répond-elle avant de marquer une courte pause. Quand j'ai vu ton nom, et que Noah m'a raconté, j'ai été sidérée d'entendre que tu avais ta part là-dedans. Surtout quand ils m'ont dit que tu étais sa petite amie.

Catherine pose sa main sur le combiné et prononce une phrase que je ne comprends pas.

Je pince l'arête de mon nez et je me demande à quel point la situation peut encore empirer. Ma famille est impliquée, je vais devoir annoncer à mes enfants que Noah est parti et je suis effondrée.

— Je suis désolée, lui dis-je alors que mon estomac se soulève.

Je déteste décevoir les gens.

— J'ai demandé à mon éditrice de l'enlever du blog, je continue.

Elle soupire.

— Je sais bien, mais il a été publié, et rien n'est jamais effacé pour de bon. Je fais de mon mieux...

Elle s'interrompt, couvre à nouveau le téléphone, puis revient à moi.

— Désolée, Jackson est dans tous ses états, je dois le calmer, sinon il va péter un plomb. Il n'est pas content que tu sois impliquée.

Je préférerais ne pas l'être.

— Dis-lui que je suis désolée également.

— Laisse-moi reformuler, reprend Catherine, il n'est pas content que quelqu'un te fasse un coup tordu comme ça. Écoute, nous sommes à Tampa, il me dépose, et puis il vient te voir, OK ?

— Vous n'êtes pas obligés.

— Je le sais, mais nous venons quand même.

— Je suis chez Nicole, je t'envoie l'adresse par SMS.

Je raccroche et Nicole soulève ses sourcils.

— Jackson arrive.

— Ton cousin ? demande-t-elle les yeux écarquillés.

J'opine.

— Celui qui est si fabuleusement canon qu'il a des abdos sur ses abdos ?

— Nicole, je la préviens.

— Oui, oui, il est marié, je sais. Mais les filles ont aussi le droit de baver.

Génial. Maintenant, ma meilleure amie va se mettre à draguer mon cousin, et je suis trop dévastée pour y accorder la moindre importance. Et dire qu'il est seulement neuf heures du matin.

CHAPITRE TRENTE-DEUX

KRISTIN

— Salut Kris.

— Salut, je réponds en essayant une nouvelle fois de retenir mes larmes quand je lis la pitié dans les yeux de Jackson.

Je suis un putain de robinet qui fuit. Mais Jackson est comme un frère, et je ne veux surtout pas qu'il me voie dans cet état.

Il passe ses longs bras autour de mes épaules et il me serre.

— Ne pleure pas, tu sais bien que les hommes perdent leurs moyens quand ils voient une femme pleurer. Ils ne savent plus quoi dire.

Je renifle contre sa poitrine.

— Même les grands méchants militaires de la marine ?

Il éclate de rire.

— Surtout eux. Demande à Catherine, c'est son arme la plus puissante.

— C'est bon à savoir. J'imagine que tu n'es pas venu pour un soutien moral ?

Jackson me regarde et secoue la tête.

— Non, mais je suis de ton côté.

— Très bien.

— Il faut qu'on parle, me lance-t-il en m'invitant à m'asseoir sur le canapé.

J'arrive à reprendre mes esprits avant de me poser. Je dois être assez forte pour supporter ce qui vient. J'ai eu le temps de m'apitoyer sur mon sort, maintenant, je dois sortir la grosse artillerie. Ma vie m'a définitivement joué des tours, et je m'en suis sortie à chaque fois. J'ai mal aujourd'hui, mais avec le temps, la douleur s'estompera.

— Je veux que tu me répondes honnêtement. Je te jure que je ne jugerai pas et que je ne me mettrai pas en colère.

Je l'interromps d'un geste de la main. Je sais ce qu'il va me demander, et je ne veux plus entendre cette phrase. C'est déjà assez dur.

— Je ne l'ai pas écrit. Je ne l'ai pas envoyé. Je ne sais pas qui l'a fait.

Il sourit tristement.

— Je le savais déjà.

— Est-ce que tu as une idée de la façon dont ça a pu arriver ?

Je le regarde et place tous mes espoirs en lui. Il dirige une boîte de sécurité, il fait du travail d'enquêteur. Bien sûr, je ne sais pas vraiment ce qu'il pourrait faire pour m'aider, mais peut-être qu'il connaît quelqu'un.

Jackson se lève et masse sa nuque.

— Pas encore. J'ai besoin que tu me donnes des infos pour que je puisse commencer à creuser. J'ai dit à Catherine que je me sentais concerné, parce que si quelqu'un t'a tendu un piège, je ne vais pas rester les bras croisés.

Je veux croire qu'il va y avoir un dénouement à cette histoire, mais je ne sais pas si ça va changer grand-chose. Noah me quitte, à quoi bon me battre ? Il pense sérieusement que j'ai fait ça. Chaque minute qui s'écoule sans appel ni message me fait douter un peu plus. Je croyais que nous bâtissions des fondations solides. J'ai tellement cru en Noah que j'ai risqué mon cœur à nouveau. Quelqu'un m'a volé mes certitudes, et je ne sais pas comment je vais les récupérer. Ou si j'en suis capable.

— Mais que peut-on faire de toute façon ? je l'interroge.

— Et bien, d'abord je vais...

— Jackson ! s'écrie Nicole dans le couloir quand elle le voit. Ça faisait longtemps qu'on ne s'était pas vu, Monsieur Baraqué-et-sexy-à-mort !

Doux Jésus.

— Nic, je la préviens.

— Oh, c'est bon, me répond-elle en souriant et en se précipitant vers lui. Il sait que je ne fais que regarder le menu.

Jackson la serre dans ses bras et rigole à ses blagues.

— Certaines personnes ne changent jamais, pas vrai ?

— Non, pourquoi changer quand on est parfait ? C'est ma devise.

Je fais mine de dégobiller.

— Excusez-moi, j'étais en train de m'étouffer dans mon propre vomi.

Nicole me donne une claque dans le dos et s'affale à côté de moi.

— Passons… Je suis sûre que tu as un plan de génie pour innocenter Kristin, pas vrai, Musclor ?

— J'ai besoin d'avoir accès à ton email, à ton téléphone et à ton ordinateur portable. Je vais demander à mon équipe de scanner tout ça pour essayer de trouver quelque chose. Tu serais surprise de savoir de quoi sont capables les gens à distance. Tout ce qui est enterré finit toujours par remonter à la surface, et je suis sacrément doué pour creuser.

— Ça, j'en suis sûre, minaude Nicole.

Je lui claque la cuisse et je me relève.

— Je peux te donner accès à ma vie entière. Je n'ai rien à cacher.

— Parfait, mettons-nous au boulot, nous encourage Jackson.

Nicole me serre dans ses bras.

— Tout ira bien, quoi qu'il arrive.

— Je t'appelle tout à l'heure.

— Tu as intérêt.

Nous saluons Nicole, et nous nous rendons devant l'immeuble de Noah pour récupérer Catherine. Je me raisonne pendant le chemin, je sais qu'il ne voudra pas me voir, mais ça ne m'empêche pas de vouloir courir à l'intérieur et tambouriner à sa porte. La distance qui était entre nous il y a quelques minutes est réduite à néant, et mon estomac est de plus en plus noué.

Jackson se gare le long du trottoir, et j'ai la nausée. Il est dans cet immeuble. Il me suffirait de franchir ces portes vitrées pour m'approcher du seul homme que j'aie jamais vraiment aimé. Le seul homme qui m'ait jamais fait sentir que je valais quelque chose.

La voiture s'arrête et Catherine sort tout de suite, à mon grand bonheur.

Je ne sais pas si j'aurais réussi à l'attendre là bien longtemps.

Elle me lance un regard, prend ma main et la serre.

— Je fais tout ce que je peux. Sache-le.

Sa voix est alarmante, mais pas menaçante.

— Qu'est-ce que ça veut dire ?

Ses yeux croisent ceux de Jackson.

— Ça veut dire que nous devons agir vite pour comprendre.

Puis je réalise. La priorité de Catherine, c'est Noah. Elle fera ce qui est nécessaire pour arranger l'histoire, et je serai la cible.

— Noah veut que tu me dézingues, et tu utiliseras toutes mes casseroles pour le faire, pas vrai ? je lui demande froidement.

Jackson démarre et se dirige vers ma maison. Personne ne répond. Le silence me suffit comme réponse. Catherine n'a pas le choix. Et elle est très douée dans son travail.

Je penche la tête en arrière, ferme les yeux, et ne pense plus à rien. C'est comme ça que j'ai survécu aux abus de Scott. J'ai appris à ne plus sentir, ne plus entendre, ne plus voir, ne plus être. Je ne l'avais pas fait depuis des mois. Et pourtant, je suis là, et je fais semblant de ne pas exister, je prétends que rien de tout ça n'est vrai. Ce néant est un soulagement, rien ne peut m'atteindre.

— Kristin.

Catherine me secoue pour me faire revenir à moi.

Je force mes jambes à bouger et nous entrons chez moi.

Ma respiration devient laborieuse alors que je me rejoue des moments choisis parmi les derniers mois. Noah assis sur le canapé avec Finn en train de regarder Harry Potter. Noah et Aubrey en train de nourrir les animaux dans la salle de jeu. La table où il m'a embrassée avant d'aller dans la chambre. Le sol de la cuisine sur lequel je l'ai renversé. Il est partout.

Je pose mes mains sur mon ventre et je me penche en avant, je n'en peux plus.

Catherine me prend par le visage et me force à la regarder.

— Je sais que c'est horrible. Je sais que tu veux juste qu'il te fasse confiance. Crois-moi, je voudrais que ce soit si simple, ma puce, mais nous pourrons mettre un terme à tout ça quand nous trouverons qui se cache derrière. Noah ne veut pas croire que c'est toi. Il veut que ce soit quelqu'un d'autre, *n'importe qui*. Il est triste que tu sois partie. Il t'aime, il me l'a dit. Mais il est perdu parce que tous les indices t'accablent. Maintenant, est-ce que tu es prête à trouver un moyen de prouver ton innocence ?

Ses yeux brillent de détermination.

J'agrippe ses poignets, inspire profondément trois fois, et opine.

Même si Noah est parti, je dois laver mon nom. Je n'ai rien fait de mal, et la personne responsable de ce foutoir doit souffrir comme je souffre. Oui, je suis prête.

CHAPITRE TRENTE-TROIS

NOAH

— Bonjour M. Frazier, me salue l'hôtesse de l'air aux cheveux bruns. Est-ce que je peux vous servir quelque chose ?

Ses cheveux sont de la même couleur qu'elle. Elle a quelques mèches blondes de plus, et je préfère les reflets roux de Kristin.

Ma bouche devient sèche quand je vois son visage, ses cheveux, son corps et que j'entends sa voix à chaque fois que je rencontre une femme. Aucune ne peut se comparer à elle, et aucune ne m'a détruit de la façon dont elle l'a fait.

— Non merci.

Ses lèvres rouges forment un sourire séduisant.

— OK. Si vous avez besoin de quoi que ce soit, je serais heureuse de vous aider. Je m'appelle Leighanne.

Je lui souris.

— Merci.

Je n'aurai besoin de rien. Tout ce dont j'ai envie, c'est de tomber dans le coma et de me réveiller dans le futur.

Tristan n'a pas traîné. Il a tout préparé. Il m'a assuré avoir neutralisé l'article et être en bonne voie pour discréditer Kristin. Je ne veux rien savoir des détails. Je ne peux pas rester là et les regarder la détruire. Même si elle m'a brisé le cœur, je déteste l'idée de lui faire pareil. Je peux seulement deviner qu'ils vont la décrire comme une ex désespérée qui cherche à se venger, ou comme une mère célibataire démunie qui a voulu devenir célèbre.

Elle n'est rien de tout ça.

Après tout ce qu'il s'est passé, je n'arrive toujours pas à ne plus l'aimer.

Mon téléphone sonne à nouveau, je le saisis pour l'éteindre, mais je vois son nom sur l'écran.

C'est stupide de lire le message, mais je n'ai jamais dit que j'étais intelligent.

Kristin : Je ne sais pas si tu liras ce message. Je ne sais pas si c'est important pour toi, mais je veux que tu saches que je t'aime de tout mon cœur. Tu m'as donné plus au cours de ces derniers mois que je n'ai reçu pendant ma vie entière. Je ne te ferais jamais de mal de cette façon. Tu m'as dit que tu partais, et tu vas me manquer plus que tu ne le sauras jamais. Je dirai à Aubrey que tu m'as chargée de nourrir les animaux, et à Finn que tu espères finir le marathon très vite. Peu importe ce que tu penses de moi, je chérirai à jamais tous les instants que nous avons partagés. Je donnerais tout pour te voir encore une fois, mais je sais que tu ne veux plus me voir. Je te jure que je vais découvrir qui a fait ça.

Je suis assis dans l'avion et je me frotte la tête en relisant son message encore et encore. Les mêmes pensées m'assaillent, et je n'ai pas de réponses.

La campagne menée contre elle a-t-elle commencé ?

Va-t-elle me détester et raconter aux enfants que je suis la raison pour laquelle leur mère est persécutée ?

Va-t-elle souffrir à cause de moi ?

Je vois les yeux bleus d'Aubrey et son grand sourire s'éteindre parce que mon équipe fait passer sa mère pour une hypocrite intéressée. Finn va me haïr, mais pas plus que je ne me hais déjà moi-même.

J'envoie un message à Tristan.

. . .

Moi : Ne détruisez pas Kristin. Quoi qu'il se soit passé, je l'aime et je ne lui veux aucun mal. Trouvez une autre solution.

J'éteins mon téléphone sans attendre la réponse.

Je déteste chaque minute de cette situation, mais je n'arrive pas à trouver une autre explication. J'ai passé toute la journée à revoir toutes les possibilités qui pourraient l'innocenter, et je n'ai rien trouvé. Même au fond de mon cœur, je ne vois pas comment elle aurait pu se montrer si fausse et en arriver à de telles extrémités pour me trahir. Mais dans ma tête, je ne vois que les faits. Impossible d'en démordre.

L'avion décolle et je laisse derrière moi la femme que j'aime et la vie que nous aurions pu partager.

— Noah ! On y va !

Le réalisateur tambourine sur la porte de ma caravane et je gémis.

J'ai mal à la tête et j'ai la bouche si pâteuse que j'ai du mal à l'ouvrir. J'ai passé les deux derniers jours dans un coma alcoolisé, grâce au minibar de l'hôtel. C'est la seule chose qui apaise un peu ma douleur. J'ai évité les gens, le soleil, la nourriture et tout ce qui n'est pas de la vodka.

Je ne sais pas comment je vais réussir à travailler aujourd'hui. Je peux à peine me tenir debout, et encore moins me concentrer sur mes répliques. Je m'appuie sur le dossier de ma chaise et je ferme les yeux. Si je peux arrêter de tituber, ce sera déjà ça.

La porte s'entrouvre.

— M. Frazier ?

— Quoi ? j'aboie.

Mon Dieu, je suis un vrai connard. Je ne suis pas comme ça normalement. Je ne bois pas, je suis à l'heure et je traite l'équipe avec respect. Je suis le gars qui fait rire tout le monde. Mais là, j'ai perdu l'envie de rire.

— Désolée de vous déranger, mais Paul est en train de péter un plomb, m'informe une petite blonde. On vous appelle sur le tournage depuis une demi-heure, et on m'a ordonné de ne pas y retourner sans vous.

— Merde. OK, donnez-moi deux minutes pour me préparer.

Je m'efforce de garder une voix neutre.

Elle opine et ressort, mais ne s'éloigne sûrement pas beaucoup. C'est le moment de se reprendre. J'ai un travail à faire, et personne ici ne se soucie de mon état émotionnel. Tout ce qui compte pour eux, c'est le film.

J'éclabousse de l'eau sur mon visage et je vide ma tasse de café.

— Prêt ? me demande-t-elle alors que j'ouvre la porte.

— Oui, c'est bon.

Je suis prêt pour retourner au lit, au mieux.

— Vous vous appelez comment ?

— Elisa.

J'essaie de sourire du mieux que je peux.

— Ravi de faire votre connaissance. Elisa, quelle scène filmons-nous en premier ?

Elle soupire, et je peux presque entendre ses pensées... *Ne devriez-vous pas être au courant ?*

— Il s'agit de la scène dans laquelle Alexander, votre person-nage rencontre le personnage joué par Automn, Kiersten, au cours d'une fête.

Mon brouillard alcoolisé se dissipe brusquement quand j'en-tends le prénom de ma conquête dans le film.

— Kiersten ? Dans le script, son nom était Hailey.

Elisa me regarde une fois encore comme un demeuré.

— Vous avez reçu la dernière version du script à l'hôtel, le jour de votre arrivée. Vous n'avez pas remarqué les changements ?

Peut-être que je les aurais remarqués si j'avais lu autre chose que la mise en garde sanitaire au dos des bouteilles du minibar.

— J'en ai un peu bavé ces derniers jours, ma petite amie m'a vendu pour faire les gros titres. J'ai bousillé sa vie pour sauver mon cul. Alors j'ai bu pour tout oublier. Je ne suis clairement pas au mieux de ma forme.

Elle ouvre la bouche pour dire quelque chose, mais j'entends quelqu'un crier mon nom.

— Noah !

Mes yeux me jouent des tours.

— Tristan ?

Mais que fait mon publiciste ici, en France ?

— Oh, donc tu sais qui je suis ? C'est bon à savoir, vu que tu refuses de répondre à ton téléphone, me lance-t-il, énervé.

— Je ne peux pas répondre à un téléphone éteint.

Il lève les yeux au ciel et sourit à Elisa.

— Mademoiselle, pourriez-vous me laisser quelques minutes avec mon *client* ?

Elisa m'interroge du regard, et j'opine.

— Bien sûr, ce n'est pas comme si j'avais un travail à faire. On va battre de nouveaux records de licenciements sur ce tournage, marmonne-t-elle en s'éloignant.

— Je veillerai à ce qu'elle ne soit pas virée, m'assure Tristan. J'essaie de t'appeler non-stop.

Quand j'ai atterri en France, je n'ai ressenti le besoin de parler à personne. Je ne suis pas assez discipliné, je ne pouvais pas me faire confiance, je savais que j'allais essayer de l'appeler, de lui envoyer des messages, ou de reprendre un avion directement pour entendre le son de sa voix. Alors j'ai choisi de tout éteindre.

Pas la peine de lui expliquer. Tristan ne comprend rien de tout ça. Je crois qu'il est dépourvu d'émotions. Il pense que j'aurais dû partir à la minute où j'ai eu la confirmation de la culpabilité de Kristin.

C'est marrant l'amour. On devient tellement con qu'on refuse de faire du mal à l'autre exprès. Je préfère être misérable pour le restant de mes jours plutôt que de la voir souffrir une seule seconde.

— Qu'est-ce que tu fais ici ?

— Je dois te dire quelque chose, et on m'a dit de le faire en personne.

Mon cerveau se met en branle, encore plus intensément qu'avant. Je ne pourrais pas supporter une autre bombe. S'il est venu jusqu'ici, les nouvelles sont forcément mauvaises.

— Contente-toi de cracher le morceau, lui dis-je en commençant à marcher. Je ne suis pas d'humeur pour une mauvaise nouvelle.

— Ce n'est pas Kristin qui l'a fait, me lance Tristan.

Mes pieds refusent de faire un autre pas.

Je serre mes poings, j'essaie de rester solide. Je ne veux pas espérer que ce que je viens d'entendre soit vrai. Il est possible que je sois encore ivre, et que je sois en train de rêver cette conversation. Mon estomac se serre, et je me tourne vers lui.

— Quoi ?

— Ce n'est pas elle qui a envoyé l'email, Noah. Nous avons tracé l'adresse IP, et ce n'est ni chez elle ni chez toi. Il venait d'ailleurs.

Pitié, faites que ce soit vrai. Pitié, faites que ce soit vrai.

— Qui alors ? Tu sais qui est responsable ?

— Il est trop tôt pour t'en dire plus. Je dois garder une possibilité de déni plausible au cas où ça s'ébruite. Il y a pas mal de points légaux sur lesquels elle préfère ne pas s'étendre, mais Catherine est cent pour cent sûre que Kristin est hors de cause. Elle ne m'a rien dit d'autre, et m'a tout de suite ordonné de monter dans un avion pour te rejoindre.

Je secoue la tête, les yeux levés vers le ciel. Je veux le croire, plus que tout.

Perdre Kristin a été une torture.

— Tu es sûr ? j'insiste encore.

— Écoute, Catherine était prête à faire ce qu'elle avait à faire. Mais elle a obtenu la preuve que Kristin n'a pas pu l'envoyer.

La culpabilité commence à m'envahir, et j'ai du mal à respirer. Je ne l'ai pas crue. Elle me l'a dit. Elle m'a supplié de l'écouter. Et je l'ai ignorée. Et après que je l'ai blessée, elle m'a envoyé un message pour me dire qu'elle m'aimait.

Je me déteste.

J'aurais dû rester, lui faire confiance et trouver un moyen de prouver qu'elle ne l'avait pas écrit.

Mais comment aurais-je pu savoir ? Tous les indices pointaient dans sa direction, et je les ai juste acceptés. Tout au fond de moi, je n'y ai jamais cru, mais j'ai appris à la dure qu'il arrive que les gens qu'on aime fassent des choses horribles. Des personnes en qui j'avais confiance m'ont trahi, et je ne voulais pas qu'on me prenne à nouveau pour un con.

Trop tard pour ça.

— Donc j'avais tort.

— Oui, nous avions tous tort.

Non, c'est moi qui avais tort. Je suis celui qui devait avoir confiance en elle. Tout est de ma faute.

— Putain de merde ! je hurle en envoyant mon poing contre le mur. Je ne suis qu'un putain d'idiot. Je l'ai laissée tomber si facilement.

Tristan place sa main sur mon épaule.

— Tu as eu une réaction normale, mec. L'article était signé de son nom, sur son blog, envoyé depuis son adresse email. C'étaient plus que des coïncidences.

— J'ai merdé, Tristan. J'ai merdé, et elle ne me pardonnera jamais.

Il souffle bruyamment par le nez.

— Elle comprendra ta réaction. C'était une sale situation. Tu as fait ce que tout le monde aurait fait à ta place.

Ça ne change pas le fait je l'ai quittée. Je lui ai tourné le dos, exactement comme on me l'a fait.

— Et tu penses qu'elle va oublier que je l'ai laissée tomber si rapidement ?

Il hausse les épaules

— Je n'en sais rien, vraiment rien. Mais tu as fait précisément ce que tu devais faire, au sein de cette industrie. Elle doit comprendre ça.

— Tu ne comprends pas. Elle ne fait pas partie de cette industrie.

— Pourquoi pas ? Elle travaille pour un blog de célébrités, Noah. Tu te lances dans cet article, malgré mes avertissements. Puis tu tombes amoureux d'elle. Et tout à coup, un secret que nous avons réussi à garder sous couvert s'ébruite juste après que tu lui en aies parlé ? Quelle coïncidence !

Je me fiche de ses justifications. Dans la vie, on peut prendre la bonne décision ou la mauvaise. Et j'ai pris la mauvaise. Je l'ai abandonnée alors qu'elle s'accrochait à moi, qu'elle me suppliait de rester. Peut-être ai-je fait ce qu'il y avait de mieux pour ma carrière, mais pas pour nous, pas pour elle, et pas pour mon cœur.

Je m'appuie contre le mur et je laisse ma tête tomber en arrière jusqu'à ce que je me cogne.

— D'autres personnes ont cru en elle, je lui signale. Quelqu'un d'autre a creusé plus loin.

Tristan s'approche moi et je me déteste encore plus. J'aurais pu faire tout ce qui était en mon pouvoir pour savoir si elle l'avait vraiment fait, ou pas. Ce n'est pas comme si je n'en étais pas capable. Mais je n'ai pas envisagé qu'elle ne l'ait pas fait.

— Oui, mais tu étais dans une position impossible. Tu as dû gérer les conséquences. Je crois que tu étais dans une impasse, personne ne pouvait en sortir indemne, et tu as fait du mieux que tu as pu.

Il a peut-être raison. Mon cœur m'avait soufflé qu'elle ne l'avait pas fait. Je ne l'ai jamais crue capable de tricher ainsi. Mais ma tête n'était pas d'accord. Maintenant, je l'ai perdue, et je ne sais pas si je vais pouvoir la récupérer.

Je masse ma main qui me lance.

— Dis-moi que ton équipe n'a rien fait pour la détruire.

— J'ai pu discréditer le blog pour *fake news*, mais l'information est sortie. Nous avons attendu un peu plus longtemps que prévu, car Kristin et Catherine font partie de la même famille.

— Catherine, ta supérieure ? La femme qui est venue chez moi ? Elles sont apparentées ?

Il lève les mains et les laisse retomber.

— La seule et l'unique. Elle voulait explorer toutes les possibilités avant de faire à Kristin quelque chose que nous ne pourrions pas défaire. Le mari de Catherine dirige une boîte de sécurité, et... Bref, on m'a dit que je n'avais pas besoin de savoir plus de détails que ça. Ils ont écarté la piste de Kristin environ trente minutes après ton message dans l'avion.

Doux Jésus. Je n'ai pas dessoûlé depuis deux jours et elle a passé tout ce temps à se faire des idées.

— Est-ce qu'elle sait que je n'étais pas au courant jusqu'à aujourd'hui ?

— Je ne sais pas. Nous sommes dans une zone plutôt floue, car il nous était impossible d'entrer en contact avec elle. Et comme le mari de Catherine est son cousin, nous avons géré les choses un peu différemment cette fois-ci.

Je me fiche des détails. Je lui ai dit dès le début que je ne voulais même pas faire de déclaration.

— Je me fous de tes zones, j'ai besoin d'elle.

Tristan rit doucement.

— Je le sais bien. Mais tu es notre client. Je suis payé pour réparer tes erreurs. Cousin ou pas cousin, ma loyauté est envers toi, et personne d'autre.

— Très bien, dis-je en me passant la main sur le visage. Je veux savoir qui a fait ça. Et je veux les détruire. Je me fous de ce que tu devras faire, mais ils lui ont tendu un piège... Je ne me fixe pas de limite cette fois.

— Compris, répond Tristan avec un sourire satisfait. Je voudrais pouvoir t'en dire plus, mais tu vas devoir demander les détails à Kristin.

Le ou la responsable de ce merdier va comprendre sa douleur. Je vais détruire son monde, comme il a détruit le nôtre. Mais je laisse ce travail à Tristan. Je dois régler un autre problème, et à cet instant, c'est tout ce qui m'importe.

— Encore une chose, je le préviens, tu vas devoir gérer une nouvelle complication.

Tristan rit à nouveau.

— Oui, c'est la deuxième raison pour laquelle je suis venu ici. Je me suis dit que j'allais avoir du pain sur la planche en France.

CHAPITRE TRENTE-QUATRE

KRISTIN

Trois jours.

Soixante-douze heures.

Quatre mille trois cent vingt-huit minutes sans nouvelles de Noah.

Vingt-neuf minutes maintenant. Mais je ne compte pas.

J'espérais que quand il apprendrait que l'email ne provenait pas de mon ordinateur ni de ma maison, il appellerait, ou textoterait ou... se manifesterait. J'imagine qu'il n'y croit pas, ou qu'il s'en moque.

Des promesses non tenues, et un cœur brisé, voilà tout ce qu'il me reste de ce que nous avons partagé.

Mes nerfs sont en pelote. Je n'ai pas dormi. J'attends des nouvelles de Jackson avec les résultats de son enquête pour découvrir qui a envoyé l'email. Ça me tue à petit feu. J'ai besoin de savoir qui a fait ça. Je suis désespérée de découvrir qui nous hait assez pour ruiner nos vies à tous les deux.

Un coup sur la porte fait accélérer les battements de mon cœur. C'est peut-être Noah ? Je saute du canapé et je me précipite pour ouvrir. Mais que suis-je en train de faire ? Je m'arrête net.

Il est parti sans même un regard en arrière. Il peut facilement se passer de moi. Il m'a fait du mal, encore plus que Scott.

Encore un coup.

Ce n'est probablement pas lui, de toute façon. J'ouvre la porte, et comme je le pensais, c'est quelqu'un d'autre. C'est Catherine qui tient un bouquet de fleurs.

On dirait que la façon dont on gère nos ruptures est en train de changer. Généralement, nous le faisons à grand renfort de glace, de gâteaux, de tubes des Four Blocks Down et de bouteilles de vin. Des fleurs, c'est nouveau.

— Tu as une sale gueule, m'annonce Catherine en m'observant avec une moue de dégoût. Tu t'es douchée depuis la dernière fois qu'on s'est vues ?

— Tu as des nouvelles ? j'éructe.

J'ai besoin de savoir si c'est pour ça qu'elle est venue.

— Ce bouquet était devant ta porte, sans carte, m'informe-t-elle.

Je me fiche de ces fleurs stupides. Pour autant que je sache, elles m'ont été envoyées par la personne qui m'a fait ça, et qui veut encore me torturer. Je veux savoir ce qu'ils ont découvert à propos de l'email. J'en ai marre d'attendre et ne pas avancer.

Jackson m'a expliqué que c'était plus difficile que ça en avait l'air. Comme ce n'est pas un crime au sens légal du terme, aucun juge doué de raison n'accorderait de mandat pour obtenir les dossiers IP. Donc, il a fait appel à un ami qui aurait ou n'aurait pas travaillé pour la CIA. Puis, il m'a garanti que je n'en saurais pas plus.

— Catherine ?

— Tout ce que je sais, c'est que Jackson m'a dit de le retrouver ici après être revenue de Starbucks où je m'étais installée pour travailler. J'avais besoin de m'éloigner des enfants. Et me voilà. Va prendre une douche, retrouve une apparence... humaine et on discutera des infos que nous avons.

— Je ne peux pas...

— Vas-y, me pousse-t-elle. Je sais que tu marches sur des charbons ardents, mais il peut encore nous faire attendre une heure.

— Tes enfants sont avec Scott ?

— Oui, je lui ai dit que je ne me sentais pas bien et que je préférais qu'il les garde quelques jours.

— Très bien. Va t'arranger un peu.

Je ne veux pas me disputer avec elle, alors je vais dans la salle de bain pour me laver. Je reste sous l'eau de la douche pour rincer la couche de dépression qui s'est déposée sur ma peau. Je ne peux rien faire de plus. Je sais que je ne suis pas responsable, mais je dois convaincre le reste du monde. Je revois le visage de Noah quand il est parti. La déception, la colère et la détermination que tout était fini entre nous.

Je ferme les yeux et je m'appuie contre la fraîcheur du carrelage. Je laisse libre cours à mes larmes.

Il n'est pas revenu.

Il doit savoir que je suis innocente, mais ça n'a rien changé.

Je suis à nouveau seule, et cette fois-ci, rien ne viendra me soulager.

Je sursaute quand on tape à la porte.

— Kristin ?

Je me racle la gorge et je fais de mon mieux pour qu'on n'entende pas la souffrance dans ma voix.

— Oui ?

— Jackson vient d'appeler, il arrive dans vingt minutes.

— OK.

Une fois sortie de la douche, je m'habille et relève mes cheveux en un chignon mal fait. J'espère que le look « propre-mais-quand-même-bouleversée » est plus acceptable que celui « sale-et-je-me-fiche-de-mourir ». Je me rends dans le salon où Catherine fait les cent pas en parlant au téléphone.

— Je comprends. Oui, mais je ne peux pas faire grand-chose.

Elle marque une pause.

— Tu lui as dit que je fais exactement ce que je ferais si elle ne faisait pas partie de ma famille ?

Catherine écoute la réponse, et je reste immobile.

— Il ne peut pas faire ça, Tristan, je me fiche qu'il l'ait déjà fait. Il... Attends, quoi ? C'est déjà fait ?

Elle parle de Noah, je le sais. Je ne devrais pas écouter, mais je ne peux pas m'en empêcher. Je dois avoir de ses nouvelles.

— Juste comme ça ? Et tu me le dis maintenant ? Mais pourquoi diable as-tu attendu une *journée* entière pour m'en informer ? gémit Catherine. Très bien, je m'en occupe ici, et tu gères la pagaille là-bas. Dis-lui qu'il a fait une grosse erreur. Une très grosse erreur.

Mon cœur brisé gît à mes pieds, il ne viendra pas.

Je fais un léger bruit pour la prévenir de ma présence. Je ne veux plus rien entendre.

Le regard de Catherine croise le mien et elle sourit.

— OK, je te rappelle tout à l'heure.

Elle pose le téléphone sur la table, les yeux radoucis.

— Tu as meilleure mine.

Je hausse les épaules. Je ressens une nouvelle fois la douleur de la perte. Ce n'est qu'à ce moment que je comprends à quel point j'espérais qu'il revienne. Je le souhaitais si fort. Maintenant, j'ai compris que je n'aurais pas une autre chance.

— Jackson a des nouvelles ? je lui demande, gênée par le son de ma propre voix.

— Kris, commence Cat en s'approchant et je secoue la tête.

Quelqu'un tape à la porte et Catherine me caresse la joue.

— Ça va aller, crois-moi. Jackson va régler ça, il y arrive tout le temps.

J'opine. Elle se dirige vers l'entrée et je me rends dans la cuisine pour y trouver quelque chose qui m'aidera à me calmer. J'ai l'impression que les nouvelles de Jackson ne suffiront pas à soulager les nœuds de mon estomac. La porte du cellier est ouverte et mes lèvres dessinent un sourire quand je tombe sur le paquet de cookies que Noah et Aubrey ont partagé. La tête qu'il faisait quand je les ai surpris.

Plus de cookies pour eux.

Dans quelque temps, j'aurai moins mal quand je penserai à lui. Il deviendra un souvenir distant d'une histoire qui a mal tourné. Le temps effacera les détails et l'amour que nous avons partagé s'es- tompera comme une vieille photo. Mais aujourd'hui, ses couleurs vives me transpercent l'âme. Un jour viendra, je ne me souviendrai plus du son de sa voix, des dégradés de verts dans ses yeux. Même si la douleur est insupportable, je ne veux pas oublier.

Il faut que j'arrête. Je ne dois plus me faire de mal. Noah est parti, tout est fini, et je dois vivre. De l'autre côté du mur, je vais trouver les réponses dont j'ai besoin pour avancer.

La porte s'ouvre et je lève la tête, laissant échapper le verre d'eau que je me suis versé.

Ce n'est pas Jackson dans mon salon.

Je regarde Catherine, qui se contente de me sourire.

— Je vais attendre mon mari dehors, dit-elle avant de filer de la pièce.

— Kristin.

La voix grave de Noah résonne dans le salon.

Ce n'est pas possible. Il ne peut pas être ici, j'ai entendu la conversation au téléphone. Je vais devenir folle. Je me baisse pour ramasser mon verre et ses mains apparaissent près des miennes.

Je ferme les yeux, j'en veux à mon cerveau de me jouer ce genre de tour.

— Arrête, je me chuchote à moi-même. Arrête tout de suite.

Quand je les réouvre, il est toujours là.

— Je vais chercher un rouleau d'essuie-tout, dis-je, comme en mode pilotage automatique.

— Il faut qu'on parle, répond Noah.

Mais je ne peux pas. Ma respiration est laborieuse et je secoue la tête.

— Alors je parle, et tu écoutes. Je suis désolé. Je suis tellement désolé de ne pas t'avoir écoutée, commence-t-il d'une voix brisée. J'avais tort, Kristin. Je n'aurais jamais dû douter une seule seconde de toi, mais je ne savais pas quoi penser.

Je ne sais pas quoi penser. Je ne suis toujours pas complètement sûre que je ne suis pas en train de faire une crise de nerfs. Entre le stress des derniers jours, le rêve de son retour, je ne me fais pas confiance. Je me balance sur mes talons et je me plonge dans ces yeux verts qui m'ont tant manqué.

— Tu es vraiment là ? je demande.

— Je suis venu dès que j'ai su, répond Noah. J'ai quitté le tournage. Probablement détruit ma carrière, mais il fallait que je te voie.

Je commence à croire que c'est vrai. Noah est dans mon salon. Je n'arrive pas à mettre de l'ordre dans mes émotions. Soulagement, puis colère, puis douleur, puis haine, puis amour, puis déception, puis à nouveau soulagement. Le cercle vicieux continue sa course comme les hélices d'un hélicoptère, menaçant de me déchiqueter à chaque rotation. Je délaisse les saletés sur le sol, et je me relève. Je veux me sentir plus grande, plus forte et avoir assez de courage pour réclamer des réponses.

— Pourquoi ? je lui demande dans un souffle. Pourquoi maintenant ? Pourquoi es-tu là ?

Noah ne me touche pas, mais je peux sentir la chaleur de son corps. J'inspire un grand coup, et je sens son parfum. Je commence à trembler. Il est si proche de moi que je dois pencher la tête en arrière pour voir son visage.

— Parce que je t'aime.

L'amour ne vous casse pas en deux. S'il m'aimait, il aurait compris que je n'aurais jamais voulu lui faire de mal. S'il m'aimait, il serait resté et se serait battu à mes côtés.

— Tu m'aimes ? Pourtant tu es parti. Tu as quitté le pays.

Je fais un pas en arrière en me remémorant toute la douleur que j'ai ressentie.

— Tu n'as pas le droit de venir ici pour me dire que tu m'aimes alors que c'était si facile pour toi de me quitter.

— Facile ?

Noah tend la main vers moi, mais je l'évite. S'il me touche, je vais céder.

— Je t'en prie... continue-t-il en laissant retomber sa main, les yeux chargés de douleur. Ce n'était pas facile de partir, mon ange. Pas du tout.

Je secoue la tête et ravale mes larmes.

— Monter dans cet avion a été la chose la plus difficile que j'aie faite. J'ai passé deux jours à boire pour ne rien sentir. Je ne pouvais pas manger, travailler ou fonctionner. Partout, je voyais ton visage. Tout ce que je voulais faire, c'était revenir vers toi.

— Mais tu ne l'as pas fait, je lui rappelle. Tu n'es pas revenu, tu ne m'as même pas appelée.

Le visage de Noah se défait, et il souffle bruyamment.

— J'ai merdé. Je savais que si je restais ici, je ne pourrais pas garder mes distances. J'étais en colère et j'avais mal. Je n'avais pas les idées claires. Il faut que tu me croies. Je sais que j'ai été stupide.

Oui, il a vraiment merdé.

— Tu m'as brisé le cœur. Mais surtout, tu as vraiment cru que j'étais capable de te faire une chose pareille.

— Je n'avais pas le choix, Kristin. Tous les éléments étaient réunis.

— Tu aurais pu croire en moi, dis-je en haussant d'un ton.

Tout ce que je voulais, c'était une chance de prouver mon innocence. Mais il ne m'a même pas accordé ça.

Noah baisse les yeux.

— Je croyais en toi. Mais toutes les explications plausibles ne tenaient pas debout. C'était un tout. Je ne suis pas parfait, se justifie-t-il en plantant ses yeux dans les miens. Je sais que je dois travailler sur mes problèmes. Ce n'est pas facile pour moi de faire confiance à quelqu'un. Mon père est parti quand j'étais enfant, ma petite amie, la prunelle de mes yeux me quittait pour une vie meilleure, et presque toutes les personnes que je pensais être mes amis m'ont tourné le dos. Et puis il y a le fait que je travaille dans une industrie qui fourmille d'hypocrites qui ne cherchent qu'à se servir des autres. Eli est mon seul ami. Tout le monde veut profiter de moi. Et puis je t'ai rencontrée...

Ma gorge se serre en écoutant ses raisons. Je peux comprendre et compatir. Je sais que c'est difficile pour lui de faire confiance. Je ne vais pas dire que j'y suis insensible, mais nous étions censés être différents. Je ne lui ai jamais donné de raison de penser que j'étais comme ces gens.

— Je ne veux que toi, Noah. Je me fiche de ton argent, de ta célébrité, de tes secrets... c'est toi qui m'as tout raconté. C'est toi qui m'as forcée. Je n'aurais jamais rien écrit sur toi si j'en avais eu le choix. Tu m'as fait du mal.

Il ferme les yeux, comme s'il souffrait et opine.

— Je le sais, et je m'en veux tellement. Je pourrais te donner toutes les raisons auxquelles j'ai pensé, mais ça ne changerait rien. Juste à l'idée que tu pouvais être responsable, je craquais. Je n'ai jamais aimé une femme comme je t'aime, Kristin. Tout était là, devant moi. Le timing, l'email, les faits que tu connaissais. D'envisager que tu aies pu me trahir... Je n'ai pas de mots pour décrire combien ça m'a fait du mal.

Je n'ai pas besoin de ses mots, parce que je l'ai vécu. Ce que je ressens pour lui est à la limite du surnaturel. J'ai aimé Noah avec chaque fibre de mon corps. Il était mon prince charmant. Lui ouvrir mon cœur a été la décision la plus facile que j'aie eu à prendre de ma vie, comme lui refermer a été la plus difficile.

— Ça t'a pris trois jours. Trois jours durant lesquels tu savais que je n'avais rien fait, mais tu ne m'as même pas envoyé de message. Rien jusqu'à aujourd'hui. Pourquoi ? Que s'est-il passé pour te faire réaliser que je valais la peine que tu te battes pour moi ?

Je m'approche de lui doucement, sans le vouloir.

Il lève la main et me caresse la joue. Ma peau brûle là où il l'a touchée. Mes poumons ont du mal à remplir leur fonction alors qu'il me regarde intensément. Noah m'a coupé le souffle. À cet instant, je suis paralysée. Si je bouge d'un centimètre, je pourrais tomber en miettes.

— Ça fait seulement quatorze heures que je le sais. Et j'ai tout de suite pris un avion. Avant ça, je l'ignorais.

Le nez de Noah effleure le mien, et je respire son odeur.

— Tu es tout pour moi. Je suis un idiot qui ne mérite pas de seconde chance. Mais je te supplie de me la donner quand même. Juste pour cette fois-ci, pardonne-moi, et je ne te blesserai plus jamais.

Je ferme les yeux et une larme glisse sur ma joue. Je n'ai jamais réussi à résister à Noah. Depuis le jour où je l'ai rencontré, il exerce son pouvoir sur moi ; je n'ai jamais eu le choix.

— Ne fais pas de promesses que tu ne peux pas tenir, je murmure en caressant sa poitrine. Jure-moi juste que tu ne repars plus.

Noah prend mon visage dans ses mains.

— Je te le promets. Je ne pourrais pas survivre si je repartais.

Nos regards se croisent, et je sens tout le regret qui l'habite.

— Moi non plus, je ne pourrais pas.

— Pardonne-moi, me supplie-t-il, pardonne-moi d'avoir été si stupide.

— Je l'ai fait à la seconde où je t'ai vu.

C'est la vérité. Dès l'instant où nos regards se sont croisés, je lui ai accordé mon pardon. Noah est l'homme que j'aime. Il est celui que je veux à mes côtés. Il est parti, mais il est revenu. Et je suis une fervente adepte de la seconde chance.

Noah m'attire vers lui et nos lèvres se rapprochent. Mes doigts glissent sur sa poitrine et se frayent un chemin jusqu'à sa nuque. Je le tiens alors que nos bouches se retrouvent. Il m'embrasse comme un mourant qui a trouvé le remède qui le sauvera. Pour la première fois depuis trois jours, je peux respirer sans douleur dans ma poitrine. Sa langue glisse sur la mienne, et j'ai envie de pleurer.

Nos lèvres se séparent et il presse son front contre le mien.

— Je ne savais pas si je pourrais t'embrasser à nouveau, avoue-t-il. Je n'aurais jamais abandonné l'idée de te reconquérir.

Je passe mes bras autour de sa taille et pose ma tête sur sa poitrine, me blottissant au plus près de lui.

— Ça n'aurait pas été très difficile.

Ses doigts glissent le long de mes vertèbres.

— Je t'aime Kristin.

— Je t'aime, je lui réponds en plongeant mes yeux dans les siens.

— Je suis désolé de ne pas t'avoir crue.

Ça fait encore mal. Nous ne savons toujours pas qui nous a fait ça, mais il est quand même revenu.

— Ce n'est pas entièrement ta faute. Si je n'étais pas absolument certaine que je n'étais pas responsable, j'aurais douté aussi. Cette personne a vraiment travaillé dur pour faire croire que j'avais écrit cet article.

Noah recolle ses lèvres aux miennes plusieurs fois avant de me laisser respirer.

— Tu ne sais pas encore qui a fait ça ?

— Non, tout ce que nous pouvons prouver pour l'instant, c'est que l'email ne provient pas de mes appareils. Il reste beaucoup d'incertitudes. Qui d'autre est au courant ? Comment savent-ils ? Et comment ont-ils décidé d'utiliser mes informations ? Je ne sais pas si c'était pour me nuire à moi ou à toi. Mais Jackson est en route, et j'espère qu'il a des réponses.

Cette personne fait partie de nos vies à tous les deux. Je pense à des noms, mais je ne peux même pas imaginer qu'ils soient capables d'une chose pareille. Mais Noah et moi n'avons pas tant de connaissances communes.

— Qu'est-ce que tu as dit aux enfants ? me demande-t-il.

— Ils sont avec leur père pendant que je ramasse les morceaux.

Noah caresse le dos de ma main de son pouce.

— Je vais réparer ce que j'ai cassé, même si c'est la dernière chose que je dois faire. Tu seras en sécurité à mes côtés. Tu n'auras plus jamais à douter de mes sentiments. Je t'aime de tout mon cœur, et je ne douterai jamais de toi.

Catherine se racle la gorge en ouvrant la porte.

— Tout va bien ?

Cette question appelle beaucoup de réponses. Mais je regarde dans les yeux de Noah, et je n'ai pas à réfléchir trop longtemps. Il est là. Il m'aime. Et il me croit.

Je lui réponds d'un sourire et j'opine.

— Je crois que tout va bien se passer à présent.

— J'espérais que tu dirais ça, répond Catherine, heureuse.

La porte finit de s'ouvrir et la silhouette de Jackson se dessine derrière elle. Ils entrent tous les deux. Jackson ne perd pas une seconde avant de commencer.

— Vous êtes sûrs que vous voulez savoir ?

Je regarde Noah, puis je me retourne vers Jackson.

— Sans l'ombre d'un doute.

CHAPITRE TRENTE-CINQ

KRISTIN

Je tremble de tous mes membres.

Mes mains secouent tellement que c'est Noah qui doit conduire. Je ne devrais pas être surprise, mais tout me paraît si insensé.

Nous nous sommes rendus à l'adresse indiquée, et nous regardons la porte rouge qui appartient à la personne retrouvée par l'équipe de Jackson.

— Tu es sûre que tu veux le faire ?

— Est-ce que j'ai le choix ? je réplique en me tournant vers Noah.

Ses yeux sont dans les miens, et il me sourit tristement.

— Nous pouvons aller de l'avant. Nous savons les faits et nous pouvons être heureux ensemble. Ça ne change rien à ce que je ressens pour toi.

Il me prend par la main.

J'apprécie ses sentiments. Dieu sait que je n'étais pas prête à entendre les révélations de Jackson. Je ne comprends toujours pas. Comment Scott a-t-il eu vent de tout ça ? Je n'ai jamais soufflé un mot concernant le passé de Noah. Je croyais que le coupable se trouvait du côté de Noah, pas du mien.

Et pourtant, me voilà obligée de confronter une personne que j'ai aimée. Je refuse de laisser passer ça et de faire comme si rien ne s'était passé.

— Noah, tu es parti en France à cause de cette histoire. Tu m'as quittée parce que quelqu'un nous détestait assez pour nous faire ça. Quelqu'un a utilisé mon nom pour publier ce torchon, et je ne vais pas le laisser faire. Je veux savoir pourquoi. Je veux savoir *comment*. Et je veux voir son visage quand je lui dirai que tout ça n'a servi à rien parce que je t'ai gardé.

Il se penche vers moi pour m'embrasser.

— Moi aussi je veux savoir. Je te crois quand tu dis que tu n'en as parlé à personne. Je n'ai besoin de rien d'autre. Le passé appartient au passé.

— J'apprécie le sentiment, mais j'en ai besoin. Je l'ai laissé contrôler ma vie, je l'ai laissé essayer de me détruire. Je dois mettre un terme à tout ça. Je vais le confronter et lui tenir tête.

J'espère qu'il comprend ce que je lui demande. J'ai passé ma vie à me recroqueviller devant lui. Je ne le laisserai plus me faire ça. Si j'ignorais ce qu'il s'est passé, il gagnerait. Cette fois-ci, c'est moi qui vais prendre le dessus.

Ses lèvres effleurent à nouveau les miennes.

— Après toi, mon ange.

— Je t'aime.

— Je t'aime.

Noah s'est montré incroyable pendant toute la conversation. Jackson nous a expliqué qu'il ne pouvait pas utiliser l'information qu'il a obtenue, car il l'a fait de façon illégale. Nous avons uniquement la possibilité de confronter Scott. Nous avons dû jurer que nous ne révélerions pas comment nous l'avons appris. Techniquement, nous ne le savons pas de toute façon. Tout ce qu'il nous a confié, c'est que quelqu'un dans son équipe était très doué pour découvrir des choses sans mandat. Donc, c'est vraiment juste pour Noah et moi. Ou juste moi.

— Allons-y, je souffle en sortant de la voiture.

Je me retrouve aux côtés de Noah et il prend ma main. Nous remontons l'allée pendant que mon estomac fait des bonds. Je ne sais pas comment je vais m'en sortir, mais je sais que je dois faire face. J'ignore mes remontées acides et je sonne à la porte.

Quand elle s'ouvre, plus moyen de revenir en arrière.

— Kristin ? demande Scott, confus. Mais que fais-tu ici ? Tu m'as dit que tu étais malade et je t'ai prévenue que je te ramenais les enfants vers dix-huit heures.

— Il fallait que je te parle, et c'était urgent, je réponds en essayant de contenir ma colère. Les enfants sont toujours chez tes parents ?

Il fait un pas à l'extérieur et ferme la porte derrière lui.

— Oui, je te l'ai déjà dit il y a vingt minutes. Pourquoi ?

Scott lance un regard mauvais à Noah et ramène son attention sur moi.

— Sais-tu ce qu'est une adresse IP ? je l'interroge.

— Bien sûr que oui, je travaille dans la technologie. Je suis un peu surpris que tu le saches, en revanche.

Oui, la petite femme au foyer pathétique qui ne sait rien a beaucoup appris au cours des derniers mois. Pauvre con.

J'ignore son commentaire et je continue mon interrogatoire.

— Donc tu sais qu'on peut les tracer ?

— Non, Kristin, j'ai dû rater cette info pendant les quinze ans que j'ai passés dans cette boîte. Es-tu vraiment ici à me poser des questions sur les adresses IP alors que tu es censée être à l'article de la mort ? Si tu voulais juste passer quelques jours de plus avec lui...

— La ferme, Scott.

— Je suis occupé. Dis-moi ce qui te préoccupe tellement que tu as dû te précipiter ici, afin qu'on puisse passer à autre chose.

Noah serre ma main alors que je m'avance. Je suis furieuse que Scott pense qu'il a le droit de me parler ainsi. Je n'ai pas besoin de sa condescendance.

— Ne me pousse pas à bout, Scott. Je fais de mon mieux pour rester calme.

— Pourquoi ? crache-t-il en baissant les bras. C'est toi qui te conduis comme une folle.

— Fais attention, le prévient Noah en plaçant ses mains sur mes épaules.

— Sinon quoi ? Tu viens chez moi pour me menacer ? Arrête tes conneries, se moque Scott.

Noah est environ quinze centimètres plus grand et possède quinze kilos de muscles en plus. Il pourrait l'écraser entre son pouce et son index.

Scott fait son malin, mais je vois dans ses yeux qu'il a peur. Il se retourne vers moi en soufflant.

— Maintenant, explique-moi ce que tu me reproches pour que je puisse rentrer m'occuper de ma deuxième erreur.

Il est là, à jouer les imbéciles et à m'insulter. Il ne m'en fallait pas plus pour basculer. Je m'éloigne de Noah pour m'approcher du père de mes enfants. L'homme que j'ai aimé par stupidité. J'ai supporté beaucoup de choses, mais là, c'est l'apothéose.

— Une erreur ? J'étais une erreur ? N'importe quoi.

— J'ai une putain de migraine. Allez, dis-moi ce que tu veux, marmonne-t-il.

Sa migraine est sur le point d'empirer.

— *Je sais*, Scott ! Je sais ce que tu m'as fait ! Je n'y crois pas !

Je perds mon sang-froid et hausse d'un ton.

— Si tu sais que les adresses IP peuvent être tracées, pourquoi pensais-tu t'en tirer à si bon compte ? Tu croyais que Noah et moi allions rester les bras croisés pendant que tu détruisais nos vies ?

— Mais putain, de quoi tu parles ? réplique Scott en s'avançant vers moi. Je me fous bien de toi et de ta vie amoureuse. J'attends juste que tu te maries avec lui pour que je puisse arrêter de t'entretenir.

Il s'inquiète tellement de son argent tout le temps. Mais il a réfléchi à ce qu'il se passerait une fois que j'aurais perdu mon boulot ? Il pense qu'il paierait moins ? Quel idiot.

— C'était une erreur de me faire virer alors. Comment penses-tu t'en sortir dans un tribunal si je n'ai plus de revenus, et que le juge augmente le montant de la pension ?

Il n'y a pas pensé. Je ne suis pas stupide. Mon avocate m'a dit que nous pouvions présenter une nouvelle requête si l'un de nous deux obtient une augmentation. Et s'il compte sur un mariage avec Noah, il peut attendre longtemps. Je prévois de lui soutirer chaque centime qu'il me doit. Je l'ai bien mérité après tout ce qu'il m'a fait endurer.

— Tu es virée, Kristin ? Je n'ai pas la moindre idée de ce dont tu me parles, mais je vois bien que tu as besoin de voir un psy.

— Un psy ? Voilà qui est ironique quand on sait que cette suggestion vient de la part d'un homme qui a passé quatorze années à me rabaisser pour se sentir plus grand.

— Tu pourrais contrôler ta petite amie ? lance-t-il à Noah.

— Ne t'avise pas de m'adresser la parole, le menace Noah. Je te garantis que j'utilise toute ma volonté pour ne pas te rentrer dans le lard. C'est seulement parce que je veux protéger Kristin et tes enfants que tu n'es pas encore par terre. Mais si tu touches à un seul de ses cheveux, je vais prendre plaisir à te fracasser la gueule.

Scott éclate de rire.

— OK, vas-y menace-moi, fais-toi plaisir, tête de nœud. Maintenant, vous arrêtez votre petit jeu et vous me dites pourquoi vous êtes ici.

Je fais un pas en arrière, surprise. Je le connais depuis longtemps. Je sais quand il ment. Il frotte son nez et renifle. C'est comme si j'avais toujours su au fond de moi, mais que je refusais de m'en rendre compte.

Il ne l'a pas fait.

Il est vraiment perdu.

— Tu n'as pas idée ?

— Non, je ne sais pas du tout pourquoi tu te pointes ici et que tu hurles au sujet d'adresses IP et toutes tes conneries.

— Ce n'est pas toi, je souffle en regardant Noah.

Noah devient inquiet.

— Tu es sûre ? Nous savons...

Je secoue la tête.

Notre relation s'est apaisée ces dernières semaines. Scott et moi avons parlé calmement, fait une relativement bonne équipe parentale et il m'a rendu service en gardant les enfants.

C'est pour ça que je suis incertaine. S'il essaie de rester cordial, pourquoi ferait-il une chose pareille ? Et puis, comment aurait-il découvert le secret de Noah ?

Ça ne colle pas.

— Seigneur Dieu, Kris ! Je ne sais pas... hurle Scott alors que la porte s'ouvre.

— Que se passe-t-il ici ? Je ne voudrais pas que les voisins pensent que les choses se dégradent depuis que j'ai emménagé ici, proteste Jillian en se mettant les mains sur les hanches.

Et là, je comprends tout.

Ce n'était pas Scott.

Scott n'est pas assez stupide pour mettre en péril sa relation avec ses enfants et pas assez intelligent pour prendre le temps de couvrir ses traces. Il est trop égocentrique pour penser qu'il puisse se laisser attraper. Jillian a toujours tout géré pour lui. C'est elle le cerveau qui l'aidait à m'amadouer.

Ça pue les manigances de cette salope.

— Je venais juste dire un truc à Scott, et puis je me suis rendue compte que tu devais aussi l'entendre.

Jillian fait un mouvement de tête.

— Moi ?

— Vous allez vous marier, pas vrai ?

Elle sourit et porte la main à son ventre.

— En effet.

Scott lève les yeux au ciel.

— D'abord, dis-moi comment tu as fait, je l'interroge.

La main de Noah serre imperceptiblement mon épaule.

— Fait quoi ? demande-t-elle.

Je ne peux pas la supporter. Elle est vraiment plus conne que je ne le pensais si elle croyait s'en tirer. Si elle me prenait pour une pétasse avant, elle va être servie maintenant que je ne m'inquiète plus de ce que peut penser Scott.

— Comment as-tu réussi à obtenir toutes ces informations sur Noah, et à envoyer un email à mon éditrice ? je l'interroge en scrutant son visage. Tu as piraté mon ordinateur ? Tu as installé un système électronique chez moi ? Tu es si obsédée par moi que tu as fait tous ces efforts pour me nuire, ou est-ce que tu es amoureuse de Noah, et tu désires ce que tu ne peux pas avoir ?

— Va te faire foutre, Kristin.

J'éclate de rire.

— Non, tu t'es foutue dans le pétrin toute seule. Je sais ce que tu as fait, et le pire, c'est que c'est tout au nom de Scott. C'est lui qui va payer les conséquences de tes actes. Fraude et usurpation d'identité, pour commencer.

Je bluffe, il n'y a pas de crime, mais j'espère qu'ils ne le savent pas.

Scott se retourne brusquement vers elle et sa mâchoire se relâche une microseconde avant qu'elle ne se reprenne.

— Excuse-moi, Scott ? Tu vas laisser ton *ex-femme* m'accuser comme ça ? Chez nous ?

— De quoi tu parles exactement Kristin ? me demande Scott. Quelles informations ? Quel email ?

Je lui fais un résumé de l'article et je lui explique que quelqu'un a piraté mon email pour l'envoyer en mon nom. Scott écarquille les yeux quand je lui parle de Jackson, qui le terrifie, et de l'avertissement qu'il a reçu des autorités pour tracer l'envoi jusqu'à chez lui.

— Tu te fous de moi ? beugle Scott. Jillian, dis-moi que tu n'as pas fait ça ! Dis-moi que...

Il serre les poings.

Je lui lance un petit sourire suffisant, je sais qu'elle est prise au piège.

C'est la putain de goutte qui fait déborder le vase. Je peux quasiment voir de la vapeur sortir de ses oreilles quand Scott la réprimande devant moi.

— Tu ne sais rien, reprend Jillian, méprisante.

Elle lève les mains en l'air, et en une seconde Noah m'a attiré vers lui pour me protéger.

— Tu te crois si intelligente, poursuit-elle. Tu penses avoir tout compris ? J'ai seulement passé un coup de fil pour obtenir tous les détails dont j'avais besoin.

— Qui as-tu appelé ? intervient Noah. Comment as-tu obtenu des détails ?

Elle lève les yeux au ciel.

— Scott a installé une application de surveillance sur son téléphone. De cette façon, nous pouvions vous espionner discrètement. Votre petit échange de SMS avec le vrai nom de Noah a été très instructif.

J'en ai le souffle coupé.

— Quoi ? Qu'as-tu installé sur mon téléphone ?

Il m'espionnait ? Il n'a vraiment aucune limite ? J'ai l'impression d'être dans un épisode de *La Quatrième dimension*. Ils ont perdu la tête. Je suis stupéfaite, et en même temps je me sens un peu stupide. Pendant tout ce temps, je vivais ma vie, mais il m'espionnait ?

— C'est complètement dingue ! s'écrie Noah. Viens mon ange, on s'en va. C'est illégal et nous allons droit chez mon avocat.

Scott m'attrape par le bras pour me retenir.

— Kristin, s'il te plaît.

— Ne t'avise pas de la toucher !

Noah s'interpose à nouveau, poitrine à poitrine avec Scott, qui relâche mon bras immédiatement.

— C'est l'appli que nous avions mise sur le téléphone de Finn. *Je* ne savais pas que le tien en était aussi pourvu.

Jillian renifle.

— Oui, bref, j'y ai accès. Je connaissais son vrai nom, et le reste était du gâteau. Les parents de ta petite amie morte étaient plus qu'heureux de parler à ta nouvelle petite amie, explique-t-elle à Noah avec un sourire.

Bordel de merde. Elle est vraiment cinglée. Elle a appelé les parents de Tanya, raconté des salades et puis a envoyé l'article. De toute ma vie, je n'ai jamais autant eu envie de faire mal à quelqu'un. Je voudrais avoir été assez diabolique pour avoir enregistré cette conversation. Peut-être que cela nous aurait permis de lancer une action légale contre elle. Mais nous sommes venus ici, persuadés que Scott était le coupable. Et il reste le père d'Aubrey et de Finn, pour le meilleur et pour le pire. Le dénoncer revenait à leur faire du mal.

Mais ce spécimen appartient à une autre espèce de malade mental. C'est officiel, il va lui falloir une camisole pour sa prochaine visite chez le gynéco.

— Tu es devenue *folle* ? hurle Scott dans sa direction. Mais qu'est-ce qui cloche chez toi ?

Faire une liste complète prendrait trop de temps.

— Tu as retardé le mariage après l'avoir vue avec *lui*, une seule fois ! s'époumone-t-elle en pointant un doigt vers Noah. Je sais que tu l'aimes encore, et que tu vas me quitter !

— Donc, tu lis mes messages et tu décides d'écrire un faux article ? Est-ce que tu vois à quel point tu es folle ? Il est à *toi*, Jillian ! Tu as gagné ! je rétorque en secouant la tête.

Scott n'est pas un cadeau, mais il s'imagine le contraire.

— Il est tout à toi. J'ai l'homme que je veux, et ce n'est pas Scott. Que te faut-il de plus ? Tu as couché avec mon mari et tu es enceinte. Et pourtant tu cherches encore à me pourrir la vie. Pourquoi ? Que pensais-tu obtenir de plus ?

Elle lève les yeux au ciel et ignore ma question.

— Réponds-moi ! je me mets à crier.

Elle se retourne vers Scott pour le toiser.

— Je n'ai pas attendu deux ans que tu *la* quittes pour rester en seconde place !

Peut-être que si elle avait jeté son dévolu sur, je ne sais pas moi, un célibataire, elle n'aurait pas eu à attendre. Au lieu de ça, elle choisit un homme marié avec des enfants. C'est une vraie perle.

Jillian plante ses yeux dans les miens et je serre mes poings.

— Il choisit tes abrutis de gamins plutôt que moi. Il te choisit toi, plutôt que moi.

Sa voix est chargée de mépris, et je perds mon sang-froid. Maman Ourse entre dans la danse. Personne ne parle de mes bébés comme ça.

Je m'approche d'elle, tout en serrant la main de Noah dans la mienne. Il va peut-être devoir me retenir.

— Ne t'avise *plus jamais* de parler de mes enfants de cette façon. Tu es une briseuse de ménage, tu ne seras jamais heureuse. Tu veux ce que les autres ont, mais tu ne te rends pas compte de ce que tu as déjà. Tu vois. J'ai gagné, tu as perdu. Noah est toujours à mes côtés. Et maintenant, Scott sait qui tu es vraiment. Une salope rancunière.

Je ne comprendrais jamais une personne capable d'en arriver à de telles extrémités. Je me tourne vers mon ex-mari, un adulte de quarante-et-un ans qui se laisse mener par le bout du nez par une jeune femme de vingt-quatre ans, et lui annonce la couleur :

— Elle ne s'approchera pas de mes enfants. Si tu préfères que je n'appelle pas mon avocate, tu trouves un moyen pour que ça fonctionne parce que je refuse qu'elle fasse partie de leur vie ou de la mienne.

— Tu n'as pas à t'inquiéter pour ça. Elle ne va pas rester dans le coin beaucoup plus longtemps.

Nous devons faire face aux conséquences de nos actes. Certaines sont positives, comme quitter Scott et rencontrer Noah. D'autres sont négatives, comme décider de se conduire comme une pute sournoise et parano, et finir seule. Je crois pouvoir affirmer que mes choix ont été plus judicieux que les siens.

Noah, c'est mon trésor enfoui après le naufrage de mon mariage. Nous n'avons pas de plan qui nous indique l'endroit d'une croix, mais nous nous guidons l'un l'autre.

Je le regarde et je souris.

— Tu es prête, mon ange ? me demande Noah avec un sourire.

Ils ne peuvent plus m'atteindre. Je ne suis plus la fille que j'étais toutes ces années. Je ne joue plus à ces jeux et je ne laisse plus personne diriger ma vie. Je suis forte, et je le suis encore plus si Noah est à mes côtés. Quand je vois ces deux-là, je vois à quel point ma vie est mieux que la leur. Ma relation n'est pas parfaite, car c'est impossible, mais Noah et moi sommes bienveillants l'un envers l'autre.

Même après les épreuves que nous avons traversées, nous nous sommes retrouvés. Il a parcouru des milliers de kilomètres pour résoudre nos problèmes.

Je l'aime tellement, je ne pensais pas que c'était possible.

— Je suis prête, tout est fini maintenant.

Il se penche pour m'embrasser sur les lèvres.

— Tu as bien raison.

CHAPITRE TRENTE-SIX

NOAH

— Je comprends, monsieur, je vous le garantis, je serai là avant la fin de...

— La journée, finit Paul, mon réalisateur, à ma place.

Non impossible. Pas moyen que je parte ce soir.

— Semaine.

Paul gémit.

— Noah, nous avons déjà travaillé ensemble, tu n'as jamais posé ce genre de problème.

— C'est pourquoi je vous demande seulement deux jours.

Kristin s'est assoupie sur le canapé, ses pieds sur mes genoux. Nous sommes rentrés à la maison il y a environ deux heures, après notre visite chez son – je ne sais pas bien quel terme employer – disons son ex-mari, et elle s'est écroulée.

— Très bien. Une heure de retard et je donne ton rôle à quelqu'un d'autre. Tu te souviendras pourquoi tu ne travailles plus à Hollywood, menace Paul avant de raccrocher.

Je reste assis à la regarder, et je me demande comment je vais réussir à repartir. Notre vie est sens dessus dessous, et je ne peux pas m'en aller sans savoir qu'elle va bien. Toutefois, Kristin refuse catégoriquement mon aide.

Elle ne refuse l'aide que quand elle sait qu'on l'aide.

C'est pour son bien, mais aussi pour ma tranquillité d'esprit. Je veux m'occuper d'elle. Je dois lui rendre ce que je lui ai pris.

J'ai envoyé quelques emails et mis la machine en route. Il me reste deux jours pour passer autant de temps avec elle que possible et essayer de récupérer un peu de ce que nous avons perdu.

— Papa, tu savais que les enfants grandissent plus au printemps ?

J'entends la petite voix d'Aubrey traverser le mur depuis l'extérieur. Je frotte la jambe de Kristin, mais elle ne bouge pas.

— Et tu savais que les chevaux dorment debout ? Et tu savais que les baleines peuvent vivre en groupe ? poursuit-elle.

Je déplace les pieds de Kristin et me dirige vers la porte.

— Et tu savais que les petites sœurs font partie des personnes les plus énervantes de la terre ? mimique Finn.

Je dois me retenir d'éclater de rire.

— C'est pas vrai !

— Arrêtez de vous chamailler, intervient Scott alors que j'ouvre la porte.

— Noah ! s'écrie Aubrey en se précipitant vers moi. Tu as nourri les animaux ?

Je ris doucement et je m'accroupis pour lui faire face.

— Oui, ils avaient très faim.

— Je sais, souffle-t-elle de façon théâtrale. J'ai dû le faire moi-même, parce que tu n'étais pas là.

Sérieusement, cette gamine est la chose la plus adorable qui ait jamais existé. Nous sommes tous impuissants face à ses pouvoirs magiques. Ça promet. Surtout quand elle va commencer à s'intéresser aux garçons.

— Je vais faire mieux la prochaine fois, je te le promets.

Son attention se dirige derrière moi et elle part en courant.

— Maman !

Je regarde Aubrey se jeter littéralement sur sa mère

— Salut, Aub, ma puce.

La voix de Kristin est rauque, parce qu'elle dormait et parce qu'une fillette de six s'est jetée énergiquement sur elle.

— Finn, quoi de neuf ? je lui demande en souriant et en lui présentant mon poing.

— Ça va ou quoi ?

Scott est là, et c'est lui qui a l'air mal à l'aise cette fois. Il a de la chance que ces enfants soient les siens. Si ce n'était pas le cas, je lui fracasserais la gueule. Mais il n'en vaut pas la peine. En revanche, je serais absolument ravi que Kristin le traîne une nouvelle fois devant les tribunaux. Au premier dérapage, c'est plié.

— Scott, je le salue en lui tendant la main.

Je sais que Finn regarde, et devant lui, je me conduirai toujours comme l'homme exemplaire que ma mère a élevé. Je n'ai presque pas connu mon père, mais si ma mère avait rencontré quelqu'un et qu'il lui avait manqué de respect, je ne l'aurais jamais oublié. Un garçon cherche toujours la présence de son père, même s'il prétend le contraire.

J'ai su cacher mes vraies émotions quand j'étais enfant, mais je n'ai jamais arrêté d'espérer qu'il revienne pour mon anniversaire, ou de l'écrire dans ma lettre au Père Noël.

Les enfants les plus coriaces sont ceux qui ont le cœur le plus fragile.

Scott me serre la main.

— Noah.

La main de Kristin glisse le long de mon bras et vient se poser sur mon épaule. Elle ne m'a jamais autant touché devant les enfants.

— Merci de les avoir ramenés. On se voit dans quelques jours.

Je m'apprête à fermer la porte, mais il m'en empêche.

— Elle est en train de faire sa valise. Juste pour vous tenir au courant. J'ai découvert qu'elle avait menti au sujet de sa grossesse, et...

— OK, très bien, acquiesce Kristin avant de fermer la porte doucement.

— Tu tiens le coup ? je m'enquiers.

— Oui, désolée d'avoir dormi.

— Surtout pas, je la rassure.

Elle est restée muette pendant tout le trajet du retour, mais j'ai appris qu'elle a besoin de ce temps. Kristin a passé la plupart de son mariage dans sa tête, et petit à petit, je vais l'accompagner pour qu'elle en sorte. Elle n'aura pas à avoir peur avec moi. Et je devrais toujours me souvenir qu'elle n'est pas comme les autres.

— Tu restes combien de temps ? me demande-t-elle, les yeux tristes. On n'en a même pas parlé...

— J'ai deux jours, mon ange, je lui réponds en lui caressant la joue.

— Zut.

Je sens sa douleur. Et partir est la dernière chose dont j'ai envie. Toutefois, je dois m'y résoudre, et j'ai pas mal de pain sur la planche avant. D'ailleurs...

— Où se trouve ton téléphone ?

— Mon téléphone ?

Je soulève mes sourcils.

— Oui, le téléphone qui a créé tous ces soucis.

— Ce téléphone-là, grimace-t-elle.

Kristin va le chercher dans son sac et me le tend. Je reste muet. Je m'empare des clés de ma voiture de location et me dirige dehors.

— Noah !

— Une minute ! je lui réponds par-dessus mon épaule.

Je place le téléphone sur la route devant le pneu, je monte dans la voiture et je la démarre.

Kristin est plantée sous le porche et me regarde d'un air confus. Elle n'a peut-être pas encore compris que j'allais exploser ce téléphone de merde.

Je passe la première et la marche arrière tour à tour plusieurs fois. Ça devrait suffire.

— Mais qu'est-ce qui te prend ? s'inquiète-t-elle en descendant les marches.

Je ramasse ce qui reste de l'appareil avec un sourire.

— Le nouveau modèle avec un nouveau numéro arrive dans quelques minutes, je l'informe en plaçant les miettes de l'ancien dans sa main.

— T'es cinglé ! C'était mon téléphone !

— Exactement, je riposte, prêt à en découdre.

— Tu l'as écrabouillé.

— Oui, et je n'hésiterai pas à le refaire.

Personne ne nous menacera à nouveau. Si je dois rouler sur cent autres téléphones, ainsi soit-il.

Kristin, Finn et Aubrey vont recevoir un nouveau téléphone aux frais de la princesse, d'ici trente minutes. Je suis sûr que je vais me faire engueuler pour en avoir prévu un pour Aubrey, surtout parce que je crois qu'elle n'en a pas encore. Mais... Je veux rester dans son top 3. En plus, j'allais céder à la première moue de toute façon.

— Tu as roulé dessus, continue Kristin en examinant les restes de son téléphone dans sa main. On aurait pu supprimer l'application, ou changer le mot de passe, mais... Noah !

Elle me tape sur le bras.

— Comment est-ce que je vais récupérer mes contacts ? Espèce d'idiot.

Je n'y ai même pas pensé.

— Le cloud ?

— T'es bien un mec, tu agis d'abord, tu réfléchis ensuite.

Elle s'éloigne en marmonnant.

— Va trouver un abonnement sans avoir de travail. Je pourrais aller au magasin et leur dire... – Kristin s'arrête de marcher et se met à crier à travers ses dents serrées – « Mon *idiot* de petit ami, jaloux pour un rien, a roulé sur le téléphone avec sa voiture. Je crois qu'il est encore sous garantie. Oh, mais pas de souci, il a fait une marche arrière pour être sûr que le job était bien fait ».

J'éclate de rire, ce qui me vaut un regard menaçant, qui a pour résultat de me faire redoubler de rire.

— Les nouveaux téléphones sont en route, pas la peine d'aller au magasin.

Ses yeux sont noirs quand elle dépose le téléphone sous le porche.

— Tu me tues.

Je grimpe les marches deux à deux, je l'attrape par la taille et je l'attire contre moi.

— Tu ne peux pas vivre sans moi, je rétorque d'une voix grave.

— Tu crois ça ? demande Kristin d'un air faussement pudique, et toute sa colère feinte disparaît quand elle pose ses mains sur ma poitrine.

Je fais mine de réfléchir.

— Oui, je le crois vraiment.

— Qu'est-ce qui vous rend si sûr de vous, M. Frazier ?

— Juste une impression.

— Mmmh, fait-elle en jouant avec le col de mon T-shirt. Tu as peut-être raison, mais comment pourrais-tu t'en assurer ?

— Je pourrais t'embrasser, je la taquine. Ou je pourrais essayer de te faire fondre dans mes bras, comme tu le fais quand je flirte avec toi. Je pourrais le savoir grâce à la façon dont ton corps se raidit parce que tu en veux plus, mais reste frustrée.

— Tu pourrais, répond Kristin d'une voix neutre, qui contredit les flammes qui dansent dans ses yeux.

Elle ignore l'étendue de l'emprise qu'elle garde sur moi. Elle pourrait me demander n'importe quoi, je le lui offrirais. Cette fille est arrivée dans ma vie, elle m'a fait tomber à l'eau avec elle, et je ne suis jamais remonté à la surface. Même quand tout notre univers est tombé en miettes, je n'ai jamais réussi à me convaincre que tout était fini entre nous.

Je ne m'imagine pas vivre sans Kristin.

— Je devrais, je réplique en approchant mes lèvres des siennes.

Son dos se cambre, suivant le mouvement de ma main qui glisse plus haut. J'effleure tout juste sa bouche parfaite quand j'entends un bruit.

Nous nous retournons d'un même mouvement, et remarquons que Finn nous regarde.

Merde.

Je laisse tomber mes mains et je recule d'un pas.

— Dégueu, déclare Finn.

Les enfants étaient absents pour la majeure partie du temps que nous avons passé ensemble. Je vais devoir me souvenir de faire attention aux démonstrations d'affection.

— Oh arrête ton char ! rigole Kristin. Tu aimes Noah, il te rend plus *hype*.

— Tu as vraiment dit *hype* ? je demande en me retenant de rire.

Elle hausse les épaules.

— Pourquoi ? C'est le bon terme.

— Oui, si tu es une ado, la corrige Finn.

— Arrêtez d'être jaloux de ma cool attitude.

Kristin s'éloigne en se secouant les cheveux.

— Je suis, genre, le leader des gens cool. Vous rendez tous grâce à ma coolitude.

Finn et moi échangeons un regard puis éclatons de rire.

— Elle a besoin d'aide, Noah, je t'en prie – il se met à genoux et joint ses mains en prière – je t'en supplie, fais quelque chose avant qu'il ne soit trop tard.

— Je voudrais bien, mais apparemment il faut d'abord lui rendre grâce, je réplique en la suivant à l'intérieur.

Je la regarde s'affaler sur le canapé avec ses bras tendus, et ce spectacle me coupe le souffle. Ses cheveux sont relevés, elle n'est pas maquillée et elle est vêtue d'un short noir et d'un T-shirt ample. C'est la plus belle femme que j'ai jamais vue.

Kristin penche la tête et me sourit d'une façon qui me donne envie de la conduire séance tenante dans la chambre.

— Quoi ?

— Rien.

Les coins de ses yeux se plissent.

— Tu penses à quelque chose.

Je souris et je marche vers elle. Je place mes mains sur ses épaules et je me penche au-dessus d'elle.

— Je pense que je suis le plus chanceux des hommes. Non seulement je t'ai trouvée, mais tu es tombée amoureuse de moi, et je t'ai convaincue que tu ne pouvais pas vivre sans moi. J'avais une chance sur un million pour que ça arrive.

Kristin lève les yeux au ciel.

— Mais oui, c'est toi qui as tout fait, beau gosse. Je t'ai attirée avec mon adorable maladresse, je t'ai fait perdre la tête au lit et je suis en possession de l'arme ultime.

Je ris dans ma barbe.

— Et c'est quoi ?

— Noah ! crie Aubrey de l'arrière de la maison. Tu en as oublié un !

Elle prend mon visage dans ses mains avec un sourire.

— Elle.

Je ris contre ses lèvres et je lui donne un baiser torride.

— Je t'aime.

— Je t'aime aussi. Maintenant, va nourrir ces animaux avant que je ne me trouve un nouvel homme qui soit capable de tenir le rythme.

— Je vais t'en donner du rythme.

Je commence à me pencher vers elle, mais Aubrey entre dans la pièce.

— No-ah ! prononce-t-elle en détachant chaque syllabe. Ils peuvent mourir. Ils ont faim.

Le rire qui monte du canapé est parfaitement audible. Elle est d'une grande aide. Je regarde Aubrey qui me fait le coup des grands yeux à nouveau, exactement comme avec les cookies. C'est quoi le secret des petites filles ? Est-ce qu'elles ont un pouvoir magique ? Est-ce que c'est de la sorcellerie, parce que me voilà, main dans la main avec elle, en chemin pour aller nourrir ses peluches afin qu'elles restent en vie.

— Amuse-toi bien ! me lance Kristin en plaçant son menton sur le dossier du canapé.

— C'est ce que nous allons faire plus tard, mon ange, crois-moi.

— J'y compte bien, me répond Kristin en souriant.

Ma tête se remplit d'images mentales de son corps nu.

Aubrey me regarde, son petit visage est rayonnant.

— Je te parie que les animaux aimeraient *vraiment* des cookies.

Je lâche un éclat de rire et je la tiens contre moi.

— Tu me promets de finir ton assiette et de ne rien dire à ta mère.

Elle opine.

Je vais le payer très cher.

CHAPITRE TRENTE-SEPT

KRISTIN

~ Huit mois plus tard ~

— Je n'arrive pas à croire que tu déménages *encore une fois*, marmonne Nicole en empilant des cartons fermés les uns sur les autres.

— Et encore une fois, tu te conduis comme si tu avais été utile, je rétorque.

La rénovation commence dans trois jours, j'ai assez procrastiné. Je ne peux plus me tourner les pouces sans rien faire. En plus, Noah revient demain, et il pense que j'ai fini.

Oups.

— Nourris-moi, gémit-elle allongée sur le sol. Je meurs.

Elle est pire qu'Aubrey.

— Relève-toi, ou je te ferai regretter de ne pas être morte.

Danielle sort de la chambre, regarde Nicole et laisse tomber un carton juste à côté de sa tête.

— Connasse ! sursaute Nicole. J'ai failli avoir une crise cardiaque. Un centimètre de plus et tu payais ma chirurgie esthétique.

— Tu t'es relevée, mission accomplie, ricane Danielle.

— Heather me manque, je lance, nostalgique. Elle aurait dû rentrer pour cette étape.

Elle est rentrée le mois dernier pour signer la vente de la maison. Je suis officiellement propriétaire, avec Noah.

Nous ne voulions pas que les enfants aient à nouveau à déménager, et Heather était plus que réjouie quand nous lui avons fait notre proposition. Je crois qu'elle est heureuse de savoir qu'une autre famille va élever ses enfants dans ce lieu qui lui tient tant à cœur.

Ou elle en a juste marre de faire la liste de tout ce qui doit être réparé et elle est ravie que ce soit maintenant mon problème.

Noah s'est montré catégorique. Si nous restions ici, nous devions nous sentir chez nous. Donc, au cours de l'un de ses longs week-ends de retour de France, il a fait ce qu'il sait faire de mieux : il a engagé une équipe d'artisans pour démanteler ma vie.

Mon téléphone sonne et c'est mon assistante qui appelle.

— Salut Erica, dis-je en coinçant le téléphone entre mon oreille et mon épaule.

— Kristin ! c'est un désastre. Je ne sais pas quoi faire. Tu devais venir travailler aujourd'hui, et tu n'es pas là. J'ai quatre téléphones qui n'arrêtent pas de sonner, la mise en page est de travers. Elle ne convient pas du tout, tu dois venir la remettre comme il faut. Comme il faut.

Oh Erica... Pourquoi est-ce que j'ai pensé que c'était une bonne idée ?

— Respire avec le ventre. Ça va aller. J'ai vérifié la mise en page hier, et j'ai fait une modification. Le magazine sera parfait, je la rassure d'une voix calme.

Elle est toujours hystérique. C'est notre deuxième issue, et nous nous en sommes très bien sorties avec la première. Elle stresse tellement, on croirait que c'est le bal du lycée à chaque fois. Je comprends maintenant pourquoi elle avait une salle de méditation. Ses exercices de respiration sont indispensables.

— OK, oui, bien sûr. Je vais bien, tu vas bien. Je vais aller chercher une bouteille Tetra Pack d'eau minérale, et faire un bon tour à vélo. Ce soir, je vais adresser ma prière à l'océan.

Je vais faire comme si je n'avais rien entendu.

— C'est un chouette projet, ma belle. Je suis sûre que l'océan sera flatté que tu lui demandes de l'aide. Je suis en plein travail, pour le moment. Bonne chance.

Je reste là, à me gratter la tête en me demandant ce que j'avais bu quand je l'ai engagée pour travailler avec moi au magazine. J'étais ivre, je ne vois pas d'autre explication.

Et c'est quoi son truc de boire de l'eau en carton ? L'eau se boit dans des bouteilles. Mais c'est Erica, j'ai appris qu'il valait mieux ne pas trop poser de questions.

— Tout va bien ? s'enquiert Danni.

Il n'y a qu'un seul mot pour répondre à cette question.

— Erica.

Mes amies l'adorent, en théorie. Elle est à mes côtés, elle me défend, et c'est ma plus grande fan depuis le premier jour. Même si Noah n'a pas détruit ma vie personnelle et ma vie professionnelle, c'en était fini pour moi. Catherine m'a expliqué qu'elle a dû discréditer l'article, et par conséquent Celebaholic a perdu son statut. Et moi aussi, en tant qu'autrice.

J'ai beau essayer de prétendre que ça me rend triste, je ne le suis pas du tout. Je détestais ce boulot. Maintenant, je dirige un magazine lifetsyle pour les femmes de plus de trente ans. Décoration d'intérieur, relations, enfants, vie professionnelle, et style.

J'adore mon magazine.

Tant que je ne pense pas à son nom.

— Ah, elle opine d'un air entendu. Je vois que c'est pas McGénial.

Nicole éclate de rire, et elles se congratulent d'une tape dans la main. Les pestes.

— Vous pouvez rire...

— On ne va pas se gêner, rétorque Nicole.

— Je vous déteste. Toutes. Vraiment.

Erica était chargée de soumettre les formulaires pour la création d'entreprise. Je les avais pré-signés avant de partir en France pendant quinze jours. Elle devait remplir la ligne du nom, une fois que j'aurais décidé. J'étais partie sur *Friends In Chic*. Elle n'avait plus qu'à envoyer les papiers. Fastoche.

Mais elle a pressenti que notre nom n'était pas assez tendance. Donc elle a mis son grain de sel, et baptisé notre très prestigieux magazine *Kristin McGéniale*.

Nicole et Danielle se prennent par le bras, tout en continuant à rire.

— Nous acceptons ton sentiment, et te faisons part de notre indifférence.

Mes amies sont sur ma liste noire. Avec Erica.

Aubrey accourt avec un carton, et interrompt nos chamailleries.

— Tatie Danni, tu peux faire attention que tatie Nicole ne mette pas la main là-dessus, s'il te plaît ?

Nicole hausse les sourcils et rigole.

— Moi ? Qu'est-ce que j'ai fait ?

— Tu as dit que tu allais dévorer mes animaux pour le déjeuner, répond Aubrey en protégeant son carton. Ils ne sont pas là pour être mangés.

— J'avais faim, et tu ne me laissais pas quitter ta chambre.

Aubrey jette un regard désolé à Nicole. Ces deux-là sont un sacré numéro séparément, mais à deux, on ne peut plus les contrôler. Aubrey fait des choses qui me rappellent tellement Nicole que ça m'effraie. Je ne suis pas du tout ravie. J'adore ma meilleure amie, mais sa mère a eu des cheveux blancs très tôt.

— Tu n'es pas censée les manger, tatie Nicole !

Nicole soupire exagérément.

— D'accord, je les laisse tranquilles.

Danielle et moi regardons cet échange, main sur la bouche. Aubrey lui tend la boîte, et l'écarte au dernier moment.

— Aubrey Nicole, hurle Nic.

Je crois qu'elle aime bien utiliser son deuxième prénom, car elle ne rate pas une occasion de le faire. Si j'avais su qu'en donnant le prénom d'une amie à ma fille, elle finirait par lui ressembler, j'aurais choisi Heather.

Ou pas.

Aubrey reprend son carton et s'en va.

— Cette gamine, déclare Danielle en riant. Elle est super, je l'adore.

— Je suis bien d'accord.

Quand j'entends la voix grave de Noah, mon rythme cardiaque s'accélère.

Il est là. Il est rentré plus tôt que prévu.

— Tu es rentré ! je m'écrie en courant dans ses bras.

— Salut, mon ange.

Il éclate de rire en me rattrapant de justesse.

Je l'embrasse sur les lèvres autant de fois que je le peux, euphorique. Il est parti depuis trois semaines. Les enfants et moi l'appelons en visio tous les soirs, mais ce n'est pas pareil.

Je ne peux pas toucher sa peau, sentir sa chaleur ou son odeur. Ma mémoire ne suffit pas à me satisfaire.

Ses yeux verts sont légèrement plus clairs et sa peau est un peu plus bronzée. Il jouait un espion dans le film dont il vient de finir le tournage, et ils lui ont rasé les cheveux. Je croyais que je détesterais, mais c'est finalement très sexy. Si j'avais pu m'infiltrer dans l'ordinateur pour le forcer à utiliser son arme de destruction massive, je n'aurais pas hésité une seconde. Mais nous avons pour règle de ne rien faire sur internet. Donc, j'ai dû patienter.

Mais l'attente est terminée. Ma langue se glisse dans sa bouche, caresse la sienne, se délecte de la saveur de Noah.

— Vous allez baiser ? Je peux regarder ? J'adore la pornographie gratuite, demande Nicole derrière nous.

Noah interrompt notre baiser, à ma grande déception.

— Laisse-nous ! je m'écrie.

— Ne t'inquiète pas, ce n'est pas fini, me promet Noah en me plantant un baiser sur le nez.

Je l'espère bien. Mais je veux continuer maintenant. Ah ! Si seulement les copines et les enfants n'étaient pas là, on mettrait le feu au matelas.

— Danni s'occupe des gosses, suggère Nicole.

L'idée n'est pas mauvaise. J'ouvre la bouche, mais Noah parle en premier.

— C'est bon à savoir.

— Il pense que je plaisante, s'amuse Nicole en poussant Danielle du coude.

Cette dernière ricane.

— Je crois qu'il est terrifié que tu ne plaisantes pas.

— Ou que je participe. Je suis partante pour l'un ou l'autre.

Mes jambes sont enroulées autour de sa taille, et je m'accroche à lui comme une moule à son rocher. Il me regarde d'un air espiègle.

— Tu comptes intervenir ?

— Elle serait dépassée par ton sex-appeal, bébé. Et puis, elle préfère *deux hommes*...

Noah rit dans sa barbe.

— Vous avez passé trop de temps ensemble dernièrement.

Il baisse la voix pour que je sois la seule à l'entendre.

— On s'amusera mieux ce soir.

Oh, je compte bien m'amuser ce soir. Je remue les sourcils de façon suggestive et je souris d'un air entendu.

— Ta promesse n'est pas tombée dans l'oreille d'une sourde, chéri.

— Tu m'as manqué, me confie Noah en se tournant un peu alors que je suis toujours accrochée à lui. Tu peux descendre maintenant ? Pour que je puisse bouger ?

— Non.

Je suis parfaitement bien comme ça. Je dois rattraper trois semaines de câlins. Je suis presque désolée pour lui. Presque. Pendant les huit derniers mois, nous avons enduré les vols long-courriers, les décalages horaires, les plannings de tournage ridicules, les questions de la presse sur notre relation, et les contraintes de mon nouveau travail. C'était dur.

Et c'est finalement terminé.

Je m'accroche à ce moment, parce que j'en avais besoin. J'ai surtout besoin de lui.

— OK.

Il sourit et se déplace dans le salon avec moi. Noah se dirige vers le canapé et se penche pour me déposer sur les coussins, et reste au-dessus de moi.

— Nicole, tu voulais regarder, c'est bien ça ? Je crois que quelqu'un devrait détourner l'attention des enfants.

— Noah ! je crie en le repoussant. Oh mon Dieu, ce que tu peux être bête !

— Peut-être, mais tu m'aimes, rétorque-t-il avec une pointe de défi dans la voix.

Bien sûr que oui, je l'aime. Mais qui pourrait ne pas l'aimer ? Il est parfait.

Et sexy.

Et gentil.

Et il m'aime de tout son cœur.

Mais j'aime bien me moquer de lui. C'est ma responsabilité de m'assurer qu'il garde les pieds sur terre, et je la prends très au sérieux.

Je hausse les épaules.

— Ben, tu n'es pas mal.

— Pas mal ? Tu vas voir si je suis pas mal.

Danielle s'éclaircit la gorge.

— Le spectacle est très divertissant. Ou pas. Mais les artisans ne vont pas tarder à arriver, et vous n'êtes pas encore prêts.

Il se relève et m'aide à me mettre debout. Je lui intime de se taire en faisant un geste de la main au niveau de la gorge, sans qu'elle comprenne. Zut.

— Attends, demande Noah en se retournant, pas prêts ?

Je me balance d'un pied à l'autre en baissant la tête.

— Il se pourrait que j'aie un tantinet exagéré sur le travail effectué.

Heureusement, mon fils apparaît et me sauve. Il m'aurait fait la morale pendant des plombes sinon.

— Noah !

— Salut, mon pote !

La relation entre Finn et Noah s'est épanouie malgré la distance. J'ai adoré les regarder faire connaissance. Depuis que Noah est là, tout le monde a trouvé sa place sans effort. Je suis plus heureuse, les enfants sont plus heureux, et nous sommes tous excités par nos projets.

Noah a demandé à Finn la permission de vivre avec nous, et depuis, ils sont devenus meilleurs amis.

— Tu es revenu pour de bon ? demande-t-il.

— Oui, pour toujours.

Ses yeux croisent les miens quand il prononce le dernier mot.

Noah est à moi pour toujours.

Pour toute l'éternité.

ÉPILOGUE
KRISTIN

~ Huit années plus tard ~

— OK, nous allons élaborer une stratégie pour visiter le parc entier en une journée, nous annonce Noah alors que nous sommes tous appuyés contre la voiture. J'ai un plan et j'ai prévu les pauses déjeuner. Ça va être parfait !

Il a perdu la tête. Je ne sais pas pourquoi il a cru que Finn apprécierait de passer la journée dans un parc à thème – avec ses ringards de parents – pour son anniversaire – mais nous y voilà. Il n'y a pas eu moyen de le faire changer d'avis. Il est certain que c'est le meilleur cadeau qu'il puisse lui faire.

Finn aurait largement préféré une voiture, comme je l'ai suggéré.

Il se penche vers moi pour chuchoter dans mon oreille.

— Il sait que je ne suis plus un gosse, tu crois ?

— Fais semblant d'être excité, et je m'occupe de t'avoir une voiture, je lui réponds avec un air de conspiratrice.

L'humeur de mon fils remonte en flèche et il est tout à coup très content d'être ici.

— Oui, une stratégie, génial. Je suis super content. Ne perdons plus une minute. Prends la tête du cortège et vivons ensemble cette journée de jovialité.

Chaque mot qu'il prononce est chargé de sarcasme.

Jovialité ? Vraiment, Finn ?

— Tu devras faire mieux la prochaine fois, mon grand.

Je pose ma main sur son épaule.

Noah soupire.

— Je croyais que tu aimerais voir les décors de Harry Potter.

Parfois, c'est l'homme le plus brillant de la terre à d'autres moments, il est complètement à côté de la plaque. Finn a dix-huit ans aujourd'hui. J'en ai pleuré pendant une bonne heure ce matin. Noah voulait lui faire une surprise, alors il a réveillé les enfants à *six heures du mat'* et a offert un coffret à Finn. Impossible qu'il ne le méprenne pas pour des clés de voiture. C'était un petit écrin entouré d'une sangle Gryffondor.

Même moi, j'ai cru qu'il s'agissait de clés, alors que je savais déjà que ce n'était pas le cas.

Ah ! La tête de Finn quand il l'a ouvert !

Aubrey, en revanche, s'est ouvertement moquée de lui. Mais Noah est absolument ravi, donc elle a adopté la même attitude pour le mettre de son côté.

Je lis clair dans son jeu. Noah a plus de mal.

Je m'approche de lui pour lui caresser la joue.

— Tu as essayé, mon chéri. C'est l'intention qui compte.

— Il adorait ça avant, souffle Noah alors que nous marchons derrière les enfants.

— Quand il avait dix ans ! j'éclate de rire.

— J'aime Harry Potter et je n'ai plus dix ans ! rétorque Noah.

— Oui, mais tu te conduis comme un petit garçon.

Noah grommelle et passe son bras autour de ma taille, et frotte sa barbe dans ma gorge.

— Tu vas voir si je suis un petit garçon.

— Noah ! j'éclate de rire en essayant de lui échapper. Arrête ! Tu me chatouilles !

— Maman ! crache Aubrey. Tu nous mets la honte. Mon Dieu, des fois j'ai du mal à croire que nous sommes de la même famille. Je suis soulagée de ne pas avoir eu le droit d'amener une copine maintenant.

Elle souffle et croise les bras.

Que c'est dur de vivre aux côtés d'une ado de quatorze ans. C'est horrible. Elle a commencé à s'affirmer vers ses douze ans, et n'a cessé de devenir chaque jour plus désagréable depuis. Et comme son père et Noah la gâtent sans retenue, ça n'aide pas. Je suis forcée d'être la méchante.

— Adresse-toi à Noah, c'est de sa faute si nous sommes ici.

Elle fait voler sa main en l'air et continue à marcher.

— Laisse tomber...

Noah me regarde et nous éclatons tous les deux de rire. Nous en plaisantons souvent à la maison. Il n'a jamais tort. Ça m'énerve, mais je suis heureuse que mes enfants l'aiment. Il est devenu leur deuxième père, et quand il part en tournage, il nous manque terriblement.

— Vive les ados ! je marmonne.

Nous arrivons près de l'entrée, et quelques personnes prennent une photo de nous. Nous oublions facilement qu'il est si célèbre. Pour nous, il est juste Noah Frazier, l'homme qui enlève son caleçon en même temps que son jean, qui ne sait pas où se trouve le panier de linge sale et qui aime péter quand il pense que la maison est trop calme. Pour le reste du monde, c'est un acteur irréprochable qui a gagné deux Oscars.

Demain, ces photos s'étaleront sur les réseaux sociaux, accompagnées de questions sur la raison pour laquelle nous ne sommes pas mariés, sur la sincérité de nos sentiments et sur l'éventualité que je ne sois avec lui que pour faire avancer ma carrière d'éditrice.

— Yo ! s'écrie Finn. Les vieux, on garde le rythme.

— Il va voir si je suis vieux, menace Noah.

J'éclate de rire.

— Il n'y a que la vérité qui blesse, je le taquine.

Noah n'a pas changé, il est toujours le même. C'est le gars chiant qui n'a pas de cheveux blancs, alors que je dois retoucher mes racines tous les mois pour éviter de passer pour sa mère. Son corps est toujours ferme et appétissant, et sa tuyauterie conforme. Moi ? Je m'estime heureuse de pouvoir enfiler un legging sans faire craquer les coutures.

— Tu as de la chance que je t'aime, me lance-t-il avec une claque sur les fesses avant de rejoindre les enfants au pas de course.

Mes fesses n'ont pas autant de chance.

Nous entrons dans le parc Harry Potter, et apparemment la nouvelle que Noah Frazier est ici s'est rapidement propagée. Les gens l'approchent, prennent des photos, et veulent le toucher. Je comprends. Moi aussi j'ai envie de le toucher. Il est sacrément sexy pour un vieux. Et puis, il est devenu dix fois plus célèbre qu'à notre rencontre. Ses films caracolent en tête du box-office, il fait définitivement partie du gratin hollywoodien.

Il me lance son regard spécial *désolé-je-n'aime-pas-les-gens* et je lui réponds avec mon sourire *je-comprends-tu-es-plutôt-exceptionnel-comme-gars*. Finn s'approche de moi. Il déteste cette facette de notre vie.

— Et voilà pourquoi on ne peut plus aller nulle part... souffle-t-il avec un geste en direction de l'attroupement.

— Tu sais qu'il déteste ça autant que toi. Ça fait bientôt dix ans, il va bien falloir que tu t'habitues.

Puis je me souviens qu'à dix-huit ans, on ne pense qu'à sa propre vie.

— Finn ! l'interpelle Noah d'un signe de la main.

Voilà qui devrait être intéressant.

Bien sûr, Aubrey ne le quitte pas d'une semelle et se complait dans toute l'attention. Après tout, Noah est son faux-père. Oui, elle l'appelle comme ça. Parfois, cette fille me laisse sans voix.

— Oh mon Dieu ! piaille un groupe de filles. Tu connais Noah Frazier ?

Finn se retourne et sur son visage apparaît un petit sourire en coin que je n'avais jamais vu avant.

— Oui, je le connais bien, vous voulez le rencontrer ?

— Oui ! continuent-elles sur le même ton. Tu le connais comment ?

— C'est quasiment mon beau-père, précise-t-il avec fierté.

Doux Jésus. Je n'en crois pas mes yeux.

— Finn, tu devrais aller le tirer de ce mauvais pas, je lui suggère pour lui rappeler ma présence.

— Bien sûr, je vais aller sauver Noah, pas de problème, répond-il en relevant ses coudes d'un air espiègle. Les filles, vous m'accompagnez ?

Oh, Seigneur !

Mon fils, le beau gosse en formation. Je vais m'excuser maintenant auprès des femmes du futur. Je décline toute responsabilité.

Ce côté vient de son père, assurément. Ses autres mauvaises habitudes, elles, viennent de Noah. Je lui ai donné la vie, l'intelligence, et puis ils ont tout gâché.

Quelques minutes plus tard, les groupies de Finn ont leur photo, et mon – je n'ai pas le mot pour l'appeler – revient vers moi. Je déteste l'appeler mon petit ami. J'ai presque cinquante ans, et ça me fait honte. Et puis, nous sommes ensemble depuis longtemps. Quand les gens apprennent que notre relation a presque dix ans, ils en restent comme des ronds de flan.

Dans tous les aspects de la vie quotidienne, nous sommes un couple marié. Nous sommes propriétaires de notre maison, du magazine et des parents, en équipe avec Scott. Noah est autant leur père que ce dernier. J'aime Noah. J'aime beaucoup moins Scott.

— Ça va ? je lui demande alors qu'il passe son bras autour de mes épaules.

— Ça va maintenant. Je voulais juste passer une journée normale avec les enfants, répond-il d'une voix déçue.

— C'est normal pour nous, Noah. Et puis, on dirait que Finn s'est fait de nouvelles copines.

Nous nous retournons pour le regarder se pavaner comme un coq au milieu de la basse-cour.

— Ça c'est mon garçon, se rengorge Noah.

Je suis seule.

Nous nous baladons dans une ville qui a l'air tellement vraie, issue d'un roman qui a rapproché les deux hommes de ma vie. Nous admirons la vitrine d'une boutique, Aubrey est à l'intérieur, probablement équipée de la carte Platinum American Express de Noah... Celle que j'ai déjà confisquée à de multiples reprises et qu'il lui redonne à chaque fois.

Mais en somme, même s'il la gâte à outrance, elle a quand même une personnalité attachante, d'excellents résultats en classe, et elle est déléguée. Aubrey et Noah partagent leur passion pour les animaux, et elle est bénévole pour une association de protection des animaux le week-end. Ses sautes d'humeur sont désagréables, mais c'est quelqu'un de bien, doté d'un grand cœur.

— Hé !

Noah me force à m'arrêter de marcher.

— Quoi ?

— C'est notre anniversaire la semaine prochaine, m'informe-t-il en passant ses bras autour de ma taille en souriant.

Nous sommes ensemble depuis longtemps, mais mon cœur bat toujours aussi fort pour lui.

— C'est vrai, je réponds rayonnante, parfaitement consciente de la date. Tu m'as choisi un joli cadeau ?

— Tu vas devoir attendre pour le savoir.

— Oh, je réfléchis en me massant la nuque. Tu as renouvelé ton ordonnance de Viagra ?

Les commissures de Noah retombent et il perd son expression réjouie.

— Tu sais que je n'en prends pas, et que je n'en prendrai jamais

Son ton de voix me fait glousser. Comme si je n'étais pas bien placée pour le savoir.

— Je sais, bébé.

Son travail dans ce domaine est impeccable.

— Un peu mon neveu. Ce soir je vais te serpenter jusqu'à ce que tu poufsouffles, je te ferai dire.

J'éclate de rire. Je tiens mon ventre des deux mains et je me laisse aller.

— Oh mon Dieu, tu es unique ! je poursuis. Il n'y a que toi qui puisses faire une blague cochonne ici.

Noah rit avec moi, enveloppe mon corps du sien et me fait marcher alors que je suis encore pliée en deux de rire.

Il est ridicule et irrésistible.

Nous nous écartons du chemin sous le regard des passants, alors que Noah me guide et que je fais exprès d'être maladroite. Nous nous calmons ensuite, il m'embrasse et nous restons un moment dans les bras l'un de l'autre.

Je regarde ses yeux verts se remplir de tant d'amour que j'en ai du mal à respirer.

Je l'aime tellement que parfois, j'ai l'impression que je vais éclater. Je chéris chaque jour passé à ses côtés. Bien sûr, il peut se montrer agaçant et je peux le rendre dingue, mais cela me pousse à apprécier d'autant plus ce que nous avons.

La plupart des gens n'ont pas un passé aussi chargé que le nôtre, mais nous portons notre fardeau ensemble.

— Quand vas-tu enfin accepter de m'épouser ? me demande Noah avec un sourire espiègle.

Il me le propose régulièrement, et la réponse est toujours la même.

— Tu m'aimes ?

Il sourit.

— De tout mon cœur.

— Tu vas me quitter ?

— Jamais de la vie, mon ange.

— Tu me fais confiance ? je continue en le fixant droit dans les yeux.

Le regard de Noah devient sérieux et sa voix grave ne laisse aucun doute.

— Je place ma vie entre tes mains. Tu m'aimes ? me questionne-t-il à son tour.

— De tout mon être.

— Tu prévois de me quitter pour un autre acteur sexy ?

Je souris.

— Personne n'est plus sexy que toi, bébé.

Noah rigole et m'embrasse. Puis il me pose la dernière question de notre petite routine.

— Je te donne tout ce dont tu as besoin ?

Je regarde autour de moi et vois Aubrey et Finn qui nous observent. Nous sommes tous les quatre réunis, et je me sens complète. Pendant très longtemps, je disais que nous n'avions aucune raison de nous marier. C'est devenu un réflexe. Je suis heureuse, épanouie et je faisais payer Scott, ça pesait dans la balance. Mais je vois les yeux de Noah chaque fois que je le répète.

Alors maintenant, je ne lui donne pas la réponse habituelle.

Aujourd'hui, je veux lui rendre une chose qu'il m'a donnée.

— Noah, je lui demande doucement. Est-ce que tu peux faire une chose pour moi ?

Un air de confusion s'installe sur son visage.

— Tout ce que tu voudras.

— Demande-moi en mariage, encore une fois, lui dis-je le cœur battant dans ma poitrine.

Noah inspire profondément, et essaie de lire mes pensées. Je ne sais pas s'il a peur que je plaisante, mais je lui ouvre mon cœur comme un livre.

J'attends, priant pour qu'il soit sérieux.

— Kristin, veux-tu m'épouser ?

Sa voix est chargée d'émotions et une nouvelle lueur brille dans ses yeux.

Je prends son visage dans mes mains et je souris.

— Oui, je veux t'épouser.

Avant même que je puisse l'embrasser, deux paires de bras viennent nous étreindre, et des larmes de joie ruissellent sur mon visage. J'ai tout ce dont j'aurai jamais besoin... Et plus encore.

***Merci d'avoir lu* Encore une fois.**
J'espère que vous avez aimé l'histoire de Kristin et de Noah.
***La série continue ! Cliquez ici pour lire l'histoire de Nicole dans* Je t'attendais**
Si vous souhaitez rester informé sur mes dernières publications, inscrivez-vous sur ma newsletter : https://geni.us/CMFrenchNL

DU MÊME AUTEUR

En français :

Je reviendrai:

La nuit est à nous (Je reviendrai #1)

Encore une fois (Je reviendrai #2)

Je t'attendais (Je reviendrai #3)

Si seulement (Je reviendrai #4)

Consolation Duet:

Saving Her (Consolation Duet #1)

Saving Us (Consolation Duet #2)

Return to Me:

Dis-moi que tu resteras (Return to Me #1)

Dis-moi que tu me veux (Return to Me #2)

À paraître en français:

Les Frères Arrowood:

tome 1 : Reviens vers moi

tome 2 : Bats-toi pour moi

tome 3 : Pense à moi

tome 4 : Reste avec moi

Cliquez ici pour consulter tous les romans de Corinne traduits en français :

https://corinnemichaels.com/country/france/

Pour rester informé des futures publications françaises des romans de Corinne Michael,

inscrivez-vous ici :

https://geni.us/CMFrenchNL

Appel à tous les Bloggeurs et Bookstagramers français !

Vous seriez intéressé(e)s pour recevoir des SP de mes publications françaises ? Vous voudriez nous aider à promouvoir?

https://forms.gle/gPmcmZRf3cUePH3f9

Suivez-moi sur Facebook: https://geni.us/CMFBFrench

Suivez-moi sur Instagram: https://geni.us/CMInsta

À PROPOS DE L'AUTEUR

Corinne Michaels est une autrice de romans d'amour à succès selon le *New York Times*, *USA Today*, et *Wall Street Journal*. Ses histoires mêlent émotions, humour et amour éternel. Elle aime imaginer des situations invivables pour ses personnages et leur montrer ensuite le chemin de l'apaisement, de la guérison et de la sérénité.

Corinne était une femme de militaire et profite aujourd'hui d'un mariage heureux avec l'homme de ses rêves. Elle a commencé à écrire pendant une séparation de plusieurs mois, pendant une mission de son mari. L'écriture et la lecture lui offraient de précieux moments d'évasion. Corinne vit aujourd'hui en Virginie avec son mari, et elle est la maman sensible, spirituelle, sarcastique et drôle de deux magnifiques enfants.

L'actualité de Corinne

https://corinnemichaels.com/country/france/

Suivez-moi sur Facebook: https://geni.us/CMFBFrench

.

Suivez-moi sur Instagram: https://geni.us/CMInsta

www.ingramcontent.com/pod-product-compliance
Lightning Source LLC
Chambersburg PA
CBHW070317190726
48291CB00014B/2020